Hunt Me Down

CÉCILIA CITY

HUNT ME DOWN

ROMAN

HARPERCOLLINS FRANCE
83-85, boulevard Vincent-Auriol, 75646 PARIS CEDEX 13.

www.harlequin.fr

ISBN 978-2-2804-9563-9 — ISSN 2271-0256

PARTIE I

1

Enzo
2 janvier

Installé sur un transat au beau milieu d'une plage brésilienne de sable blanc, je profite de l'ambiance festive en dégustant une caïpirinha. L'insouciance et la décontraction sont au rendez-vous. Certaines personnes bronzent ou se baignent pendant que d'autres rient et dansent sur les sons endiablés diffusés par le bar de l'hôtel où je loge. Une jeune femme pulpeuse qui ne cesse de faire des allers-retours non loin de moi trouve enfin le courage de venir m'aborder. Il y a bien longtemps que je n'ai pas baisé. Il est l'heure de me remettre en selle. Me redressant, je retire mes lunettes de soleil, l'air charmeur, quand un homme dépasse la belle inconnue pour se planter devant moi.

— Enzo Lombardi ! Comme on se retrouve.

— *Cazzo*[1], marmonné-je en voyant mon ticket pour une agréable soirée me passer sous le nez. Je ne te remercie pas, Francesco.

— Et bonne année, mon grand !

— Ouais, c'est ça…

L'arrivée de ce vieil ami, un grand type aux courts cheveux

1. Merde.

blonds et aux grands yeux bleus, ne me dit rien qui vaille. Le gaillard bosse à la direction d'Interpol. J'ai souvent eu affaire à lui par le passé. Il était mon référent sur des missions de protection de témoins.

Dégoûté, je remets mes lunettes de soleil sur mon nez et m'allonge en fermant les yeux, les mains croisées sur le ventre. Le message est clair : fous-moi la paix.

— J'ai un boulot pour toi.

Je l'ignore.

— Une mission très sensible.

— *Ma ne frego*[1], réponds-je.

— Enzo…

— Rien à foutre. Ne me dis pas que tu as traversé l'Atlantique pour ça. M'appeler t'aurait évité de te déplacer pour rien, Francesco.

Ce dernier me balance un dossier sur le torse. Excédé, je soupire lourdement en m'asseyant.

— Qu'est-ce que tu ne comprends pas dans le mot « non » ? Je suis off. J'ai des choses personnelles à régler. Je repars dès demain en Italie pour retrouver Lorenzo et l'emmener par la peau du cul à l'armée.

Francesco affiche un sourire en coin et ne tarde pas à rebondir sur mes propos. J'en connais un qui a bossé son argumentaire avant de venir me voir !

— J'ai fait mes recherches. Je sais où se trouve ton cousin et je te fais le serment de m'occuper de sa petite gueule si tu acceptes la mission. Je veillerai sur Lorenzo pour toi. Il filera droit à l'armée sous le commandement d'Andréa. Et je m'assurerai que ton père et le reste de ta famille n'aient plus un seul contact avec lui. Je me porterai garant du môme. Si et seulement si tu prends ce foutu

1. Je m'en fiche.

dossier, que tu montes dans un avion direction la France et que tu acceptes de protéger Alexandra Clairemont, seule victime encore en vie du Collectionneur.

M'emparant du dossier, contrarié, je me lève, traverse le bar de l'élégant hôtel au décor classique et romantique, et rejoins ma chambre, Francesco sur mes talons.

— Même à l'autre bout du monde, tu me les brises.

Francesco me sert de nouveau son foutu sourire en coin.

— Je prends ça pour un compliment, guerrier. Un an que nous ne nous sommes pas croisés. Tu n'as rien perdu de ta superbe, assure-t-il quand je file dans la salle de bains troquer mon maillot contre un pantalon en lin. Débriefing rapide, tu n'as pas de temps à perdre.

— Je n'ai rien signé.

Je ricane. C'est qu'il se pense en terrain conquis !

— Un boulot comme celui-ci ne se refuse pas. Brooke, Swan Hecker et Saint-Paul seront de la partie. Tu vas retrouver ton équipe de choc pour assurer la protection d'Alexandra, dont le profil est développé en première page. La menace est élevée et avérée. Une faille a été détectée sur le poste d'un des agents en charge du dossier. Aucune donnée sur la localisation d'Alexandra ne devrait avoir filtré, mais dans le doute…

J'ouvre le dossier et feuillette les pages en me frottant le front, ennuyé par la situation. Aucun agent ne refuserait une mission pareille. Le genre d'opération qui marque les esprits, fait grimper les échelons et qui n'est confiée qu'aux *meilleurs.*

— Elle est en Corrèze, observé-je.

— Oui, sous la protection de deux policiers. Sa sécurité n'est pas totale. Le gouvernement français n'a pas voulu lui affecter de garde rapprochée sept jours sur sept, vingt-quatre heures sur vingt-quatre sous prétexte qu'elle n'est pas une personnalité politique et/ou publique.

— Quelle bande de cons. Donc, ils en font le moins possible, et toi, tu viens me chercher.

Francesco esquisse une moue en hochant la tête.

— Je sais ce que tu vas dire, que tu ne fais pas les lois…

Il acquiesce, désabusé, puis reprend :

— Comme tu peux le lire sur cette feuille, le Collectionneur, c'est une quinzaine de crimes recensés aux quatre coins de l'Europe. Alexandra est notre seule chance d'un procès qui tienne la route quand nous aurons mis la main sur ce gars.

— Tu n'as personne d'autre à mettre sur le coup ? Franchement !

— C'est toi que je veux sur l'opération.

— Et si je refuse ?

Déterminé à me convaincre, Francesco se plante devant moi.

— Alors, les risques pour qu'Alexandra y laisse sa peau seront multipliés par trois d'après les statistiques de nos analystes, annonce-t-il, l'air grave. Et puis la police italienne qui rêve de mettre un Lombardi derrière les barreaux se fera un plaisir d'arrêter Lorenzo, qui se retrouvera dans une prison pour mineurs. Là-bas, il deviendra un petit caïd et sortira avec les honneurs… Accueilli par ton père qui n'aura de cesse de faire les louanges d'un digne héritier pour son empire mafieux. Il sera irrécupérable et ton *padre* jubilera à l'idée d'avoir encore gagné une bataille contre toi. C'est du donnant donnant, Enzo. Tu m'aides, je t'aide.

— Pourquoi cette affaire en particulier te tient-elle tellement à cœur ? demandé-je en refermant le dossier pour me laisser tomber sur le lit.

Francesco sort de sa poche de bermuda son portable et son

porte-monnaie qu'il balance sur la table avant de s'asseoir sur le canapé non loin du lit.

Il ne répond pas à ma question et se contente d'observer la chambre, qui n'est que camaïeux de beiges et de marrons. Les moulures au plafond et les lustres dorés si raffinés sont un plaisir pour les yeux. L'endroit est lumineux et spacieux. Tout ce dont j'avais besoin pour passer quelques nuits en paix loin du tumulte et de l'inconfort du terrain. Et loin de mes problèmes familiaux merdiques.

— Tu convoites un poste haut placé ? l'interrogé-je.

— Pas seulement.

— Tu es si transparent, le raillé-je.

Je ricane en me levant pour nous servir des boissons gazeuses tirées du minibar. Puis, je prends place sur une chaise en velours pour trinquer avec mon vieil ami et collègue.

Je repense au bon vieux temps et à tous les services qu'il m'a rendus.

— Dix ans que le gars nous échappe et sévit en France, en Belgique, au Royaume-Uni…, reprend Francesco. Le capitaine Léani a repris l'enquête il y a un an, c'est un type sympa. Il bosse dur…

— Je garde un bon souvenir de nos collaborations passées.

— Il s'arrache les cheveux sur cette affaire… et il n'en a plus beaucoup. Il est certain que le Collectionneur va à nouveau frapper.

— Comment peut-il le savoir ? Ce gars est une *ombre*. On n'est pas en capacité de prévoir ses attaques.

— Elles se sont multipliées depuis qu'Alexandra lui file entre les doigts. Mais depuis deux mois, il ne donne plus aucun signe de vie. Le capitaine pense que son obsession pour sa victime est à son apogée et qu'il doit être en train de la chercher.

— D'après le profil pondu dans ton dossier, dis-je, le Collectionneur est un psychopathe. Il se sent supérieur aux autres, sa devise se base sur deux mots : domination et contrôle. Il a besoin de stimulation, car il n'aime pas l'ennui. Il vient probablement d'une classe populaire et a dû subir de la maltraitance pendant son enfance. Il doit avoir entre vingt et quarante ans, comme la majorité des tueurs en série qui passent à l'acte, et vu son mode opératoire, physiquement, il tient la route. J'imagine que son QI est au-dessus de la moyenne, sinon comment aurait-il échappé à la police durant ces dix longues années ? Ce qui implique qu'il est rusé, manipulateur.

— J'ai l'impression d'entendre Brooke.

Je me racle la gorge en me frottant le menton. Fait chier !

— OK. Bon. Reprenons, déclaré-je en rouvrant le dossier dont je tourne les pages. Je suis d'accord avec le capitaine Léani. Votre Collectionneur n'a pas pris de pause, il peaufine son plan pour mettre la main sur Alexandra. La faille du réseau informatique détecté sur le poste d'un de vos agents n'est pas une coïncidence. Enfin, je suppose. Le tueur est une ombre et il est très intelligent, il ne laisse aucune trace… Donc, j'espère que le lieu d'hébergement d'Alexandra n'est pas plein de domotique. Si le gars a réussi à pirater l'ordinateur d'un agent d'Interpol, je ne donne pas cher des systèmes d'équipement d'une baraque qui peuvent être contrôlés à distance.

Francesco sourit en terminant sa canette.

— Lombardi, c'est pour cette raison que je ne veux que toi sur cette opé ! Tu es un homme de réflexion et de terrain. Avec toi, Alexandra sera entre de bonnes mains. Et promis, après, tu prendras autant de vacances que tu le voudras !

— *Leccaculo*[1] *!*

1. Lèche-cul.

Francesco s'enfonce sur le canapé avec un sourire triomphant.

— Tu crois que tu m'as convaincu ? Non mais, franchement !

J'ai le cul entre deux chaises. Je me sens tiraillé par la situation, ce qui est plutôt rare. À quoi, à qui dois-je donner la priorité ?

— Je sais que j'ai piqué ta curiosité, dit-il alors que j'étudie la photo d'Alexandra.

Une jolie jeune femme aux longs cheveux bruns qui prend la pose devant le portrait de la Joconde au Louvre où elle travaille depuis quatre ans. Ses yeux foncés pétillent. Son petit nez retroussé et le sourire qu'elle affiche sont adorables. Le cliché tranche avec les suivants. Ils ont été pris par un médecin légiste après la fuite d'Alexandra du hangar où le Collectionneur l'a retenue captive pendant plusieurs jours. Son teint hâlé est d'une pâleur effrayante.

Sur la dernière photo, Alexandra pose avec une dénommée Cécile, décrite comme sa tante et seule famille. Plus bas, un paragraphe précise qu'elle est orpheline. Ses parents sont décédés dans un tragique accident de voiture alors qu'elle n'était encore qu'une enfant.

— Ne me dis pas que cette affaire te laisse de marbre, insiste Francesco.

— Je n'ai rien exprimé de tel, lancé-je, froissé.

Je peux me montrer dur. Ça ne signifie pas que je suis dénué d'empathie.

— Elle n'a plus grand monde sur qui compter, Enzo, déclare Francesco, très solennel. Sa santé mentale ne tient plus qu'à un fil.

— Sérieux. Tu essaies de m'avoir par les sentiments ?

— Je sais que son histoire te touche.

L'atmosphère dans la pièce se refroidit soudainement. Alexandra a vécu un drame enfant. Et voilà qu'un second la frappe.

— Fait chier, grogné-je en tournant dans la suite comme un lion en cage sous le regard appuyé de Francesco.

Il a instauré le doute dans mon esprit et il le sait, même s'il cache sa satisfaction sous ses airs préoccupés.

— Elle a besoin de toi. Et moi, j'ai besoin de ton aide. Ce n'est pas le référent ou le collègue qui est venu jusqu'à toi. C'est l'ami.

— L'ami qui veut grimper les échelons…, ironisé-je.

Mes paroles le font bondir du canapé.

— L'ami qui n'en peut plus de savoir qu'un tueur en série se balade librement dans nos rues. Sa victime aurait pu ou pourrait être ma fille, ma sœur, une amie… On passe pour des cons ! Les gens se demandent ce que fait la police ! Les journalistes commencent à se pencher sur le sujet. Je reprends le dossier, il faut y mettre un terme. Pas dans un an, pas dans dix ans. Maintenant ! s'exclame-t-il avec conviction.

Je frappe du poing sur un meuble.

Francesco a fait mouche. Enfoiré, il me connaît trop bien. Il savait que je ne tournerais pas le dos à une victime et que je ne refuse jamais un boulot de cette envergure.

— Quand débute la mission ? marmonné-je en ouvrant une armoire pour fourrer mes affaires dans ma valise. Ne réponds rien, ce n'est pas la peine. On y va.

Francesco lève le poing en guise de victoire.

— Nous n'attendions plus que ton aval ! L'Angleterre, la Belgique, la Suède et l'Italie sont OK pour apporter leur aide. Nous allons déplacer Alexandra dans l'un de ces pays.

— Je sais où nous allons l'emmener, annoncé-je en récupérant ma trousse de toilette dans la salle de bains, que je balance dans mon bagage.

— J'ai quelques propositions…

— Ne reste pas dans mes pattes, marmonné-je en le poussant de mon chemin.

Il se cale dans un coin et n'en bouge plus. Je le connais. Il trépigne d'impatience d'annoncer à ses supérieurs qu'il est parvenu à me convaincre. S'il reste calme et presque immobile à me regarder m'agiter, c'est parce qu'il sait que des détails sont encore à négocier de son côté… Parce que, du mien, c'est tout vu. Mon opé, mes règles. Pas de discussion possible.

— Je vais chercher cette Alexandra et je l'emmène à Rye. Préviens Brooke, Hecker et Saint-Paul. Le temps presse, assuré-je en refermant ma valise.

— Mais, tu…

Je n'ai pas le temps de discuter. Je prends immédiatement ma posture de dominant en me redressant, les bras croisés, et en utilisant une voix plus grave et autoritaire qu'à l'accoutumée.

— Rye ou rien, exigé-je.

— Enzo, s'il te plaît, l'intimidation ne marche pas avec moi…

Inclinant la tête, les lèvres pincées, je m'approche de Francesco, aussi épais qu'une claquette.

— OK… Mais n'oublie pas qui commande ici, hein !

C'est qu'il tente de faire bonne figure.

Je poursuis mes allées et venues dans la chambre pour terminer mon bagage au plus vite.

— Enzo, il y a des paramètres comme la localisation de la planque qui sont difficilement négociables, indique Francesco en tapant un message.

Je m'arrête brusquement, et mon ami, qui erre dans la pièce, le nez sur son portable, se cogne contre moi.

— Tu veux que ta petite protégée reste en vie pour obtenir

le poste de directeur qui te fait de l'œil ?… Eh oui, je me tiens au courant, mon gars…

Gêné, il opine du chef. Derrière les plus nobles intentions se cache toujours une pointe d'égoïsme.

— Alors, j'ai carte blanche. Ma mission, mes règles.

— Enzo…

— Ma mission, mes règles, répété-je.

Il soupire.

— OK… mais sois gentil. Évite de prendre tout le monde en grippe. Je te connais quand tu es contrarié, tu peux être cinglant. Je sais que j'ai bouleversé tes projets et je te jure de m'occuper de Lorenzo.

Je laisse échapper un rire sardonique. Qu'il soit satisfait ou non, je tirerai la gueule qui me plaira en mission. Et s'il croit me faire une fleur en gérant Lorenzo, il se fout le doigt dans l'œil. S'occuper de mon cousin, pendant que je bosse à asseoir sa position à Interpol, n'est pas une option pour lui.

— Tu as intérêt parce que, dans le cas contraire, je viendrai te botter le cul.

— Reçu cinq sur cinq. Tu ne veux pas que je repeigne ta baraque tant qu'on y est… ?

— Maintenant que tu le proposes… Magne-toi avant que je ne change d'avis.

— Non mais, je rêve !

Dépassant Francesco, je me saisis de mon sac à dos et de mon bagage.

L'Italie attendra.

2

Alexandra
4 janvier

L'alarme de la maison s'enclenche en pleine nuit. Elle résonne à tous les étages.

Tirée de mon sommeil, je bondis hors du lit. Une rafale de coups de feu retentit quand l'alarme cesse de hurler.

Plus un bruit.

Fébrile, je tends l'oreille derrière la porte de la chambre. Mon cœur s'emballe. Les larmes me montent aux yeux en songeant que le monstre qui me traque est peut-être là. Cette idée me vole des sanglots que je tente de retenir en vain.

— Alexandra ! s'exclame-t-on d'une voix doucereuse.

Je reconnaîtrais cette voix de baryton entre mille. Je manque de vaciller. Tant bien que mal, j'essaie de me reprendre. Je dois quitter les lieux, je n'y suis plus en sécurité. Me forçant à mettre de l'ordre dans mes pensées, je verrouille la porte puis ouvre la baie vitrée pour escalader la façade de la propriété dans laquelle je loge depuis quatre mois.

— Alexandra. J'arrive ! hurle l'intrus d'une voix amusée.

J'enjambe le balcon pour m'accrocher à la gouttière. Un coup de feu est tiré. Il me semble que la porte de ma chambre claque contre le mur. Le fracas m'arrache une plainte que j'étouffe en sentant mon cœur cogner violemment contre ma poitrine. Pétrie de terreur, je manque de lâcher prise. C'est tremblante mais l'âme chevillée au corps que je poursuis ma descente, quand un homme masqué d'un loup sombre se penche par-dessus la balustrade du balcon.

— Tu me donnes du fil à retordre, dit-il d'un ton neutre en pointant son arme dans ma direction.

La lanterne accrochée au mur illumine le visage dissimulé de celui qui me traque depuis près d'un an. Un sourire pervers aux lèvres, il m'enjoint de revenir vers lui. Je ne comprends pas ce qui se passe dans ma vie depuis ces douze derniers mois. Je suis devenue une proie. *Sa* proie qu'il prend un malin plaisir à pourchasser.

— Je vais compter jusqu'à trois, Alexandra. Si tu ne remontes pas, je tirerai. Ne m'oblige pas à faire ça. Ce n'est pas dans ton intérêt, ma belle.

Le ton paternaliste et mielleux qu'il emploie me dégoûte et me terrifie à la fois.

Le sourire sur ses lèvres disparaît. Et moi, je me fiche de son injonction. Je préfère mourir d'une balle dans la tête que de me retrouver aux mains de ce psychopathe.

— Un. Deux. Trois.

Il tire dans le vide.

— Dernier avertissement.

Sa voix est plus tranchante.

— Pourriture ! m'égosillé-je en chutant dans l'herbe humide.

La réplique ne se fait pas attendre. Je manque de peu d'être atteinte par les plombs. Les larmes me montent aux yeux et ma gorge se noue, torturée par les sanglots que je retiens. Sans me retourner, je fuis dans la forêt qui cerne la maison. En pyjama, pieds nus, je décampe, poussée par l'envie de survivre. C'est le chaos dans ma tête. Mes pensées s'affolent et sont plus sombres les unes que les autres. Je m'effondre à plusieurs reprises sur les chemins de terre. Je trébuche sur les racines affleurant le sol. Je me cogne aux arbres, me griffe sur les orties. Je crois qu'il n'y a pas une partie de mon être qui ne souffre pas. Pourtant, je ne ralentis pas la cadence. JE VEUX VIVRE.

Le tueur à mes trousses accélère. J'entends ses pas derrière moi. Les feuilles craquent sous ses foulées rapides et ses grognements confèrent à cette forêt noire comme le péché un aspect plus lugubre qu'il ne l'est déjà.

Ce n'est pas mon heure, me répété-je pour me donner du courage. À bout de souffle, blessée à la cheville après ma dernière chute, la vision obstruée par les larmes, je me dissimule derrière un arbre. La main plaquée sur la bouche, je reste en apnée. J'oblige mon corps à arrêter de trembler et je cesse de renifler. L'effort demandé est surhumain. Je lutte pour me faire la plus discrète possible. Fermant les yeux, j'attends. Je ne sais pas ce que j'attends. Est-ce que j'attends la mort ? Est-ce que j'attends les deux agents chargés de ma protection qui acceptent de faire des heures supplémentaires sans être payés ? Peut-être qu'ils ne sont déjà plus que des cadavres… Mon effroi s'amplifie lorsque j'ouvre les yeux et découvre qu'un homme se tient debout devant moi. Je me recroqueville un peu plus. Mon persécuteur se met à rire en appuyant le canon de son arme sur ma tête.

— Je les ai tous tués. Il n'y a plus que toi et moi, Alexandra. Alors comme ça, tu n'apprécies plus ma compagnie ?

Le monstre rit de plus belle en passant son arme sous mon menton qu'il relève pour m'obliger à le regarder. Bien que prise au piège, j'affronte le regard sévère qu'il pose sur moi. Je me cramponne à l'écorce de l'arbre contre lequel je suis adossée pour ne pas m'effondrer.

— Tu m'as donné du fil à retordre, mais j'ai fini par te retrouver. Maintenant, tu es toute à moi. Depuis notre première rencontre, tu m'appartiens.

— Laissez-moi ! sangloté-je. Si vous partez…

Il me saisit par le menton avant de me tirer contre lui. Animée par la haine et l'aversion qu'il me fait ressentir, je le repousse. Ma réaction l'amuse. Mais voyant que je me débats, il me plaque brutalement contre le tronc.

— Implore-moi de te garder en vie, lâche-t-il en ricanant.

Hors de question.

Calmement, il retire son loup. J'entrevois son visage grâce aux rayons de la lune qui percent les branches dépouillées de leurs feuilles. Je manque de régurgiter face à ses globes oculaires entièrement noirs. Dans mon souvenir, ce monstre avait les yeux gris. Il brouille les pistes pour ne pas être reconnu s'il était aperçu. Autour de son œil droit, je crois apercevoir un tatouage, une sorte de cercle formé par des serpents. Il devait le dissimuler lorsqu'il m'a enlevée la première fois. Impossible d'en distinguer plus. Je suis jetée au sol, et je heurte brutalement les épaisses et solides racines qui s'en échappent. Dans la foulée, je suis passée à tabac. Les coups de pied pleuvent. À plusieurs reprises, le monstre me ramasse et me projette contre les arbres. J'ai l'impression d'être une poupée de chiffon entre ses mains. Sonnée, je tente de m'échapper en titubant. Mais j'ai si mal à la jambe droite sur laquelle il s'est acharné que je ne parviens pas à aller bien loin. Il me rattrape à chaque fois et sa violence ne fait que croître, à tel point que je finis par cracher du sang.

Entre deux ricanements, il me reproche de l'avoir abandonné. D'avoir trahi sa confiance en m'étant enfuie du hangar dans lequel il me retenait captive.

Lorsque le bruit des sirènes retentit et que l'on braille mon nom, le fou furieux a un moment d'inattention qui me permet de me relever. Rapidement, il replace son masque sur son visage puis m'empoigne quand, soudain, un homme à la carrure de titan émerge d'entre les arbres.

L'effet de surprise lui fait lâcher mon bras. Pendant ce court moment d'inattention de sa part, je ne demande pas mon reste et fuis, essayant de repérer la provenance des sirènes hurlantes.

Courant dans leur direction, je stoppe quand une drôle de sensation me traverse, une douleur qui croît au fil des secondes. La souffrance est telle que j'en hurle à la mort jusqu'à en perdre la voix. Plaquant ma main sur ma hanche, je comprends qu'une balle m'a atteinte.

Et si c'était la fin ? Et si ma dernière heure était venue ? m'horrifié-je alors qu'un flot incontrôlable de larmes coulent sur mon visage. À bout de souffle et de forces, je ne sais pas par quel miracle je réussis à tenir debout sur mes deux jambes branlantes. Je pivote et me retrouve nez à nez avec mon agresseur, qui tire une seconde fois. Touchée au ventre, je m'écroule tandis que le tonnerre gronde dans le ciel.

Agonisant dans la terre humide, je perçois enfin la fraîcheur de cette nuit d'hiver. Galvanisé par l'adrénaline, mon corps bouillonnait. C'est terminé. Enveloppée par une vague de froid, je lutte pour garder les yeux ouverts, tremblante, avant que plus aucune sensation physique ne me parvienne. Je ne ressens plus l'impact de la pluie sur ma peau. La température de l'air me paraît neutre. Mon champ de vision s'obscurcit. Les bruits s'estompent.

— Par ici ! Je l'ai trouvée !

Quelqu'un tire sur mes paupières.

Je lutte pour rester consciente, jusqu'au moment où je perds la bataille et m'enfonce dans un trou noir.

Plus d'éclats lumineux virevoltant dans tous les sens.

Juste le néant.

3

Alexandra
25 février

— Impeccable ! Vous vous débrouillez très bien ! me félicite l'infirmière alors que j'aligne un pas après l'autre sans perdre l'équilibre. Bravo !

Sous le regard bienveillant du capitaine Léani, je contourne le lit pour me saisir des derniers vêtements présents dans l'armoire de ma chambre d'hôpital. C'est non sans un certain soulagement que je les place dans la valise.

Le capitaine, un grand échalas blond, vérifie que je n'ai rien oublié avant que nous ne partions. Mireille, l'infirmière, me prend dans ses bras. Elle a senti que j'avais besoin d'affection et de soutien. D'une bonne dose de courage pour affronter le parcours semé d'obstacles qui m'attend encore. Dans cet hôpital niçois, elle est l'une des rares personnes à connaître ma véritable identité, Alexandra Clairemont, en plus de mon pseudonyme « Judith Valks ». Mes soignants ont été sélectionnés avec rigueur, leur vie passée au crible. Deux médecins, deux infirmières et deux aides-soignantes se sont relayés pendant plus d'un mois et demi pour s'occuper de moi. *Ils m'ont sauvé la vie.*

— Ce n'est pas autorisé dans le règlement, mais si jamais un jour vous avez besoin de quoi que ce soit ou juste de parler, n'hésitez pas, déclare Mireille en me tendant un papier sur lequel est gribouillé son numéro.

— Merci, murmuré-je en prenant le chemin de la sortie sans me faire d'illusions concernant le devenir de ce morceau de papier que l'inspecteur me réclamera sous peu.

Mireille va me manquer. Mais il en va de sa sécurité ainsi que de la mienne. Alors, je me résigne. Je me suis habituée au manque de joie, de relations sociales et d'amour.

Dans le parking souterrain, un 4x4 blindé nous attend. Le capitaine Léani place ma valise dans le coffre du véhicule puis les présentations débutent avec deux nouveaux agents. De solides gaillards. Un pincement au cœur me vient en pensant aux précédents agents assassinés pour avoir simplement assuré ma sécurité.

— Vous le savez, le dispositif de protection des témoins français est quelque peu incomplet. Comme vous n'êtes pas une personnalité publique, un agent de l'État ne peut rester à vos côtés quotidiennement. Dans notre malheur, nous avons la chance que vous soyez la dernière victime encore en vie du Collectionneur. Vous avez vu une partie de son visage et pourriez l'identifier. De plus, ce meurtrier a opéré dans plusieurs pays européens dans lesquels des enquêtes sont en cours. Vous êtes un témoin capital pour l'Italie, la Belgique, L'Irlande, la Grèce, la Suède, le Royaume-Uni… et la France. Nous pouvons sans qu'un doute ne subsiste relier votre affaire aux *autres* affaires. Une coopération s'est donc mise en place pour vous assurer une protection quotidienne, vingt-quatre heures sur vingt-quatre, sept jours sur sept jusqu'à l'arrestation de notre homme. Je vous laisse entre de bonnes mains, Alexandra, dans un lieu tenu secret que vous découvrirez dans quelques heures. Vous avez mon numéro et pouvez me contacter quand bon vous semble avec le portable remis à l'agent Lombardi.

— Lombardi ?

J'observe les deux agents face à moi. Si j'ai bien compris, le charmant roux un chouïa coincé se nomme Hecker et son athlétique collègue au teint hâlé est l'agent Saint-Paul. Pas de Lombardi. Sauf s'il s'agit de celui qui émerge du 4x4 ? L'homme, au regard dur, se plante devant le capitaine. Lui arrive-t-il de sourire ? Aucune idée. Immédiatement, je constate que l'agent Lombardi prend soin de lui. Son pull et son pantalon noir laissent deviner un corps musclé et entretenu. Ses mains sont impeccables. Mes yeux passent à nouveau l'expression de son visage au crible. Il ne lâche pas un sourire et se contente de me fixer. Je n'ai pas intérêt à déconner avec celui-là.

— Agent Enzo Lombardi, unité des forces spéciales italiennes, détaille le capitaine Léani. Partout où vous irez, il ira. Brooke Hewington, quatrième agent, vous attend dans votre nouveau chez-vous le temps de l'enquête.

Impressionnée par le dispositif, j'acquiesce.

— J'imagine que la France ne sera plus mon lieu de résidence.

— En effet, répond le capitaine Léani en tendant sa main vers moi.

Je sors de ma poche le mot que m'a donné l'infirmière.

— Vous connaissez les règles, Alexandra. C'est pour votre sécurité.

Il se saisit du morceau de papier, qu'il fourre dans sa sacoche.

— Nous avons dû prendre des mesures plus strictes que les précédentes. Votre sécurité ne peut être négligée. De ce fait, vous ne pourrez pas contacter vos proches. Ni par téléphone, ni par mail, ni par tout autre moyen de communication. Peu de personnes connaissent la localisation précise de votre nouveau lieu de vie. Moi-même, je ne suis pas dans la confidence et ne le serai qu'en cas de danger imminent.

Le visage de Cécile, ma tante, m'apparaît. Elle est une mère pour moi. Son absence est une souffrance qui croît jour après jour. J'aimerais lui parler, la serrer dans mes bras, mais je ne le peux pas. Cela fait plusieurs mois déjà que je n'ai plus de contacts avec elle. C'est une torture.

— Qu'en est-il de ma tante ?

— Sa sécurité est assurée par des agents européens.

Cette nouvelle me soulage.

— Et s'*il* réussissait une nouvelle fois à s'introduire dans la maison que…

— Il ne le pourra pas, intervient l'agent Saint-Paul. Et s'il y parvenait, vous vous enfermeriez dans le bunker dont vous serez la seule à connaître le code. Une fois à l'intérieur, vous pourrez passer un appel d'urgence.

— Et s'il apprenait l'existence du bunker ?

— Impossible, déclare son coéquipier, l'agent Hecker, sûr de lui. Nous sommes peu dans la confidence. Vous serez la seule à pouvoir ouvrir cette *panic room*.

— Aux grands maux, les grands remèdes, me notifie le capitaine Léani en posant un doux regard sur moi.

À plusieurs reprises, il m'a répété que je lui faisais penser à sa fille. Ce doit être pour cette raison qu'il est si protecteur. Depuis que nous nous connaissons, il remue ciel et terre pour ma survie. Sans lui, je serais déjà morte.

— Ne traînez pas, dit-il en me tapotant l'épaule. Une longue route vous attend.

Il s'éloigne et lève le poing pour me donner du courage. Me lançant un ultime regard par-dessus son épaule, il disparaît dans le parking tandis qu'une larme coule sur ma joue. C'est toujours pareil. À chaque fois qu'il s'en va, j'ai l'impression d'être abandonnée.

— Alexandra.

L'agent Saint-Paul me sourit en m'ouvrant la portière arrière du blindé. M'installant sur la banquette, je comprends que Saint-Paul et Hecker ne seront pas de la partie. Mon air inquiet oblige l'agent Lombardi à s'expliquer.

— Nous ne pouvons pas prendre le risque d'utiliser un seul véhicule.

C'est qu'il ne s'encombre pas de détails.

L'homme attache sa ceinture et vérifie que je l'imite à travers le rétro. Après quoi, il fait démarrer le 4x4. Dehors, l'ambiance est morose. Tout est gris et, parfois, des éclairs zèbrent le ciel.

Baissant les yeux, mon attention se concentre sur un sac en tissu.

— Pour vous, me signale le conducteur peu loquace. De la part de Brooke.

— Brooke ?

— La quatrième agente en charge de votre sécurité. Brooke Hewington.

— Ah oui, désolée. J'avais oublié, soufflé-je en tirant le sac sur mes cuisses.

À l'intérieur, je découvre des friandises. Des bonbons à la fraise, des gâteaux au chocolat ainsi que des boudoirs. Mes biscuits préférés.

— Elle a pensé que ça vous ferait plaisir.

Je n'ai pas encore rencontré Brooke. Pourtant, je l'apprécie déjà. Ses attentions me font chaud au cœur.

— C'est très gentil de sa part. Vraiment, dis-je sans cesser de sourire.

Il y a des petits riens qui peuvent illuminer une journée. Ceux-là en font partie !

Je n'ai droit à aucune réaction de l'agent Lombardi, concentré sur la route. De temps à autre pendant le trajet, je l'aperçois jeter un coup d'œil dans le rétro histoire de s'assurer que je vais bien ou tout du moins que je n'essaie pas de sortir de la voiture pour me barrer et espérer retrouver un semblant de liberté.

— Allons-nous nous arrêter en chemin ? demandé-je au bout de trois heures de route.

— Non.

— Vraiment ?

— Oui.

— Oui, non. C'est tout ce à quoi j'aurai droit ?

— En effet, lâche-t-il.

Ses réponses m'exaspèrent. Pourquoi je tombe toujours sur des agents qui tirent la gueule ?

— Et si une envie pressante me prend ?

— Vous vous retiendrez.

— Et si l'envie est ultra-pressante ?

L'agent Lombardi tapote son levier de vitesse.

— Nous nous arrêterons, répond-il, impassible.

— L'envie ultra-pressante est là.

— *Questa merda*, baragouine-t-il.

À contrecœur, il stoppe le véhicule sur une route bordée par des champs.

— Je vous en prie. Faites donc, déclare-t-il.

Retirant ma ceinture, je me penche pour me saisir d'un paquet de mouchoirs posé dans un rangement entre le siège passager et le siège du conducteur.

— Ne vous éloignez pas. Je dois vous voir.

— Me voir ?

— Oui.

— Je ne crois pas, non, dis-je en sortant du véhicule.

Méfiante, je quitte la route et m'enfonce entre les buissons. Le pantalon baissé sur les cuisses, le manteau relevé à hauteur de la taille, je m'apprête à uriner quand Enzo apparaît.

— Mais…

— J'en ai vu d'autres. Ne vous retenez pas pour moi.

Je vire cramoisie.

— Je ne dois pas vous perdre de vue et je ne vous perdrai pas de vue. Il en va de ma réputation et de votre vie. Peu importe où vous allez ou ce que vous faites, je serai toujours à proximité.

Sa présence me bloque.

L'endroit est désert. Mis à part le bruit de la brise, rien ne vient perturber le calme de la nature, si ce n'est l'agacement que je ne cache pas.

— *Presto*[1].

— Comment ? soufflé-je en me rhabillant sans avoir réussi à uriner à cause de la compagnie encombrante d'Enzo qui sifflote.

— Dépêchez-vous. Nous avons un temps de route précis à respecter.

— Je vais me retenir.

— Vous êtes sûre ? Pas d'incontinence après votre séjour à l'hôpital ? Votre vessie tiendra le coup ? Hors de question de pisser sur la banquette.

1. Vite.

La gêne est totale.

— Ma vessie vous remercie pour tant d'attention. Je vais serrer les cuisses et prendre mon mal en patience.

— Parfait, réplique Enzo en m'ouvrant la portière.

Avant d'entrer dans la voiture, je me retourne pour le considérer de la tête aux pieds. Le grand brun ténébreux qui me domine de toute sa taille prend appui sur la portière. À cet instant, sa beauté me saute aux yeux. L'homme me dévisage de ses prunelles noisette. Passant sa main sur sa barbe de trois jours, il affiche un sourire forcé et ajoute :

— Pouvez-vous, s'il vous plaît, grimper dans le véhicule ? Nous avons déjà vingt minutes de retard.

— C'est ce qui vous contrarie ?

— Grandement.

Je le dévisage.

— *Presto*, Alexandra.

— Il n'y a pas le feu aux flaques !

— On se magne, articule-t-il.

Quelle impertinence. Pour qui se prend-il, celui-ci, à me parler sur ce ton ?

— Je ne suis pas votre esclave, répliqué-je en reculant de quelques pas.

— Vous n'avez plus de sutures, me semble-t-il. Vos plaies ont cicatrisé, n'est-ce pas ?

— Oui, et alors ?…

À peine ai-je fini ma phrase que l'agent Lombardi me soulève pour me balancer tel un sac à patates sur son épaule avant de me catapulter sur la banquette arrière du véhicule. J'ai beau pester, il s'en contrefiche. Reprenant sa place derrière le volant, il verrouille les portières.

— Il y a deux choses que je ne supporte pas en opé, Alexandra. Avoir à me répéter et que l'on ne suive pas mes consignes, prévient-il.

Faisant redémarrer le véhicule, il appuie sur son oreillette et lance à l'attention des agents Saint-Paul et Hecker :

— La dinde est dans le four.

4

Alexandra

— On se réveille, la Belle au bois dormant, entends-je.

Ces douces paroles ne sont certainement pas prononcées par Enzo Lombardi. Ouvrant doucement les yeux, je me réveille au beau milieu d'un aérodrome privé. À une dizaine de mètres de la voiture se trouve un avion prêt à décoller.

— Encore un peu de patience et nous arriverons à destination, prévient l'agent Saint-Paul, qui m'aide à sortir du 4x4.

L'homme n'est pas seulement souriant, il est galant. Il devrait donner des leçons de courtoisie à son collègue ! Averti par le regard en coin que je lance au ténébreux brun en pleine discussion avec le pilote sur le tarmac, l'agent Saint-Paul reprend.

— Vous verrez, il n'est pas méchant.

— C'est un ours mal léché ?

— Il grogne plus qu'il ne mord.

— Vraiment ?

— J'ai cru comprendre que le trajet n'avait pas été des plus amusants. Il va falloir vous accommoder du comportement d'Enzo. Il est directif parce que c'est son job. Ce n'est pas un hasard s'il se charge de votre garde rapprochée.

— Vous êtes aussi l'un de mes gardes du corps.

— En effet, répond l'agent Saint-Paul en sortant des bagages du coffre. Mais le patron sur cette mission reste Enzo.

— Vous vous connaissez… d'avant, je veux dire ?

Mon interlocuteur acquiesce en me faisant signe de le suivre dans le petit avion, où il range les valises pendant que je prends place sur un siège donnant sur un hublot.

— N'ayez crainte. Nous n'en sommes pas à notre première mission ensemble. Vous n'ignorez pas la situation dans laquelle vous êtes. Par conséquent, c'est une unité d'élite qui a été réunie pour votre protection. Lombardi est de mauvais poil parce que nous avons été prévenus à la dernière minute. Sans doute avait-il d'autres projets.

— Moi aussi, j'avais d'autres projets, souris-je tristement.

Ben oui, qui a le projet d'être pourchassé par un taré ?

— Ce que vous vivez n'est pas simple. Nous ferons notre possible pour faciliter votre quotidien pendant cette période.

— Période à durée indéterminée, ne puis-je m'empêcher d'ajouter.

L'agent Saint-Paul me lance un sourire contrit. Puis, il s'éloigne pour rejoindre ses deux collègues à bord de l'avion.

Les minutes passent et je me perds dans mes souvenirs les plus sombres. M'enfonçant dans mon siège, je fixe les accoudoirs. Même si les effleurer ou les toucher m'est insupportable, c'est plus fort que moi, j'y pose mes avant-bras. Mon geste me rappelle les longues heures ligotée à un fauteuil grinçant au beau milieu d'un hangar délabré à l'air lourd et étouffant. Saucissonnés par des cordes, mes bras moites ne faisaient presque plus qu'un avec les accoudoirs en bois usés. Essayant de me libérer de mes entraves, je m'arrachais la peau contre ces fichus accoudoirs. Je peux encore sentir les échardes qui s'enfonçaient dans mes chairs et les trituraient à chacun de mes mouvements.

Écœurée, je relève les appuie-bras.

— Tout va bien ? se soucie l'agent Saint-Paul.

Je n'ai pas le temps de lui répondre. Le message du commandant de bord qui retentit dans les haut-parleurs me fait violemment sursauter. La main sur la poitrine, je retrouve doucement mon calme sous le regard d'Enzo accoté contre le siège face au mien. Noyée dans un océan de pensées, je n'avais pas remarqué sa présence. Impassible, il me dévisage. Je n'aime pas me sentir épiée. Je ne supporte plus d'être fixée de la sorte, à tel point que je ne parviens pas à soutenir son regard. Je tourne la tête et soupire en percevant à cet instant la fragilité qui est la mienne.

Je fuis tout et tout le temps. Un rien m'effraie. Rien de plus normal pour une personne qui ne dort qu'avec des tranquillisants. Qui jette des coups d'œil répétés par-dessus son épaule lorsqu'elle sort. Qui pleure en entendant les chats de gouttière miauler sous sa fenêtre. Je ne suis plus celle que j'ai été. Aujourd'hui, je ne suis que l'ombre de moi-même. Avant, je pétillais. J'essayais de toujours voir le verre à moitié plein. Je me levais heureuse et allais travailler avec le sourire aux lèvres. J'adorais guider les gens à travers le musée du Louvre.

Mais depuis un an, tout a changé. Il n'aura fallu qu'une simple rencontre durant un bal masqué organisé par le musée pour que mon existence bascule et que je ne devienne la proie d'un fou. D'un criminel qui assassine ses victimes après avoir pris un malin plaisir à les torturer.

— Une fois le décollage terminé, vous pourrez aller aux W.-C., annonce l'agent Lombardi qui prend place face à moi.

Le regard fuyant, j'opine du chef en attachant ma ceinture.

— Ressentez-vous encore des douleurs dues à vos blessures ?

— Je n'ai que des migraines.

— Parfait. Nous allons très rapidement vous sevrer, annonce-t-il d'une voix profonde et autoritaire.

— Me quoi ? m'inquiété-je.

— Vous n'allez pas passer votre vie sous anxiolytiques. J'ai besoin que vous soyez alerte au quotidien.

— Je n'arrive pas à dormir sans.

— Oublions les prétextes. Si vous ne trouvez pas le sommeil, vous vous dépenserez. Après quelques heures d'entraînement chaque jour, je peux vous garantir que vous dormirez comme un bébé.

« Les prétextes » !... Quel culot.

— Ce n'est pas aussi simple ! m'agacé-je.

— Bien sûr que si. C'est une question de volonté, rien de plus.

— Merci, mais non merci, réponds-je, vexée par le ton infantilisant que prend mon interlocuteur.

— Ce n'était pas une question, Alexandra, réplique-t-il en fronçant les sourcils.

Cause toujours, mon grand !

Je me contente de lui jeter un regard plein de mépris avant de faire mine d'ignorer sa présence.

— Vous n'avez rien à répondre ? persiste-t-il en penchant la tête comme le ferait un parent avec son enfant grognon.

— Je vous répondrai simplement que la parole est d'argent quand le silence est d'or, agent Lombardi. Souvenez-vous-en.

Ma conclusion amuse les agents Hecker et Saint-Paul, témoins de la scène assis un peu plus loin. Quant à Enzo, il se contente d'afficher un sourire narquois que j'ignore. Je n'ai pas le courage de débattre. De toute façon, vu sa position, il aura toujours le dernier mot. Autant faire profil bas et choisir minutieusement mes batailles. J'aspire à retrouver un semblant de liberté. Et ce n'est pas en le contrariant le premier jour de la mission que je l'amadouerai.

Enzo s'enfonce dans son siège en croisant les mains sur ses genoux. Du coin de l'œil, je l'observe. Je dois bien avouer que cet homme est terriblement attirant. Son teint hâlé, ses cheveux coiffés vers l'arrière et cette moue boudeuse lui confèrent un charme (de bad boy) certain. À son poignet, une montre de luxe. Son pantalon est parfaitement taillé, ses mocassins sortent d'une manufacture sans doute italienne. Monsieur est chic. D'ailleurs, les deux agents qui l'accompagnent ne sont pas en reste. Une jolie petite brochette.

— Lombardi, c'est italien ? D'où êtes-vous originaire en Italie ?

— Ce n'est pas le sujet, rétorque Enzo tandis que l'avion décolle.

Me saisissant d'un sac en papier, je prends de grandes inspirations.

— Vous n'aimez pas l'avion ?

— Je déteste ça, grogné-je en tentant de maîtriser mes haut-le-cœur. J'aurais préféré le train ou le bateau.

— Pas de chance, répond Enzo en se penchant pour me balancer une pichenette sur le nez.

— Vous… ça ne va pas !

Son geste me choque. Pour qui se prend-il ?! La main posée sur le nez, je le foudroie du regard et songe un instant à rendre coup pour coup. Puis je me souviens que je suis en terrain hostile : dans un avion que je déteste face à un type vigoureux et despotique que je déteste tout autant. Je peste durant plusieurs minutes. Quel est cet étrange énergumène qui amuse ses coéquipiers, qui font semblant de regarder ailleurs mais qui en réalité ne ratent pas une miette de la scène ?

L'agent Lombardi détache sa ceinture.

— Qu'est-ce que…

— J'ai détourné votre attention pendant le décollage. Vous avez l'air d'aller beaucoup mieux, Alexandra.

— Mais…

— Tout est une question de mental. Il va falloir renforcer le vôtre, garantit-il en se levant pour se dégourdir les jambes sous mon air ahuri.

— Laissez-moi deviner, nous nous y attellerons très rapidement, dis-je en prenant la direction des toilettes.

— Vous apprenez vite, murmure Enzo, qui s'érige au beau milieu du passage telle une colonne qu'on ne peut déplacer.

Ce que j'aimerais lui rendre sa pichenette ! Mais je n'en fais rien. Le type est une armoire à glace.

Je le contourne. Au même instant, une turbulence me pousse tout droit dans ses bras. C'est bien ma veine ! La secousse s'éternise et je me retrouve à respirer (contre mon gré…) l'odeur enchanteresse de ma garde rapprochée. Le bel Italien porte une eau de toilette aux nuances boisées qui ne me laissait déjà pas de marbre dans la voiture.

Prise d'un sursaut, je me redresse. Quant à Enzo, il retire en ricanant le filet de bave sur son pull. Gros malaise de mon côté. Ma vie est une vaste blague, ce n'est pas possible autrement, me lamenté-je silencieusement en essuyant le coin de ma bouche du bout de mon pouce.

— Même mon chien ne bave pas autant, me raille-t-il.

Le coup de grâce.

Ma seule échappatoire : m'enfermer dans les toilettes.

— Je peux ? La porte doit-elle rester ouverte ? lui lancé-je avec ironie en me dégageant de son emprise.

— Vous pouvez fermer cette porte. Même si vous vouliez vous barrer, vous n'iriez pas bien loin, argue-t-il avec cet air victorieux qui me donne envie de lui arracher les yeux.

Le quotidien à ses côtés ne sera pas de tout repos !

5

Alexandra

Voilà plus d'une demi-heure que l'avion s'est posé dans un petit aérodrome anglais. Assise sur la banquette arrière d'une voiture conduite par l'agent Lombardi, je découvre un splendide village médiéval du nom de Rye.

— Le comté d'East Sussex, dis-je en ayant la sensation d'avoir fait un bond dans le temps. Ai-je enfin le droit de savoir où nous allons loger pour une durée indéterminée ?

— Dans un cottage de Beckley, avec chalet annexe. Trois cent cinquante mètres carrés, cinq chambres, un magnifique jardin paysager à la française et un hectare de terrain. L'endroit est isolé. Personne ne s'y aventure sans y être invité.

— Nous n'aurons pas de voisins ?

— Le premier se trouvera à cinq cents mètres de la propriété. C'est un ancien colonel qui n'a rien perdu de sa superbe.

— Il sait qui je suis ? Et ce que nous venons faire ?

— Oui.

— Vous avez confiance en lui ?

— Plus qu'en quiconque.

— J'en déduis que vous le connaissez personnellement, non ? dis-je en regardant le paysage défiler derrière les vitres.

Enzo lève les yeux au ciel. Mes questions l'ennuient. Je préfère ne pas insister pour éviter de le braquer. Il est normal qu'il n'ait pas envie d'entrer dans les détails de son existence avec une inconnue. Je me sens envieuse un instant. Moi aussi, j'aimerais encore avoir un jardin secret…

Bien qu'il fasse gris, je ne rate rien de la beauté des routes que nous empruntons. Elles nous dévoilent des paysages vallonnés à perte de vue qui respirent la liberté. Ainsi que des zones boisées sur lesquelles l'homme ne semble avoir aucune emprise. Et il y a cette plage de sable blanc aux eaux claires et aux dunes majestueuses qui nous a accompagnés pendant une partie de notre trajet. Le Sussex m'inspire la sérénité, et c'est de moins en moins stressée que je m'apprête à rejoindre mon nouveau chez-moi.

Arrivés à un petit carrefour, nous nous engageons sur un chemin de terre. À la vue des longs arbres dénudés, je frissonne. La dernière fois que je me suis aventurée dans une forêt, j'en suis ressortie avec deux balles dans le corps que l'on m'a retirées après cinq heures au bloc opératoire.

Mon soudain silence interroge Enzo qui arrête la voiture dans une zone très sombre où les arbres et leurs branches sont si épais qu'ils empêchent presque la lumière de passer.

— Il faut que vous sachiez que les prochaines semaines risquent d'être décisives. Le Collectionneur a commis une erreur en vous dévoilant son visage. Il ne pensait pas que les secours arriveraient sur les lieux en moins de cinq minutes après son effraction. Il se croit plus intelligent et plus fort que le reste du monde.

En effet. Deux théories ont été émises par la police. La première, son ego l'a dépassé. Se croyant invincible et tout-puissant, il s'imaginait pouvoir me kidnapper avant l'arrivée des secours. Sa personnalité narcissique l'aurait poussé à retirer son masque pour célébrer une sorte de victoire.

La seconde hypothèse : il comptait me tuer dans les minutes suivant son attaque. Son ego surdimensionné aurait, une fois encore, joué en sa défaveur. À trop jubiler, il a peut-être été trop lent dans l'exécution de sa tâche.

— Vous allez devoir vous battre contre vos peurs et affronter vos démons, prévient Enzo qui m'observe dans le rétroviseur intérieur. L'obscurité ne devra plus être votre ennemi. Elle va devenir votre meilleure alliée. De vos faiblesses devront naître vos plus grandes forces. Aucun faux pas ne sera toléré. Plus question de désobéir aux ordres que je vous donnerai. Si je vous signifie que le trajet est de trois heures et qu'aucun arrêt ne sera permis, vous ne me contredirez pas. Si je dis blanc, vous pourrez penser rouge, mais je ne veux pas l'entendre sortir de votre bouche. Quand je vous demanderai de rester dans mon champ de vision, vous le ferez. Ce n'est pas de gaieté de cœur que je vous inflige tout cela.

Pour la première fois, il émane de lui un peu de compassion. Son regard se fait plus doux et son ton moins abrupt.

— Ce n'est pas non plus par sadisme ou par besoin de prouver ma supériorité. Je ne cherche pas à vous dominer. Mon boulot est de vous protéger. Ni plus ni moins. Règle numéro un : on ne laisse aucune ouverture à son ennemi. Règle numéro deux : la mobilité est prioritaire. Ne soyez jamais une cible fixe en terrain inconnu.

Bouche bée, je me terre dans le mutisme. J'aimerais lui dire qu'il a tort, que jamais je ne me plierai à ses conditions, mais aucun mot ne parvient à s'échapper de ma gorge nouée. Je suis pétrie de peur. Chaque journée qui s'écoule est une petite victoire enveloppée d'appréhension et de chagrin. Je veux vivre, avec un V majuscule. Ne plus me cacher. Arrêter de fuir. Il devient vital que je retrouve ma liberté. Enzo est peut-être la clé qui m'y mènera, si et seulement si je me plie aux règles qu'il m'impose.

— Ce n'est pas une punition, Alexandra, conclut-il face à mon air dépité.

Ravalant ma salive, j'essuie les larmes qui coulent sur mes joues. Je n'ai pas envie que l'agent Lombardi me voie ainsi, faible et sans défense.

— Vous devez me trouver pathétique à chouiner comme une enfant.

— Rien de plus normal que de laisser retomber la pression.

— Il ne vous arrive sûrement jamais de pleurer, à vous.

— Ce que je fais ou ne fais pas n'a que peu d'importance, ajoute Enzo en reprenant la route.

Il sort de la boîte à gants une clé qui déverrouille à distance le portail qui s'érige devant nous.

— Bienvenue dans votre nouveau chez-vous.

Je me penche pour apercevoir la propriété dans laquelle je vais poser mon seul et unique bagage. On ne m'a pas autorisée à prendre beaucoup d'affaires. L'urgence de la situation m'a empêchée de retourner sur les lieux de mon ancien hébergement corrézien, devenu une scène de crime.

Sous ses airs de maison de poupées, le cottage qui va nous accueillir est spacieux. Il s'érige dans un foisonnant jardin comme s'il en était une sorte de prolongement naturel. Son toit est en jonc de Camargue, et sa façade recouverte de pierres donne un aspect doux et clair à l'édifice.

Je sèche mes dernières larmes, sors de la voiture et m'empresse d'accéder au hall d'entrée dans lequel attend une grande blonde au visage avenant. Passant sa main dans ses cheveux courts et réajustant la veste de son tailleur, elle s'approche.

— Enchantée. Agent Brooke Hewington. Je suppose que vous êtes Alexandra.

— Quelle perspicacité, la raille Enzo en disparaissant dans la maison.

— Cet homme est un amour, me dit-elle en souriant de plus belle et en me tendant la main pour me saluer. J'espère que mes petites attentions vous ont plu.

La chaleur que dégage cette femme me rassure.

— Merci beaucoup, répliqué-je en montrant le sac sur mon épaule. Il y a bien longtemps que je n'avais plus été gâtée de la sorte.

— Toutes les semaines, l'un des agents ira faire les courses. Vous pourrez lui transmettre une liste avec les produits qui vous font envie. J'ai insisté sur ce point auprès de notre direction et j'ai eu gain de cause. Vous êtes à des kilomètres de chez vous, dans un environnement inconnu. Il est normal que vous ayez droit à de petits plaisirs qui apaisent et réconfortent. De plus, j'ai pris soin de vous acheter quelques vêtements. J'ai cru comprendre que vous voyagiez léger.

Son discours change de tous ceux que j'ai entendus auparavant. Par le passé, ma surveillance n'était gérée que par des hommes : les petites attentions, très peu pour eux. « Nous ne sommes pas vos baby-sitters, Alexandra. Une fois l'enquête terminée vous ferez votre shopping vous-même. Bla bla bla bla. »

— Si vous le voulez bien, nous allons faire le tour du propriétaire. Vous pourrez choisir votre chambre.

— Vraiment ? intervient Enzo depuis un couloir, tandis que je pose mes affaires sur un meuble.

C'est que ce gars a des oreilles bioniques ! Il apparaît, les mains dans les poches.

— Oui, vraiment, répond l'élégante Brooke en lui tapotant

l'épaule. Alexandra, suivez-moi pendant que ces messieurs s'occupent de sortir les bagages des coffres.

Tout au long de la visite, je suis subjuguée par le mélange des genres. La modernité et l'ancien s'assemblent à la perfection. Le mobilier en bois cohabite avec des accessoires en acier brossé et granit. L'immense table en bois de la cuisine confère un aspect convivial à la pièce, donnant sur une salle à manger, elle-même ouverte sur un vaste salon cocooning.

— Il y a des meubles de la fin du XIXe siècle. Vous qui aimez l'art, vous allez être conquise, me confie Brooke dans le couloir. Regardez ces chaises anglaises du XXe siècle. Cuir, bois de bouleau et sycomore.

Je pivote pour me retrouver face à une porte sous le renfoncement de l'escalier, qui mène à *mon* bureau selon mon interlocutrice.

Je pénètre dans la pièce aux tons beiges. Une bibliothèque recouvre tout un pan de mur. Elle est séparée de l'espace travail par une verrière qui laisse passer la lumière. L'alcôve abrite un bureau en bois. Plus loin, j'aperçois une palette placée à côté de pinceaux et de tubes de peinture. Puis je constate la présence d'un chevalet sur lequel pend un tablier.

— Il paraît que vous aimez peindre. Vous aurez l'occasion de vous livrer à votre activité favorite, que ce soit en intérieur ou à l'extérieur. Sur la terrasse, par exemple.

— Merci. Merci beaucoup, murmuré-je, la voix éraillée par l'émotion en effleurant le matériel du bout des doigts.

C'est comme si je retrouvais un peu de ma vie d'avant.

La visite se poursuit au premier où je découvre différentes chambres aux tons pastel. Brooke ne manque pas de préciser que les décorations ont été réalisées par des artisans locaux.

— Avez-vous une préférence pour l'une des deux suites ?

Plantée dans le chambranle de la porte reliant les deux chambres, j'hésite. Soudain, une fulgurance me vient.

— Cette porte sera verrouillée ?

Enzo s'incruste dans la conversation :

— Comme le veut le protocole de sécurité, cette porte restera ouverte la nuit. Vous choisissez une chambre, je prends l'autre.

Le protocole a bon dos !

— Qu'en est-il de l'intimité ?

— En journée, vous pourrez la fermer sans la verrouiller. Bien sûr, un agent vous rendra visite toutes les demi-heures pour s'assurer de votre sécurité. La nuit, elle restera entrouverte.

— Mais…

— Le deuxième surnom du Collectionneur, que vous n'ignorez pas, est « l'Ombre ». Il se complaît dans l'obscurité.

— Je…

— La porte restera ouverte la nuit, ce n'est pas négociable. Alors ? Une préférence ? m'interroge Enzo.

Comprenant qu'il n'en démordra pas et que ses collègues l'appuieront à cause du foutu « protocole », je cède. De toute façon, j'abandonne tout à tout le monde depuis douze mois. Une fois de plus ou une fois de moins ne changera pas la donne.

— Tant qu'à être prisonnière d'une cage dorée, je choisis la suite café. Vous n'aurez qu'à vous installer dans l'autre. Le vert vous va à ravir au teint, lâché-je, pince-sans-rire, sous l'air impassible du gaillard.

— *Mamma mia !* Je raffole déjà de votre délicieux humour, se moque-t-il avant de se tourner vers Brooke. Vous êtes faites pour vous entendre, toutes les deux.

Le grand brun nous fausse compagnie.

— Ne prêtez pas attention à ses réflexions. L'agent Lombardi est un grincheux. Votre sarcasme affrontera le sien. Je jubile à l'idée d'être la spectatrice de vos joutes verbales.

— Ah oui ?

— On raconte que vous n'avez pas votre langue dans votre poche. Et que votre humour corrosif a parfois fait des dégâts.

— Vous avez échangé avec le capitaine Léani ? me renseigné-je en m'asseyant sur le lit tandis que Brooke ouvre les portes-fenêtres pour me permettre de contempler la beauté des collines qui se dressent au loin.

— Mes sources resteront secrètes, plaisante mon interlocutrice.

La regardant se déplacer dans la salle pendant que l'agent Hecker pose mon bagage, je me demande quel âge peut avoir cette femme aux traits séraphiques. Ses gestes gracieux m'hypnotisent. Sa cambrure est parfaite et son port de tête est impeccable. Brooke a dû exceller en danse classique. Peut-être est-ce toujours le cas.

— Qu'y a-t-il ? me questionne-t-elle en s'installant sur le siège de la coiffeuse.

— Rien.

— Vous m'observiez.

Je souris.

— Un peu.

— Et qu'en déduisez-vous ?

— Qu'il n'est plus temps de *piailler.* Poursuivons la visite, exige Enzo en se plantant dans le couloir du premier devant la porte de la chambre.

— Insupportable et misogyne. Tout pour plaire celui-ci, marmonné-je en me levant pour le suivre.

— Pardon ? lâche-t-il lorsque je le contourne.

— Vous m'avez très bien entendue, agent Lombardi. Si ce n'est pas le cas, je vous conseille de passer des tests médicaux et de laisser votre place à un individu qui n'a pas le canal auditif encombré par toutes les pensées nombrilistes, autoritaires et phallocentriques qui tournent en boucle dans sa tête, lui asséné-je en le doublant définitivement pour monter au deuxième étage.

Grimpant les marches, je croise le regard sombre et contrarié d'Enzo qui reste immobile au premier. Eh oui, je ne suis pas qu'une pauvre petite chose fragile. Mieux vaut qu'il ne l'oublie pas.

6

Alexandra

— Voilà pour les étages supérieurs, dit Brooke en sortant du grenier aménagé en salle de jeux avec billard et baby-foot, entre autres. Ne nous reste plus que le sous-sol à visiter. Plus tard dans la journée, l'agent Saint-Paul vous conduira du côté de l'annexe, où vous découvrirez le PC[1] sécurité. Ah ! Autre point ! Vous trouverez des bombes lacrymogènes dans les tiroirs de la maison sur lesquels une pastille autocollante grise est placée. Vous n'aurez normalement pas à vous en servir, mais connaître leur localisation pourrait vous rassurer.

— Il y a d'autres armes ?

— Oui. Vous apprendrez à tirer pendant vos entraînements.

— Suzy ne devrait plus tarder. Avez-vous une idée de ce que vous aimeriez manger ce soir ? me demande l'agent Hecker, aussi discret qu'omniprésent.

Il parle peu, se déplace à pas feutrés. On pourrait le croire transparent, mais non ! Il termine toujours dans mon champ de vision. Je vais aussi me méfier de celui-ci, le genre d'homme à fouiner partout sans jamais se faire prendre.

1. Poste de contrôle.

— Suzy ?

— Une ancienne gouvernante royale, précise-t-il.

Rien que ça !

— La maîtresse des lieux, souligne Brooke sans entrer dans les détails. Vous aurez le loisir de composer vos menus avec elle en fin de journée. Pour ce premier dîner, je propose un poulet/frites ! Simple et efficace. Vous ne vous sentirez pas dépaysée.

Il y a tellement longtemps que je n'en ai pas mangé !

— Avec de la glace ? réponds-je en ayant l'impression que mon avis compte.

— Validé.

Je salive à l'idée du repas. La visite du bunker qui se profile, elle, me paraît moins attrayante.

Hecker le mystérieux s'éclipse et je descends au rez-de-chaussée avec Brooke. Au bout du couloir principal se trouve une porte donnant sur ce qui ressemble, en apparence, à un placard. L'agente tire sur le fil d'une soi-disant loupiote pour me dévoiler un boîtier dissimulé entre deux étagères avant de saisir le code.

— « 9134+ ».

Un meuble coulisse, donnant accès à un escalier menant au sous-sol. Malgré les spots au plafond, il fait sombre. Hésitante, je finis par descendre les marches.

— À gauche, la cave qui permet d'accéder à des souterrains creusés durant la Seconde Guerre mondiale… Organisation défensive oblige. Leurs accès sont bloqués depuis plusieurs décennies. Tout de suite à droite, une énorme porte blindée. Je vais remonter. Une fois seule, vous allez taper un code à cinq caractères qui comportera un caractère spécial. Les dates de naissance ou les chiffres qui ont une symbolique pour vous sont à proscrire. Votre code devra rester secret et ne pas être une suite du même nombre. Pas de un, deux, trois, quatre, ni de zéro, zéro, zéro, zéro. Rien de basique.

— Et si je venais à perdre la mémoire ?

— Une solution alternative serait utilisée.

— Quelle est-elle, si ce n'est pas trop indiscret ?

— Vous le saurez si un jour vous veniez à perdre la mémoire.

— Ne jamais placer ses œufs dans le même panier.

— Exactement. Dernière information concernant la porte du bunker : elle doit toujours rester fermée. Nous ne l'ouvrirons que pendant les entraînements.

Brooke se connecte au système de sécurité via un dispositif de reconnaissance faciale. Elle déverrouille l'application et me permet d'accéder à mon profil en partie créé. Ne manque plus que mon empreinte ainsi que le code choisi par mes soins.

— D'autres *témoins protégés* ont été amenés ici par le passé ? demandé-je en comprenant que le système de sécurité est ultra-perfectionné.

Il est certain qu'il n'a pas été mis en place pour ma petite personne.

— Affirmatif. Deux sur les dix dernières années.

— Ils sont… ils sont toujours en vie ?

— Affirmatif.

L'agente se retire, me laissant seule au sous-sol. J'enregistre l'empreinte de mon index et, instinctivement, je tape le code « 6537/ ». Il ne fait écho à rien dans ma vie. Par conséquent, il est parfait ou presque. Pour le valider, je tape le code une seconde fois. La porte coulisse, me donnant accès à une *panic room* qui m'arrache un long soupir. À l'intérieur, le matériel est sommaire : une banquette, un lit, un bureau, une chaise, une étagère avec quelques livres, un téléphone militaire alimenté par une batterie propre et, surtout, un écran relié aux caméras de vidéosurveillance installées dans la propriété et sur son terrain.

Il n'y a plus aucune place pour l'intimité. Chaque geste et chaque mouvement vont être épiés. Enzo a raison. Mieux vaut que je m'endurcisse, pensé-je en remontant au rez-de-chaussée. Autant ne pas traîner dans ce sous-sol qui me glace l'échine.

— Mettez-vous à l'aise et prenez possession des lieux, me dit Brooke qui m'attendait dans le couloir.

Je suis son conseil et me sers un verre d'eau dans la cuisine puis m'enracine au canapé du salon. Je profite d'un moment de calme quand un doberman surgit de la salle à manger. La bête au pelage noir et feu s'arrête à mes pieds et m'observe de ses prunelles foncées. Je ne sais pas si je dois partir en courant, rester immobile ou tenter de la caresser. C'est qu'elle n'a pas l'air commode à me fixer comme son casse-croûte !

— Je vois que vous faites connaissance avec Zeus, jubile Enzo en vadrouillant dans la pièce avec nonchalance.

Zeus ? Rien que ça.

— Zeus me paraît un chouïa tendu, constaté-je en m'enfonçant sur le canapé.

— Il est un peu énervé. Il n'a pas encore eu droit à sa première sortie de l'après-midi.

— Dans ce cas, peut-être faudrait-il lui permettre de prendre l'air.

— Je suis assez d'accord, répond l'agent Lombardi en tournant les talons avant de revenir. Il ne va pas se sortir tout seul.

— Évidemment.

— Il ne va pas se sortir tout seul, répète-t-il.

— Je l'avais bien compris, monsieur muscles. N'étant pas votre boniche, une demande formulée poliment…

— *Senti chi parla*[1] ! Une princesse.

Ce qu'il m'énerve à pester en italien. Je ne parle pas la langue, mais le message est on ne peut plus clair.

— Un « s'il vous plaît » ne vous arrachera pas la bouche, promis.

— *Uffa*[2] !

À la prononciation de ce mot, Zeus aboie, me faisant sursauter.

— Il tape dans votre gamelle ? Vous le nourrissez aux anabolisants ? Tel maître, tel chien, lâché-je en observant l'imposant animal.

— Ha, ha. Il s'impatiente. Pour le supporter depuis trois ans, je peux vous assurer qu'il va bientôt attaquer.

Comment ?!

— S'il vous plaît, Alexandra, pourriez-vous sortir mon clébard ? marmonné-je en enjambant le canapé pour instaurer une distance avec le doberman qui me zieute de ses grands yeux.

Zeus aboie de plus belle.

— Il n'aime pas l'appellation « clébard ». Attention, monsieur peut avoir mauvais caractère.

— Tiens donc, il me rappelle quelqu'un…

Reculant, je fais tomber le contenu du sac que Brooke m'a offert. Ramassant le tout, je me redresse, une peluche à la main. Immédiatement le chien s'adoucit. Il cesse d'aboyer sous le regard circonspect de son maître, bondit par-dessus le canapé et couine à mes jambes pour obtenir le doudou jaune.

— Oh ! ça, c'est un bon chien, dis-je en caressant Zeus devenu aussi doux qu'un agneau.

Le poussin en tissu dans la gueule, le chien me suit calmement jusque dans le jardin sous les airs amusés des agents présents.

1. Ben voyons !
2. Oh là là !

— Il faut le voir pour le croire, entends-je. Zeus le Terrible s'est amourachée de sa nouvelle propriétaire en même pas cinq minutes.

— Je l'ai dressé pour que l'odeur de la demoiselle lui soit familière. Il n'a qu'un seul maître, *moi*, réplique Enzo pendant que son chien dépose la peluche à mes pieds.

Je crois que quelqu'un veut jouer.

— Tu es un bon chien, dis-je avec un sourire en lançant un bâton à l'animal, qui court après et me le ramène en réclamant des caresses.

L'agent Saint-Paul me tend une veste que j'enfile pour me balader dans les environs. Enzo n'est jamais loin, à tel point que lorsque je recule pour bifurquer dans une autre direction que celle initialement choisie, je me cogne contre lui.

C'est dingue ! Cet homme se retrouve sans cesse dans *mon espace vital*. Peut-être a-t-il l'habitude d'une certaine proximité avec ses coéquipiers en mission. Là, c'est différent. Qu'il garde ses distances !

— On regarde droit devant soi quand on avance, *signora*.

Cause toujours, songé-je en manquant de trébucher sur une branche. In extremis, Enzo me rattrape.

— L'équilibre n'est pas votre fort. À moins que vous ne vous jetiez dans mes bras délibérément.

— Ne prenez pas vos désirs pour la réalité. Ce n'est pas demain la veille que ça arrivera, assuré-je en poursuivant la balade. D'ailleurs, ne voudriez-vous pas permettre à un autre agent de prendre votre place ? Quitte à passer l'essentiel de mon temps avec un garde du corps, autant que je m'entende avec.

— Vous devrez composer avec moi. Ce n'est pas négociable, répond Enzo sans se départir de sa déconcertante nonchalance.

C'est qu'il prend plaisir à me contrarier !

— À croire qu'une mauvaise sorcière s'est penchée sur mon berceau à ma naissance ! C'est tout ou rien. Soit je me retrouve livrée à moi-même avec un fou furieux aux trousses. Soit je suis emprisonnée dans une cage dorée avec pour compagnie un type tout ce qu'il y a de plus bourru. Pour une fois, m'exclamé-je en levant les bras en direction du ciel, je ne pourrais pas trouver le juste milieu ?!

— Regardez droit devant vous quand vous mar…

Je me prends le pied dans une crevasse boueuse et finis tête la première dans la terre humide, face à Enzo qui se contente de pincer les lèvres. Les bras croisés, il m'observe me dépatouiller tandis que le chien me saute joyeusement dessus.

— Je vous avais pourtant prévenue, relève l'agent Lombardi en m'enjambant pour poursuivre la promenade.

Bourru et porteur de poisse : à la bonne heure !

7

Alexandra

La visite du PC de sécurité terminée, je m'installe dans le salon.

Assise à même le sol, j'observe les flammes lancinantes dans l'âtre. Leurs ombres se dessinent sur les murs de la pièce. Leur danse macabre m'angoisse. Tournant la tête pour ne plus avoir à les regarder, je constate que la nuit est tombée. Je retiens un frisson en me recroquevillant. Serrant mes jambes contre ma poitrine, je tente de me raisonner.

— Tu es en sécurité, me répété-je en essayant d'étouffer les palpitations violentes qui cognent dans ma poitrine.

Zeus, allongé dans son fauteuil près de la fenêtre, se rapproche et couine en me tournant autour.

— Calme-toi, Alex, me dis-je à moi-même en repensant aux techniques de relaxation que m'a apprises le psy durant mon dernier séjour à l'hôpital.

Mais rien n'y fait. Je me perds dans les tréfonds de mon esprit. Les flashs de ma dernière rencontre avec le Collectionneur défilent sous mes yeux. Alarme, nuit noire, forêt, horreur, passage à tabac, sang, coups de feu… tout n'est plus que chaos autour de moi. Pétrifiée, je recule sur le sol et me faufile dans l'angle du canapé.

— Zeus, tais-toi ! m'exclamé-je alors que ses aboiements ajoutent à ma terreur.

Je prends ma tête entre mes mains et me répète à haute voix que le monstre n'est pas là. Qu'ici, il ne peut pas m'atteindre. Je ne parviens pas à me calmer, à tel point que je n'entends pas Enzo pénétrer dans la pièce.

Quand j'ouvre soudainement les yeux en sentant une main sur mon épaule, je le retrouve accroupi face à moi.

— Alexandra, respirez lentement, déclare-t-il d'une voix posée. Regardez-moi.

Je n'y arrive pas.

— Alexandra…

Il pose délicatement sa main sur ma joue et parvient à capter mon attention. Le regard empli de compassion, il poursuit :

— Prenez une grande inspiration sur quatre secondes. Bloquez pendant quatre secondes et expirez pendant quatre secondes.

Secouant la tête pour retrouver des pensées claires, je m'exécute.

— Répétez ces actions à autant de reprises qu'il le faudra, souligne Enzo qui retire sa main de mon visage tandis que je m'accroche à son bras en exécutant l'exercice une bonne dizaine de fois. Comment vous sentez-vous ?

— Mieux, déclaré-je en sentant la crise d'angoisse s'atténuer.

Au fil des minutes, mon corps se décontracte, et ma tête se vide des horreurs qui vont et viennent à leur guise.

Le chien perçoit que j'ai besoin de réconfort et pose sa truffe sur mes jambes à présent détendues.

— Merci, murmuré-je, pleine de gratitude envers le garde du corps, qui se redresse.

Il opine du chef en liant ses mains à hauteur de son bas-ventre.

Sa douceur s'évapore et laisse place au professionnel d'élite puissant et sans émotion. Enzo le gros dur est de retour.

— Suzy est arrivée, m'apprend-il.

Je cesse de caresser Zeus couché à mes côtés et me lève pour saluer la maîtresse des lieux, une charmante dame rondelette au chignon banane impeccable. Vêtue d'un pull noir qui contraste avec ses cheveux poivre et sel, et d'une jupe crayon grise, elle replace avec minutie le châle autour de son cou avant de me tendre la main.

— Enchantée de faire votre connaissance, Alexandra, déclare-t-elle avec un petit accent anglais. Brooke ne m'a dit que du bien de vous !

Le compliment me va droit au cœur. Je suis ravie de savoir que j'ai fait bonne impression. Je n'imagine pas une femme de l'acabit de Brooke proférer ce genre de choses dans le seul but de flatter mon ego.

— Nous allons passer beaucoup de temps ensemble.

— Il paraît, réponds-je en sentant le regard appuyé d'Enzo sur moi.

Bombant le torse, il croise les bras. Suzy, la petite soixantaine, lui tire la joue avec affection. Pour la première fois depuis ce matin, je vois Enzo se dérider. La gouvernante le taquine et il rougit.

C'est mignon, songé-je, divertie par la situation. *L'agent Lombardi n'est pas un robot !*

— Vous allez voir, Pulcino[1] est un véritable cordon-bleu. Quand il n'est pas en mission secrète ou à la salle de sport, il passe son temps derrière les fourneaux !

Mon air étonné amuse Suzy.

— Il est mon petit protégé ! Je l'ai vu grandir. Il n'a pas toujours

1. *Pulcino* : poussin.

été sage. Vous savez, adolescent, il faisait les quatre cents coups. Combien de fois ai-je dû le rappeler à l'ordre…

L'homme se racle la gorge. Les confidences de Suzy l'incommodent. Quant à moi, je souris. Ils sont drôles, tous les deux. Le grand impassible et la petite dame joviale. Un duo improbable !

— Vous vous connaissez bien ?

— Je l'ai élevé. Tout comme je me suis occupée de Brooke !

Enfin une personne loquace ! Nous allons bien nous entendre.

Un sourire forcé aux lèvres, Enzo invite Suzy à le suivre dans la cuisine. J'entends des bribes de leur conversation. Il la gronde mais ses reproches semblent lui passer au-dessus de la tête. Au bout de cinq minutes, le Ténébreux (seul surnom qui me vient à l'esprit après Casse-bonbons) réapparaît.

— Nous dînerons dans une heure.

J'acquiesce et m'apprête à monter dans ma chambre. Au pied de l'escalier, je m'immobilise avant d'errer dans le couloir.

— Que se passe-t-il ? demande Enzo en me rejoignant.

— Eh bien, je ne sais pas trop ce que je peux faire ou ce que je dois faire.

— Il y a la télévision, la salle de jeux au deuxième, des jeux de société rangés dans les placards… Vous avez l'embarras du choix.

Hésitante, je monte quelques marches. Enzo m'épie, appuyé contre la rambarde.

— Si quelque chose ne va pas, vous pouvez m'en faire part.

— Je…

Ne sachant pas sur quel pied danser avec lui, j'ai du mal à formuler ma question. Est-ce qu'il va penser que je fais un caprice ? Je finis par me lancer en redescendant en bas de l'escalier.

— Vous pensez que je pourrais garder Zeus auprès de moi ?

Dans la seconde, l'agent siffle et le chien débarque.

— Il est tout à vous, déclare-t-il.

— Vous êtes sûr que ça ne vous dérange pas ? demandé-je, gênée.

— Vous avez besoin de compagnie et de vous sentir en sécurité. Qui dit nouvel environnement et nouvelle garde rapprochée dit crainte pour vous. Je le conçois, il n'y a rien de plus normal. Il vous faut du temps pour vous habituer à ce nouveau quotidien.

— Et est-ce que… vous pourriez monter à l'étage pour… pour… vérifier qu'il n'y ait pas d'intrus ?

Je me sens un peu bête d'avoir exprimé cette demande. La propriété grouille d'agents, impossible pour quiconque d'y entrer sans être invité.

Enzo me contourne et grimpe les marches. Je le suis, accompagnée du doberman. L'agent fait le tour de la pièce. Il ouvre les meubles, inspecte les placards, regarde sous le lit et dans la salle de bains. Puis il vérifie que les fenêtres sont fermées et se livre aux mêmes actions dans sa chambre, qui partage une porte commune avec la mienne.

— Personne, assure-t-il en me retrouvant. Au besoin, je reste à l'étage.

Rassurée, j'approuve. Enzo aurait pu se contenter de me laisser le chien et de vaquer à ses occupations. Ce n'est pas ce qu'il a fait. Bien que silencieuse, je lui en suis extrêmement reconnaissante. Je n'ai plus l'impression d'être livrée à moi-même comme ce fut le cas auparavant.

L'agent quitte la chambre pour se rendre dans son bureau dont il laisse la porte grande ouverte.

Arpentant la pièce, je me familiarise avec mon nouvel environnement sous le regard de Zeus qui ne me quitte plus d'une semelle. Grimpant sur le lit, je lui fais signe de me rejoindre. Il ne se fait pas prier et je ne peux m'empêcher de le papouiller.

— Nous allons devenir de grands amis, tous les deux.

Des *amis*. Je crois que je n'en ai plus. La distance et le silence auront eu raison de ma vie sociale. Bye bye aux repas en terrasse après le boulot. Adieu aux soirées festives. Plus de vacances à dormir sous une tente. Maintenant, mon existence est réglée comme du papier à musique. Plus possible d'être spontanée. Jamais autant de paires d'yeux n'ont été braquées sur moi qu'aujourd'hui. Je suis le centre de l'attention et j'ai la sensation d'être en prison. Les sentiments contradictoires m'habitent. Chaque jour, j'essaie de les étouffer. De ne pas permettre aux voix dans ma tête d'avoir raison de la petite flamme qui persiste à exister en moi. Elle se bat pour ne pas être engloutie par l'obscurité.

— Tout va bien ? se renseigne l'agent Saint-Paul après avoir terminé sa ronde.

Son oreillette et sa tablette, qui lui donne accès aux caméras de surveillance, me rappellent les films d'espionnage. Droit sur ses jambes, les muscles saillants sous un T-shirt moulant, l'agent Saint-Paul doit en faire baver plus d'une.

— Ça va, merci.

Il incline la tête en souriant. Son regard révèle toute l'empathie qu'il a pour moi.

— Je reformule ma question. Comment allez-vous *réellement* ?

Un court silence tombe sur la pièce.

— Ce n'est pas la vie que j'ai rêvé de mener, mais je m'en contente.

— Qu'aimeriez-vous faire quand vous retrouverez votre liberté ? me demande-t-il en prenant le temps de s'asseoir sur la banquette face au lit.

— Je voudrais découvrir le monde. Me mêler aux gens ! Passer d'un pays à un autre sans jamais avoir à regarder par-dessus mon épaule. J'aimerais pouvoir dormir à la belle étoile, emprunter des sentiers imprévus. Ne pas avoir à me conformer constamment à un programme précis. Ces derniers mois m'ont aidée à comprendre qui je suis. Je ne suis pas faite pour rester au même endroit. J'ai la bougeotte.

— Vos yeux pétillent, Alexandra !

M'écroulant sur le lit, les bras grands ouverts, je perçois que la petite flamme en moi grandit.

— Je vous souhaite de tout cœur de réaliser ces projets qui ont l'air fabuleux.

— Une fois le Collectionneur sous les verrous, je prendrai mon baluchon et je partirai plusieurs semaines. Je n'aurai besoin que d'une carte pour me guider, de quelques affaires, de crayons et de papier. Ainsi, je pourrai m'asseoir n'importe où et dessiner la beauté du monde, dis-je en me redressant.

L'agent Saint-Paul s'affale sur la banquette.

— Concernant vos médicaments, je sais que ça ne me regarde pas. Je ne suis pas médecin et, normalement, je n'ai pas mon mot à dire. Cependant, je crois qu'Enzo a raison. Plus tôt vous vous débarrasserez de ces produits et mieux ce sera.

Lui au moins y met les formes.

Je me saisis d'une boîte posée sur la table de nuit. Ces petites pilules font des merveilles. Elles m'aident à dormir. Me permettent d'oublier ce qui m'arrive. Leur effet n'est qu'éphémère et mon métabolisme ultra-rapide n'aide pas non plus à faire perdurer l'action tranquillisante… Pourtant à chaque fois, cela me procure un bien fou.

— Je n'ai plus aucun contrôle sur rien. Grâce aux anxiolytiques, je trouve refuge dans un monde parallèle. C'est ma façon à moi de souffler.

— Ne préféreriez-vous pas croquer la vie à pleines dents dans le monde réel ?

Sa réplique me vole un rire nerveux.

— Je suis très sérieux. Vous n'êtes plus seule. Il y a plus de monde que vous ne le croyez sur le coup. Votre vie compte.

— Elle ne compte pas vraiment. Ce qui importe est d'attraper le Collectionneur.

— Vous et moi savons que l'affaire est plus complexe. Le capitaine Léani a joué cartes sur table avec l'équipe. Hecker, Lombardi, Hewington et moi connaissons les détails de cette macabre affaire. C'était une condition non négociable pour Enzo. Nous ne pouvions pas partir à l'aveugle sur cette mission. Vous êtes la seule survivante du Collectionneur. Votre sécurité est primordiale. Et puis, danger ou pas, votre vie compte. Point. Ne vous dévaluez pas.

— Un gros dur qui a du cœur, plaisanté-je.

— L'humain est au centre de mon travail.

— Ce n'est pas la guerre, le nerf de votre boulot ?

— Non, c'est l'humain. À l'âge de cinq ans, je savais que je deviendrais militaire. Comme ma mère et mon grand-père avant elle. C'est un truc de famille. Je vous le jure ! C'est une vocation qui coule dans mes veines. Aider et protéger mon prochain est tout ce qui m'importe. Et si pour ça je dois donner ma vie durant une mission, alors qu'il en soit ainsi. Aujourd'hui, c'est à votre disposition que je la mets, comme le font Hecker, Lombardi, Hewington, Léani et tant d'autres qui travaillent dans l'ombre.

J'opine du chef face au discours de l'agent qui transpire de conviction.

— J'espère que vous trouverez la force d'arrêter ces merdes qui vous font plus de mal que de bien. Si le concours d'un médecin est nécessaire, nous en ferons venir un. Réfléchissez-y. Ne vous détruisez pas. La vie est belle et vaut le coup d'être vécue sans avoir à s'infliger l'ingurgitation de calmants.

Émue, je baisse la tête. Personne, si ce n'est ma tante, ne s'est jamais soucié de moi de la sorte.

— Vous pensez que j'y arriverai ?

— J'en suis certain. Si vous me cherchez, je serai à l'annexe, conclut-il en quittant la pièce après m'avoir tapoté l'épaule.

La prise de conscience est là. Secouant la boîte de médicaments, je comprends qu'il est temps de me défaire de cette *addiction*.

Je me laisse de nouveau tomber sur le lit et me repasse en boucle le discours de l'agent Saint-Paul. Il a raison, je ne peux pas décevoir tous ceux et celles qui aujourd'hui se battent pour moi sous prétexte que, moi, j'ai baissé les bras depuis bien longtemps déjà.

8

Alexandra

Je sors de la douche quand quelqu'un frappe à la porte de la chambre.

— Le repas est prêt, annonce Enzo.

Terminant de me brosser les cheveux, je m'habille pour descendre dans la salle à manger. La table a été dressée pour trois couverts.

Je propose mon aide à Suzy qui la refuse. Elle missionne Enzo et l'agent Hecker qui multiplient les allers-retours pour apporter les plats et les boissons. Mon premier garde du corps s'assoit face à moi, le second à ma droite.

— Servez-vous, me dit Suzy en souriant avant de retourner en cuisine.

Un peu de salade, du poulet et beaucoup de frites. Voilà de quoi me redonner de l'énergie. Sentant l'odeur d'un gâteau au chocolat et apercevant la glace faite maison que Suzy sort du réfrigérateur, je ne cache pas mon enthousiasme.

— Alexandra ne mange pas des frites avec de la mayonnaise mais de la mayonnaise aux frites, relève Enzo en apercevant la montagne de sauce dans mon assiette.

— Un petit écart de temps en temps ne me tuera pas, contrairement à votre sarcasme quotidien.

— Pauvre biche, lance-t-il en pinçant les lèvres, l'air faussement désolé.

Crétin.

— Faites-vous plaisir, me chuchote gaiement Suzy à l'oreille.

Affamée, je termine mon assiette en moins de temps qu'il n'en faut pour dire ouf.

— Vous en voulez encore ? Servez-vous ! Il faut vous remplumer, lâche Enzo pendant que Suzy s'occupe d'aller servir les deux agents dans l'annexe.

— Ça vous change des conserves ! s'exclame Hecker, qui s'autorise une boisson gazeuse. Le vin sera pour dimanche, dit-il en refusant le verre qu'Enzo s'apprêtait à lui servir.

Pourquoi je ne suis pas étonnée d'entendre que l'agent Hecker boit du vin ? Je l'imagine dans une robe de chambre, en pantoufles, dans un fauteuil douillet, un journal politique entre les mains, son vin posé sur un dessous-de-verre. Il a tout sauf une tête à s'enfiler des bières en s'excitant devant un match de foot avec ses potes.

— Pourquoi dimanche ? lui demandé-je.

— Journée de repos ! Nous avons l'interdiction formelle de boire de l'alcool pendant le service.

Ah. Il est le bon élève du groupe. Enzo est sans doute l'ombrageux, Brooke le cerveau et l'agent Saint-Paul le sympa. Il faut toujours un sympa pour contrebalancer avec un casse-couilles.

L'agent Lombardi, silencieux, termine son verre et se lève pour débarrasser la table.

Son collègue l'imite. À peine commencé-je à empiler les assiettes que Suzy, que je n'ai pas entendue arriver, me rappelle à l'ordre.

— Vous aurez tout le temps d'aider plus tard. Cette semaine, vous vous ménagez et vous nous laissez faire.

— Je peux…

— Ce n'était pas une question, m'interrompt-elle en me tapotant la joue. Passez au salon, asseyez-vous confortablement sur le canapé et allumez la télévision. Nous captons les chaînes françaises grâce à un petit bitoniau installé par les garçons.

J'obéis.

Suzy repart en cuisine et revient avec une assiette sur laquelle est posée une énorme part d'un moelleux au chocolat encore tiède. Une boule de glace à la vanille l'accompagne ainsi qu'un nuage de crème chantilly sur laquelle Zeus louche.

— Pas de sucre pour lui, prévient son maître. Et puis, ce petit gars a déjà eu droit à ses bonbons aujourd'hui.

Enzo s'assoit sur le canapé. Calée dans l'angle de la banquette, je l'observe. Sentant mon regard appuyé, il pivote et me fixe de ses énigmatiques prunelles. Impossible de savoir ce qui lui passe par la tête.

— Lombardi est votre vrai nom ?

— Pourquoi ne le serait-il pas ?

— Parce que Saint-Paul est un pseudo d'après ce que j'ai compris.

— Et comment l'avez-vous compris ?

— L'agent Saint-Paul et moi communiquons.

— Que sommes-nous en train de faire à votre avis ?

Le soupir que je pousse ne fait ni chaud ni froid à Enzo.

— Certains agents choisissent de garder leur véritable identité. Ce n'est pas le cas pour Saint-Paul, marié et père de famille. C'est une façon de protéger les siens.

— Et vous ?

— Vous ne lâchez jamais le morceau. On vous donne la main, vous prenez le bras.

— L'info est secret-défense ?

Enzo lève les yeux au ciel en se retenant de sourire.

— J'utilise mes véritables nom et prénom.

— Vous êtes sans attaches ?

Il fronce les sourcils.

— Vous avez trouvé bon de préciser que l'agent Saint-Paul a une famille, j'en déduis…

— Vous savez quoi… Oui, c'est secret-défense, réplique-t-il pour clore le sujet.

— De même que je ne vous demande pas si les agents Hecker et Hewington ont gardé leur véritable identité pour le boulot, c'est ça ?

— Swan et Brooke l'ont conservée, et les raisons du pourquoi du comment ne regardent qu'eux.

— OK. Pas la peine de grommeler.

— Vous êtes une pipelette, relève mon interlocuteur en plongeant sa cuillère dans son ramequin plein de glace. Nous n'avons entendu que vous pendant le repas.

— Je m'exprime respectueusement, moi. Les raclements de gorge, les marmonnements et les grognements ne sont pas ma marque de fabrique.

Pendant le dîner, le Ténébreux n'était jamais d'accord avec ce que je racontais. Qu'il s'agisse de la pluie et du beau temps, d'une émission littéraire ou de sport, rien n'a trouvé grâce à ses yeux.

— Je ne parle pas pour ne rien dire, *signora.*

Suzy, qui passait par-là, lui assène une tape derrière la tête en me lançant un clin d'œil. Son protégé ronchonne je ne sais quoi en italien.

— Quel effet cela fait-il d'être mené à la baguette ?

— Ne dites pas de bêtises.

— Suzy est la patronne dans ce cottage. Vous n'êtes que son valet.

— Mieux vaut ne pas la titiller sous peine de recevoir une rafale de petits pains dans la tête, glousse Brooke en venant chercher une boisson.

Aussi vite arrivée, aussi vite repartie.

— Demain, une journée chargée nous attend, reprend Enzo en faisant fi du sujet initial de la conversation. Coiffeur, courses et visio avec le capitaine Léani seront au programme. D'ailleurs, à chaque fois que nous sortons, pensez à mettre vos lentilles de couleur et vos faux binocles.

— Très bien, dis-je en regardant la sitcom diffusée à l'écran.

J'ai mille et une questions à lui poser, mais je les garde pour moi. On n'attrape pas les mouches avec du vinaigre, comme dirait ma tante. Je dois la jouer fine pour qu'Enzo soit moins sur la défensive. En étant moins offensive, peut-être même qu'il acceptera de me tenir au courant des dernières avancées de l'enquête.

— Vous ne vous y opposez pas ? ricane-t-il.

— Non, pourquoi ? Je devrais ?

— Il est question de *vos* cheveux.

Immédiatement, je percute.

— De mes cheveux ?

— Vous allez les couper et en changer la couleur.

Je ris à gorge déployée puis m'arrête soudainement.

— Même pas en rêve.

— C'est ce que nous verrons.

Je manque de m'étouffer avec un morceau du dessert. Reposant l'assiette, je me niche au bord du canapé pour faire part de mon mécontentement.

— Vous avez l'art et la manière de dire les choses aux gens !

— Ne jouez pas à la princesse. Demain, coiffeur. Un point c'est tout, lance-t-il avec sa fichue nonchalance.

— Non.

— Ne jouez pas l'enfant. Stop.

— Pas de coiffeur.

— Alexandra, *ho detto basta così*[1], souffle-t-il.

— Et moi, je vous réponds que non. « Basta »… rien du tout !

— Dans ce cas, je me chargerai de votre coupe avec la tondeuse. Ce sera plus rapide et moins coûteux, s'agace-t-il en secouant sa main sous mon nez pour que je comprenne que la messe est dite.

C'est qu'il paraît sérieux !

Je m'extrais de l'angle du canapé, repousse les oreillers et me dresse sur mes jambes, contrariée.

— Que l'on me force à laisser la porte de ma chambre ouverte, passe encore. Que vous m'écoutiez pisser, pourquoi pas ! Que l'on me colle un type antipathique aux basques, je peux m'en accommoder. En ce qui concerne mes cheveux, pas touche !

Enzo, toujours confortablement installé dans le sofa, pivote légèrement vers moi en me riant au nez.

— Ils repousseront, réplique-t-il en terminant son dessert avec un flegme qui me déplaît au plus haut point. Ce n'est pas la peine de vous énerver pour des broutilles. La décision est prise. Un rafraîchissement de votre coupe vous fera le plus grand bien !

L'argument bidon et vexant par excellence !

Je me plante devant Enzo, les bras croisés.

— Vous insinuez que j'ai l'air négligé… Je ne suis pas ici pour vous plaire !

C'est qu'il lève les yeux au ciel !

— Vous n'avez jamais eu à passer douze mois dans le désert. Si ça avait été le cas, vous ne seriez pas là à vous accrocher à vos futiles petits privilèges.

1. *J'ai dit ça suffit.*

— Quel est le rapport ? Je ne suis pas militaire ou agent d'élite ! Je n'ai pas vocation à effectuer des surveillances en plein cagnard dans le désert ou au beau milieu du froid de la Sibérie. Il vous arrive de réfléchir aux conneries que vous débitez parfois ?! Et puis en parlant de privilèges, ce n'est pas moi qui me balade avec une montre et des godasses hors de prix.

Accaparé par ce qu'il se passe à la télévision, il daigne lever le nez dans ma direction.

— Ne me pointez pas du doigt, Alexandra. C'est malpoli.

— Je m'en contrefous !

— La vulgarité ne vous va pas, réplique-t-il en étendant ses bras de part et d'autre du dossier de la banquette.

Le message est clair : « Alexandra, je m'en cogne. » Mais il est trop classe pour le formuler oralement.

— Encore une fois, je m'en contrefous ! Si vous croyez que vous allez régenter ma vie dans ses moindres détails, vous vous fourrez le doigt dans l'œil.

Enzo pince les lèvres avant de les mordiller. Je l'exaspère autant que lui m'exaspère.

— Si vous pensez que vos colères vont m'influencer, vous vous fourvoyez. Arrêtez de vous agiter, ce n'est pas bon pour votre cœur.

— Même pas vingt-quatre heures ensemble et je vous déteste !

Il pose sa main sur son cœur et fait mine de chouiner avant qu'une ombre ne file sur son visage.

— Oh ! ça ne m'empêchera pas de dormir. Détestez-moi autant qu'il vous plaira. Si vous voulez pouvoir mettre le nez hors de cette propriété, vous irez vous faire couper les cheveux.

— Non.

— Rappelez-vous que vous êtes une « cible ». Je vous offre un peu de liberté. Prenez-la. Pas de coiffeur, pas de sortie en dehors de cette baraque… N'importe qui pourrait vous reconnaître d'un simple coup d'œil.

En guise d'ultime provocation, Enzo me pousse avec sa jambe, l'air de dire : « Bouge de là, morveuse. »

— Vous me le paierez ! tonné-je en passant nerveusement mes doigts dans mes cheveux.

— Des menaces ?s'informe-t-il avec décontraction en zappant de chaîne en chaîne.

— Continuez de ne pas me prendre au sérieux et…

— Mieux vaut pour vous que je ne prenne pas vos propos pour argent comptant.

— Sinon quoi ? grogné-je en lui retirant la télécommande des mains, que je balance à l'autre bout du canapé d'angle.

Enzo se lève. Par réflexe, je recule. Il me fixe avec un diabolique petit sourire moqueur aux lèvres. Après quoi, il me contourne et se contente de disparaître dans la cuisine pour y faire la vaisselle.

— Enfoiré, marmonné-je en montant l'escalier menant au premier.

— Je vous entends. Mais attendez ! Laissez-moi deviner ! Vous vous en contrefoutez ?

Je ne réponds rien à ses moqueries et file me réfugier dans la salle de jeux du dernier niveau. Ici, j'ai la paix. Pour combien de temps encore ?

9

Enzo
26 février

Le réveil sonne à 5 heures du matin. Après m'être étiré, je calibre ma montre connectée pour les tâches de la journée. Le timing doit être précis. Sortant du lit sans difficulté, je pousse la porte qui sépare ma chambre de celle d'Alexandra. Une beauté brute et naturelle qui, je dois bien l'avouer, m'a frappé dès notre première rencontre. Elle est dotée de ce magnétisme fou que peu d'individus possèdent. Fort heureusement, je suis vacciné contre le chant des sirènes !

La jeune femme est plongée dans les bras de Morphée. Zeus est roulé en boule dans son panier au pied du lit. Il se redresse et me rejoint pour une balade matinale. Ne dit-on pas que la journée appartient à ceux qui se lèvent tôt ?

Ma tenue de sport enfilée, je descends me servir un verre d'eau dans la cuisine et file me dégourdir les jambes autour de la maison. Ce qui par la même occasion me permet d'inspecter les alentours.

— Allez, bonhomme !

Le chien passe devant. Nous contournons la propriété puis courons autour de l'annexe. À travers la fenêtre ouverte malgré les températures fraîches, j'aperçois Saint-Paul en pleine conversation avec Hecker. Ces deux-là sont deux braves types. Dix ans que nous nous connaissons et six ans que nous formons une équipe (quand nous ne bossons pas en solo ou avec d'autres camarades) plutôt efficace. Comme quoi, la coopération internationale a parfois du bon. Ensemble, sans oublier Brooke, nous voyageons aux quatre coins du monde pour des missions de protection rapprochée de personnalités publiques ou d'anonymes.

Hecker adore ce genre d'opérations qui le change de son quotidien à Londres au sein du MI-6. Saint-Paul, franco-belge, est un homme d'action au grand cœur. L'un des meilleurs éléments issus du célèbre commando Hubert. Quant à Brooke, l'Irlandaise, elle n'est pas en reste. Elle est une militaire maintes fois décorée. Une femme de poigne avec qui j'ai grandi : une main de fer dans un gant de velours. Ne pas se fier à ses airs avenants. Brooke, aux allures de créature éthérée, est sans pitié lorsque la situation l'exige.

M'enfonçant dans les bois, je remarque des traces de pas dans la terre. Des semelles de rangers. Elles me mènent à la propriété voisine. Une baraque aux allures de manoir médiéval entourée d'un jardin d'agrément lui-même cerné par les vestiges d'anciennes fortifications. Le voisin, sa hache à la main, coupe du bois. Il pose son outil en m'apercevant et me fait signe de le rejoindre.

Zeus franchit le portail à la vitesse de l'éclair et saute dans les bras du géant qui est aussi le mari de Suzy.

— Encore un lève-tôt ! Comment vas-tu, mon grand ?

L'accolade à laquelle j'ai droit est toujours aussi dynamique. Me tapant dans le dos et serrant ma nuque entre ses mains, Carl Mitford ne cache pas l'enthousiasme que lui procure mon retour dans le coin.

— Boulot, boulot et encore boulot, mon Colonel !

— Tout toi ! lance-t-il en sifflant.

Un groupe de chiens surgit de la petite ferme attenante à la maison et Zeus retrouve ses compagnons de jeu favoris. C'est ici qu'il loge quand je pars sur le terrain dans des zones où je ne peux pas l'emmener.

Carl a fière allure dans son gilet en maille et son jean brut. Il me semble que cette force de la nature de soixante-six ans a encore gagné en musculature. Rien n'arrête ce géant qui est un modèle pour moi. Il a joué le rôle de père quand le mien m'a tourné le dos. Le *padre* Lombardi, chef indiscuté de toute une région italienne, n'a jamais eu le sens de la famille si ce n'est celle qui évolue dans le domaine de la criminalité.

— Suzy a dit vrai en rentrant hier soir ! Tu as l'air en forme !

— Je te retourne le compliment.

La joie qui l'anime peine à redescendre. Carl saisit mon visage entre ses mains. Suzy et lui n'ont jamais eu d'enfant. La vie les a privés de ce cadeau, comme le répète souvent Carl. C'est pour cette raison et pour tant d'autres qu'il m'a pris sous son aile. Étant inscrit au pensionnat du coin (par des parents qui voulaient se débarrasser de la présence encombrante de leur ado), je passais mon temps à errer dans la ville en trouvant le moyen de faire le plus de conneries possible. Sur le point d'être viré du pensionnat après un énième coup d'éclat (avoir tiré des mortiers d'artifice en pleine nuit depuis le toit du gymnase), c'est Carl qui s'est porté garant pour moi. Il s'était reconnu en moi. Lui aussi, plus jeune, avait été un petit con qui avait repris le droit chemin en rencontrant Suzy l'année de ses dix-huit ans. La vie lui avait donné une seconde chance. Alors, pourquoi pas à moi, m'avait-il expliqué après m'avoir fait ranger son corps de ferme… Dans lequel j'avais volé les feux d'artifice qui auraient dû être tirés dans la ville à l'occasion d'une fête nationale.

Carl avait convaincu le directeur de me garder en cours. Les soirs, plus de pension, j'allais dormir chez les Mitford et ça filait droit. Carl et Suzy ont remis de l'ordre dans ma vie chaotique. Ils m'ont apporté l'amour que jamais mes parents ne m'avaient donné. C'est grâce à eux si aujourd'hui je n'ai pas sombré dans la délinquance et la criminalité. Je fais leur fierté, quand je dégoûte mon père qui n'a jamais réussi à me corrompre.

— Contrôle du périmètre délimité par tes soins durant la nuit : R.A.S., me notifie Carl.

— Tu n'es pas obligé.

— Je veux aider, me dit-il avec un sourire. Tu viens prendre le petit déjeuner ? Tu connais Suzy, elle est déjà en train de tout préparer pour une livraison imminente au cottage.

— Je dois décliner la proposition.

— Laisse-moi deviner. Tu as un planning à respecter et tu ne déroges jamais à la règle, répond Carl en reprenant sa hache.

— Je dois remercier l'homme qui m'a élevé pour cette rigueur, lancé-je en partant à reculons dans de petites foulées.

— N'oublie pas de citer Suzy, tu sais comment elle est ! Elle t'a façonné, se marre-t-il. À la prochaine, mon grand !

— À plus tard, Colonel !

Colonel ou le surnom que je donne à cet ancien militaire haut gradé qui remet les mauvaises graines dans le droit chemin.

Mes sifflements interpellent Zeus, qui cavale dans ma direction. J'accélère et nous nous livrons à notre jeu préféré : la course. Le chien me bat la plupart du temps, mais c'est toujours un plaisir de partager ma session de sport matinale avec lui. Zeus est un partenaire hors pair. Il est joueur, puissant sur ses quatre pattes et attendrissant quand il ne court pas après les gens pour leur mordiller le cul. Ah ! J'allais oublier… Il ne parle pas ! *Perfetto !*

Au bout d'une heure, je rentre à la maison. Dégoulinant de sueur, je monte me laver et en profite pour vérifier que tout va bien pour Alexandra, petit bout de femme au tempérament bouillonnant. C'est que la demoiselle n'est pas du genre à se laisser impressionner. Étalée sur son lit telle une étoile de mer échouée sur la plage, elle dort profondément. Ce n'est pas le filet de bave qui coule au coin de ses lèvres qui me contredira. Sur sa table de chevet, j'aperçois ses boîtes de médicaments. Il semblerait que mes remarques et celles de l'agent Saint-Paul aient fait mouche. La brunette n'a ingurgité qu'une gélule, ce qui change des trois ou quatre merdes qu'elle avalait en fin de journée.

Alexandra est prise d'un spasme dans son sommeil et, aussitôt, Zeus s'élance sur le lit pour la réveiller.

Le doberman lui fait la fête. La demoiselle finit par le repousser en riant. Pour ne pas être taxé de voyeurisme ou affublé de je ne sais quel surnom désagréable, je quitte la chambre avant que ma présence ne soit remarquée. Sur le point d'entrer dans la salle de bains, nu, je suis surpris par l'arrivée inopinée de ma protégée.

— Comme ça, vous faites le pied de grue devant mon lit pendant que je dors ?

Son regard glisse sur mon corps et elle lâche un gémissement involontaire avant de plaquer sa main sur sa bouche. Je suis plutôt flatté de l'effet que je produis. Alexandra me fixe, ébahie, et immédiatement je sens une agréable chaleur me parcourir. La lueur coquine dans son regard éveille en moi un raz-de-marée de concupiscence. Je fais mon possible pour m'empêcher de sourire, mais je ne résiste pas à la beauté des prunelles qu'elle braque sur mon corps. La situation est cocasse. Elle doit prendre fin. Après tout, je suis au boulot et je ne devrais pas être nu devant ma protégée.

J'attrape la main d'Alexandra que je place sur ses yeux, quand j'effleure ses lèvres qu'elle se met à mordiller.

— Merci, bredouille-t-elle en écartant légèrement les doigts alors que j'étais sur le point de m'emparer d'une serviette.

Je me ravise, le bras tendu dans le vide comme un idiot. La chaleur de la main et de la lèvre d'Alexandra s'est imprégnée dans le bout de mes doigts. Et j'aime ce que je ressens. Je voudrais encore la toucher, mais je m'en abstiens. La raison avant tout.

— Vous me matez.

— Non !

— Si.

— Faux ! dit-elle en fixant mon entrejambe.

— Alexandra, je vous vois.

Je pourrais placer la serviette sur mon sexe. Mais, je ne sais pas pour quelle raison, j'ai envie que ce moment dure. Ce n'est pas correct, mais c'est plus fort que moi.

— Euh… moi aussi. Je vous vois… même très bien, babille-t-elle, gênée, en se cognant aux meubles avant de trouver la sortie.

Me tournant, je surprends son reflet dans le miroir de l'armoire. À présent, elle mate mes fesses.

— Oh ! s'exclame-t-elle en croisant mon regard à travers la glace. Désolée !

Retenant le sourire sur mes lèvres, je file sous la douche.

J'ai fait mouche ! pensé-je avant d'avoir les idées plus claires et de comprendre que j'ai outrepassé des limites que m'impose mon statut de garde du corps. Je voudrais m'en vouloir. Et pourtant, c'est loin d'être le cas. Je me repasse la scène, et l'envie de moi-même mordiller la lèvre d'Alexandra me procure un spasme de plaisir.

— Les calculs ne sont pas bons, Lombardi ! chuchoté-je en me frottant longuement la mâchoire.

Je m'inonde d'un jet d'eau froide. Il faut bien ça pour tenter d'évacuer le désir et d'éteindre le trouble généré par la situation.

10

Enzo

Une fois qu'Alexandra a fini de planifier les menus de la semaine avec Suzy, je l'entraîne au centre de Rye, ville bâtie sur les sommets d'une colline surplombant le fleuve Rother. Je gare le véhicule et nous progressons dans les rues pavées offrant une multitude de boutiques, des auberges historiques, des restaurants et même d'anciens emporiums. La jeune femme est excessivement tranquille. Le calme avant la tempête ?

— C'est magnifique, s'émerveille-t-elle en s'arrêtant devant la vitrine d'un bleu nuit aux motifs dorés d'une librairie.

— Vous aimez tout ce qui brille, relevé-je pendant que la demoiselle lève les yeux au ciel. Vous aurez tout le temps de revenir.

— Vraiment ? demande-t-elle en stoppant à présent face à la devanture d'une boutique de souvenirs.

— Je sais ce que vous essayez de faire. Ne repoussez pas le moment fatidique.

— Sommes-nous réellement obligés d'en passer par là ? m'interroge-t-elle en pointant son bonnet du doigt.

— Si vous voulez vivre, oui.

Alexandra ne s'oppose pas à mon argument. Pinçant les lèvres en me jetant un regard en coin que je ne parviens pas à interpréter, elle me suit dans un silence de mort. Nous bifurquons depuis l'artère principale pour atterrir dans une ruelle qui se termine en cul-de-sac.

— Il y a vraiment un coiffeur dans ce coin ?

La grimace qu'elle affiche en marchant dans une crotte de chien me vole un sourire. Je lui tends un paquet de mouchoirs. La voir se dépatouiller pour nettoyer sa godasse est un moment comique. Cette femme a toujours la tête dans les nuages. Elle ne sait pas regarder devant elle.

Bien qu'Alexandra me divertisse, je note que son instinct de préservation est proche du néant, excepté lorsque le danger est flagrant.

Je dois la reprendre en employant un ton sévère pour qu'elle comprenne.

— Il faut vous concentrer sur l'environnement qui vous entoure, lui fais-je remarquer. Observation, écoute, sensation, flair, mobilité et analyse doivent être les maîtres mots de votre quotidien. Je sais que vous allez me dire que ce n'est qu'un pied dans de la merde. C'est aussi l'occasion pour un assaillant de bondir dans cette impasse et de vous agresser.

— Désolée, balbutie-t-elle en jetant les mouchoirs dans une poubelle. C'est que tout est nouveau, je me sens perdue. Et puis, on m'a répété pendant des mois de ne pas prendre d'initiative et de me fier aux agents chargés de ma protection…

— Fiez-vous à moi et à votre instinct de survie. Souvenez-vous que la survie dans un cas comme le vôtre ne prend aucun repos. C'est compris ?

La prise de conscience est immédiate. Je le vois au trouble de la jeune femme qui analyse les lieux en tournant sur elle-même.

— Donc, si je suis votre logique, mieux vaut que je quitte cette impasse en prenant mes jambes à mon cou !

Elle a peut-être la tête dans les étoiles mais sa repartie, elle, ne manque pas d'à-propos.

— L'endroit ne paie pas de mine. Il n'est pas le plus touristique de la ville. Mais ça reste une valeur sûre. Allons-y, dis-je après qu'Alexandra a plongé sa chaussure dans une flaque d'eau pour terminer de la nettoyer.

Nous perçons la fumée d'un vieux train décoratif en plein bogue et évitons les crevasses dans le sol. La lumière d'une enseigne éclot, j'y conduis Alexandra qui s'immobilise devant la porte noircie. Impossible de voir ce qui se trame à l'intérieur de la barberie. Je pousse la porte, qui couine, et invite Alexandra à entrer. Elle se penche pour regarder à l'intérieur avant de pivoter pour m'observer. Puis, elle s'avance avec méfiance.

— C'est un lieu sûr, je m'en porte garant.

— Comment le…

Nous sommes interrompus par l'arrivée d'une vieille dame frêle aux yeux globuleux. Je me plante dans l'entrebâillement de la porte pour empêcher Alexandra de se barrer.

— Madame, monsieur, bonjour.

S'emmitouflant un peu plus dans son châle, elle nous étudie silencieusement en posant ses ancestrales lunettes (de véritables loupes) sur son nez.

— Dites-moi que ce n'est pas à cette personne que nous allons confier ma tête. On dirait Sibylle Trelawney dans *Harry Potter*…

Je me retiens de rire à cette remarque en songeant que c'est ainsi que je la surnommais plus jeune.

Un sourire étire les lèvres de la propriétaire lorsqu'elle me reconnaît.

— Le voilà enfin ! L'enfant du pays est de retour !

Georgia Perroni, immigrée italienne, vit à Rye depuis près de trente ans. Elle m'a maintes fois couru après avec son balai. Je la rendais folle à jouer au foot contre les façades de l'impasse. Heureusement, elle ne me tient plus rigueur du comportement de morveux auquel elle s'est confrontée des centaines de fois. C'est l'une des meilleures barbières que je connaisse. Et son fils, Lupo, est un coiffeur aux doigts de fée qui opère dans un luxueux salon du centre. Il m'a accordé une faveur en acceptant de se délocaliser le temps d'une matinée.

— Tout est prêt, suivez-moi, dit Georgia à la démarche branlante en montant au deuxième étage.

Au bout d'un couloir, derrière une épaisse porte, est aménagé un salon de coiffure intimiste.

Alexandra retire ses lunettes et me confie ses affaires puis s'assoit devant une glace.

Son regard parcourt la pièce impeccablement rangée. Au fond est placé le bac de lavage, à côté duquel se trouve un cagibi où sont entreposés divers produits capillaires.

— Vous feriez une merveilleuse blonde ! lance Georgia en enlevant le bonnet d'Alexandra.

Cette dernière n'a pas l'air convaincue.

— En effet ! déclare Lupo, grand type chauve, en arrivant. *Ciao a tutti !*

Il retire sa veste, que sa mère lui prend, et sans perdre de temps fourre ses doigts dans la somptueuse crinière de jais d'Alexandra pour en définir la texture.

Je suis ravi de constater qu'ils n'ont pas reconnu la jeune femme et qu'ils ne posent pas plus de questions que ça. Sans doute parce qu'ils connaissent la teneur de mon boulot.

— Je vais couper pour avoir un mi-long, et donner plus de volume et de dynamisme à tout ça. Nous n'allons pas miser sur du blond, plutôt sur une couleur caramel qui réchauffera votre visage. Une fois que vous aurez quitté cet endroit, vous serez une nouvelle femme et nous oublierons que vous êtes passée par ici.

Alors que Lupo s'active dans l'arrière-salle, Alexandra me fait les gros yeux.

— S'il me rate…

— Que se passera-t-il ? demandé-je en prenant appui sur son siège pour la fixer à travers le miroir.

— Je vous…

Constatant la distance que je brise, Alexandra en perd son français. À son expression troublée, je comprends qu'elle repense à son irruption dans ma chambre en début de matinée. Il m'a semblé, mais je peux me tromper, qu'elle appréciait le spectacle que je lui offrais. La proximité que j'ai instaurée me joue des tours. L'odeur vanillée du shampooing de la jeune femme me titille les narines. Immédiatement, je me remémore les sensations perçues quand elle me matait. J'ai aimé qu'elle me dévore du regard, et la confusion qu'a engendré mon corps nu dans son esprit. Je jubile intérieurement, alors que je ne devrais pas. Encore une fois, c'est plus fort que moi.

— Vous êtes une voyeuse, murmuré-je à son oreille sans me départir d'un sourire en coin qui la fait rougir.

— Non… Non… Je… C'est vous qui… Euh. Non…

— On reprend son souffle. Et on arrête de se focaliser sur mon pénis ou de visualiser mes fesses et on aligne un mot après l'autre. Vous êtes capable d'y arriver. Je crois en vous, la raillé-je en me redressant.

— Vous…

Alexandra n'a pas le temps de terminer sa phrase que je quitte la salle. La demoiselle entre de bonnes mains, je prends connaissance des messages sur mon portable. Dans l'un d'entre eux, le capitaine Léani me rappelle la visio de 16 heures.

Devant la boutique de Georgia, pas âme qui vive… quand soudain, une ombre apparaît à travers le brouillard. Elle s'avance puis disparaît. Progressant dans la ruelle, il me semble entendre un souffle. Sur mes gardes, je traverse la fine brume et atterris dans l'artère principale. Une drôle d'impression m'anime. Observant les alentours, je ne remarque rien de suspect. Les passants entrent et sortent de la boulangerie qui fait l'angle, quand des badauds arpentent les trottoirs à la découverte de la ville pittoresque.

Je lève la tête en direction d'un ciel gris. Une nuée de corbeaux volent dans les airs. Des oiseaux de mauvais augure. Je reviens sur mes pas. Mon portable vibre quand je suis sur le point de fermer la porte de la barberie. Les notifications s'affichent sur l'écran dès qu'il est question du Collectionneur.

> Disparition inquiétante : Manon Chauvinse, 22 ans, s'est volatilisée, hier soir, en sortant de son travail. Son manteau a été retrouvé dans une poubelle ainsi qu'une poupée en tissu sur laquelle les initiales A.C. ont été inscrites. Le Collectionneur a-t-il une nouvelle fois frappé ?

Cette dépêche me fait l'effet d'une bombe.

Peu de détails sont donnés, mais j'imagine déjà qu'un sourire de l'ange tordu, rouge et dégoulinant a été dessiné sur la poupée. Ce petit objet, de la taille d'une main, n'est autre que la signature du Collectionneur. Il le dépose à proximité du lieu de l'enlèvement de chacune de ses victimes. Quant aux initiales, elles correspondent à celles d'Alexandra, que je retrouve après avoir verrouillé la porte d'entrée du commerce.

— Ne tirez pas cette tête. Ce n'est pas à vous que l'on va raser la boule, marmonne-t-elle en haussant un sourcil avant de détourner le regard, contrariée.

Plus question de la quitter d'une semelle.

Je pressens que la disparition de Manon est l'*ultime* avertissement du tueur à l'attention de la police et d'Alexandra.

11

Alexandra

Avec Enzo, nous terminons nos courses dans une épicerie du centre de Rye. Le tout est placé dans le coffre de la voiture. Ma montre affiche 14 heures, j'ai passé quatre heures entre les mains expertes de Lupo. Le résultat n'est pas catastrophique, songé-je en m'observant dans le rétro extérieur de la voiture. J'ai l'impression d'être une nouvelle personne. Je ne me reconnais pas dans le miroir. La frange est une première pour moi.

J'ai obéi à l'agent Lombardi en changeant de tête. Malgré tout, il n'a pas l'air satisfait.

— Vous êtes gai comme un pinson, Enzo, ironisé-je en remontant mes lunettes sur le bout de mon nez.

— Ce n'est plus le moment de plaisanter, annonce-t-il en me tendant son portable pour me montrer un article relatant la disparition d'une Française.

Les premières lignes me font froid dans le dos. Je repère les mots « jeune femme disparue », « poupée », « sourire de l'ange », il n'en faut pas plus pour que je perde ma légendaire repartie.

C'est muette que je monte sur la banquette arrière du véhicule. Enzo me rappelle à l'ordre. À présent, je dois m'asseoir à l'avant du SUV Range Rover pour donner l'illusion d'un couple et ne pas pousser les gens à se poser des questions. Nous devons avoir l'air naturel et spontané.

— Nous allons rentrer. Balade de Zeus, déjeuner et visio avec la police française.

— Ils ont lié la disparition de Manon Chauvinse au Collectionneur ? demandé-je sans quitter l'écran du regard.

Un frisson me parcourt l'échine. L'idée qu'une nouvelle victime soit entre les mains de ce taré me retourne l'estomac.

— Rien d'officiel. Ou tout du moins, le capitaine Léani ne m'en a rien dit.

— C'est lui, j'en suis certaine. C'est le Collectionneur !

Je me retrouve tiraillée entre deux sentiments, l'inquiétude et le soulagement. L'inquiétude, parce qu'il est urgent de l'arrêter. Le soulagement, car il n'est pas en Angleterre s'il continue ses atrocités de l'autre côté de la Manche.

— La distance n'aura jamais raison de son obsession pour vous. Au contraire, elle va croître. Vous êtes la seule proie qui lui échappe.

— Il perd le contrôle.

Enzo se tourne sur son siège pour me dévisager.

— Je suis l'appât parfait. Nous pourrions tenter de le piéger, soumets-je, le regard fuyant.

Cette idée m'effraie. Malheureusement, un jour, il faudra y avoir recours.

— Ce n'est pas envisageable. Cet homme devra répondre de ses crimes et, pour ça, nous aurons besoin de vous. Vous êtes un témoin capital. Vous lui avez échappé deux fois, dont l'une où vous êtes parvenue à sortir d'un hangar dans lequel il vous retenait captive. Vous attesterez de sa perversité. Vous parlerez pour la quinzaine de victimes qu'il a réduites au silence et qui ont toutes un point commun.

— Lequel ?

— Les bonnes sœurs.

— D'où tenez-vous ça ?

— De mon sens de la déduction et du dossier que l'on m'a remis en amont de la mission. Vous avez réalisé deux années de votre scolarité dans un collège géré par des nonnes, non ?

J'acquiesce.

— D'autres victimes aussi ont côtoyé les sœurs ou se rendaient à l'église… La coïncidence est trop grande pour que ce soit un hasard.

— Mais il n'y a jamais rien eu de religieux dans les crimes de ce fou.

— Je ne suis pas tout à fait d'accord. Les poupées artisanales vêtues de noir ou de blanc laissées sur les lieux des crimes. Les sourires de l'ange tordus dessinés sur les victimes… Pour moi, sa signature renvoie un message blasphématoire.

— Qu'en pense la police ?

— La police ne risque pas de faire fuiter une info pareille. Je suis certain que ce lien a été établi par le capitaine et son équipe mais qu'ils préfèrent ne pas jouer toutes leurs cartes en divulguant une telle information, qui pourrait être déterminante une fois notre homme attrapé. Bref, considérez que votre voix devra être entendue pour que la justice soit rendue.

— Et si je n'étais pas à la hauteur ? soufflé-je, les mains tremblantes.

Mon ventre se tord et ma gorge se noue. Je cherche à déglutir, mais ma bouche est aussi aride que la planète Mars.

— Vous saurez comment agir le moment venu.

Cette affirmation me laisse perplexe. Je n'ai jamais vraiment su comment réagir face au Collectionneur. Si aujourd'hui je suis en vie, c'est grâce au hasard et à la chance.

Sur la route, Enzo me retire le téléphone des mains. J'aimerais tant pouvoir contacter Cécile, ma tante, me blottir contre elle et lui confier tout ce que je retiens au plus profond de moi. Plus que jamais, sa présence me manque. Pas une journée sans que je ne me demande ce qu'elle fait ou si elle pense à moi. Son rire résonne encore à mes oreilles, aussi clair que le vrombissement du moteur de la voiture qu'Enzo malmène. Son regard vulnérable et son sourire dévastateur me reviennent en tête. Les imaginer me fait monter les larmes aux yeux.

Toutes les certitudes acquises ces dernières semaines volent en éclats. Le Collectionneur joue avec mes nerfs. Il m'a presque tout pris, pensé-je en sentant mes entrailles se tordre dans mon ventre. Comment va se finir ce jeu macabre du chat et de la souris ?

— Il va me chercher et il me retrouvera.

— Nous serons prêts à l'accueillir, répond Enzo.

— Nous ?

Enzo détourne le regard de la route quelques secondes pour me dévisager avec ce sourire contrit que tout le monde me sert depuis un an. Mais je ne sais pas. Chez lui, ce sourire veut dire tellement plus. J'ai l'impression que ce grand brun un peu bourru m'allège de ma peine en utilisant le mot « nous ». Ce « nous » me lie à lui. Il me sécurise. C'est un « nous » fort qui sert à ériger les bases de la relation de confiance qui s'instaure doucement entre nous malgré des chamailleries quotidiennes.

— Je serai là. *Toujours.*

Ses paroles, soufflées et rocailleuses, me déstabilisent.

— Vous ne devriez pas faire une promesse que vous ne pourrez peut-être pas tenir.

— Je n'ai qu'une parole, Alexandra.

Assaillie par un flot de pensées confuses, je ne remarque pas que le véhicule est arrêté devant le cottage. Le temps a filé à vive allure entre le moment où nous avons quitté le centre de Rye et celui où nous sommes arrivés à destination.

Zeus nous accueille gaiement. Je l'emmène se balader sur le terrain et Suzy m'accompagne. Nous sommes suivies de près par l'agent Hecker, droit comme un i dans ses vêtements noirs.

— Vous êtes splendide. Cette coupe vous va à ravir, affirme la gouvernante dont la partie inférieure du visage disparaît derrière le col de sa parka.

Je souris tristement. Impossible de faire illusion dans de telles circonstances.

— Je crois savoir ce qui vous chagrine. J'ai entendu Brooke au téléphone. Elle parlait de…

À nouveau, je suis parcourue d'un frisson glacé.

— J'ai une peur bleue de mourir, confessé-je.

— Vous n'allez pas mourir, me réconforte Suzy en passant son bras autour de mes épaules. Vous allez vous battre. Un jour, vous affronterez le mal en le regardant droit dans les yeux. Toute la haine et la peur que vous gardez en vous s'exprimeront. Vous gagnerez votre combat.

— Il me retrouvera. Il me retrouve toujours. Et ce jour-là, je ne donne pas cher de ma peau, avoué-je en sortant de mon sac une plaquette d'anxiolytiques.

L'avoir auprès de moi et la toucher me rassure. Cette plaquette canalise le sentiment d'angoisse qui me prend aux tripes. Une fois le médicament ingéré, ce sentiment ne sera qu'un lointain souvenir l'histoire de quelques heures.

— Vous allez lutter, Alexandra. Et n'ingurgitez pas de gélules de la journée. Si vraiment vous ressentez le besoin d'en avaler une, ce sera pour dormir.

Suzy, très maternelle, ne desserre pas sa prise autour de mes épaules.

— Nous allons vous occuper l'esprit au maximum pour ne pas que vous retombiez dans vos *vieux* travers.

— Vieux ?

— Nouveau logement, nouvelles habitudes, nouveau quotidien ! s'exclame-t-elle pendant que le doberman court après les lapins.

— J'aimerais que ce soit si facile.

— Ne rendez pas les choses plus compliquées qu'elles ne le sont avec ce poison.

Un à zéro pour Suzy, qui en grande passionnée de la nature me présente la faune et la flore dans ses moindres détails. Parcourant le jardin, je m'immobilise en apercevant Enzo derrière une vitre du premier. Les mains croisées à hauteur de poitrine, il me fixe, l'air soucieux.

— Sourire n'est pas son fort. Il a toujours été comme ça ?

— C'est-à-dire ?

— C'est tout ou rien avec l'agent Lombardi. Soit il vous darde de son regard perçant et féroce, soit il affiche ce fichu air neutre soutenu par un silence ou une repartie cinglante.

Ma réplique vole un rire laconique à Suzy.

— Un peu comme celui-ci, vous voulez dire ? déclare-t-elle en montrant l'agent Hecker d'un discret signe de tête.

J'acquiesce en me hissant à la hauteur de Suzy, qui n'a pas peur de mettre les mains dans la terre. Bientôt, je n'aperçois plus que ses bottes en caoutchouc. La maîtresse des lieux disparaît en partie derrière la rambarde qui entoure le petit potager à l'arrière de la maison.

— Ne vous fiez pas au comportement parfois bourru de Pulcino. La vie ne l'a pas épargné. Je peux vous assurer qu'il est l'homme le plus doux et attentionné de ce monde quand il ouvre son cœur.

Immédiatement, la fenêtre du premier coulisse.

Enzo soupire lourdement, après quoi il rappelle Suzy à l'ordre en précisant que lire sur les lèvres est un art qu'il maîtrise à la perfection.

Suzy hausse les épaules en lui tournant le dos. Quant à moi, les bras ballants, je reste immobile. Mon regard se perd vers l'horizon tandis que l'espoir de jours meilleurs s'estompe.

12

Alexandra

— En conclusion, gardez votre calme, m'implore le capitaine Léani au bout de deux longues heures de visio à tourner en rond.

Je m'enfonce dans mon siège en jetant un coup d'œil ennuyé à l'horloge murale du salon, qui affiche 18 heures. Les luminaires sont allumés. Le jour commence à filer… Comme ma patience.

Un mois a passé depuis que les enquêteurs m'ont interrogée sur mon lit d'hôpital concernant ma rencontre nocturne avec le Collectionneur. Rien n'avance. Une énième piste qui a mené à des salons de tatouage clandestins est tombée à l'eau parce que je n'ai pas été capable de donner plus de détails sur le tatouage du meurtrier.

Enzo, assis sur une banquette non loin de moi, opine du chef. M'enfonçant dans mon siège, je ferme les yeux en soupirant longuement.

— Capitaine, je ne fais que ça, de garder mon calme.

— Et je vous en félicite, poursuit-il alors que je fixe de nouveau l'écran de l'ordinateur. Comme je vous l'ai dit auparavant, nous n'avons pas définitivement lié la disparition de Manon Chauvinse au Collectionneur. Il se peut que ce soit un *copycat*. Les équipes, les profilers, la scientifique et moi-même faisons notre possible pour faire avancer l'enquête.

Se voile-t-il la face ou essaie-t-il de me rassurer ?

— Nous vous en remercions, capitaine, intervient Enzo.

— Oui, merci, dis-je, contrariée, en me levant pour quitter le bureau.

Je préfère abréger la visio qui ne m'apprend rien que je ne sache déjà. Dans ma chambre, je m'écroule sur le lit et serre l'un des oreillers contre ma poitrine. Enzo ne tarde pas à me retrouver. Il tire un tabouret, sur lequel il s'assied.

— J'aimerais être un peu seule, soupiré-je, lasse de ne pas pouvoir me retrouver en tête à tête avec moi-même.

— Pour culpabiliser et croire que vous n'êtes pas à la hauteur ? Alors que nous savons tous les deux que c'est faux ?

Énervée contre moi-même, je renforce ma prise sur l'oreiller.

— Si je réussissais à me souvenir de cette nuit d'horreur en Corrèze, peut-être que l'enquête ne stagnerait pas ! m'exclamé-je en repoussant l'oreiller avant de me lever pour tourner dans la pièce comme un lion en cage.

— Ne vous flagellez pas. Donnez du temps à votre mémoire pour que le brouillard s'estompe.

— Et si elle ne revenait jamais totalement ?

Enzo pivote sur le tabouret pour me suivre du regard.

— Les médecins ont été clairs. Vos souvenirs vont vous revenir. On ne peut pas prévoir quand ni à quelle vitesse.

— Je suis nulle ! m'exclamé-je en me laissant tomber sur le lit, la tête entre les bras.

— Ne vous découragez pas, dit Enzo en me secouant par le pied. Y a-t-il une chose qui vous ferait plaisir ?

Me fait-il une blague ? Je l'observe à la dérobée et constate que sa question est sérieuse.

— Il y en a tant, réponds-je en récupérant un coussin dans lequel j'enfonce ma tête.

— Là, maintenant, qu'est-ce qui vous plairait ?

— Je ne sais pas.

— Creusez-vous les méninges. Je suis certain que ce ne sont pas les idées qui manquent.

Un long silence tombe sur la pièce. N'entendant aucun bruit, je finis par croire qu'Enzo est parti.

Il était temps !

— Je n'ai pas bougé et je ne compte pas bouger tant que vous n'aurez pas répondu à ma question, Alexandra.

La désillusion. Il est encore là.

— Pouvez-vous arrêter de mettre mon prénom à toutes les sauces en fin de phrase ? J'ai l'impression d'être une gosse que vous reprenez sans cesse.

— Très bien, Alexandra. J'accéderai à votre demande quand vous aurez répondu à la mienne.

— J'ai envie d'être seule, annoncé-je en sortant la tête du coussin.

— Mais encore, Alexandra ?

Il fait exprès d'être aussi agaçant. Ce n'est pas possible autrement. Déterminé à me tirer les vers du nez, l'agent Lombardi patiente sur le tabouret dans une posture insupportable. En partie affalé contre la coiffeuse, les jambes écartées en grand, il se tourne les pouces (au sens littéral).

— Vous ne lâcherez pas le morceau ?

— Jamais, répond-il du tac au tac. Durant certaines missions, j'ai passé des journées entières immobile à attendre la cible.

— OK, marmonné-je en me redressant dans le lit.

Scrutant la pièce, j'aperçois mon casque audio.

— J'aime écouter de la musique. Seule, ne puis-je m'empêcher d'ajouter alors que Brooke passe la tête par la porte qui donne sur le couloir.

— Il me semble qu'elle adore danser, notifie-t-elle.

Après quoi, elle repart, l'air de rien.

Enzo acquiesce en trifouillant son oreillette. Il se lève, se rapproche de la fenêtre et y jette un rapide coup d'œil. La nuit est tombée sur Rye.

— Prenez un manteau et mettez vos baskets.

Peu enthousiaste, je ne bouge pas d'un iota.

L'agent quitte la pièce. Quand il revient cinq minutes plus tard, je suis toujours immobile sur le lit. Je n'ai pas l'intention de sortir.

— Je vous ai demandé de prendre une veste et des godasses.

— Vous n'avez pas demandé, vous avez exigé.

— Très bien. Je cesse d'exiger et j'agis. C'est vous qui l'aurez voulu.

L'homme disparaît. Que prépare-t-il ? Il n'est pas du genre à plier aussi facilement ! Quand il revient un quart d'heure plus tard, sa veste sur le dos, il me traîne par la jambe jusqu'au bout du lit. Puis, il me soulève et me balance sur son épaule. Oh ! Mais c'est qu'il sent terriblement bon ! Je renifle son parfum envoûtant avant de retrouver mes esprits. Il est le premier à me rabâcher d'arrêter d'avoir la tête dans les étoiles. Je mets son conseil en application.

— Il suffit ! Grande brute ! Goujat ! m'exclamé-je, exaspérée, en gesticulant.

Mes jurons ne semblent pas le gêner.

Nous quittons la pièce. Au passage, Enzo saisit une veste, attrape mes chaussures dans l'entrée et se dirige dans le garage sans tenir compte de mes grondements.

— Agent Lombardi ! Ce ne sont pas des manières !

— Merci de rouler le « r » quand vous prononcez mon nom.

— Vous savez où vous pouvez vous le mettre, votre « r » ?! soupiré-je devant Suzy qui observe la scène depuis l'escalier.

— Vous sortez ? Amusez-vous bien !

— Ne nous attendez pas pour dîner, annonce Enzo en me fourrant dans le SUV.

Il me file mes lunettes, mes chaussures et mon manteau puis referme la portière pour s'asseoir derrière le volant.

— Je cafterai tous ces mauvais traitements.

— Et ? Quelqu'un doit vous tenir tête, Alexandra.

Ma grimace n'échappe pas à l'agent, lequel tire sur ma ceinture que je finis par accrocher.

— Avec vous, le droit à la solitude n'existe pas. Vous ne demandez pas, vous ordonnez. Et quand votre consigne n'est pas suivie d'effets, vous utilisez la force. Vous êtes un tyran !

Pour seule réponse, le Ténébreux sourit. Ce que j'aimerais lui faire ravaler cet air victorieux qu'il affiche en nous conduisant en périphérie de Rye, derrière les vestiges d'un château.

— Il va falloir sortir du véhicule. Je vous conseille de mettre vos godasses et votre veste. Il fait froid.

Enzo s'extrait de la voiture pour en faire le tour. Il inspecte brièvement l'horizon du regard puis m'ouvre la portière. C'est à contrecœur que j'obéis. Une fois prête, je m'extirpe du SUV. Une musique s'élève dans les airs. Bientôt, des rires et des voix l'étouffent avant que le son de la musique ne soit augmenté.

— Où allons-nous ? demandé-je en ayant qu'une envie, celle de me mettre au chaud.

— Surprise.

Allez, ma petite Alexandra, débrouille-toi avec ça.

Traversant le parking, je remarque les rais de lumière de spots mobiles qui s'agitent à une centaine de mètres. L'endroit a l'air festif. Nous faufilant dans une ruelle, nous atterrissons au centre d'une cour, avant qu'Enzo ne m'entraîne dans un pub.

— Après vous, dit-il en poussant la porte.

Peu sûre de moi, j'entre dans la taverne aux allures de grotte. Les murs y sont en pierre grise. Des poutres en bois auxquelles sont accrochées des décorations aux couleurs de l'équipe de rugby locale parcourent les plafonds.

Nous nous installons sur une table haute au fond de la salle, ce qui permet d'avoir une vue sur l'ensemble du bar. Derrière nous, un rideau noir cache une porte de sécurité qui ne s'ouvre que de l'intérieur. Ma garde rapprochée a anticipé chaque détail. Depuis son siège, il garde un œil sur notre véhicule via la petite meurtrière dans le mur.

— Un pub ? le questionné-je, perplexe.

— Vous devriez être ravie d'être sortie.

— Maintenant vous allez me dire quoi penser ?

— Non, mais j'imagine qu'après douze mois de privation extrême retrouver un semblant de vie sociale est un plus non négligeable.

— Sacrée vie sociale dans une ville perdue au milieu de nulle part en compagnie de mon garde du corps, ironisé-je d'une voix basse pour ne pas être entendue malgré la musique en fond.

Sur scène, un groupe de musiciens joue des morceaux pop.

Une serveuse vient à notre rencontre. Après avoir bavardé de la pluie et du beau temps avec un Enzo qui donne parfaitement le change, la demoiselle prend nos commandes. Un gin tonic et un fish and chips pour moi. Une Guinness accompagnée d'un Sunday roast pour lui.

— Je croyais que l'alcool était prohibé pendant vos heures de travail, m'informé-je quand la serveuse tourne les talons une fois les boissons apportées.

— Hecker et moi avons des visions différentes de la vie. Il suit les règles que nos supérieurs lui imposent quand… je suis les règles que *je* me fixe.

— Un homme tout en nuances.

— Vous aimez ça, les nuances… N'est-ce pas ? lance Enzo en levant son verre.

Il n'attend pas que nous trinquions et avale plusieurs gorgées de sa bière.

— Vous êtes étonnant, assuré-je en goûtant ma boisson corsée.

— Ai-je rêvé ou vous avez souri ?

— Ce n'est pas vous qui m'avez fait sourire. C'est la situation.

— Je suis cette situation, note Enzo en bombant le torse.

— Les chevilles enflent !

— Tant que ce n'est que ça, réplique le Ténébreux.

L'allusion coquine de mon partenaire ne m'échappe pas. D'abord confuse, je baisse la tête en gloussant telle une midinette.

— C'est l'alcool qui me fait cet effet, hein, souligné-je alors que nous savons l'un comme l'autre que c'est faux.

— Certainement.

Nos regards se croisent et, à cet instant, une étincelle jaillit. Outre celle de la bougie d'anniversaire portée par un barman à une table de quatre personnes, il y a cette étincelle naissante qui m'empêche de tourner le dos à Enzo. Je crois que lui aussi est touché par cette drôle de sensation qui me frappe de plein fouet. Le temps se fige, et nous avec, avant que je m'empresse de changer de sujet de conversation pour dissiper le malaise qui m'a gagnée.

13

Alexandra

— Verdict ? s'intéresse Enzo en observant mes dynamiques coups de fourchette. Vous adorez !

— Vous avez eu une excellente idée, avoué-je en agitant un morceau frit que je déguste en jubilant. Vous êtes comme un poisson dans l'eau ici. Vous pouvez me remercier.

— Pourquoi donc ?

— Sans bibi, pas de Rye pour Lombardi. Je ne suis pas stupide. J'ai compris que vous avez accepté cette mission à contrecœur. Vous étiez supposé être autre part, je me trompe ? Ce qui explique votre visage fermé ou votre moue contrariée en permanence.

— Madame aspire à devenir détective privée ?

— J'ai surpris une courte conversation entre Suzy et vous. Vous devriez être en Italie pour aider quelqu'un.

Enzo hausse un sourcil en passant sa main sur ses cheveux toujours impeccablement peignés.

— La curiosité est un vilain défaut.

— Est-ce que le séjour que vous avez annulé là-bas pour me protéger concerne votre famille ?

— Je ne souhaite pas m'épancher sur le sujet. Le seul et unique sujet ici n'est autre que vous. Vous noterez que rien n'échappe à Brooke à votre propos. Elle est une source d'information intarissable.

Des infos certainement obtenues auprès de Cécile ou du capitaine Léani. Je ne suis même plus agacée que des inconnus sachent tout de ma vie sous prétexte de me protéger. Je suis résignée, mais déterminée à tenir tête, pour la forme, à l'agent Lombardi.

— J'avoue que l'agent Hewington a bien bossé son dossier. Néanmoins, vous ne savez pas tout de moi. Je suis plus mystérieuse que je n'en ai l'air.

— Je m'en doute. D'ailleurs, je suis curieux de savoir qui vous êtes réellement, m'apprend Enzo en s'accoudant à la table.

Tel un félin à l'affût des moindres mouvements de sa proie, il me fixe intensément de ses prunelles perçantes. Confuse, j'en perds mon français. Il devrait être interdit de souffler le chaud et le froid comme il le fait !

L'agent n'a plus rien à voir avec le type abrupt de la veille et de la matinée. Plus détendu, il esquisse de sensibles sourires. Ils sont furtifs, mais c'est un début.

Quand il tourne brièvement la tête en direction du bar, je retrouve enfin un peu de consistance.

— Vous ne savez pas quoi me répondre ? déclare-t-il avec un air innocent qui me ferait presque lui donner le bon Dieu sans confession.

J'ai bien dit presque !

— Si ! Peut-être découvrirez-vous qui je suis réellement si notre relation continue de s'améliorer. Et surtout, si nous sortons de temps en temps, révélé-je en jouant des sourcils.

— Pourquoi ne le pourrions-nous pas ? C'est vous qui étiez réticente à l'idée de me suivre, ce soir. Nous avons traversé la Manche. Vous avez changé de coupe de cheveux. Vos fausses lunettes vous donnent un air d'intello que vous n'avez pas en réalité. Votre style vestimentaire est différent de celui plus *strict* que vous adoptez habituellement. Peu de gens seraient capables de vous reconnaître au premier coup d'œil.

— Plus strict ? Développez, s'il vous plaît, dis-je en agitant mon verre presque vide.

— Jupe crayon. Pantalon carotte. Chemisier avec col Claudine. Robe fourreau. Escarpins. Aujourd'hui vous n'êtes plus la petite Parisienne. Vous êtes la Alexandra de Rye, sans chichis. Loin des artifices.

— Merci pour cette franchise… Vous aussi, vous avez bien bossé votre sujet ! ricané-je sous le regard amusé d'Enzo. J'ai très vite compris que, pour fuir, les escarpins et les tenues serrées sont à bannir, souligné-je, enveloppée par un vent de nostalgie en observant mes vêtements (des basiques intemporels). On ne peut pas faire plus simple qu'un pull sans fioritures, un jean et des baskets. Mais étrangement, l'ancienne Alex pouponnée ne me manque pas. Ma liberté, si.

L'agent secoue sensiblement la tête.

— Rien de plus normal. Qui n'aspire pas à être libre sur cette terre ?

Je me crispe à l'énonciation du mot « libre ».

— Libre ! m'exclamé-je, amère. Aujourd'hui, j'aime ce terme autant que je le déteste.

Enzo ne répond rien. Il comprend qu'à cet instant je n'ai pas besoin qu'on me berce d'illusions ou que l'on me brosse dans le sens du poil. J'ai une chance sur deux de ne jamais retrouver ma liberté. Point.

Je termine mon verre quand une question me terrifie.

— Vous pensez vraiment qu'*il* ne me retrouvera pas ici ?

— Il est peu probable qu'on vous retrouve en ces lieux, excepté si l'un des membres de l'équipe commet une erreur, par exemple, me répond-il avec conviction.

— Je pourrais être à l'origine de cette erreur sans le vouloir.

— De ce fait, nous serions responsables avec Saint-Paul, Hecker et Brooke.

M'enfonçant sur ma chaise haute en croisant les bras, je dévisage Enzo qui termine son plat puis attrape le menu pour commander un dessert. Cet homme n'est jamais rassasié. Il mange pour trois.

— L'erreur est un mot que vous avez intégré à votre vocabulaire ?

C'est étonnant !

— L'erreur est humaine et inacceptable dans notre situation.

Intransigeant, comme toujours !

— Je comprends mieux pour quelles raisons vous êtes le chef d'équipe. Tout doit filer droit avec vous. Aucun impair, pas de place pour le doute. Avez-vous conscience que vous n'êtes ni un super-héros ni une machine ?

Enzo repose le menu et s'accoude à la table en affichant une expression très sérieuse. J'ai touché une corde sensible !

— Vous êtes consciente que vous me confiez votre vie ?

Je décroise les bras en me plaçant au bord de mon siège, saisie par une angoisse aussi insidieuse que soudaine qui me tord les entrailles.

— Oui. Ma survie est entre vos mains. Bien qu'il m'arrive de pester contre vous, je ne vous remercierai jamais assez d'avoir accepté de m'aider.

Le visage froncé de mon interlocuteur s'adoucit. Quand pour la première fois je le fixe d'un regard pénétrant, je crois le déstabiliser. Il tourne la tête.

— Un mot gentil, note-t-il en hélant un serveur aux petits soins.

— Ne vous y habituez pas trop, souris-je en baissant les yeux, embarrassée de l'avoir mangé du regard comme je l'ai fait sans le vouloir.

Ce que ma garde rapprochée ne manque pas de remarquer.

— C'est bien dommage, déclare-t-elle en se penchant au plus près de moi.

Son souffle chaud sur ma peau me fait frissonner. L'étincelle est à nouveau présente. Déstabilisée, je recule sur mon siège tandis qu'Enzo m'observe sans se départir d'un sourire en coin qui lui confère un air troublant. Si cet homme était une peinture, il serait une sorte de clair-obscur. Brut et délicat. Une toile sombre rehaussée de couleurs chaudes mettant en lumière une dualité des plus compliquées à cerner.

Enzo Lombardi, qui es-tu vraiment ?

Nous terminons le repas sur une note sucrée. Des buns et des scones présentés sur de petites assiettes aux motifs floraux nous sont apportés.

— Ils sont délicieux.

— Je suis sûre que ceux de Suzy sont encore meilleurs, réponds-je en savourant les biscuits.

— Suzy est l'une des gérantes de cet endroit ! Elle y cuisine quotidiennement et prépare chacun des desserts servis aux clients. Tout est fait maison.

Ceci explique cela.

— C'est une sorte de Mary Poppins des temps modernes ! Elle a le don d'ubiquité ? Comment fait-elle pour être au four et au moulin ?

— Elle a des pouvoirs magiques, ricane Enzo en relevant les manches de son pull.

J'aperçois un tatouage qui s'étend sur l'ensemble de son avant-bras droit. Impossible d'en discerner les détails avec la lumière feutrée…

Immédiatement, un flash me percute de plein fouet. Je replonge dans la nuit agitée du 4 janvier. Des images brouillonnes défilent dans ma tête quand, soudain, tout se fige. Moi y compris.

La confusion cesse pour laisser place à un souvenir clair.

Je me débats et le Collectionneur me pousse brutalement contre un tronc. Je tiens difficilement debout et j'ai mal, si mal que je m'agrippe à l'écorce de l'arbre pour ne pas tomber. Si je m'écroule, je sais que jamais je ne réussirai à me relever. Les rayons de la lune qui percent les branches dépouillées de leurs feuilles éclairent le monstre qui se tient face à moi. Il retire le loup qui dissimulait une partie de son visage. Horrifiée, je braque mon regard sur ses globes oculaires noirs comme la mort. Puis, je distingue cette grosse tache qui encercle son œil droit. Je sens la nausée me retourner le ventre et la peur se décupler jusqu'à faire bouillonner mes veines comme le magma d'un volcan en éruption. Pourtant, je ne peux pas cesser de regarder cette abominable souillure. Le Collectionneur lève la tête comme s'il cherchait à ce que les rayons de la lune caressent son visage démoniaque. La souillure est en fait un tatouage. Deux serpents traversés de lianes cernent son œil.

— Alexandra, tout va bien ?… Alexandra ?

— Un serpent… Deux serpents.

— Que se passe-t-il ?

Je bondis de ma chaise, galvanisée.

— Le… le Collectionneur… Son tatouage autour de l'œil droit !

M'agitant, je ne peux que m'enthousiasmer de cette fulgurance.

— Des lianes. Les serpents tatoués sur son visage sont entourés de lianes épineuses !

— Comment ?… En êtes-vous certaine ? m'interroge l'agent en se redressant.

— Oui ! m'exclamé-je sans quitter son avant-bras du regard. Il se tenait devant moi, comme vous à l'instant, et il a retiré son masque en s'inclinant. Quand il a relevé la tête, les rayons de la lune ont éclairé une partie de son visage. Oui, j'en suis sûre. Ce sont des lianes autour des reptiles !

Enzo se saisit d'un scone qu'il me fourre dans la bouche.

— Peut-être que ça va vous aider à totalement retrouver la mémoire !

Rapidement, il recouvre son sérieux et textote, je ne sais quoi à je ne sais qui. Durant la minute qui suit, son écran s'éclaire. Il vient de recevoir une réponse. Quant à moi, surexcitée, j'imite les clients du bar qui chantent et lèvent leurs verres pour encourager les musiciens. Les médecins avaient raison en me disant d'être patiente après une commotion cérébrale. Petit à petit, des détails précis de ma dernière confrontation avec le Collectionneur me reviennent ! Du bout de ma manche, j'essuie les larmes qui coulaient sur mon visage sans que je ne m'en rende compte. Des sentiments contradictoires m'animent. J'ai envie de hurler mon angoisse, mais aussi de sauter sur place pour célébrer cette petite victoire qu'est le retour de ma mémoire.

Je cogite un instant et songe que je ne permettrai pas à la peur de l'emporter ce soir.

— Je suppose qu'il faut rentrer ? dis-je, déçue, en voyant Enzo se saisir de sa veste.

Il s'apprête à l'enfiler puis cesse tout mouvement en m'observant. Ensuite, il pivote et réfléchit un instant en scrutant le bar qui n'est que joie et bonne humeur.

— Comment vous sentez-vous ?

— Bien, assuré-je, quoiqu'hésitante. Je suis bouleversée de retrouver des souvenirs limpides et, en même temps, si heureuse.

Enzo acquiesce.

— Je suppose que nous pouvons rester encore un peu, m'apprend-il en reposant sa veste. Vous avez bien mérité ce moment de lâcher-prise, Alexandra. Défoulez-vous !

— Vous me faites une fleur, encore ?

— Apparemment.

Pleine de gratitude, je me jette dans ses bras avant de reculer d'un pas.

— Excusez-moi ! bredouillé-je, stupéfaite par mon geste très, trop spontané.

— Ce n'est pas grave, affirme l'agent en s'inclinant vers moi.

Malgré l'euphorie du lieu, je perçois la caresse de son souffle chaud et électrisant sur mon oreille. Je ne parviens pas à retenir le frisson qui me traverse l'échine et Enzo remarque mon trouble. Il s'écarte doucement pour s'appuyer contre le mur et se contenter d'observer. C'est avec un large sourire aux lèvres que je rejoins la piste de danse. J'oublie mes problèmes, mes chagrins, mes peurs et mes envies d'ailleurs, et me déhanche comme si j'étais seule au monde. En ouvrant les yeux, je constate que comme toujours l'agent Lombardi veille au grain. Et à cet instant, je ressens l'envie de lui plaire. Qui resterait de marbre face à ses yeux de velours, à ce petit accent italien craquant et à son fessier bombé ?

Il est diablement sexy et j'aime que toute son attention soit portée sur moi. Quand *Lucky Girl*[1] résonne, mes mouvements se font plus sensuels. Enzo n'en rate pas une miette. Je crois ne pas le laisser indifférent, mais je n'en suis pas certaine. Est-ce important ? Nous savons tous les deux qu'il y a des limites à ne pas franchir.

1. Carlina, *Lucky Girl*, 2023.

Malgré tout, je ne résiste pas à ce petit flirt sans incidence pour la suite. En rentrant, tout redeviendra comme avant, non ?! Morne et angoissant. Alors je profite de ce moment qui me fait me sentir belle et désirée. Et je crois que c'est ce dont j'ai besoin, là, tout de suite, maintenant.

Pendant plus d'une heure, je me secoue au rythme de la musique avant qu'Enzo ne fasse remarquer qu'il est temps de rentrer.

Rejoignant la voiture, je m'arrête pour contempler les étoiles d'un ciel dégagé.

Je me sens mieux qu'à notre arrivée. Soulagée d'avoir pu à nouveau goûter à un semblant de liberté.

— Merci, dis-je en ouvrant la portière.

Pour toute réponse, Enzo incline la tête. Il grimpe dans le véhicule et je l'imite, un sourire béat sur le visage. Je sais que ce bien-être n'est qu'éphémère. Que demain une horrible réalité reprendra le pas sur la soirée sans fausse note que nous venons de passer.

— Seriez-vous capable d'esquisser le tatouage ?

— Oui.

Satisfait, Enzo fait démarrer le véhicule. Nous prenons la route en direction du cottage. En chemin, je ne peux m'empêcher de fixer le portable qu'il range dans la poche avant de sa veste. Ce que j'aimerais appeler ma tante, pensé-je quand à un feu rouge notre voiture s'arrête au niveau de celle d'une femme qui caresse le visage de l'adolescente assise sur le siège passager.

— Savez-vous si tout va bien pour Cécile ?

— Votre tante est sous bonne escorte.

Enzo tourne la tête et assiste à la même scène que moi avant de redémarrer. Il comprend pourquoi je lui ai posé cette question. Il hésite puis il finit par me donner plus d'informations.

— Brooke se démène pour qu'une visio soit organisée entre Cécile et vous. Ce n'est pas gagné, mais elle est tenace.

— Cette femme est un ange, souris-je en essuyant la larme qui coule sur ma joue. En fait, je crois que vous êtes tous un petit peu mes anges gardiens.

— Je pensais tenir le rôle du diablotin.

— Un ange démoniaque ne serait pas une première, souligné-je en échangeant pour la première fois un regard *complice* avec Enzo.

— Pas faux ! rétorque-t-il.

Je glousse, à la fois subjuguée et craintive du magnétisme qui émane de mon garde du corps.

Le trouble qu'il génère en moi s'accentue dès qu'il me regarde. Je fixe la route pour essayer de retrouver une pensée cohérente et juste. Ce serait tellement plus simple si Enzo redevenait à cent pour cent l'emmerdeur de la veille… Celui en qui je placerais tous mes espoirs et ma confiance sans qu'une attirance ne s'éveille.

14

Enzo
3 mars

— Zeus ! *Cattivo*[1] ! s'exclame Suzy.

Debout sur la terrasse, je prends un malin plaisir à assister au spectacle captivant que m'offrent Suzy et le doberman, qui fait tourner la première en bourrique.

— Tel maître, tel chien, note Brooke qui revient d'un footing.

Fait-elle référence à mon *tendre* caractère ? Y aurait-il plus docile que moi sur cette terre ?

— Tu as l'air moins bougon ces derniers temps ! La situation s'améliore avec ton cousin ? Je lui ai envoyé un message la semaine dernière pour ses dix-sept ans et je n'ai pas eu de réponse.

Rien d'étonnant ! songé-je en avalant une gorgée d'eau en toute décontraction. Je m'inquiète moins pour lui maintenant que je sais où il se trouve et avec qui.

— Il m'en veut encore. Ses premières semaines à l'armée sont compliquées. Il est têtu, voire irrespectueux. Au moins, il est définitivement entre de bonnes mains avec Andrea et Francesco.

1. Vilain.

Brooke approuve mais ne peut s'empêcher d'afficher une certaine inquiétude.

— Et si ton père essayait de…

La chaleur me monte aux joues en pensant au *padre* Lombardi. Tout ce qui le touche de près ou de loin m'irrite.

— Lorenzo ne travaillera plus jamais pour lui. Je m'en assurerai, réponds-je avec conviction. Et si l'idée lui vient de tenter la moindre approche avec le gamin, il me trouvera sur son chemin.

Je chasse l'image de mon père de mon esprit. J'ai débuté la journée du bon pied et je veux que ça continue.

— Si tu as besoin d'aide ou de parler, je suis là, dit Brooke en m'embrassant sur la joue.

Sa compassion et son soutien me font chaud au cœur, comme souvent !

S'étirant à mes côtés, elle s'applique à me raconter ses rencontres distrayantes et me dévoile avec fierté la baguette dénichée dans une petite boulangerie française récemment installée dans le coin.

— Il y a tellement longtemps que je n'en avais pas mangé ! Un pain croustillant, un peu de beurre sur la mie moelleuse à souhait et vive l'extase.

— L'extase, carrément ! Il t'en faut peu ! m'exclamé-je en m'éloignant pour rejoindre Alexandra qui peint dans la véranda.

Elle a hanté mon esprit pendant mon jogging et m'obsède encore. Je me remémore ses danses sensuelles de la veille ainsi que le sourire vulnérable qu'elle m'a lancé avant d'aller se coucher. Il m'a frappé en plein cœur. J'aurais voulu la prendre dans mes bras et lui dire que tout irait bien, mais le peu de jugeote qu'il me reste est apparue. Je suis allé frapper dans un sac de boxe puis prendre une douche glacée pour me refroidir les idées.

Et voilà qu'à la place de garder mes distances je m'ancre dans la même pièce qu'Alexandra, tiraillé entre mon bon sens et l'envie de succomber à son magnétisme hors du commun.

M'asseyant sur la banquette derrière elle, je me retrouve hypnotisé par les gestes aériens et tout en grâce de la jeune femme, en pleine création d'un paysage aux tons grisonnants. Mon esprit divague et se perd dans un monde de volupté. Dans mon rêve, Alexandra détache sensuellement ses sublimes cheveux caramel qui retombent sur ses épaules dans un tourbillon. Puis, elle retire son tablier sous lequel elle est nue. Attrapant ma main, elle m'entraîne du côté du bureau sur lequel je la plaque pour sauvagement la prendre…

Je ferme les yeux en secouant la tête.

— Sois raisonnable, me répété-je tandis que mon corps vibre de désir.

Je serre les poings en me reprochant silencieusement cette faiblesse qui m'anime et grandit jour après jour. Perdre le contrôle de mes pensées, et de mon corps, pour un témoin que je dois protéger est inenvisageable. J'ai tout intérêt à redresser la barre… Et pas celle que j'ai entre les jambes !

Quand Alexandra se tourne un instant vers moi, je fais mine de donner le change avec cet air impassible qui me caractérise à ses yeux.

— J'ai cru vous entendre grogner.

— Absolument pas.

— Je vous ai entendu, Enzo.

— Je me parlais à moi-même, c'est différent, affirmé-je, contrarié de ne pas avoir su être plus discret.

La discrétion est pourtant la qualité qui me définit le mieux.

— Vous, vous avez mal dormi ! C'est pour ça que vous êtes ronchon.

Si elle savait ! Elle a contribué à adoucir ma nuit. Je ne peux pas la toucher dans la vraie vie, mais je peux l'enlacer dans mes rêves. Et bien plus encore…

À cette pensée, je grimace face à Alexandra qui s'interroge sur mon comportement étrange.

Trouve une porte de sortie, Lombardi ! Vite ! me crie une petite voix dans ma tête.

— Vous avez du talent, affirmé-je en me penchant pour admirer le tableau tandis qu'elle nettoie ses pinceaux.

— Un compliment ! Il va pleuvoir des crapauds.

Son sourire franc et authentique me plaît. Depuis notre sortie au pub, je ne la vois plus du même œil. Quelque chose s'est éveillé en moi. Pas question en revanche de céder aux sirènes charnelles ou de me laisser dicter ma conduite par ma queue. Les jolies femmes ne manquent pas sur la planète. Voilà ce que je me répète. Pourtant, je me retrouve à épier discrètement celle que j'apprends à découvrir chaque jour. Elle n'est pas l'emmerdeuse de service que certains m'avaient dépeinte. Elle est douce, drôle. Je pourrais l'écouter discourir des heures sans jamais m'ennuyer.

Et puis merde ! Je vais aller m'immerger dans une bassine de glaçons ou rendre visite à la petite voisine canon à un kilomètre d'ici. Je pourrais aussi trouver une partenaire éphémère en sortant me divertir sur mon jour de congé. Bonne idée ! Peut-être que ce que me fait ressentir Alexandra est dû à mon abstinence des derniers mois et à la proximité forcée. J'ai enchaîné les missions dans le désert au milieu de mecs sans avoir le temps de profiter des plaisirs que peut offrir la vie. Oui, ça doit être ça !

Alexandra n'est pas désirable… Elle est chiante et c'est un témoin, tenté-je de me raisonner.

Pas peu fier de cette réflexion et d'avoir trouvé une solution au problème, je me sens libéré d'un poids. Mon raisonnement est vite balayé quand Alexandra pose un regard doux sur moi. *Ce qu'elle est belle*, ne puis-je m'empêcher de penser, dévoré par le remords.

Il est nécessaire que je retrouve mon sérieux et que je rétablisse la distance que m'impose mon statut. Sans quoi, ma vigilance s'en trouvera diminuée, et la vie d'Alexandra, en grand danger. L'idée d'être à l'origine de l'erreur qui pourrait lui coûter la vie m'est insupportable et fait stopper toutes les tergiversations qui n'ont pas lieu d'être.

— Vous savez quoi ? reprend-elle. C'est cadeau ! Je vous offre la peinture.

— Gardez-la, c'est votre chef-d'œuvre.

— Ah oui ?

— Le travail est appliqué. Les nuances sont respectées. Le tout est harmonieux. Le rendu correspond à la réalité, souligné-je.

— Dans ce cas, il sera parfait dans votre chambre ou la pièce de votre choix, assure-t-elle en s'essuyant les mains avant de retirer son tablier.

Son attention me paraît sincère. Entourée de pinceaux, de peintures et de toiles, Alexandra est authentique.

Furetant dans le bureau, elle sort d'un tiroir une feuille qu'elle me tend.

— J'ai essayé, au mieux, de coller à la réalité, prévient-elle quand je m'empare du document qui n'est autre qu'une représentation du visage du Collectionneur, de son point de vue.

Comme sur le précédent portrait-robot réalisé par une dessinatrice de la police avec Alexandra, le visage du tueur est carré. Les joues creusées dévoilent une mâchoire imposante ainsi que des pommettes proéminentes. Le nez est busqué. Les orbites oculaires noires soulignent la forme étirée des yeux aux paupières tombantes. Il a de gros sourcils broussailleux coupés en leur centre. Sur la partie droite de cette face de rat est gravé un tatouage, composé de deux serpents en cercle dont les langues se rejoignent sous l'œil. L'extrémité des queues se touche sur le front.

— J'ai dessiné les lianes épineuses autour des serpents. Mais après réflexion, ça pourrait aussi être des ronces. Je ne sais pas…

— C'est déjà très bien. À la police de faire son travail de recherche, maintenant. Un tatouage de ce genre ne passe pas inaperçu.

— Personne ne parlera. Pas de cafteurs dans le milieu du tatouage ou chez les marginaux, se désole Alexandra.

— Ne vous inquiétez pas pour ça. Le principal étant que vos souvenirs sont capitaux pour l'avancée de l'enquête, assuré-je en me levant.

— Et si je me trompais ?

L'incertitude qui transparaît dans son regard la rend soudainement si fragile que ça en fissure mon armure d'impassibilité. Je fais mon possible pour la rassurer tout en maintenant une distance physique.

— Je doute que votre esprit ait inventé un tel motif. Pour le dessiner, vous l'avez obligatoirement vu quelque part.

— J'ai l'impression d'avoir les idées plus claires que d'habitude, note-t-elle en souriant timidement. Avoir freiné ma consommation de calmants m'aide à retrouver le fil de mes pensées.

Je préfère ne pas m'attarder sur le sujet, qui l'embarrasse. Alexandra fait des progrès en freinant sa consommation. Elle est passée d'une prise journalière de trois à un seul comprimé. Suzy lui apporte le soutien moral nécessaire et Brooke s'occupe du sevrage du fait des formations médico-militaires qu'elle a suivies avant de s'orienter vers le profilage.

Les premiers effets positifs sont déjà au rendez-vous. Une

semaine qu'Alexandra est plus alerte. Le manque ne se fait quasiment pas sentir. Les trous de mémoire sont à présent inexistants. Il lui arrive d'être versatile, sur les nerfs sans raison. Ça ne dure jamais longtemps. Et puis, Alexandra dort comme un bébé. Ses entraînements sportifs quotidiens l'épuisent.

— J'ai rêvé de lui cette nuit et des détails comme le fait qu'il soit ambidextre me sont revenus en tête. Dans le hangar, il maniait ses outils des deux mains.

— Bien joué. Je vais de ce pas transmettre ce portrait au capitaine Léani. Ensuite, nous ferons ce qu'il vous plaira.

— C'est gentil, mais ne me confondez pas avec Zeus.

— Une bonne action, une récompense, l'informé-je. Vous savez, Zeus est l'un des êtres vivants que j'aime le plus sur cette terre. Difficile de rivaliser avec lui.

Alexandra penche la tête en me fixant, l'air amusé.

— C'est le discours que vous tenez à toutes les femmes que vous rencontrez ?

Je l'observe en m'éloignant à reculons. Préférant ne pas lui répondre que, oui, elle est spéciale et que, non, je n'ai tenu ce discours à aucune autre femme, je quitte la pièce. Au contraire. Pour le bien de l'opé, je dois me persuader qu'elle est comme toutes les autres et qu'elle ne sort pas du lot.

D'un pas décidé, je me rends dans l'annexe. Saint-Paul, les yeux rivés sur les écrans, se réjouit en m'apercevant.

— Pause ?

J'opine.

— Prends une demi-heure pour vaquer à tes occupations. Je crois savoir qu'un petit bonhomme attend avec impatience l'appel de son père.

Saint-Paul me tape dans le dos. Il me fait un bref rapport de la situation et s'échappe du PC de surveillance.

M'enfonçant dans le siège à roulettes, j'opère un rapide contrôle de chacune des caméras de la propriété. En parallèle, usant des serveurs sécurisés, je scanne et transmets le croquis d'Alexandra avec une brève note au capitaine Léani. Ce dernier va être ravi d'avoir la confirmation que notre criminel est à l'aise des deux mains pour torturer ses victimes !

À l'image, je repère Zeus dans le jardin qui s'immobilise après avoir retourné une parcelle de terre. Il lève la gueule en direction de la forêt puis aboie tous crocs dehors sous le regard consterné de Suzy, qui finit par prendre peur et rentre à la maison.

Le chien s'arrête. Soudainement, il se remet à grogner et s'élance dans la forêt. Des coups de feu éclatent.

Je sors de la dépendance en courant, criant à mon équipe :

— Code gris !

Code blanc : R.A.S.

Code gris : possibilité de danger.

Code noir : danger avéré.

— Que se passe-t-il ? demande Hecker à travers l'oreillette.

— Fais le tour de la maison ! lui ordonné-je. Saint-Paul, tu restes auprès d'Alexandra et de Suzy.

— Je m'occupe des caméras, intervient Brooke qui court en direction de l'annexe.

Suivant Zeus, j'atterris au beau milieu de la forêt. Le chien grogne en direction d'un sentier de terre. J'y repère des traces de semelles, au moins du quarante-deux, qui n'ont pas à se trouver là. Elles ne correspondent aux godasses d'aucun d'entre nous. Elles n'appartiennent pas non plus aux Mitford. Carl ne jure que par ses légendaires rangers. Quant à Suzy, elle chausse du trente-sept.

M'enfonçant sous l'ombrage, je fais signe à Zeus de la boucler. Le chien aux aguets obéit, quand un individu surgit d'entre les arbres. Sa tentative de me prendre par surprise échoue. Je l'empoigne par le cou, le soulève et le jette violemment dans la boue. L'homme, qui perd sa cagoule, rampe sur le sol pour tenter de m'échapper. Lorsque, soudain, il se lève et cavale. Son sac s'ouvre. Des objets de valeur et des bijoux s'en échappent. Nous partons à sa poursuite avec Zeus, qui n'a aucun mal à rattraper l'énergumène contusionné.

Je le relève brutalement, quand un cri à en réveiller les morts retentit du côté du cottage.

15

Enzo

Je repars dans la direction opposée, maintenant le voleur sur mon épaule pour l'empêcher de se barrer. À moitié assommé, il ne réagit pas. Dans le jardin, je le balance aux pieds d'Hecker dont les mains sont couvertes de sang.

Saint-Paul se veut rassurant. Alexandra et Suzy, saines et sauves, se sont claquemurées dans le bunker sur ordre de l'agent.

— D'où vient ce sang ?

Hecker, les joues rouges, me montre l'arrière de la maison du doigt en m'expliquant la découverte faite par Suzy d'une biche ensanglantée. Elle se serait traînée jusqu'au cottage.

Je m'agenouille auprès de la bête sans vie quand Carl déboule, son fusil en main.

— La situation est sous contrôle, lui notifié-je en examinant les plaies de la biche. Elle a été touchée par deux balles d'un petit calibre, je dirais.

— Par une arme de ce genre, je suppose, intervient Hecker en traînant l'indésirable que la police, prévenue par Brooke, va venir arrêter.

Dans la poche avant du sac à dos du type se trouve un pistolet qui n'est plus de première jeunesse.

— Brooke, peut-on délivrer nos deux amies ? demandé-je discrètement en observant l'homme menotté et assis sur un banc, que Zeus surveille.

— Affirmatif, répond-elle du tac au tac. Périmètre sous contrôle.

— Saint-Paul, dis-je. Préviens Suzy et Alexandra qu'elles peuvent sortir.

— OK.

Je me redresse sous le regard vigilant de Carl.

— Tu penses que ce type est à la solde de…

Il n'a pas besoin de terminer sa phrase.

— Peu probable, mais restons aux aguets. Une vérification complète de ses antécédents sera réalisée.

— Très bien, mon grand, soupire-t-il, soulagé de voir Suzy débarquer dans le jardin.

Montée au premier, Alexandra nous guette derrière une fenêtre dont j'aperçois le rideau bouger.

— Autant de flics réunis au même endroit… C'est bien ma veine ! se lamente notre voleur du dimanche en étudiant attentivement Hecker du regard. Vous n'êtes pas du coin, vous !…

Nous ne répondons rien.

— Il va falloir s'assurer qu'il garde le silence. Et qu'il n'aille pas raconter ce qui se passe ici, murmuré-je à Carl au répertoire bien fourni. Personne ne doit comprendre ce qui se joue entre ces murs.

— Ne t'inquiète pas. Je gère, garantit mon père de cœur en serrant Suzy dans ses bras après qu'elle a quitté les miens. Rentre. Fais ce que tu as à faire, Enzo.

J'approuve et m'éclipse dans le cottage. Je monte retrouver Alexandra pendant que Saint-Paul réalise une inspection minutieuse des lieux. Rien n'échappe à son radar ni à celui de Brooke, qui voit sa journée de repos lui filer entre les doigts. Ma coéquipière ne se formalise pas. Je perçois le sourire dans sa voix à travers nos communications à distance. C'est durant des moments pareils que je suis fier de bosser avec une telle équipe. Je pilote pour la forme, mais nous sommes tous à égalité. Chacun connaît sa mission. Chacun a trouvé sa place. Personne n'a besoin de rabâcher quoi que ce soit. Tout est naturel entre nous. C'est sans doute pour cette raison que nous ne sommes jamais aussi efficaces que lorsque nous évoluons tous les quatre.

Sur le qui-vive, je n'en oublie pas moins d'apporter du réconfort à notre protégée. Enfin, quand je parle de réconfort, c'est façon Enzo Lombardi. Le tact n'est pas l'une de mes plus grandes qualités. Et garder ses distances est un impératif.

— Toujours vivante ?

La blague (de mauvais goût ?) n'amuse que moi. Alexandra virevolte dans ma direction en grimaçant.

— OK. C'était malvenu.

J'ai droit à un hochement de tête.

— Comment allez-vous ?

— J'imagine que si on m'a permis de sortir du bunker…

— Ce n'est pas *lui*, l'interromps-je sobrement.

— Quand l'agent Saint-Paul a ouvert la porte, j'ai cru bêtement que vous l'aviez capturé. C'était trop simple. Malgré tout, j'ai voulu croire qu'une bonne nouvelle me serait annoncée, admet Alexandra, la voix chevrotante.

Ma « mission » ne parvient plus à retenir l'émotion qui la submerge et fond en larmes. Pour la première fois en quatorze ans de carrière militaire, je me retrouve démuni. Les bras ballants, je ne sais pas quoi lui répondre. Son chagrin me touche. Il fissure cette carapace en titane que je me suis constituée. Voilà qu'à présent un petit bout de femme réussit à craqueler mes défenses et à effleurer mon âme du bout des doigts. Statique, j'attends. Je ressens la pression du moment. Je devine l'effroi d'une fausse joie. Je perçois la souffrance d'Alexandra. J'aimerais la consoler. La prendre dans mes bras et lui souffler que nous verrons bientôt le bout du tunnel. Pourtant, je reste inerte, engourdi par mes propres démons et tenu à distance par mon statut de professionnel. Le rejet des sentiments et des émotions me permet d'avancer en paix. Ce n'est pas aujourd'hui que cette façon de fonctionner doit changer.

Suzy surgit du couloir.

— Au lieu de bayer aux corneilles, rends-toi utile au rez-de-chaussée, m'ordonne-t-elle en consolant Alexandra qui disparaît entre ses bras maternels.

Fronçant les sourcils, je m'écarte.

Perdu dans le dédale de mes pensées, je descends l'escalier pour tomber nez à nez avec Brooke accompagnée d'un policier, une connaissance de Carl.

— Tu es blanc comme un linge, note Saint-Paul en remontant du sous-sol. Tu as vu un fantôme ?

Non, ce sont mes putains d'émotions qui refusent de me laisser en paix ! Je viens de recevoir une sacrée claque en pleine gueule !

Je secoue la tête pour reprendre contenance.

— Je vais bien. Qu'en est-il de l'inspection de la maison ?

— R.A.S., patron.

Je poursuis ma route jusqu'au jardin, où les policiers embarquent le cambrioleur qui serait passé par deux demeures sur environ un kilomètre et demi de distance. Au vu des premiers éléments, le gars se trouvait dans le coin par hasard. Il fuyait un propriétaire qui le pourchassait. L'arrivée inattendue d'une biche l'a surpris.

Effrayé, il a tiré et c'est à cet instant que Zeus l'a repéré. Encore un qui a joué de malchance !

J'escorte la police jusqu'au portail puis observe le jeu des gyrophares à travers le brouillard tombant.

— Les semelles de notre voleur du dimanche correspondent aux empreintes dans la forêt à proximité du cottage. Le Collectionneur n'est pas dans les parages. S'il l'était, nous lui ferions regretter d'être venu, assure Carl en s'éloignant en direction du manoir.

Refermant le portail, je ne suis pas tranquille. Mon instinct est en alerte. Une petite voix me murmure de ne pas baisser la garde. Que le danger se rapproche plus vite qu'on ne le pense.

16

Alexandra

— Reprends-toi. Reprends-toi. Reprends-toi.

Devant la glace, j'essaie de me remotiver. Ce n'est pas un cambrioleur de pacotille qui va m'effrayer, si ?

Les poings serrés, le regard déterminé, j'affronte mon reflet.

— Tu es forte. Tu es puissante. Tu vas sortir de cette chambre et t'amuser.

Me saisissant d'une veste, je descends dans le salon, où Enzo termine une conversation téléphonique mouvementée en italien. Lorsqu'il m'aperçoit, il l'abrège en raccrochant.

— Si vous êtes d'accord, j'aimerais aller en ville.

Surpris, il se fige un bref instant.

— Après ce qui s'est passé ce matin, je pensais que vous souhaiteriez vous isoler.

Je prends une grande inspiration en gonflant la poitrine pour me donner du courage.

— Ras le bol de me cacher. C'est vendredi soir, autant sortir un peu. Sauf, si ça semble trop dangereux.

Enzo se redresse, peu enthousiaste. Ce n'est pas que ma demande inattendue qui le met dans cet état. Je suppose que sa conversation téléphonique contribue à ce qu'il se referme comme une huître.

Après un temps de réflexion, il pivote vers l'agent Hecker qui se sert un verre d'eau.

— Les auditions de la police locale à propos de notre cambrioleur, Aaron Parker, qui pour le moment est sous les verrous, sont en cours. D'après Interpol, il n'a aucun antécédent criminel. Il est connu pour de simples vols à la sauvette. La menace est minime d'après nos analyses et les statistiques.

— Affirmatif, intervient Brooke via les haut-parleurs. Nous allons tout de même renforcer la sécurité pour cette sortie. Saint-Paul a certainement envie de se déhancher ! Ou peut-être Hecker ?

— Je passe mon tour, ricane le grand roux en se grattant le crâne.

— Il ne sait pas danser, précise Brooke.

— N'oubliez pas que nous bossons, intervient Enzo. Vous danserez ou pas sur votre temps libre.

L'agent Hecker opine.

Des quatre agents, celui-ci est le moins divertissant. Le rouquin a une mission et il s'y tient. Ce qui n'est pas plus mal ! Pas étonnant que son sérieux ait été salué à plusieurs reprises par ses supérieurs hiérarchiques, d'après Suzy. Le gars est carré. Rien ne dépasse. Il n'a pas un seul épi dans les cheveux. Sa raie sur le côté est impeccable. Ses chemises et ses pantalons sont toujours parfaitement repassés. Ses chaussures sont sans rayures. Son image est lisse. Elle correspond au bonhomme policé et peu bavard qu'il est.

— Très bien. Nous sortons, concède Enzo. Saint-Paul, le pseudo-roi du dance floor, sera-t-il de la partie ?

Le militaire, en jean, T-shirt et baskets, se manifeste en effectuant quelques pas de danse.

— Je ne rechigne jamais à faire la fête.

— Garde l'œil ouvert, le taquine Brooke, affectée au PC de surveillance, tandis qu'Enzo, les bras croisés, reste imperturbable.

— Ils font bien d'emmener l'agent Saint-Paul, il est plus drôle que notre Pulcino. Alexandra s'amusera avec lui, entends-je.

— Suzy, les micros ne sont pas coupés, l'avertit Enzo en m'indiquant d'un signe de la main la direction de l'entrée. Allons-y.

Après avoir mis mes lunettes comme pour chacune de mes sorties, je m'empresse de me rendre dans le garage en compagnie de mes deux gardes du corps. Avec Enzo, nous grimpons dans le SUV. Le second agent monte dans un 4x4.

— *Andiamo*, lance le Ténébreux en prenant la route pour le centre festif de Rye.

À en croire les joyeux lurons alcoolisés qui s'époumonent à moitié dénudés dans les rues, l'équipe de rugby locale a gagné son match. Ça promet !

— Ne vous laissez pas aveugler par l'ambiance. Nous sortons, mais vous devez être vigilante. Vous connaissez les règles. Si vous venez à discuter avec des tiers, utilisez le prénom de Judith. Pas de précision sur notre hébergement. Nous sommes à Rye en vacances. Restez vague et sympathique.

— OK.

— Nous retournons au pub des Mitford. Un territoire non hostile. Nous ne devrions pas être embêtés là-bas.

— Comptiez-vous me dire que nos voisins les plus proches ne sont autres que ces fameux Mitford que vous considérez comme vos parents ? Et que le cottage leur appartient ?

Les traits du visage d'Enzo se durcissent. Il n'apprécie pas que des informations sur sa vie personnelle filtrent. Je le comprends.

Toutefois, un peu d'égalité ne fait pas de mal. Lui sait tout de moi. Une ou deux indiscrétions à son sujet ne vont pas le tuer.

— Ma vie privée doit rester privée, déclare-t-il du tac au tac avec autorité.

— Si elle doit rester privée, pourquoi prendre vos conversations téléphoniques personnelles quand je suis dans les parages ? Et pourquoi m'avoir emmenée au cottage des Mitford ? Vous vous doutiez…

Une ombre file sur son visage.

— Arrêtez de laisser traîner vos oreilles partout, soutient-il en fronçant les sourcils pour me signifier son mécontentement.

— Oh ! ça va ! Je pensais que notre relation s'améliorait.

— Ça ne vous donne pas le droit de franchir certaines limites personnelles. Je le répète une dernière fois, Alexandra : ma vie privée doit le rester.

C'est qu'il me réprimande sans même me regarder. Il est vraiment en pétard.

— La mienne ne l'est plus depuis longtemps. Vous êtes un inconnu pour moi. Alors que vous possédez tout un tas d'informations à mon sujet… allant de la marque de mes tangas à l'identité de chacun de mes ex-petits copains.

— Oui, et ce n'est pas glorieux. Vous avez le chic pour vous enticher d'imbéciles.

Sa remarque me prend de court. Je ne réagis qu'au bout de plusieurs secondes.

— Je ne vous permets pas ! lancé-je, vexée, un doigt accusateur pointé en direction d'Enzo.

— Vous êtes mon boulot. Il est normal que je connaisse de telles informations.

— Sympa de me déshumaniser !… Vous êtes mon garde du

corps, il est normal que j'apprenne à vous connaître. Je ne veux plus confier ma vie à n'importe qui. Pour que nous nous entendions, nous devons créer une relation de confiance.

— En effet, je suis votre garde rapprochée. Non votre ami, me reprend Enzo avec sévérité en tapant sur le volant, fâché.

— Il serait plus simple de discuter avec un caillou !

Un rire amer s'échappe de sa gorge.

— Allez en ramasser un ! Regardez, vous avez l'embarras du choix, lâche-t-il en montrant le bord de la route d'un geste de la main qui me déplaît.

Je ne trouve rien à répondre. Enzo n'a pas tort. Voyant qu'une connivence s'établissait, je me suis enflammée. Ce que je peux être bête ! Je ne sais plus interpréter les paroles et les gestes des gens qui m'entourent. Je dois tout réapprendre.

— Désolée, dis-je après avoir marqué un long silence. J'ai cru que nous commencions à bien nous entendre. J'avais tout faux.

L'homme fixe la route. Le brouillard qui tapisse l'air l'oblige à être plus attentif qu'à l'accoutumée. Et... mes questions l'ont refroidi. Il ne décroche plus un seul mot.

— Vous ne voulez plus me parler ? l'interrogé-je timidement.

— Je suis concentré sur le trajet.

Sa réponse sèche ne me décourage pas. Je cherche à le faire réagir.

— Habituellement, ça ne vous empêche pas de débiter des conneries.

Un long moment se passe avant qu'il ne me réponde d'une voix blanche :

— Vous avez raison. Je ne veux pas bavarder.

— Je ne voulais pas vous contrarier, Enzo. Désolée.

— J'en prends bonne note.

— Désolée, répété-je, consternée par la situation.

Je commence à connaître la bête. J'aurais dû apaiser les choses plutôt que de le provoquer.

— J'avais déjà compris la première fois.

— Pas la peine d'être aussi cassant.

— Vous ne me laissez pas le choix.

— On a toujours le choix, répliqué-je en m'enfonçant dans mon siège, le regard tourné vers la vitre passager.

— C'est vous qui le dites.

— C'est ce que la vie m'a appris.

— Vous êtes encore jeune.

— Ce qui signifie ? soufflé-je en fermant les yeux.

— Que la vie vous donnera d'autres leçons.

Je ris nerveusement. C'est qu'il se prend pour un grand sage du haut de sa trentaine.

— Ce n'est pas déjà assez ? Des parents décédés, une enfance solitaire, une tante à des milliers de kilomètres, plus un seul ami, un enlèvement par un tueur en série, une traque par ce même monstre… Pourquoi… Pourquoi cherchez-vous toujours à me blesser ? le questionné-je, des trémolos dans la voix.

S'il croit que ma vie est facile, qu'il prenne ma place ! Je la lui laisse.

L'agent Lombardi soupire, dépassé par la situation.

— Ce n'est pas mon intention.

— Bien sûr que si. Vous êtes souvent dans la provocation et, d'une manière ou d'une autre, vous voulez avoir le dernier mot. N'est-il pas possible d'arrêter d'être sur la défensive ? Vous ne pouvez pas essayer d'être gentil pendant une journée entière ? Non ? C'est trop vous demander ?

Baragouinant je ne sais quoi en italien, il lève brièvement

les mains en direction du ciel avant de reprendre le volant. Cet homme ne supporte pas la moindre opposition.

— Quant à vous, pourriez-vous ouvrir un dictionnaire, et lire et relire la définition du mot silence ?

Quel culot. Je déglutis en me redressant sur mon siège.

— La définition que vous avez intégrée toute votre vie ? Après celle de cassant ? Vous vous protégez, mais de quoi ?

— Alexandra…, grogne-t-il en levant l'index comme s'il s'adressait à une enfant.

C'est la goutte d'eau qui fait déborder le vase. Ça suffit de m'infantiliser !

— N'agitez pas votre main sous mon visage. L'éducation, ça vous parle ?!

— *Sta succedendo di nuovo*[1]… Votre insolence me sort par les trous de nez.

— C'est bien ! Elle peut se mélanger à la fumée qui s'en échappe perpétuellement. Vous êtes constamment en colère. Je ne sais pas ce qui vous est arrivé pendant votre jeunesse, hier ou le mois dernier, mais ce n'est pas aux autres d'en payer le prix, m'époumoné-je, perdant patience.

Enzo freine brusquement à un feu rouge. Lentement, la mâchoire serrée, il tourne la tête dans ma direction. La fureur transparaît dans son regard. Son professionnalisme l'emporte, il n'explose pas. Quant à moi, je ne baisse pas les yeux. Si le Ténébreux n'est pas content, il n'a qu'à donner sa place à un autre plus affable et moins trou du cul.

— Alexandra. Ne dépassez plus les limites ou…

— Ou quoi ?

Je le fixe avec conviction.

1. Ça recommence…

— Ou…

— Ou quoi ? insisté-je, le cœur battant à mille à l'heure, suspendue à ses lèvres.

S'il savait ce qui me passe par la tête ! Mon corps tout entier vibre au son des mots qu'il prononce. Mon être n'est plus que contradiction.

Je n'ai jamais connu ça auparavant.

J'ai envie de lui hurler dessus et aussi de l'embrasser.

De me pelotonner contre lui et aussi de le frapper.

L'attirance est trop forte. Tel un raz-de-marée, elle emporte tout sur son passage.

Je ne sais pas quelle mouche me pique. Sans prévenir, j'embrasse Enzo. Le baiser ne dure qu'une ou deux secondes tout au plus. Juste le temps que mes lèvres pressent les siennes. Un instant sous tension mais divin. Le temps m'a semblé s'être arrêté. Je ne sais pas à quel moment la pulsion qui a fait palpiter mon corps a pris le pas sur la raison. J'ai juste conscience d'avoir succombé au charme électrisant du bel Italien. J'ai ressenti un regain de confiance et le besoin viscéral de l'embrasser. D'être proche de lui comme jamais auparavant. De sentir la tiédeur de sa bouche contre la mienne. De percevoir sous mes doigts, qui ont caressé son torse par-dessus son vêtement, la chaleur qui émane de son être. J'ai perdu le contrôle. Je n'aspirais qu'à une chose : avoir en bouche le goût de l'interdit. Avoir en bouche le goût d'Enzo Lombardi.

Reculant sur mon siège, je regrette déjà mon geste. Le garde du corps, à l'expression neutre, fait redémarrer le véhicule. Au même moment, la voiture de l'agent Saint-Paul apparaît dans le rétro. Il n'a pas assisté à cette scène surréaliste qui me met bien plus mal à l'aise que le jour où je me suis baladée au musée du Louvre, devant des centaines de touristes, la jupe coincée dans la culotte.

Le ridicule ne tue pas.

L'absence de réaction du grand brun, elle, le pourrait…

17

Alexandra

Au pub, bien que l'ambiance soit festive, il y a de l'électricité dans l'air entre Enzo et moi.

— Un problème ? nous interroge l'agent Saint-Paul en sirotant un Coca.

— Non, ronchonnons-nous d'une même voix avec le grand brun.

— Pourquoi ai-je la sensation qu'il y a de l'eau dans le gaz ?

Pas la peine d'insister !

Enzo souffle lourdement et tourne les talons pour se poster à l'un des angles du bar, où il se fait apostropher par Lupo. Du coin de l'œil, j'observe le Ténébreux. Sa réaction est-elle un aveu de faiblesse ou signifie-t-elle que j'ai dépassé les bornes ? Je m'en veux d'avoir cédé aux sirènes de mon impulsivité. Et si mon acte le conduisait à quitter le navire ? Je ne peux pas me permettre de perdre l'une des seules personnes avec qui je me sens en sécurité.

— Je reviens.

À mon tour, je fausse compagnie à l'agent Saint-Paul pour me rafraîchir le visage aux toilettes. Seule dans une petite pièce exiguë, mais propre et parfumée, je croise mon reflet dans le miroir.

— Pourquoi multiplies-tu les faux pas ? me sermonné-je à haute voix sans reconnaître l'image qui est la mienne.

C'est toujours comme ça. Je ne sais pas comment me comporter en présence d'un homme qui *m'attire*. Car, oui, je mentirais en disant qu'Enzo me laisse de marbre. J'ai envie de le secouer dans tous les sens et à la fois de m'accrocher à lui comme un crabe à son rocher.

M'essuyant le visage avec des serviettes en papier, je sursaute lorsque la poignée de la porte s'agite.

— Merde ! Envie pressante !

Je me magne et sors de la pièce pour permettre à une fêtarde d'y entrer. Alors que la porte claque, je me retrouve nez à nez dans le couloir avec l'agent Lombardi.

— Vous ne savez pas rester en place, Alexandra. Est-ce de la bêtise ou un moyen d'attirer mon attention ?

Franc. Tranchant. Du Ténébreux dans toute sa fichue splendeur. Dur d'imaginer que la tension à son apogée dans la voiture puisse monter d'un cran supplémentaire. Et pourtant…

— Contrairement à ce que vous imaginez, vous n'êtes pas le centre de mon monde. J'avais juste besoin de me rendre aux W.-C. Ne me dites pas que je dois aussi laisser cette porte ouverte.

— Cet air renfrogné et cette insolence vous vont à merveille, notifie-t-il en se dressant devant moi, les bras croisés. N'ayez crainte, votre tempérament n'éreintera pas ma patience.

Bonne nouvelle !

— Encore une fois, tout ou rien avec vous. Je suis sûre que souffler le chaud et le froid vous plaît. En fait, dis-je en reculant avant de revenir sur mes pas, vous vous réjouissez de la situation dont vous pensez tirer toutes les ficelles. Sachez que vous vous trompez. Je ne suis pas votre marionnette. Vous ne me mènerez pas à la baguette.

— Tout le monde finit un jour ou l'autre par rentrer dans le rang. Ce n'est qu'une question de temps vous concernant.

— Ce n'est pas parce que je ne corresponds pas à votre idéal de la gentille fille que je dois changer, grogné-je de plus belle tandis que la musique en fond oblige mon interlocuteur à hausser le ton.

— La discussion est close !

Quand un jeune homme tente de passer dans le couloir, Enzo pivote pour lui faire barrage. Le type ne demande pas son reste. Intimidé par la stature de mon garde du corps, il s'excuse et se barre sous mon air stupéfait.

— Ça suffit, monsieur muscles ! Arrêtez de traumatiser les gens. Je ne sais pas ce qui est pire entre me retrouver pourchassée par vous savez qui ou devoir vous supporter jour et nuit. Vous ne parlez pas, vous aboyez. Vous ne souriez pas ou peu, vous passez votre temps à ricaner !

Sans desserrer les bras, Enzo s'approche d'un pas tranquille qui contrebalance avec son regard perçant et dur dont je suis la cible. Je recule pendant qu'il continue de briser la distance qui nous sépare. Il prend un malin plaisir à me mettre dans une situation inconfortable. L'étroitesse du couloir enténébré n'arrange rien. Enzo est si loin et si proche à la fois. Je ne bouge plus, de peur de le toucher et qu'encore une fois une guerre n'éclate.

— Gardez vos distances !

C'en est trop ! Je me décide à repousser Enzo et à le contourner, quand il me saisit par le bras. Virevoltant, je me dégage de son emprise et m'éloigne. Il me rattrape de nouveau et me tire contre lui. Il me rend dingue, mordante, me fait sortir de mes gonds. Et à la fois, il éveille en moi des pulsions charnelles que je retiens très difficilement.

— Malotru !

— Merci, madame pisse-froid.

Mon air offusqué l'amuse.

— Vous ne pensiez pas être la seule à exceller en grossièreté moyenâgeuse.

— Malappris !

— Godiche.

Malgré la dispute qui se poursuit, l'envie de lui, de goûter une nouvelle fois ses lèvres est plus forte que tout. Qu'il me gonfle !

— Vous êtes un emmerdeur !

— Et vous une emmerdeuse, réplique le Ténébreux en me saisissant par le menton. Ayez au moins le courage de me regarder quand vous m'insultez.

C'est qu'il me rend dingue. J'en ai les jambes tremblantes.

Une nouvelle fois, j'écoute mes pulsions plutôt que ma raison.

Me hissant sur la pointe des pieds, j'embrasse Enzo avec ferveur. Une ferveur qu'il me rend à travers un baiser voluptueux et passionné. Ses lèvres dévorent les miennes tandis que je m'accroche à son corps solide en cherchant à ce que l'instant dure. La voracité du désir que je ressens me désinhibe à tel point que ma langue part au contact de la sienne, chaude et mentholée. Enzo, dont les mains glissent dans mon dos, semble apprécier ce moment. Il ne me repousse pas. Quand mes mains dévient sur ses fesses qu'elles enserrent avec fermeté, je prends conscience de la folie de mon action et je me détache de lui.

— Désolée… Excusez-moi, balbutié-je en le contournant pour le fuir, honteuse d'avoir donné libre cours au désir qui m'assaille.

Enzo virevolte, glisse son bras autour de ma taille, me plaque dans un renfoncement et presse avec passion ses lèvres contre les miennes. Sa peau contre ma peau est un aphrodisiaque délicieux. Je m'enivre du bel Italien comme d'un alcool fort. Son effet est ravageur. Enzo m'enlace avec plus de puissance. Son souffle troublé et le mien haletant ne font plus qu'un. Je ressens le moment où il s'abandonne, où les limites qu'il avait dû se fixer sautent. Il me soulève. Accrochée férocement à lui, je passe mes jambes autour de ses hanches. Il est à moi à présent. *Tout à moi !* Fébrile, je le saisis par la nuque avant que mes mains ne se perdent dans ses cheveux. Ses lèvres rebondies dévient sur ma gorge enflammée, me volant au passage de sensuels gémissements couverts par la musique. Incontestablement, je ne veux que lui.

Je suis consumée par un désir primaire, animal, puissant, violent.

L'instant est hors du temps.

L'action est irrévocable.

Galvanisée par la fougue du moment, j'ai l'impression d'avoir couru un marathon lorsque mes pieds touchent de nouveau le sol. Les mains engourdies et moites, les lèvres tremblantes, le regard hésitant, j'essaie de formuler une phrase. Encore sous le choc de ce qui vient de se produire, je peine à assumer la situation, contrairement à Enzo. Enfin, je ne sais pas. Le Ténébreux a été programmé pour cacher ses émotions, taire ses sentiments. Sa puissance ne réside pas seulement dans son physique d'athlète. Son impassibilité est une forme de pouvoir. Oui, ce qui s'avère parfois être une qualité chez certains n'est autre qu'une arme de destruction massive chez Enzo.

— Nous devrions retourner dans la salle principale.

Muette, j'acquiesce et ouvre la marche. L'agent Saint-Paul, accoudé à une table haute, se tortille au son de la musique.

— Enfin ! Je me suis demandé si vous n'étiez pas tombés dans les W.-C. ! Dix minutes que je vous attends. Si je ne connaissais pas notre cher Enzo, alias capitaine glaçon, j'aurais pensé que vous vous envoyiez en l'air.

Je manque de recracher ma boisson. Posant le verre, je fais face à un agent hilare pendant que le second tire la gueule. En croisant son regard fuyant, je comprends que le Ténébreux s'en veut. Il regrette l'instant de folie contagieuse qui nous a animés. Je crois qu'il ne m'apprécie pas et je ne suis même pas certaine de lui plaire physiquement. Peut-être est-il en manque ? À trop marcher dans le désert sous le cagnard ou dans le froid polaire, Enzo a assurément divorcé de son cerveau et n'a jamais obtenu la garde de ses neurones. Ça expliquerait qu'il ait perdu le sens des réalités et ait répondu à mon baiser par un autre baiser. Mais comment expliquer son comportement fougueux ? A-t-il trop bu ? Non, impossible. Il n'a siroté que de la limonade depuis notre arrivée. C'est à n'y rien comprendre.

— Allez, Judith ! Amusez-vous. Vous vouliez sortir, non ?

L'agent Saint-Paul me tire par la main et m'entraîne sur la piste de danse au beau milieu d'une petite foule sous l'œil d'Enzo et de Carl Mitford, de passage dans son pub. Les deux hommes discutent et, enfin, j'aperçois un sourire sincère se dessiner sur le visage du grand brun.

— On profite de l'instant présent !

Saint-Paul a l'art et la manière de détendre l'atmosphère, quand son collègue a, lui, l'art et la manière de gâcher des instants d'exception. Tapant dans ses mains en secouant du bassin, il chante en chœur avec les musiciens et les fêtards, *Viva la vida*[1].

— Je vais prendre goût aux soirées dansantes en votre

1. Coldplay, *Viva la vida*, 2008.

compagnie ! m'exclamé-je en me tortillant au son de la musique pour oublier ce qui s'est passé quelques minutes auparavant.

— Compréhensible ! Je suis le plus drôle de la bande après Brooke !

— Brooke danse ?

— Pas aussi bien que moi ! s'enthousiasme le charmant métis en attrapant ma main pour me faire tourner sur moi-même. Je suis ravi de vous voir de bonne humeur !

— Je ne devrais pas…

— Ne vous flagellez pas de vivre des instants sympathiques. Vous avez le droit d'être heureuse comme tout un chacun. Prenez tout ce que la vie a de positif à vous offrir sans vous poser de questions ! Il n'y a pas de hasards, que des rendez-vous.

— Vous avez raté votre vocation de psy ou de coach du bonheur ! Vous êtes solaire, Hélios[1] !

Hélios, ou le nom de code parfait pour un homme qui resplendit autant que le soleil, si ce n'est plus.

— Le compliment me va droit au cœur ! s'écrie-t-il en jouant des épaules.

Les musiques défilent. Le temps passe.

Trois heures plus tard, les douze coups de minuit sonnent. Cendrillon doit rentrer au bercail.

Dix minutes que l'agent Lombardi tapote le cadran de sa montre. Me faufilant de la piste de danse à la table autour de laquelle Enzo est assis, je termine mon verre.

Saint-Paul s'absente un instant.

— Pour ce qui…

1. Dieu du Soleil personnifié dans la mythologie grecque.

— N'en parlons plus, assène Enzo en se levant de son siège. Vous étiez sous le coup de l'émotion et j'ai vacillé. Ça ne se reproduira plus. Imitez-moi. Oubliez. Et surtout, n'abordez plus jamais le sujet, conclut-il sèchement en attendant le retour de son collègue.

18

Alexandra
12 mars

Assise sous la véranda, un verre de vin à la main, j'attends que les heures s'écoulent.

— Vous êtes en pleine réflexion ? m'interroge Brooke.

— C'est vrai qu'il est toujours plus simple de réfléchir un verre d'alcool à la main, note un Enzo pince-sans-rire.

— Encore une brillante intervention de votre part.

— Ce qui ne change pas de d'habitude, se gausse Brooke en s'éclipsant dans la maison, m'abandonnant aux griffes du Ténébreux qui peste depuis plus d'une semaine.

Rien n'est jamais assez bien aux yeux d'Enzo, qui trouve toujours le moindre prétexte pour râler quand il ne se terre pas dans un silence de mort. L'agent Lombardi a pris ses distances sans véritablement les prendre. Je crois que j'aurais préféré qu'il s'efface et laisse sa place de petit premier du groupe à l'un de ses trois collègues. Quand il est dans les parages, ce qui est presque constant, je ne sais pas comment me comporter.

— Comptez-vous vider la cave à vin tout entière ?

— Possible. Maintenant que je n'ingère presque plus de calmants, je me focalise sur la boisson, fais-je, sarcastique.

Enzo se tourne pour enfin croiser mon regard.

— Quitter une dépendance pour s'en créer une nouvelle. C'est intelligent.

— Votre opinion m'importe peu.

— Je pourrais fermer la cave à clé. Un peu de gratitude serait la bienvenue.

— Pour quelle raison ? Ce n'est pas comme si vous mettiez des paillettes dans ma vie…

Face à ma réflexion, Enzo ferme les yeux en secouant la tête, l'air las.

— *Dio mio*[1]. Je ne sais vraiment pas ce qui a merdé avec votre génération.

— Vous concernant, je ne remettrais pas en cause toute une génération. Je vous vois plus comme le vilain petit canard. Qu'est-il arrivé au grand Enzo Lombardi pour qu'il devienne ce qu'il est ? Acide comme le détergent. Filant comme les étoiles. Sombre comme la nuit.

Soudain, l'homme se lève.

— *Un bel niente*[2] *!*

— En français, *per favore* !

— Occupez-vous de vos oignons… Il est l'heure de la promenade de Zeus.

— Vous n'avez qu'à le balader seul.

— C'est avec vous qu'il veut sortir, signale Enzo pendant que le chien se manifeste en posant son museau sur mes cuisses.

— Je m'en occuperai dans cinq minutes, dis-je en appréciant la beauté du paysage qui s'offre à moi.

1. Mon Dieu.

2. Rien.

Il croit quoi ? Qu'il n'a qu'à claquer des doigts pour que je m'exécute ?!

Tout allait au mieux jusqu'à l'arrivée d'Enzo. Je profitais du calme pour me ressourcer et voilà qu'il a débarqué.

— Maintenant, notifie-t-il en me retirant le verre des mains. Vous aurez tout le temps de picoler plus tard. Habillez-vous.

Je n'en fais rien.

Le grand brun lève les yeux au ciel. Je m'apprête à m'accrocher à la banquette, mais Enzo est trop rapide. Pas le temps de dire ouf que je me retrouve sur son épaule à arpenter le cottage. Une fois mon manteau et mes bottes récupérés, Enzo me dépose sur la terrasse à l'arrière de la maison. Il ferme la porte-fenêtre derrière nous pour me signifier qu'aucun retour en arrière n'est possible.

— Lombardi, vous me faites chier !

Il se contrefiche de m'entendre râler.

— Vous ne me laissez pas le choix.

— C'est ce que vous vous obstinez à rabâcher depuis que nous nous sommes rencontrés pour la première fois. À croire que vous vous répétez ces paroles pour vous en convaincre. Malheureusement, ça ne fonctionne pas ainsi, expliqué-je en me chaussant.

— Dans ce cas, vous allez pouvoir développer votre réflexion durant notre promenade. Au passage, je parle au nom de tous en disant que les musiques des Backstreet Boys sont insupportables. Vous ne pouvez pas regarder autre chose qu'une chaîne musicale des années 2000 à la télé ? Il y en a marre.

— Mes goûts musicaux vous déplaisent ? Oui, je suis nostalgique ! J'ai le droit, non !

— Parce que la nostalgie vous empêche de trouver la télécommande ?

Idiot.

« *Tell me why*

Ain't nothin' but a heartache

Tell me why

Ain't nothin' but a mistake

Tell me why

I never wanna hear you say

I want it that way… [1] »

M'entendre chantonner agace un peu plus Enzo.

— Si je respire, je fais mal les choses. Si je cause, je suis insupportable. Si je garde le silence, je suis exécrable. Si j'écoute de la musique, je suis agaçante. Il faudrait savoir ! Au passage, vous pourriez le balader seul. Pourtant, vous vous souciez de ma présence à vos côtés chaque jour. Quatre fois par jour où nous ne nous retrouvons que tous les deux.

— N'allez pas croire que ça cache des sentiments refoulés. Si je ne vous sortais pas, vous ne bougeriez pas votre croupion des canapés de la maison. Il n'y en a pas un qui ait échappé à votre arrière-train.

— Contrairement à vous, je n'ai pas le feu au cul, lui asséné-je en remontant la fermeture Éclair du manteau que je termine d'enfiler.

Enzo éclate d'un bref rire, un chouïa exagéré. Puis il s'arrête net en me doublant, suivi de Zeus.

— Je suis gentleman. Je ne reviendrai pas sur les événements passés et enterrés.

— De quels événements parlez-vous ? feins-je de ne pas comprendre.

— Vous jouez très mal la comédie.

— Vous savez quoi ? Gardez la place numéro un sur le podium

1. Backstreet Boys, *I want it that way*, 2009.

du « Je suis le roi pour me voiler la face ». Je n'en veux pas. Moi, j'assume tout ce que je fais.

— Vous avez le don de faire un drama d'un rien.

Le culot. Je ne peux m'empêcher de rire nerveusement.

— Donc, vous ne faites que votre travail en passant du temps avec moi ? déclaré-je en pénétrant dans la forêt. Je suis ravie de l'entendre.

L'odeur de la pluie tombée pendant la nuit emplit l'air pur. La vague est enivrante, son parfum prégnant. J'adore cet effluve, il me rassure en me rappelant de tendres moments de mon enfance durant lesquels, assise sous le perron de la maison avec ma tante, je me blottissais dans ses bras pour écouter le bruit de la pluie en respirant l'odeur de la nature. Je pouvais rester des heures sans bouger, bercée par les caprices de la météo.

— Exactement, je fais ce pour quoi je suis payé. Vous protéger.

— C'est une pure coïncidence si depuis la dernière soirée au pub vous êtes toujours dans mes pattes ? Tout est professionnel ? Rien à voir avec une envie d'apprendre à me connaître personnellement ? Ou simplement, de passer du temps avec moi parce que je ne suis pas l'être chiant dont vous essayez de vous convaincre ?

— En effet.

Perplexe, j'acquiesce. Je ne vais pas me battre avec Enzo. Il aimerait sûrement que nous nous lancions dans les joutes verbales dont nous avons tous les deux le secret, mais je n'en ai pas envie. Premièrement, j'ai d'autres chats à fouetter. Nous saurons bientôt, si le corps retrouvé démembré au cœur des châteaux de Chambord est celui de Manon Chauvinse, nouvelle victime présumée du Collectionneur. Deuxièmement, ce n'est pas la peine que je nourrisse le « fantasme Lombardi ». Mon esprit a déjà assez à faire avec tout ce qui l'oppresse. J'aspire à la tranquillité.

— Vous ne répliquez rien ?

— Non, murmuré-je en m'enfonçant entre les immenses arbres.

— Vous n'avez plus d'arguments ?

Il veut me provoquer et ne parviendra pas à ses fins.

— Je n'en cherche pas, notifié-je d'un geste de la main désinvolte.

— Vous manquez de répondant.

— Possible.

— Quelle mouche vous a piquée ?

— La mouche Lombardi : un gros insecte italien. Le genre de bestiole dont on ne se débarrasse jamais. Qui tourne et tourne encore frénétiquement autour de vous sans se fatiguer.

— C'est toujours mieux qu'une mouche à merde, réplique-t-il.

— Si vous le dites.

Guidée par les brises qui filent vers l'est, j'aperçois un ruisseau. Descendant la source sur une centaine de mètres, je découvre de vastes plaines. Des champs à perte de vue. Bouche bée face au spectacle que m'offre la nature, je ne prête pas attention à Zeus qui saute sur moi et m'écrase de tout mon long dans la terre. Les bras et les jambes écartés dans l'herbe froide, je perds mon regard dans l'étendue céleste aux tons gris. Je me mets à sourire en roulant sur le sol. Une sensation de liberté me gagne. Une impression de légèreté m'enveloppe. Voilà pour quelle raison je n'abandonne pas. Pour des moments tels que celui-ci. Des moments qui m'aident à comprendre que mes combats ne sont pas vains et que la lumière finira par illuminer les ténèbres.

19

Enzo
13 mars

Après avoir échangé avec Saint-Paul sur le match de foot de l'équipe d'Angleterre passé la veille à la télévision, je monte retrouver Alexandra, allongée sur son lit, deux photos entre les mains qu'elle tient contre son cœur.

— Qu'est-ce qui ne va pas ? demandé-je en me plantant au pied du lit, les poings sur les hanches.

— Tout va bien.

Elle me prend pour un con.

— Vous êtes encore contrariée à cause du petit déjeuner ? Je ne pensais pas que terminer le paquet de céréales à votre place vous mettrait dans un état pareil.

— J'ai dit que ça allait, réplique-t-elle, l'air mauvais.

Irrité, je descends en cuisine sortir du placard la boîte de céréales achetée par Suzy plus tôt dans la matinée et monte la balancer sur le lit d'Alexandra, à qui cette petite attention ne fait ni chaud ni froid.

— Bon, qu'est-ce qu'il y a ? rouspété-je.

Qu'elle m'énerve à bouder dans son coin ! Je préfère de loin l'entendre me pourrir ou faire face à ses attaques de baisers que de la voir sans réaction.

— Si ce n'était que les céréales…

— Alors, dites-moi !

— Vous êtes un ogre. Quand on vous demande de prendre le temps de faire votre liste de courses, vous préférez aller faire votre sport ou lancer vos foutues haches au sous-sol… Et après, vous piochez dans mes réserves !

— Nous vivons en groupe. Ce qui est à vous est à moi.

— Vous utilisez toute l'eau chaude quand vous vous douchez. Et le pire est de vous entendre chanter faux à 7 heures tapantes tous les matins.

Merde, démasqué.

— Vous prenez toute la place sur le canapé quand nous regardons la télé le soir et vous vous moquez de tous les programmes qui me plaisent.

— Je mets de l'ambiance ! Et je n'y peux rien si mon gabarit est trois fois plus imposant que le vôtre. Je ne vais pas coincer mon cul dans un petit fauteuil de poupée pour vos beaux yeux… Et merde ! Et si vous me disiez ce qui ne va pas ?

— Je viens de le faire !

— Non, les vraies raisons de votre humeur massacrante.

— Quand je suis dans ma chambre, je ne vous embête pas ! Laissez-moi. Après tout, c'est bien ce que vous voulez, m'entendre le moins possible.

Un point pour elle.

— Vous n'avez qu'à rester dans votre lit et ne pas en bouger de la journée. Rien à fiche.

Pour toute réponse, Alexandra se tourne pour ne plus avoir

à me regarder. Je quitte la pièce. Dans le couloir, je me retrouve face à Suzy.

— La douceur et toi faites deux. Ce n'est pas possible, souffle-t-elle en enfonçant le torchon qu'elle tient dans la poche de son tablier.

— Bordel, je fais des efforts ! J'y peux quelque chose si madame est en plein caprice.

— Moins fort, me réprimande Suzy en me tirant à l'autre bout de l'étage. Nous sommes le 13 mars.

— Nous pourrions être le 16 avril que ça me ferait le même effet. Je m'en bats les steaks.

Suzy me fait signe de me taire en agitant ses mains sous mon visage. Je déteste ça, et elle déteste m'entendre grogner… C'est sans fin.

— Alexandra a perdu ses parents un 13 mars, il y a vingt ans… dans un accident de voiture. Rappelle-toi.

Le con.

L'information me cloue le bec. Je comprends mieux pour quelle raison Saint-Paul m'a demandé de prendre des pincettes avec la demoiselle aujourd'hui.

— *Cazzo*. J'avais oublié…

— Je ne m'en serais pas rendu compte !

— Oui, ça va…, grimacé-je alors que Suzy redescend au rez-de-chaussée en m'implorant de laisser Alexandra en paix.

Sur le point d'emprunter l'escalier, je reviens sur mes pas et rejoins la jeune femme qui est à présent assise dans son lit la tête tournée en direction des fenêtres. Les deux photos qu'elle tenait sont posées sur la couette.

— Je peux ?

Sans même me regarder, Alexandra acquiesce. Je m'empare des

clichés en me juchant au bord du lit. Les deux la montrent bébé dans les bras de ses parents. La ressemblance entre Alexandra et sa mère, une grande brune au sourire radieux, est flagrante. Je remarque aussi que la jeune femme a le nez retroussé de son père ainsi que ses pommettes hautes et saillantes.

— Ces photographies sont très belles.

— C'est tout ce qu'il me reste, répond-elle en haussant les épaules. Je ne sais pas où est le reste de mes affaires.

— Je suis certain que votre tante en prend soin.

Alexandra enfonce sa tête entre ses mains et je ne trouve rien de mieux que de lui tapoter le dos. Étonnée, elle se redresse en me dévisageant. OK. On a connu mieux niveau réconfort.

— Je suis désolé pour tout à l'heure. Suzy m'a… À l'avenir, je vous laisserai plus d'eau chaude et je me ferai tout petit sur le canapé.

— Qui se sent morveux se mouche, m'assène mon interlocutrice.

Je l'ai bien cherché.

— Et qu'en est-il de vos chansons matinales ? me questionne Alexandra en pivotant dans ma direction.

— Je pousserai la chansonnette… moins fort. Mais vous ne savez pas ce que vous ratez, j'ai une voix de ténor.

La jeune femme ne peut se retenir de sourire.

— Vous n'arriverez jamais à la cheville des Backstreet Boys ou de Justin Timberlake, plaisante-t-elle.

— Oh ! Qui sait ! À force de les voir à la télé…

— J'aime beaucoup trop les vieilles musiques pop des années 2000.

— Nous referons votre éducation musicale plus tard. Vous savez quoi ? Suivez-moi, dis-je en bondissant du lit. Vous avez besoin de vous changer les idées. J'ai ce qu'il vous faut.

— Enzo…

— Venez voir, et si vraiment l'activité ne vous plaît pas, vous remonterez dans votre chambre.

Alexandra hésite puis finit par se lever. Elle récupère ses photos, qu'elle glisse dans le tiroir de sa table de chevet, et me suit.

— Je vous fais pitié. Sinon pourquoi seriez-vous…

— Je vous arrête tout de suite. Ce n'est pas ce que vous m'inspirez, confié-je en la menant au sous-sol dans une pièce vide que Brooke et moi avons aménagé pour nous détendre pendant nos pauses. Le billard et le baby-foot sont surfaits, plaisanté-je en plaçant Alexandra devant une cible en bois à cinq mètres de distance.

J'ouvre l'armoire fermée à clé et en sors deux haches, dont l'une de petite taille que je tends à la jeune femme.

— Pour commencer, vous allez essayer avec ce modèle. Elle ne doit pas atterrir dans mon pied ou dans ma tête, mais bien dans la cible devant vous. Je vous montre.

Je me positionne sur la seconde piste, trouve mon équilibre et vise. Après quoi, je balance avec force une hache en plein milieu de la cible.

Alexandra, presque admirative, ne peut s'empêcher de pouffer de rire. Je me doutais que cette activité lui remonterait le moral.

— Visualisez une personne qui vous les brise, comme un collègue de boulot chiant ou un garde du corps encombrant et…

Je n'ai pas terminé ma phrase que la hache lancée par Alexandra atterrit en plein centre de la cible. À mon tour de l'impressionner en m'éloignant à plus de dix mètres. Je me saisis d'une machette plus imposante, qui se coince dans le bois du premier coup.

Alexandra retrouve des couleurs. Après avoir hésité, elle s'approche de moi, m'embrasse timidement sur la joue et me remercie de lui changer les idées. Immobile comme un con, je me sens rougir.

Pour toute réponse, je lui file un coup de coude à la puissance mal dosée. Alexandra manque de tomber et je la rattrape in extremis avant que nous n'éclations de rire d'une même voix.

Le lancer de hache nous divertit pendant une heure avant que Suzy ne vienne nous chercher pour déjeuner. Les deux femmes quittent le sous-sol pendant que je range le matériel dans l'armoire, que je verrouille et dont je garde la clé.

Je suis fier de moi. Je ne suis pas l'homme le plus délicat de la planète, toutefois j'ai rattrapé mon erreur de ce début de journée avec brio. Je me réjouis d'avoir redonné le sourire à ma protégée tout en ayant réussi à garder une distance correcte. J'ai eu envie de l'embrasser. Mais je m'oblige à rester le plus droit dans mes bottes possible, pour annihiler la flamme qui s'éveille en moi en sa présence. Il y a des jours, pas aujourd'hui, où cette tactique fonctionne mieux que d'autres…

Avant de passer à table, je fais une dernière ronde. Au dernier étage, je tombe sur Hecker que je surprends. Il se retourne brusquement. Du coin de l'œil, je le vois recouvrir un document par un autre.

— Il y a du secret-défense là-dedans ? le taquiné-je en ouvrant grand la porte dont je ne lâche pas la poignée.

— Rien d'important, répond-il en se levant de son bureau. Je bossais sur une enquête.

— Les chefs t'ont laissé prendre des dossiers avec toi ? m'informé-je en montrant la pochette étiquetée « confidentiel » d'un signe de tête.

Hecker hausse les sourcils.

— Je suis démasqué. Je n'ai pas demandé l'autorisation. J'ai pensé que ces documents ne courraient aucun risque dans une maison remplie d'agents en qui j'ai toute confiance.

— Sacré Swan ! Ne t'inquiète pas, dis-je en m'avançant dans la pièce pour lui taper dans le dos amicalement. Ton secret est bien gardé.

— Je n'en doute pas !

Mon regard cherche celui de mon coéquipier, qu'il ne parvient pas à trouver. Ça ne m'étonne pas d'Hecker, il a toujours été quelque peu fuyant. Il n'est pas du genre à s'attarder avec les collègues après le boulot pour prendre un verre ou à s'épancher sur ses histoires de cœur à un barbecue. Swan, fin observateur, est discret et solitaire. Quand il ne bosse pas, il arpente les bibliothèques londoniennes ou rentre aider ses parents à Liverpool, ville où il a grandi.

— Le repas est prêt, lui annoncé-je. Viens déjeuner avant de prendre ton tour de garde au PC.

Il approuve en refermant un tiroir sur lequel mon regard se focalisait. J'y ai aperçu une photo.

— C'était toi ?

— Où ça ? me demande-t-il l'air de rien en me suivant au rez-de-chaussée.

— Sur le cliché dans le tiroir.

— Ah, ça ! Oui, une photo de famille.

— Tu as un frère ?

Swan m'observe à la dérobée.

— Non, le garçon avec qui je posais était un cousin éloigné.

— Était ?

— Cette partie de la famille est morte à mes yeux... Contexte familial compliqué depuis plusieurs années, ça te parle. Non ?

Les mains dans les poches, j'opine sensiblement de la tête et laisse Hecker me dépasser. M'immobilisant dans le couloir, je regarde mon camarade s'éloigner. Le léger tressaillement de sa bouche m'indique qu'il vient de me mentir. Cependant, je n'insiste pas. Je suis le premier à ne pas vouloir m'épancher à propos de ma famille. Pourquoi j'obligerais Swan à le faire au sujet de la sienne ?

20

Alexandra

Et voilà que pendant une énième sortie avec le chien, je me retrouve encore dans la boue les quatre fers en l'air.

Quand j'ouvre les yeux, la tête d'Enzo m'apparaît.

— Vous êtes moins *précieuse* que je ne l'aurais cru.

Le Ténébreux me tend une main que je saisis pour m'aider à me relever. Quand Zeus me saute une nouvelle fois dessus, je replonge tête la première dans la gadoue. Le chien se réjouit de sa bêtise. Il bondit dans tous les sens en secouant la queue.

— Il est surexcité cet après-midi !

— N'y voyez rien de méchant. Il joue.

— Les dés sont pipés dès le départ. Zeus est énorme, signalé-je, tout sourire, en retrouvant un semblant d'équilibre.

— Calme-toi, *amico* ! s'exclame Enzo en caressant le doberman dont l'attention est focalisée sur des lapins qu'il a repérés. Tenez.

J'attrape le paquet de mouchoirs pour m'essuyer.

— Ne vous retenez pas de rire pour mon ego. Il s'est écrasé avec moi dans la boue.

Le grand brun s'approche et pose un regard troublé sur moi. Du bout du pouce, il retire les dernières salissures sur mon visage. Son geste inattendu est d'une tendresse infinie. Sa délicatesse me vole des frissons que je réprime. Autant ne rien laisser paraître du trouble qui m'envahit. L'agent Lombardi a assez sous-entendu ces derniers temps que je ne lui plaisais pas.

Disait-il vrai ?

— Il vous en reste juste ici.

Son doigt caresse ma joue. Durant un instant, je me fige. Quant à Enzo, il recule en faisant mine d'observer la nature qui nous entoure et qu'il connaît par cœur.

C'est qu'il souffle le chaud et le froid !

— Pourrions-nous croiser un loup ? demandé-je, passant du coq à l'âne en reprenant ma progression dans la forêt.

— Cette espèce n'est plus répertoriée en Angleterre depuis plusieurs décennies. Je suppose que cette information ne vous a pas échappé. Suzy s'est déjà attardée sur le sujet de la faune et de la flore à Rye. N'est-ce pas ?

Démasquée.

— Je n'avais pas les idées claires à cette période. Les médicaments devaient encore faire effet.

L'ironie de mon propos interpelle mon interlocuteur. Me faufilant entre les arbres centenaires aux formes étranges, je guette les réactions d'Enzo.

Contournant un tronc d'arbre, je disparais derrière un autre. Le jeu du chat et de la souris qui a débuté il y a un moment déjà entre nous et qui se poursuit dans la forêt m'amuse. Aurons-nous la palme d'or du plus long « Fuis-moi, je te suis ; suis-moi, je te fuis » ?

À pas de loup, je me faufile dans cette nature enchanteresse qui m'aide à oublier que nous sommes le 13 mars et qu'à cette date, vingt ans plus tôt, ma vie a été chamboulée. Je me montre et me dissimule. Je joue avec les ombres tandis qu'Enzo me suit. Parfois, je le perds de vue. Je me baisse pour ne pas être repérée.

Son apparition soudaine me fait sursauter. Après quoi, je ris, la main posée sur la poitrine. Enzo cale une mèche de cheveux rebelle derrière mon oreille puis, plongeant son regard dans le mien, il s'incline.

Je le sens tenaillé. Pris entre deux feux. Il lutte contre ses envies. Son cœur lui dit une chose. Sa raison lui en dit une autre. Je connais ça. Cela fait plusieurs jours que je suis aussi tiraillée entre plusieurs sentiments qui se font plus contradictoires et violents qu'à leur début. Il ne fait aucun doute que nous devrions nous éloigner l'un de l'autre, et retrouver nos statuts respectifs de témoin protégé et de garde du corps. Ça semble impossible. Trop de limites ont déjà été transgressées.

— C'est une belle connerie, lance Enzo en soulevant mon menton du bout des doigts.

— Oui…

Nous nous observons longuement avant qu'il ne m'embrasse.

Le baiser perdure. Le goût mentholé de l'haleine d'Enzo me vient en bouche. La délicatesse de ses lèvres est un aphrodisiaque qui m'enivre. Je ne parviens plus à m'en détacher. La tendresse des premiers instants disparaît pour laisser une passion fougueuse exploser. Nous nous embrassons, animés d'un désespoir dévorant. Mes gestes sont désordonnés, sauvages. J'arrête de penser et je m'abandonne. Quand Enzo me plaque contre lui, je gémis entre ses lèvres. Prenant mon visage entre ses mains, il plonge son regard puissant dans le mien puis me délivre un nouveau baiser ardent tandis que mes doigts explorent son corps avant de s'agripper à son sweat.

Ce sont les aboiements de Zeus qui perturbent ce moment charnel. Une fois l'interruption actée, le chien se tire. À croire qu'il l'a fait exprès !

Passant ma main dans mes cheveux, j'essaie de reprendre contenance. Enzo, lui, ne vacille pas et me regarde de ses grandes prunelles noisette. Va-t-il assumer ?

— Nous ne devions pas *oublier* et garder nos distances ?

— Nous pouvons en rester là, me murmure Enzo à l'oreille.

À présent, le simple son de sa voix grave fait réagir mon corps. Mon échine est parcourue d'un frisson qui me pousse à me lover dans les bras de celui que j'ai cru détester.

Après plusieurs secondes à ne pas savoir quoi faire, mon garde du corps referme ses bras autour de moi.

— C'est… c'est étrange comme situation, déclare-t-il, troublé.

— Je ne suis pas certaine d'avoir la force de faire face à un nouveau revirement. *Tu* souffles le chaud et, dans une heure, tu souffleras le froid.

Enzo m'embrasse de plus belle. Ses mains glissent dans mon dos. Son corps se colle contre le mien, qu'il réchauffe. Plaquée contre un tronc d'arbre, je me laisse aller aux plaisirs divins d'un rapprochement *caliente*. J'ai tellement envie d'Enzo. Le désir qui prend racine dans mon ventre se décuple. La chaleur, les frissons, l'enivrement… Je plonge corps et âme dans un tourbillon indescriptible.

Confuse, je le repousse. Qu'il n'aille pas croire qu'il ne m'attire pas, mais tout va trop vite.

— C'est inattendu, bredouillé-je, la tête baissée.

Le Ténébreux glisse sa main sous mon menton, qu'il soulève une nouvelle fois. Il pose un regard attendri sur moi. Cette vision me plaît autant qu'elle m'effraie.

— Ce n'est pas contre vous… toi.

Mon malaise l'amuse.

— Désolé, je ne sais pas ce qui m'est arrivé. J'ai perdu la raison, admet-il, les sourcils froncés.

Regrette-t-il son geste ?

— Ça ne doit pas arriver souvent.

— En réalité, jamais, notifie-t-il en s'éloignant, me laissant démunie.

Mes pensées sont aussi embrumées que les plaines de Rye. Pour tenter d'y voir plus clair, je poursuis la balade en prenant de grandes bouffées d'air frais.

Enzo n'est pas loin. Il me suit à distance. Je vois bien que ce qui est arrivé entre nous le tourmente.

À la lisière de la forêt, je m'immobilise. Nous voilà à présent du côté du fleuve Rother.

— Encore une bêtise de notre part, ne puis-je m'empêcher de constater.

— La troisième, souligne Enzo qui s'assoit sur un rocher tandis que Zeus me rapporte un bâton que je lui lance.

— Peut-être la dernière, tu ne crois pas ?

La brise s'élève et emporte avec elle mes ultimes doutes quant à ce qu'il vient de se produire.

— Est-ce que…

Les bras posés sur ses genoux, Enzo m'interrompt.

— J'ai autant apprécié cet instant que *toi*, confie-t-il en secouant la tête. Et j'ai savouré chacun des baisers que nous avons échangés au pub. C'est juste que nos actions compliquent la donne.

Son cœur prend-il le pas sur la raison ? Non ! C'est dingue, je m'emporte.

Au beau milieu de la nature, nous ne prononçons plus un mot. Seuls des regards complices sont échangés avant qu'un nouveau baiser ne soit partagé. Le vent n'a pas raison de notre présence. Je me blottis dans les bras d'Enzo, qui retire son écharpe pour la porter à mon cou. Ensuite, il m'enserre contre lui. Je peux percevoir son cœur cogner à vive allure contre sa poitrine. Il est tout aussi dérouté que moi, même s'il n'en montre plus rien.

Son impassibilité a repris le dessus.

21

Enzo
21 mars

Des questions tournent en boucle dans ma tête depuis plusieurs jours.

Je me revois avec Alexandra dans les bras, assis devant le fleuve. Ce que j'ai envie de me mettre des baffes ! Comment en une seule mission j'arrive à transgresser tous mes principes ? Troublé par une situation qui m'échappe, je m'enfonce encore et encore dans ma connerie en sachant pertinemment que rien de bon n'en ressortira.

— On ne t'entend pas ! Je crains le pire, me raille Brooke. Que s'est il passé ? Alexandra t'a fermé ton clapet une bonne fois pour toutes ? Elle a réussi à faire mettre un pied à terre au grand Pulcino. Sombre et torturé.

— Merci, ça me va droit au cœur.

— Tu sais bien que je plaisante, imbécile !

Brooke relève ses manches et passe derrière les fourneaux pour me seconder en me précisant que Saint-Paul est aux côtés de Suzy et d'Alexandra dans le bureau de cette dernière. Ils apprennent à y peindre et découvrent aujourd'hui un sujet important, « la perspective ».

— Sérieusement, *ragazzo*[1]. Dis-moi ce qu'il y a.

— Tu vas halluciner, annoncé-je à celle pour qui je n'ai aucun secret.

— Je m'attends à tout et surtout au pire !

Je lâche la machine à pâtes. Les spaghettis cessent de tomber dans le saladier plein à ras bord. C'est qu'il faut de la nourriture pour rassasier les grands mangeurs qui logent dans cette baraque.

— Promets-moi de garder ça pour toi. Tu n'en parleras ni à Suzy ni à Carl.

— Eh, tu commences à m'inquiéter.

Brooke, qui a plongé les mains dans la viande hachée, se fige.

— C'est grave ? Enzo !

Je ne réagis pas.

— Enzo !

Prenant soin de vérifier que personne n'erre dans les parages, je balance la sauce.

— Je l'ai embrassée.

— Qui ?… Quoi ?

Embarrassé par cette révélation, je détourne le regard.

— OK. Je m'attendais à tout sauf à ça. Même si, après réflexion, c'était prévisible.

— *Dio mio !* Ne dis pas de conneries. Prévisible de quoi ?

— Ne prends pas cette voix de gros dur ! Vous êtes toujours dans les pattes l'un de l'autre. Comme si le premier cherchait à attirer l'attention de la seconde. Et vice versa. Et vous passez votre temps à vous prendre le bec. C'est trop pour qu'il n'y ait pas plus !

— Tu te rends compte que ça ne veut rien dire. Beaucoup de gens s'engueulent sans…

— Peu de personnes sont cloîtrées ensemble ou dans

1. Garçon.

l'obligation de se côtoyer sept jours sur sept, vingt-quatre heures sur vingt-quatre. Dès que j'ai vu le profil d'Alexandra, j'ai compris qu'elle était ton pendant *lumineux*. Vous êtes complémentaires. Et franchement, physiquement, elle est ton genre de femme. Quand tu as franchi la porte de la maison avec elle en février, j'ai vu à ta façon de la regarder qu'elle ne te laissait pas indifférent. Toi qui es toujours neutre et silencieux en mission, tu réagis au quart de tour avec elle. C'est comme si tu lui envoyais un message permanent : « Je suis là, ne m'oublie pas. Fais attention à moi. » Tu n'es pas le gros macho que tu laisses croire. Un psy pourrait t'expliquer ces choses-là mieux que moi.

— *Basta !* grogné-je en reprenant ma tâche.

— Je comprends mieux ta sévérité avec elle au début. Tu voulais mettre de la distance…

— Chut.

— Tu as sorti le tablier. Tu prépares la popote. Tu te montres sous ta facette du petit homme d'intérieur idéal. Tu n'as jamais agi de la sorte hormis pour Suzy, Carl, toi-même ou moi. Merde, Enzo ! Elle te plaît vraiment !

— Fait chier ! lancé-je en tapant du poing sur la table.

— Articule. Je ne comprends rien à tes grognements.

— Ça vaut mieux !

— Tu es amoureux ? m'interroge Brooke, le regard brillant d'une lueur taquine que je n'apprécie pas.

— On ne peut pas tomber amoureux en un claquement de doigts. Réfléchis un peu.

— Faux ! Il y a des gens qui ont le coup de foudre au premier regard ! s'exclame-t-elle en me chatouillant.

— Ne me touche pas ! Brooke, ça suffit !

— Gros nounours !

— Tais-toi.

La prise de bec cesse quand Alexandra débarque dans la cuisine.

— Tout va bien ? demande-t-elle en se servant un verre d'eau.

Ma coéquipière peine à retenir son hilarité.

— Enzo a accepté d'assister au concert de Taylor Swift.

Hein ?! Jamais de la vie !

— Ah bon ? m'étonné-je de façon synchronisée avec Alexandra.

— Oui ! jubile Brooke. Six mois que je le tanne. Personne ne voulait m'y accompagner. Apparemment, il a changé d'avis. Comme quoi, mettre la chaîne pop toute la journée, ça a du bon.

— *Questa merda…*

— Répète, je n'ai pas entendu, lance Brooke qui se joue de la situation.

— *Bella notizia…*

— J'aime mieux ça, chuchote-t-elle à mon oreille alors qu'Alexandra prépare un en-cas en s'étonnant de mes goûts musicaux.

— Taylor Swift, vraiment ? grommelé-je en raccompagnant Brooke en dehors de *ma* cuisine.

— Tu ne l'as pas volée, celle-là… Ton secret est bien gardé, Pulcino !

Ce que je déteste ce foutu surnom que Suzy m'a donné pour soi-disant me rappeler mes origines italiennes ! Pulcino ! J'ai la tête d'un poussin ? Carl me répète que sa femme aurait pu trouver pire comme sobriquet. Que ce n'est qu'un surnom et qu'il cristallise toute l'affection que ses utilisatrices ont pour moi. Mon cul, oui !

Devant une Alexandra détendue, je fais bonne figure.

— Je suis plus rock que pop.

Elle acquiesce en souriant, mais je vois bien qu'elle ne me croit pas.

Merci, Brooke.

— Nous allons nous régaler. Ce que tu prépares a l'air délicieux.

J'approuve. J'ai des défauts. Je pèche dans certains domaines, mais j'excelle en cuisine. C'est d'ailleurs de cette façon que je charme les femmes.

— Spaghettis bolognaise pour Hecker qui en raffole, et piccatta de poulet au citron et fettucine pour les autres. Le tout fait maison.

— Tu n'as pas quitté cette pièce depuis 14 heures. C'est une planque pour éviter de me croiser ?

La moue faussement boudeuse d'Alexandra me charme. La pudeur m'assaille. Hésitant, je finis par lui asséner un petit coup de coude. C'est la seule preuve d'affection que je suis en capacité de lui offrir dans une maison pleine d'agents.

Je merde à un niveau intergalactique en transgressant tous mes principes. La droiture est une qualité qui m'a toujours défini au boulot. Aujourd'hui, cette qualité est ébranlée. Oui, il y a des agents qui couchent avec leur protégé.e. Mais pas moi !

Je devrais trembler à l'idée que mes actions soient découvertes. À la place, j'appréhende de ne pas réussir à résister à celle qui hante mes nuits depuis une semaine. Elle obsède mon esprit, pique ma curiosité.

Je ne sais pas ce qu'il m'a pris hier quand je l'ai embrassée. Si je m'écoutais, je réitérerais, là, maintenant, tout de suite ! Je lui retirerais ses vêtements et…

Je me reconnecte à la réalité.

— Je ne t'évite pas. J'aime cuisiner.

J'ai l'air d'un con qui sourit exagérément dans son putain de tablier.

— OK. Je te laisse. Amuse-toi bien, monsieur le cuistot !

Le clin d'œil qui agrémente ses paroles me vole un autre sourire idiot.

Rapidement, une réalité plus triviale et moins sympathique me rattrape lorsque mon portable sonne.

— Lombardi, j'écoute.

Au bout du fil, le capitaine Léani qui, je cite, a « une bonne et une mauvaise nouvelle » à m'annoncer.

— Commençons par la bonne.

Il ne se fait pas prier :

— Manon Chauvinse est en vie. Elle est parvenue à échapper au Collectionneur. Le cadavre retrouvé à Chambord n'a rien à voir avec notre affaire.

Je m'attendais à tout sauf à ça ! Une seconde survivante. Est-ce dû au hasard ou l'a-t-il libérée délibérément en guise d'avertissement ?

— La mauvaise ?

Le policier français marque un long silence.

— Je me mets en route pour l'Angleterre. Manon a été retrouvée par les douaniers écossais du côté d'Inverness. Il n'est plus très loin.

Coup de tonnerre. A-t-il l'emplacement géographique précis de la planque ?

— L'un des serveurs d'Interpol a subi une attaque il y a deux jours. Il y était fait mention du Royaume-Uni, de la Suède et de l'Italie dans cette affaire, sans plus de précisions.

— Si mes supérieurs ne m'en ont pas informé, c'est qu'il n'y a pas de quoi s'alarmer. N'est-ce pas ? le questionné-je sans cacher l'agacement que me procure cette révélation tardive.

— En effet. Aucun lien entre le Collectionneur et l'attaque informatique n'a été clairement établi.

— Vous et moi savons que, dans cette affaire, le hasard n'a pas sa place.

Mon interlocuteur se racle la gorge.

— Vos supérieurs ainsi que nos services de police ne jugent pas la situation alarmante. Je ne viens qu'en renfort au cas où.

— À plus tard, capitaine, conclus-je en raccrochant, contrarié.

Francesco va avoir de mes nouvelles. Même s'il jugeait l'information peu cruciale, il aurait dû m'en informer dans l'un de ses longs et ennuyeux rapports qu'il envoie à tout va pour justifier de son salaire.

Il est temps de me préparer au pire et de songer au transfert vers la planque B qui se profile. Je ne peux pas laisser la vie d'Alexandra entre les mains de bureaucrates qui ne connaissent rien à la réalité du terrain.

M'emparant d'un couteau avec lequel je hache les épices, une vérité m'apparaît. Le combat sera féroce. Personne ne sortira indemne de la confrontation à venir.

22

Enzo
22 mars

J'ouvre les yeux. Le réveil affiche 2 heures du matin.

Allongé sur le dos, je cale ma main derrière ma tête. Hypnotisé par les rayons des éclairages extérieurs qui s'étirent sur les murs de la chambre, je manque de me rendormir. Les glapissements de Zeus posté au pied du lit de notre protégée me gardent éveillé. Sans doute rêve-t-il d'un énorme os en bavant dans son panier ou carrément sur l'oreiller d'Alexandra s'il est parvenu à s'aventurer sur son matelas.

Me tournant, je songe au rêve qui m'a obsédé en ce début de nuit. Je me revois pousser la porte entrouverte de la salle de bains d'Alexandra. M'apercevant, la jeune femme s'immobilise sous les jets d'eau tiède avant de m'inviter à la rejoindre. Je ne me fais pas prier et pénètre dans la cabine, où nos corps s'effleurent puis se touchent pour finir par s'entremêler.

Et si la fiction devenait réalité ?

M'immergeant dans un univers de fantasmes inassouvis, je balance la couette pour un peu de fraîcheur. Ignorant mon érection, je passe un pantalon pour descendre dans la cuisine me désaltérer. Sur le point de quitter l'étage, je reviens sur mes pas pour vérifier qu'Alexandra dort à poings fermés. Ce n'est pas dans son lit que je la retrouve, mais installée sous un plaid sur le canapé du salon devant une sitcom.

— Insomnie ? m'interroge-t-elle en me tendant son bol de cacahuètes tandis que j'aperçois Saint-Paul en pleine ronde à l'extérieur.

Je refuse poliment et m'assois à ses côtés.

— J'avais soif.

— Voilà pour toi.

Une soif de toi, pensé-je en me saisissant du verre qui m'est proposé. L'eau froide ne calme ni mes ardeurs ni mes sentiments. Le camaïeu d'émotions que me procure Alexandra est ravageur.

— Et toi, tu ne trouves pas le sommeil ?

— J'ai du mal à m'endormir.

— Tu veux en parler ?

Le regard d'Alexandra glisse sur mon corps. L'espace d'un quart de seconde, il se focalise sur le gonflement entre mes cuisses. La raison pour laquelle je suis descendu au rez-de-chaussée me revient : me refroidir. Alexandra fait mine d'ignorer le détail que je dissimule sous un oreiller.

— Tes songes sont agités depuis que tu as appris que Manon Chauvinse est en vie.

— Elle a été retrouvée en Écosse. Comment ne pas être inquiète ? J'ai toujours su que je jouerais un rôle important dans la traque du Collectionneur. J'arrivais à prendre de la distance en me disant que ce ne serait pas demain la veille que je servirais d'appât. Tout s'accélère.

— Il n'est pas question que tu sois l'hameçon qui aidera à attirer le poisson. J'y veillerai.

— Tu ne pourras pas passer outre les ordres de ta hiérarchie.

— Un travail m'a été confié. Te protéger jusqu'à l'arrestation et le procès du Collectionneur. On m'a tanné pour que j'accepte d'être sur le coup. Je n'ai pas demandé à être là. Alors, ma mission, mes règles. Si je décide que la priorité est de te garder cachée pour ta sécurité, il en sera ainsi et pas autrement.

— Tu ne voulais vraiment pas de ce boulot ?

Je m'enfonce sur le canapé.

— Excuse-moi, tu n'es pas obligé de répondre. Ça ne me regarde pas.

Je finis par briser le silence qui s'est installé.

— J'aspirais à la tranquillité pendant une année. Avec l'autorisation de mes supérieurs, j'ai pris le large. Deux semaines après mon arrivée au Brésil, l'un de mes référents à Interpol est venu me chercher. Il m'a imploré d'accepter l'opé.

— Il t'a promis quoi pour t'amadouer ?

Perspicace ! Rien n'est gratuit dans la vie.

— Qu'il intercéderait en la faveur d'un proche dans un dossier épineux.

Alexandra hoche la tête en posant son ramequin sur la table basse. Ensuite, elle se rapproche de moi. J'en ai trop dit et pas assez à la fois.

— La teneur du dossier est secret-défense ?

— Exact.

— Je n'aurai pas plus de détails, murmure-t-elle en caressant mon bras avant que sa main n'aille chatouiller mon torse nu.

— Je serai muet comme une tombe à ce sujet.

Pas la peine de lui raconter que mon mafieux de père a embarqué mon cousin dans ses affaires à la con. La naïveté et l'envie d'argent ont poussé Lorenzo à commettre de menus larcins. À dix-sept ans, il est encore jeune et récupérable. Le laisser dans un centre de détention pour mineurs ne sert à rien. L'armée le cadrera. De toute façon, il n'a pas le choix. C'est là-bas qu'il passera les trois prochaines années sous les ordres d'un *ami* qui l'empêchera de se foutre en l'air au nom de la *famille*.

— Rien ne te fera changer d'avis, minaude Alexandra dont je repousse tendrement les approches.

Je peux lire le désir dans son regard. La volupté émane de son corps qui appelle le mien. Serait-il sérieux de céder à la tentation ?

— Alexandra. On pourrait nous voir, dis-je en bloquant sa main sous la mienne sur mon torse.

— Tu n'en as pas envie ? me susurre-t-elle à l'oreille en prenant appui sur moi.

La chaleur de sa peau est contagieuse. Je m'enflamme de l'intérieur au contact de la jeune femme. Des images du rêve dans lequel je la pilonne sous la douche défilent sous mes yeux. Je lutte.

— Je vais remonter me coucher, annoncé-je en me levant. Tu devrais en faire autant, *gattina*.

— Ce qui signifie ?

— « Petit chat » en italien, expliqué-je en lui claquant les fesses alors qu'elle se retourne sur le canapé.

Merde ! Mais qu'est-ce que je fous ?

Alexandra ne porte qu'un T-shirt et un dessous me dévoilant le bel arrondi de son fessier. Elle n'ignore pas l'effet qu'elle a sur moi. Après avoir éteint la télévision, et rapporté les verres et le bol dans la cuisine, la jeune femme me double dans l'escalier pour me permettre d'entrevoir certains de ses atouts.

Ce que l'être humain peut être faible !

Tandis que la brunette entre dans sa chambre, je m'arrête dans le couloir, les poings serrés.

Putain ! Sois plus fort que ça, Enzo ! Tu es en mission.

Poussant la porte de ma piaule, je rejoins mon lit. Impossible de fermer l'œil en songeant à celle qui se tortille sous ses draps dans un pieu qui grince excessivement.

— Tout va bien ?

— J'éjectais juste les jouets du chien ! Il les a fourrés partout sous la couverture.

Je me relève pour débarrasser Alexandra des objets encombrants que Zeus a décidé de stocker dans son lit. Retournant dans ma modeste suite, je reviens sur mes pas.

— Je crois que c'est à toi, dis-je en posant un sex-toy sur sa table de nuit.

Et c'est sans me départir d'un sourire amusé que je rejoins ma chambre.

23

Alexandra

De bon matin, j'aide Suzy au pub. La femme de ménage étant malade, je la remplace avec l'agent Hecker pendant que Brooke transporte en cuisine des caisses de nourriture issues des fermes du coin. Tout est frais et fait maison dans la taverne des Mitford.

Les coups de marteau retentissent. Ce sont Enzo et Carl qui retapent par endroits la toiture ancienne d'un bâtiment au charme certain.

— Vous me surprenez de jour en jour, Alexandra, dévoile Suzy quand je balaie. Je m'attendais à rencontrer un petit bout de femme fragilisé par les événements, et je découvre une femme à la force mentale indéniable. C'est un plaisir de vous côtoyer chaque jour.

— Merci beaucoup. Je suis ravie de vous avoir rencontrée. Peu de gens oseraient s'impliquer comme vous auprès d'une personne qui leur est inconnue. Ma présence vous fait courir un risque et, pourtant, vous me soutenez.

— Si nous pouvons aider, avec Carl, nous le faisons. Le cottage a déjà servi par le passé dans le cadre de la protection de témoins. Sa localisation isolée est idéale. Quant aux voisins, ce sont tous d'anciens militaires ou membres du MI-6. Je peux vous assurer qu'ils sont à l'affût de la moindre présence suspecte dans le coin. Que voulez-vous. Même à la retraite, chassez le naturel et il revient au galop !

— C'est une bonne chose pour moi. Et une moins bonne pour le cambrioleur qui s'est aventuré sur la zone il y a une dizaine de jours. J'ai cru comprendre qu'il avait écopé de travaux d'intérêt général et d'une amende à la suite de sa comparution immédiate devant le juge.

— En effet, répond Suzy en serrant ma main dans la sienne. Espérons que cet homme regagne le droit chemin.

La douceur de ses propos m'attendrit.

— Pourrons-nous garder contact quand tout sera terminé ?

Si la vie m'épargne une mort atroce entre les mains du Collectionneur.

Je ne révèle pas ce détail de ma pensée.

— Bien sûr ! s'exclame celle qui m'a prise sous son aile depuis mon arrivée à Rye.

Il n'y a pas un jour où Suzy ne partage pas avec moi ses astuces du quotidien, où elle ne me raconte pas des anecdotes sur Enzo, Brooke ou d'autres enfants qui ont fait une halte chez elle. Cette petite dame a le cœur sur la main. La perte brutale de ses parents alors qu'elle n'avait que neuf ans, l'accident de voiture qui a failli lui coûter la vie, son infertilité… Rien ne lui a été épargné. Peut-être est-ce pour cette raison que je me sens si proche d'elle. Nous avons toutes les deux souffert, mais refusons de baisser les bras.

— Vous me faites penser à ma tante.

— Ce doit être une femme merveilleuse.

— Oh que oui ! Quand j'étais enfant, elle a mis sa vie entre parenthèses pour moi. Vous savez, c'est la première fois que nous sommes séparées aussi longtemps…

— Vous allez vite vous retrouver, j'en suis certaine.

— Espérons.

Suzy est prise d'une fulgurance.

— En parlant de votre tante ! Ne bougez pas ! J'arrive !

Avec un sourire compatissant, elle se faufile en cuisine. Tirant Brooke par le bras, elle revient dans la salle principale.

L'agente aux traits angéliques est poussée face à moi.

— J'aurais dû me taire. Tu ne sais pas garder un secret, marmonne-t-elle pendant que l'excitation gagne Suzy. Alexandra, vous aurez bientôt l'occasion d'échanger par visio avec Cécile. Une demi-heure vous sera accordée.

Serrant entre mes doigts le pendentif autour de mon cou, les larmes me montent aux yeux. J'ai du mal à y croire.

— Pour des questions de sécurité, la date et l'heure nous seront communiquées dans le courant de la semaine prochaine.

— Si, ça, ce n'est pas une bonne nouvelle ! s'enchante Suzy en me tirant les joues tandis que Brooke reprend ses allers-retours entre la camionnette et les cuisines.

Pour éviter d'être submergée par l'émotion, je me replonge dans le nettoyage des lieux. Les fêtards de la veille n'y sont pas allés de main morte avec la bière, les chips et le pudding. Une part de gâteau est accrochée au plafond. Montant sur le bar, je parviens à l'en décoller. M'emmêlant les pinceaux, je perds l'équilibre et vacille. C'est Enzo qui me rattrape in extremis sous le regard estomaqué de Suzy. Retenue par mon preux chevalier qui me dévore du regard, j'ai l'impression d'être dans un Disney. Je suis la jouvencelle en détresse qui papillonne exagérément des cils, sauvée par l'héroïque prince aux biceps saillants. Ne manque plus que les cui-cui des petits oiseaux.

Sans un mot, Suzy referme son gilet, en nous étudiant d'un air curieux. Puis, elle s'évapore dans l'un des couloirs du pub.

— C'était moins une !

— Un peu plus et nous avions droit à du ragoût d'Alexandra, souligne le Ténébreux. Vu l'inclinaison de ton corps au moment de la chute, ta tête se serait brisée sur le sol. Certainement qu'un bout de ta cervelle serait ressorti par tes narines.

Ma grimace le fait sourire. Nous ne sommes définitivement pas dans un Disney.

— C'est charmant.

— C'est la vie, réplique Enzo sans ciller.

Le son de sa voix, ses gestes, son parfum et son humour pince-sans-rire m'émoustillent. Avant, je fantasmais sur le Ténébreux quand je m'ennuyais. Aujourd'hui, il hante mes pensées, peu importe l'heure du jour ou de la nuit. Mes avances ayant été repoussées, je n'insiste pas. Je n'oublie pas que j'ai été la première à vouloir prendre mon temps. Je vis un doux supplice depuis ces dernières heures. J'ai déjà hâte de me coucher ce soir pour laisser libre cours à mon imagination.

— Brooke t'a annoncé une bonne nouvelle grâce à notre cher Suzy qui ne sait pas tenir sa langue ! déclare Enzo en haussant le ton sur la fin de sa phrase pour être entendu par la principale intéressée.

M'aidant à nettoyer le bar, mon garde du corps relève ses manches. Ses costauds avant-bras me font un effet de fou. Que dire de la musculature qui se dessine sous son pull gris et moulant !

— Tu as du mal à te concentrer, *gattina* ?

Je me surprends à glousser quand Enzo place ses bras de part et d'autre de ma taille pour prendre appui sur le bar. Cet homme respire la puissance et la virilité. Il s'incline et hume l'odeur de mes cheveux détachés. Du bout des doigts, il tire sur les pointes avant de passer sa main derrière ma nuque. Sur le point de m'embrasser férocement, il est stoppé par l'arrivée de Carl. Enzo se retourne et m'éjecte d'un coup de fesses quelques mètres plus loin. Ses muscles sont aussi durs que de la pierre lorsqu'ils se contractent ! Ma hanche s'en souviendra.

Reprenant mon boulot pour donner le change, je découvre Suzy qui nous espionne derrière une porte entrouverte. Elle me lance un clin d'œil en levant le pouce avant de refermer la porte. Pour la discrétion, nous repasserons. Carl n'a pas l'air de s'intéresser à la scène qu'il a surprise. Il poursuit sa route dans le pub pour s'occuper d'un lavabo défectueux. Eh oui ! Les rugbymen l'ont confondu avec leur ballon de rugby.

— Si…

— Ils resteront muets.

— Suzy, muette ? plaisanté-je.

Enzo grimace.

— Je lui en toucherai deux mots. Suzy sait se taire quand la situation l'exige.

— Elle est taquine, mais je sais que nous pouvons avoir confiance en elle. Je ne la connais pas très bien. Pourtant, je sens que je pourrais lui confier ma vie s'il le fallait.

— Je lui confierais aussi la mienne. J'aurais juste peur qu'elle s'arrête en chemin pour grignoter. Le chocolat est son péché mignon. Je ne t'apprends rien, vous dévorez les plaquettes ensemble.

— Suzy ressemble à ma tante. Elles aiment toutes les deux les indiscrétions et les potins, mais savent faire profil bas quand il le faut. Et… elles adorent le bon vin et les desserts ! J'espère qu'elles auront l'occasion de se rencontrer. Et pour répondre à ta question de tout à l'heure, Brooke m'a annoncé que je pourrais peut-être voir Cécile en visio d'ici les prochains jours.

Mon enthousiasme n'échappe pas à Enzo qui tourne les talons avant de revenir sur ses pas. Après s'être assuré que nous sommes seuls, il m'embrasse aussi passionnément que brièvement, avant de retourner à l'extérieur pour mettre sa force au service d'un vieil homme. Ce dernier est le propriétaire d'une boutique d'objets anciens sur le trottoir d'en face et peine à décharger le contenu de son coffre seul.

Je termine de fermer les poubelles et sors par l'arrière du bâtiment pour les balancer dans les bennes. Dehors, le ciel s'est assombri. La pluie commence à tomber sur une ville de Rye plus silencieuse qu'à l'accoutumée. M'apprêtant à rentrer dans le pub, un bruit attire mon attention. Vêtue d'un simple pull et d'un jean, je n'ai pas la moindre envie de traîner à l'extérieur où les températures frôlent le négatif.

Une voix masculine s'élève, me faisant sursauter.

— Alexandra.

L'agent Hecker se dévoile entre les bennes.

— Vous ne devriez pas rester seule.

La panique qui m'a frappée un bref instant s'évapore.

— Je rentre, réponds-je, mue par un mauvais pressentiment, quand une silhouette à l'allure dégingandée émerge derrière le garde du corps.

— Swan ?! entends-je.

Hecker a à peine le temps de pivoter qu'il est touché par ce qui semble être une balle et s'écroule à mes pieds. Le cri horrifié que je pousse fait fuir les derniers corbeaux encore présents dans les branches d'un vieil arbre.

— Swan ! hurlé-je en me jetant sur son corps inerte que je secoue sans savoir comment agir.

Mon esprit est à l'image d'un miroir brisé en mille morceaux, chaotique. Les pensées fusent, englouties par un sentiment d'épouvante. Il est là ! C'est lui ! Il m'a retrouvée !

Je voudrais fuir mais je n'y parviens pas. La peur me coupe les jambes. Je voudrais mettre en pratique ce que les agents m'ont appris. Malheureusement, il m'est impossible de lâcher Swan, auquel je m'accroche les yeux fermés pour ne pas voir la fin arriver.

C'est de ta faute ! Voici la seule pensée claire qui se démarque dans mon esprit embrumé.

— Alexandra !

Je lève la tête en entendant mon prénom et me retrouve face au tireur qui a baissé son arme et se contente d'observer la scène sans expression.

— Au secours ! m'époumoné-je.

L'agresseur de Swan ne demande pas son reste et fuit. C'est à n'y rien comprendre ! N'est-il pas venu pour moi ?

Brooke et Carl déboulent. Ils me poussent à l'intérieur du pub, que je traverse sous l'air horrifié de Suzy qui me court après pour ma sécurité. Passant d'une fenêtre à l'autre, je repère l'assaillant qui contourne le bâtiment pour se faufiler dans une ruelle.

Je reconnais immédiatement l'auteur du coup de feu, Aaron Parker. Il est le cambrioleur arrêté sur la propriété des Mitford il y a près de deux semaines.

Sa fuite est brutalement stoppée par l'arrivée d'Enzo qui saute du premier étage de la boutique d'en face et met K-O notre homme en lui assénant un violent coup de poing.

Rapide et efficace.

Le soulagement est au rendez-vous quand l'agent Hecker, sauvé par le gilet pare-balles sous sa chemise, entre dans la pièce principale du pub. Sans réfléchir, je le prends dans mes bras pour lui signifier la joie teintée d'amertume qui m'envahit. Ce n'était pas son heure et ce n'était pas la mienne non plus. Le Collectionneur n'est pas là. J'ai encore un peu de répit, pensé-je alors que l'effroi qui s'est infiltré dans chaque parcelle de mon corps jusqu'à en atteindre douloureusement mon âme s'évapore lentement, me laissant sans énergie.

24

Alexandra

Bûcherons canons à vingt mètres, me signale mon radar quand je traverse le jardin une tasse chaude entre les mains.

— Notre cher agent Hecker se porte comme un charme, fais-je remarquer.

— Et toi ? Comment te sens-tu ? s'intéresse Enzo.

L'agent Saint-Paul, occupé à couper du bois avec son collègue, relève la tête. Son expression le trahit. « Ces deux-là se tutoient, maintenant ! » doit-il penser. Pour donner le change, il imite Enzo dont la hache s'abat avec fracas sur le bois.

— Je vais bien, réponds-je en poursuivant ma route pour me dégourdir les jambes en direction du potager, où Suzy œuvre depuis le début de l'après-midi.

Ensuite, je me rends du côté de la dépendance, que Brooke ne quitte que rarement. Nous échangeons des banalités, après quoi je rentre me mettre au chaud dans la véranda. Un plaid sur les jambes, Zeus à mes côtés, je regarde la pluie tomber. Mes journées ne sont pas des plus épuisantes et j'apprends à les apprécier en essayant d'étouffer l'angoisse sournoise qui me hante. Elle continue de se manifester au quotidien malgré les séances de relaxation avec Brooke. Ce qui est arrivé plus tôt dans la journée ne va rien arranger. J'ai beau savoir que je suis entourée d'une équipe de choc, je me méfie quand j'ouvre une porte. Je ne peux pas contrôler ma peur du noir. Je ne dors jamais les volets complètement fermés. Je lutte perpétuellement contre ces craintes insidieuses. Des démons sans visage contre lesquels je vais continuer de me battre. Il n'est pas question qu'ils gagnent la partie et mettent à mal ma combativité.

Depuis mon point d'observation, j'épie Enzo que la météo n'arrête pas. Ce que j'aimerais être la hache entre ses mains puissantes. Il coupe du bois encore et encore, qu'il range dans le cabanon. Ses allers-retours se multiplient. Aux alentours de 16 heures, il me retrouve.

— La voyeuse a-t-elle été contentée ?

— Je suis démasquée, admets-je en rougissant.

— Tu serais une très mauvaise joueuse de poker.

— Ce n'est pas nouveau. De toute façon, je n'ai pas d'argent à miser.

Enzo s'assoit sur la banquette.

— Saint-Paul m'a posé des questions à ton sujet.

— Il me trouve changée ? Certainement, l'effet Lombardi.

— Moqueuse ! lance Enzo en me saisissant par le menton, qu'il lâche en entendant du bruit.

Personne ne vient, mais il reste sur la retenue.

— Il t'a demandé quoi ?

— Quelle potion magique tu avais réussi à me faire ingérer en secret pour que je me déride un peu.

Je pouffe de rire.

— Il n'a pas tort. Parfois, il se dessine sur ton visage ce que l'on appelle des sourires, assuré-je en imitant l'Enzo des débuts dont l'expression oscillait entre le néant et… le néant.

Ma garde rapprochée grimace.

— C'est à ça que je ressemble quand je garde un air neutre ?

— Ton air impassible est une arme de destruction massive. Je ne parle même pas de ton froncement de sourcils quand tu es contrarié. Il fait flipper.

— C'est le but, rétorque-t-il. Je suis garde du corps, pas le Père Noël. Je dois inspirer une certaine crainte. Les gens doivent se dire : « Je ne vais pas me frotter à ce gars. »

— L'agent Saint-Paul est ultra-souriant et, pourtant, il est parfait dans son boulot.

— Il a le sourire de l'âne dans *Shrek*.

— Enzo ! pouffé-je de rire tandis qu'il croise les bras en observant, la moue pincée, son collègue.

— Tu peux le draguer s'il est si parfait, lance-t-il, un chouïa boudeur.

— Tu es vexé !

— Non.

— Si ! m'exclamé-je.

— Non, réplique-t-il en s'entraînant à sourire.

— Arrête, ça ressemble à des grimaces !

Pour toute réponse, Enzo me balance les oreillers du sofa.

— Plus sérieusement, je comprends que la tournure de notre relation l'interroge. Je suis tout aussi étonnée que lui à ce sujet. Il y a encore deux semaines, un certain agent ronchon me tenait compagnie. Il passait son temps à grogner. Aujourd'hui, il semble plus facilement abordable, moins sur les nerfs.

— Cet agent a l'air génial ! nous interrompt Saint-Paul en s'asseyant à cheval sur une chaise qu'il a traînée pour la placer face à Enzo et moi. J'aimerais le rencontrer.

Enzo fronce les sourcils tandis que je caresse le chien.

— Ta parka pleine de flotte va tremper toute la table. Va l'étendre dans la buanderie, marmonne-t-il sous nos airs amusés.

— Ce caractère de cochon, gloussé-je, flattée de percevoir de la jalousie chez mon garde du corps préféré.

Saint-Paul s'exécute et revient s'installer avec nous.

— Arrêtez, tous les deux. Vous me prenez pour un idiot ? Il y a un truc entre vous qui a changé. Avouez, vous avez couché ensemble ?

La facilité déconcertante avec laquelle la question a été prononcée me foudroie sur place. M'empourprant, je manque de m'étouffer avec ma propre salive. Enzo, imperturbable, tourne la tête dans ma direction.

— Quand je dis que tu serais une mauvaise joueuse au poker… Et non, mon gars, nous n'avons pas couché ensemble.

— Alex serait très mauvaise, c'est sûr, se moque l'agent Saint-Paul avant de reprendre. Je ne suis pas là pour endosser le rôle de père la morale. Je ne veux pas connaître les détails. Enfin, si. Je vous tirerai les vers du nez le moment venu, mais…

— Mais ? intervient Brooke.

— Pour l'intimité, ce n'est pas gagné, grommelle le Ténébreux à qui la grande blonde ébouriffe les cheveux.

— Nous sommes une grande famille ! s'exclame-t-elle en essayant de caresser Zeus, qui lui aboie dessus. Quand ce n'est pas l'un qui grogne, c'est l'autre.

— Il te signifie que ton intervention ne sert à rien. *Aiutami, per favore*[1], baragouine Enzo en direction du ciel.

Je parviens à déchiffrer sa prière qui amuse toutes les personnes présentes dans la pièce, dont Suzy qui apporte un plateau de thé et de gourmandises.

1. Aide-moi, s'il te plaît.

— C'est l'heure du goûter. Pour vous remercier de votre aide au pub, je vous ai préparé des cookies. Ils sortent du four.

L'odeur qui s'élève dans leur sillage est délicieuse. S'occupant du service, la maîtresse des lieux nous abandonne pour apporter de quoi manger à Carl qui tient compagnie à l'agent Hecker dans l'annexe.

— Nous sommes gâtés !

— Ne changez pas de sujet de conversation, Alex, me taquine l'agent Saint-Paul, soutenu dans sa démarche par Brooke qui, en parallèle, jette un coup d'œil à la tablette.

Alors que personne ne prononce le moindre mot, des sourires éclosent sur les visages des agents Saint-Paul et Hewington. Quant à Enzo, il tapote sur son oreillette pour en baisser le son. Apparemment, Carl et Hecker, qui entendent tout, y vont de leurs petits commentaires.

Parfois, j'oublie que rien n'échappe à l'équipe. Qu'ils soient présents dans la pièce ou non, ils ne manquent pas une information.

— C'est la première fois que nous sommes confrontés à cette situation. Fort heureusement, aucune clause ne stipule pour cette mission qu'il est formellement interdit de fréquenter l'élément protégé. C'est juste déconseillé.

— Merci pour ton intervention fort intéressante, Brooke.

— Je t'en prie, Pulcino !

— Je trouve que les contrats sont moins précis depuis que Laura et Samia sont parties à la retraite. Il y a du laisser-aller, se marre le beau Saint-Paul, dont les boutades qui s'enchaînent dérident Enzo.

Les trois agents présents racontent des anecdotes liées au service administratif duquel dépendent leurs contrats. La coordination internationale est parfois fastidieuse.

— La communication facilite toutes les démarches et… toutes les opérations, notifie Brooke en jouant des sourcils alors que Saint-Paul se lève en secouant les épaules. Comme quoi, parler, échanger, prendre l'avis de l'autre en compte peut créer du lien, hein !

— Ha, ha, ha, lâche Enzo qui voit ses deux collègues se tortiller devant nous en riant de la situation. Retournez à vos postes au lieu de faire les cons.

— Ton langage !

Le patron reçoit une petite tape sur la tête de Suzy revenue discrètement.

— En tout cas, vous n'avez pas démenti tous les deux ! Enzo a juste dit : « Nous n'avons pas couché ensemble. » J'en déduis que, dans un futur proche, c'est une probabilité à ne pas écarter. Je vous ai à l'œil ! pouffe de rire Saint-Paul qui entraîne Brooke, en plein grignotage, dans le couloir pour l'assaillir de questions sur la situation.

Était-elle au courant ? Depuis quand ? Je l'entends s'exclamer : « Je serai muette comme une carpe. »

— Enfin la paix, souffle le Ténébreux.

— Tout est relatif, réplique Suzy. Ils reviendront à la charge. Saint-Paul est persévérant. Ce n'est qu'une question de temps avant qu'il ne tire les vers du nez à Alexandra. Si vous vous confiez à moi, je vous épargnerai sa curiosité. Je jouerai le rôle de l'intermédiaire.

Nous échangeons un regard amusé avec Enzo.

— Même pas en rêve, rétorque-t-il en se barrant pour aller se dégourdir les jambes sous la pluie, suivi de Zeus qui se passionne pour les cabrioles dans la gadoue.

La propriétaire des lieux me lance un clin d'œil charmeur. Je le lui rends en croquant dans un cookie.

Je ne dirai rien.

— Il vous plaît, mon Pulcino !

— Je l'apprécie.

— Beaucoup !

— Un peu.

— Un peu beaucoup !

— Un peu, répété-je.

— C'est ce qu'on dit toutes. « Un peu », s'esclaffe Suzy en s'asseyant à mes côtés. Et puis, on se rapproche. On passe plus de temps ensemble, on ne se quitte plus et les années filent. On ne me la fait pas à moi !

— Vous êtes à mille lieues de l'image traditionnelle de la « gouvernante » anglaise.

— Le traditionnel ne fonctionne pas avec des personnes telles qu'Enzo. Je l'ai appris à mes dépens. Et puis, soyons honnêtes ! Je suis trop singulière pour faire comme tout le monde. Vous ne pensez pas ?

— Vous avez raison, et c'est pour ça qu'on vous aime !

Mes paroles enchantent Suzy, qui s'empresse de me prendre dans ses bras.

— J'apprécie l'ordre, la planification, tenir à la perfection une maison, cuisiner. Pour autant, je n'oublie pas que chaque individu est différent. La sévérité les muselle. Bien sûr, il en faut. Il est nécessaire de trouver un juste milieu. C'est ainsi que j'ai compris que, avec Enzo, les compromis étaient indispensables. Adolescent, il avait besoin d'un cadre, de se sentir entouré. Pas de rigidité. Il en avait déjà assez au pensionnat… Et ça ne l'empêchait pas de transgresser les règles. Au contraire ! Il prenait un malin plaisir à faire tourner en bourrique les figures d'autorité qu'il y rencontrait. Ce n'était pas étonnant pour un enfant qu'on avait laissé se débrouiller seul. Enzo devait être dompté avec douceur. Son admiration pour Carl a aidé ! Ils ont très vite tissé une relation père-fils. Ensuite, Enzo s'est rapproché de Brooke que nous hébergions depuis sa plus tendre enfance. Et enfin, il a fini par me faire confiance et comprendre que je ne voulais que son bien. Enzo recherchait l'amour d'une famille.

Les révélations de Mme Mitford me permettent d'un peu mieux cerner mon garde du corps.

— Je ne sais pas où vont vous mener vos rapprochements. Pulcino a beaucoup à offrir. Il faut le mettre en confiance et apprendre à le déchiffrer. Une fois cela fait, il pourrait aller vous chercher la lune si vous la lui demandiez, conclut Suzy tandis que notre attention se focalise sur le Ténébreux à l'œuvre dans le jardin.

25

Alexandra
24 mars

Assise derrière ma toile, un pinceau en main, l'inspiration peine à revenir. Enzo rentre en nage d'une séance de sport et passe devant mon bureau à la porte grande ouverte. Je ne l'entends pas revenir sur ses pas.

— C'est le Louvre ? s'intéresse-t-il en entrant dans la pièce tout en s'essuyant le visage avec la serviette posée sur son épaule.

J'observe mes peintures avec désolation. La gorge serrée, je hoche la tête pour lui faire comprendre que oui.

M'exprimant encore difficilement à ce sujet de façon orale, il est plus facile pour moi de le peindre. Enzo balance sa serviette sur le dossier d'une chaise et s'empare des quatre toiles qui le stupéfient. Il les place côte à côte contre un mur.

— Je suis désolé, reprend-il. Je ne t'ai pas demandé la permission pour les déplacer.

— Ce n'est pas grave. Fais-en ce que tu veux, ce n'est pas un problème.

À cet instant, je me sens fragile. Je pose un regard laconique sur les toiles, et les flashs se déclenchent. La pyramide du Louvre, les invités qui trinquent en chœur, le masque du Collectionneur, sa canne, les escaliers en marbre, les notes de violon et de piano qui s'entremêlent, les convives qui tourbillonnent dans une valse endiablée… Toutes ces images défilent à vitesse grand V sous mes yeux. Pour m'en défaire, je tourne le dos aux peintures en serrant entre mes doigts mon pinceau.

— Tu peins ce que tu ne parviens pas à formuler d'une autre manière ?

— C'est plus simple ainsi, dis-je.

Écoutant les conseils de Brooke, j'ai peint dans un but cathartique. J'espérais me libérer de mes démons en les affrontant. Ce moment est inconfortable. Je sens mes épaules et mon dos se raidir.

— Si je comprends bien, la scène se déroule au Louvre.

En effet, la première toile représente la célèbre pyramide constituée de verre et de métal enveloppée des délicats éclairages de la place tandis qu'un croissant de lune perce une voûte céleste nébuleuse. Ce mardi soir de fin janvier restera à tout jamais gravé dans mon esprit et dans ma chair.

— Ici, dit Enzo en pointant la deuxième peinture, c'est toi, un loup sur le visage, vêtue d'une robe aux drapés d'un rouge vermeil. Tu avances dans le hall comme plusieurs autres invités pour assister au bal masqué organisé par la direction du musée.

— J'avais été réquisitionnée ce soir-là pour officier en tant que guide dans la galerie d'Apollon. J'étais ravie qu'on ait pensé à moi pour un événement de cette envergure, révélé-je, des trémolos dans la voix. Si j'avais su…

— C'est là où tu travailles la plupart du temps ?

— Oui. La galerie d'Apollon et les peintures de France, ailes Sully et Richelieu entre autres, n'ont aucun secret pour moi. Garde tout de même à l'esprit qu'en tant que guide je dois être capable d'assurer les visites de toutes les galeries du musée.

— Ce n'était pas la première fois que tes supérieurs te demandaient de gérer des « visites prestige privées » lors d'un événement mondain ?

— Les retours concernant mon travail sont positifs. Donc, je suis souvent invitée à réaliser ces visites hors des horaires d'ouverture. La direction paie double. Et puis, je suis flexible étant donné que je suis une célibataire sans enfant.

Le Ténébreux qui s'accroupit opine du chef, concentré sur les œuvres. Posant mon pinceau et retirant mon tablier, je me lève pour le rejoindre. Mes propres créations me font froid dans le dos. Je m'en éloigne pour m'adosser contre un mur près de la fenêtre.

J'observe Enzo et je vois qu'il n'est pas seulement un homme de terrain. C'est aussi un homme de réflexion. Il prend plaisir à reconstituer le puzzle sous ses yeux.

— Il y avait beaucoup de convives, ce soir-là ?

— Il me semble que tu connais déjà la réponse.

Ma garde rapprochée, qui endosse la cape d'enquêteur, penche la tête en arquant un sourcil. Le message est clair. « Tu es priée de jouer le jeu, Alex. »

C'est sans grand enthousiasme que je me prête au *jeu* des questions-réponses. Me massant péniblement les tempes, je revis mon arrivée. Je me vois présenter mon badge aux membres de l'équipe de sécurité avec qui je plaisante et déposer mes affaires au vestiaire. Puis, étant en avance, je flâne d'une galerie vide à l'autre, saisie par un sentiment de fierté intense de travailler dans un lieu si emblématique. Comment aurais-je pu deviner à ce moment que ma vie tournerait au cauchemar ?

— Plus de sept cents invités triés sur le volet peuplaient le Louvre ce soir-là, plus l'équipe de sécurité et les employés liés aux diverses prestations : traiteur, serveurs, musiciens, etc. Le bal était organisé dans le hall Napoléon, situé sous la pyramide. Le soir, Paris y brille de mille feux, dis-je en jetant un bref coup d'œil à la troisième toile qui représente les convives qui dansent et, en fond, se sustentent. Tu notes le décalage entre la structure contemporaine du lieu et le bal ainsi que ses costumes ? demandé-je comme pour prendre de la distance avec ma propre histoire.

— Je m'en tape du décalage. Et cette quatrième et dernière toile ? Raconte.

— Je viens tout juste de la peindre… Ce n'est pas si évident de parler de tout ça, soupiré-je, accablée par le poids des souvenirs liés à cette soirée. Parfois, comme durant ce moment, je suis persuadée qu'il m'aurait été plus simple de vivre en ayant définitivement perdu la mémoire après la dernière attaque en date.

— La précision du geste, les détails… c'est du beau boulot, me félicite Enzo en sortant son portable du brassard de sport à son bras. Je peux prendre des photos ?

Je lui fais signe que oui. Ces toiles vont à coup sûr finir dans la boîte mail du capitaine Léani.

Mon garde du corps me laisse souffler un instant. J'ouvre la fenêtre et je prends un grand bol d'air frais.

— J'imagine qu'ici c'est toi. Je reconnais la queue-de-cheval ondulée, le masque et la robe vermeille. Tu es dans la galerie d'Apollon et tu présentes une couronne.

Je referme la fenêtre et erre dans la pièce tel un fantôme. Les diverses émotions qu'a éveillées en moi cette conversation, comme la peur, le désespoir, le chagrin et la mélancolie, m'aspirent mon énergie.

Je fais mon possible pour me reconcentrer. Enzo attend des réponses.

— Pour faire court, les vitrines que tu retrouves au centre de la galerie abritent ce qui subsiste de la collection des diamants de la Couronne fondée en 1532 par François Ier. Cette collection a traversé les époques pour être transmise et enrichie de règne en règne. Durant cette soirée, j'ai présenté les vingt-trois bijoux séparés en trois grands ensembles selon les périodes : avant la Révolution, Premier Empire et Second Empire. Tu te doutes que c'est plus complexe, mais je suppose que ces informations ne sont pas capitales pour ta compréhension du début de ma traque, souligné-je en traversant la pièce.

Ayant soudainement froid, j'enfile le gilet posé dans un fauteuil. Je fourre mes mains dans les poches pour dissimuler les tremblements que me procure cette discussion.

— Ce n'est pas facile pour toi. Mais nous devons en parler.

— Je sais…, me lamenté-je en m'asseyant et en enfouissant mon visage sous le tissu épais du vêtement. Je crois que je préfère me confier à toi et que tu joues l'intermédiaire avec la police. Je suis fatiguée de leurs interrogatoires formels.

Enzo acquiesce avant de reprendre.

— Sur les quatre toiles, on retrouve cet individu étrange, ganté et caché sous sa cape noire qui est auréolé d'une sorte de brouillard. C'est notre gars ?

Je souris tristement en observant le polyptyque.

— *C'est lui.* Changer d'apparence l'amuse, assuré-je, la gorge nouée.

Enzo l'étudie avec minutie.

Un frisson me traverse l'échine. J'ai envie de mettre fin à ce moment douloureux. Pourtant, je me fais violence.

— Sur la première toile, il s'appuie sur sa canne de la main droite, contrairement à la troisième toile où il utilise sa main gauche pour tenir l'objet.

— Oui, réponds-je en me remémorant péniblement des fragments de l'événement. Je l'ai vu tenir sa canne et le stylo pour signer le livre d'or des deux mains. Entre ce souvenir-là et un flash où je le revois me torturer… C'est sûr, il est ambidextre.

Le bandeau autour de mes yeux me comprimant le crâne. Les chaînes entravant mes poignets. La corde serrée autour de ma gorge. La lame du couteau glissant sur mon visage plein de sueur… Je rouvre les yeux en secouant la tête pour chasser ces sales images. Le Louvre est le point de départ de toutes ces souffrances.

— OK. Et tu dis qu'il a signé le livre d'or ?

Je masse ma nuque crispée.

— Oui, pour narguer la police. Il a noté à l'intérieur : « Une visite guidée de toute beauté. J'ai enfin trouvé le plus beau joyau de ma collection personnelle. » Il a signé : « Un Collectionneur hors pair. »

— Nous sommes sûrs que ce message est le sien ?

Je m'assois en sentant la nausée se profiler.

— M. Hogward, un riche mécène, a signé le livre d'or après celui qu'il a qualifié d'« étrange mais raffiné personnage ». Les deux hommes ont ensuite échangé des banalités avant de se séparer et que le Collectionneur ne disparaisse. Tout a été filmé. Nous savons à quelle heure il est arrivé à la soirée et à quelle heure il l'a quittée. Il s'est fait passer pour un riche héritier irlandais connu pour être un mysanthrope boiteux. Le nanti, atteint de polyarthrite, ne sortait que rarement de chez lui. Le Collectionneur a dû intercepter son carton d'invitation personnel pour assister au bal masqué très select. J'ai appris par la suite que les identités des invités n'étaient pas vérifiées à leur entrée. Demander à chacun de retirer son masque aurait été trop long. Et ça aurait pu froisser des ego. À partir du moment où les convives présentaient l'une des huit cents cartes d'invitation, ils pouvaient accéder au Louvre.

— Des cartons individuels, tu dis.

— Tout en dorure. Il figurait un code unique sur chacun. Dès leur arrivée, les invités devaient le renseigner sur la tablette des vigiles, sous la surveillance de l'assistante personnelle de l'organisateur de la soirée.

— Donc notre homme a dû faire un tour en Irlande pour se procurer le carton d'invitation. Et ce M. Hogward ?

— Il est décédé des suites de son cancer six mois plus tard. Son discours a toujours été le même. Mais il me semble que tu as eu accès au dossier d'enquête.

— Je veux entendre ta version.

— Je sais, murmuré-je, lasse, en m'enfonçant sur la chaise.

— Revenons au Collectionneur. Tu l'as croisé toute la soirée, non ?

— Malheureusement…, soupiré-je. Nous nous sommes croisés pour la première fois au sommet de l'escalier Daru, devant la statue de la *Victoire de Samothrace*. Quand il s'est retourné et s'est figé en me déshabillant de son regard blanc, j'ai été envahie par un sentiment d'insécurité.

— Ses yeux ne t'ont pas interpellée ?

Oh que si, songé-je en grimaçant.

— J'ai mis ça sur le compte du masque qui ne se composait que de deux trous pour le nez et d'orifices minuscules pour les yeux. On n'y voyait rien à travers.

À contrecœur, je fouille dans ma mémoire. Il y a ce moment où je traverse le hall Napoléon. Tout n'est que joie et légèreté. Pourtant, il plane une étrange lourdeur dans l'air. Un peu comme un orage qu'on sent mais qu'on ne voit pas arriver. Au départ, je mets cette sensation singulière sur le compte de la coupe de champagne que je viens de terminer. Je me dis que les bulles font effet. Mais pendant l'heure qui suit, je croise près de dix fois ce drôle d'individu qui apparaît et disparaît dans la foule. Qui à chaque fois m'approche, essaie de m'effleurer, se joue de moi avant de s'évaporer.

— Alex ?

— Oui… excuse-moi, balbutié-je. Au départ, j'ai cru qu'il avait trop bu. L'alcool coulait à flots, ça désinhibe les gens. J'ai pensé : *Encore de la drague lourde.* Son attitude m'a rapidement agacée. Il m'a suivie pendant toute la soirée. Au début, il essayait d'être discret. Ça n'a pas duré longtemps. Il faisait son possible pour atterrir dans mon champ de vision. Il m'a frôlée plusieurs fois avant de finir par me caresser l'épaule du bout des doigts. Quand un vigile l'a surpris à humer mon parfum, il est intervenu gentiment pour l'éloigner. C'est à ce moment qu'il a disparu, mais j'avais toujours cette impression d'être épiée.

— Un bal d'époque, un lieu mythique, la foule, les costumes, les éclairages feutrés, les jeux d'ombres et de lumières… Parfait pour passer inaperçu parmi des convives aux ego énormes, expose Brooke, venue se poster dans l'encadrement de la porte.

Fébrile, j'acquiesce à ses propos.

— Le Collectionneur n'avait pas l'intention de passer à l'acte. Il prenait la température, cherchait sa proie. Une fois sa nouvelle obsession trouvée, la traque pouvait commencer, dévoile Enzo. Il a choisi cette soirée en particulier pour narguer la police et ses élites. Il s'est infiltré parmi les plus riches, les politiques et les haut gradés de l'État sans être découvert. Le message est clair : « Je suis partout et personne ne peut m'arrêter. »

26

Enzo
26 mars

— C'est tellement bon ! s'exclame Alexandra en plongeant son doigt dans la crème Devonshire qu'elle a préparée plus tôt dans la journée avec Suzy.

— Nous avons dit que ce serait pour le *tea time*, la reprends-je.

— C'est loin… C'est dans deux heures, se plaint-elle en se saisissant d'un scone qu'elle tartine sous mon regard amusé.

— Tu as vu, là ?

— Qu'y a-t-il ? demande-t-elle en se penchant.

— Là, dis-je en pointant le saladier.

Alexandra s'incline un peu plus. Juste assez pour que j'enfonce sa tête dans la crème.

— Tu en voulais ! Tu en as ! m'exclamé-je alors que la jeune femme se redresse, stupéfaite le visage recouvert de crème au beurre.

J'y plonge mon doigt.

— *Delicioso !*

Retirant la crème sur sa peau, Alexandra m'attaque et m'en tartine la figure avant que nous ne nous embrassions comme deux adolescents en plein quart d'heure de folie.

— Vous êtes inépuisables ! De vrais enfants ! lance Suzy en observant le carnage. Fort heureusement, je commence à vous connaître.

Elle range le saladier dans le frigo à côté d'un second.

— Sortez de ma cuisine.

C'est qu'elle nous pousse vers la sortie, sous le regard d'Hecker qui vadrouille au rez-de-chaussée.

— Tout va bien, mon pote ?

— C'est à toi que je dois demander ça.

Son air sévère ne m'échappe pas. Encore un qui ne baise pas assez. Pendant qu'Alexandra monte au premier, je me débarbouille le visage dans la salle de bains proche de l'entrée.

— Enzo. Ce n'est pas sérieux. Tu ne peux pas t'acoquiner avec un témoin sous protection.

— M'acoquiner ?

Je m'essuie le visage puis m'accote contre le mur tandis qu'Hecker reste dans l'encadrement de la porte. Mon collègue saisit que sa réplique m'a vexé et qu'il a intérêt à réfléchir avant d'argumenter.

— Peut-être qu'avant de juger la vie des autres, il faudrait sérieusement te pencher sur la tienne.

— Je ne voulais pas t'offenser. Alexandra est notre travail. Tu es sûr de toujours être objectif ? Ta vigilance est mise à mal. Tu n'es plus totalement concentré sur la mission.

— Ma vigilance est à son summum. Je ne comprends même pas que tu abordes le sujet. Depuis le début de la mission, tu t'es isolé. On ne te voit que pendant les rondes ou à de rares repas. Tu interagis peu. Toi, tu as l'esprit ailleurs.

Les bras croisés, je m'approche d'Hecker et continue :

— C'est moi qui devrais m'interroger sur tes capacités à assurer cette opé. J'ai l'impression qu'un autre dossier, peut-être celui que tu planques dans les tiroirs du bureau de ta chambre, t'occupe l'esprit.

Le rouquin pâlit puis ses joues rougissent. J'ai touché un point sensible.

— Ne sois pas con, Enzo. Tu dois reprendre le contrôle de tes sentiments.

— Parce que je suis con, maintenant ?

— Je comprends bien que tu t'attaches à Alexandra. Qui ne le ferait pas ? Elle a été une gamine orpheline que sa jeune tante a recueillie. Aujourd'hui, elle subit un nouvel écueil de la vie… C'est triste. C'est horrible, mais ce n'est pas une raison pour mélanger pro et privé. Je le dis et je le maintiens : cette amourette te rend moins vigilant.

J'hallucine.

— Je n'ai pas de leçon à recevoir d'un trou du cul qui manque d'empathie. D'ailleurs, ça m'étonne de toi. Tu es taciturne et renfermé. J'imagine que, s'il y en a bien un qui a plus d'une croix à porter, c'est toi.

— Le Collectionneur n'est pas loin ! Si tu n'es pas cent pour cent opérationnel, ce sera un énorme problème. Ce gars tue des civils. Il échappe aux forces de police, ce qui nous oblige à être d'autant plus attentifs. Il va venir et tu le sais aussi bien que moi. Si ça se trouve, il s'est déjà fondu dans le décor.

— Je suis complètement opérationnel, articulé-je sèchement, mon visage à quelques centimètres de celui d'Hecker. Si tu remets encore une fois mes compétences en question, j'écraserai ta tête contre le mur. Peut-être que tu as échappé aux balles, mais tu n'éviteras pas la rafale Lombardi si tu continues à débiter des conneries.

— Ce que tu peux être buté. Je disais ça pour t'aider, riposte-t-il avant de tourner les talons et de grimper à l'étage.

Sortant de la salle de bains, je me retrouve nez à nez avec Saint-Paul.

— Je ne sais pas quelle mouche l'a piqué. Il est *différent,* ces derniers temps.

J'acquiesce.

— OK… ça reste entre nous, chuchote Suzy dont l'apparition soudaine me vole un sursaut.

— Tu es partout, soufflé-je, contrarié par cette façon qu'elle a de se pointer quand on ne l'attend pas.

Toutefois, je note que Carl a raison. Suzy a raté une belle carrière d'espionne.

— Je sais bien que vous êtes des durs avec vos gros biceps et vos tablettes de chocolat, mais gardez à l'esprit qu'avant d'être des armoires à glace vous restez des êtres humains avec des sentiments et des émotions. Ce n'est pas toi qui diras le contraire, Pulcino.

— Viens-en au fait, s'il te plaît.

— J'ai discuté avec Swan la semaine dernière. Il m'a confié que son père est atteint d'Alzheimer et que sa mère souffre de Parkinson. Ses parents ont été placés dans des maisons de retraite médicalisées. Il assume cette lourde charge mentale seul. Soyez indulgent avec lui. Je sais ce que vous allez me dire. Que vous ne pouvez pas prendre toute la douleur du monde sur vos épaules. Que le boulot c'est le boulot.

Saint-Paul pose sa main sur l'épaule de Suzy, qui serre ses doigts entre les siens. Leurs deux regards convergent dans ma direction.

— OK, j'ai compris. Je serais mal placé de dire que le boulot c'est le boulot dans cette situation…

Pour toute réponse, Suzy me tapote le torse et repart en

cuisine. Quant à Saint-Paul, il soupire lourdement en s'appuyant contre le mur.

— Dis, Enzo. Nous sommes plus que des collègues ?

C'est à mon tour de soupirer en fourrant mes mains dans les poches de mon pantalon. Qu'est-ce qu'ils me font tous là ?!

— Il me semble que nous formons une grande famille, souligné-je. Et j'aurais aimé qu'Hecker me parle de sa situation.

— Moi aussi. Nous aurions pu le soutenir.

— Nous le pouvons encore, assuré-je en remontant mes marches. Mais attention. S'il me provoque à nouveau…

— Tout doux. Où vas-tu ?

— Je vais discuter avec un *ami*, annoncé-je à Saint-Paul, qui reprend son poste de surveillance en acquiesçant.

Arrivé devant la chambre d'Hecker, je toque à la porte entrouverte. Personne ne répond et je rentre dans la pièce impeccablement rangée. Rien ne dépasse. Le lit est fait, au carré. Chaque objet est à sa place. Pas une once de poussière sur les meubles ni sur les cadres accrochés aux murs. Je souris en passant le bout de mon doigt sur un bibelot parfaitement astiqué. M'enfonçant dans la chambre, je me poste derrière la fenêtre et aperçois Hecker qui marche seul au fond du jardin. J'en ai connu des gens inaccessibles, impossible à déchiffrer. Mais jamais aucun n'avait la même aura mystérieuse que celle de cet élégant Anglais.

— Tu devrais quitter sa piaule, déclare Brooke via l'oreillette. Il déteste que l'on fourre notre nez dans ses affaires. Et puis après votre dispute, ça la fout mal d'envahir son espace…

— Il n'avait qu'à bien fermer sa porte, ricané-je en revenant sur mes pas.

D'un coup de fesses, je pousse un tiroir ouvert et ramasse le post-it qui s'en échappe.

— Fait chier, grogné-je en constatant que le tiroir est tordu.

Je le bidouille et essaie de le rafistoler sans succès. Dans une dernière tentative de le réparer, je le retire entièrement et remarque une enveloppe scotchée au meuble. Après réflexion, je m'en empare. Si Hecker jactait un peu plus, je n'aurais pas à fouiller dans ses affaires pour l'aider.

— Enzo, tu fous quoi ? demande Brooke.

— Concentre-toi sur d'autres écrans de surveillance. Arrête de m'espionner, dis-je en ouvrant l'enveloppe.

À l'intérieur, j'y trouve la photo de mon collègue et de son cousin éloigné. À l'arrière du cliché est inscrit le prénom « Drew ». Une feuille pliée en quatre attire mon attention. En la dépliant, quelle n'est pas ma surprise de découvrir le portrait-robot du Collectionneur ainsi qu'un extrait confidentiel d'un interrogatoire d'Alexandra où est émise l'hypothèse d'un « complice ». Le mot a été souligné par Swan.

En bas de la page a été gribouillé le sourire de l'ange.

— Enzo ? insiste Brooke dans l'oreillette que je déconnecte en secouant le tiroir au-dessus du lit.

Un document coincé dans le double-fond en glisse. C'est une succession de portraits du fameux Drew. Son évolution physique y est retracée jusqu'à l'année 2013. Je note des similitudes physiques avec le portrait-robot du tueur.

Suspicieux, j'entreprends de fouiller la chambre de Swan et je parviens à mettre la main sur un dossier qu'il avait planqué entre les lattes du lit. En en prenant connaissance, je découvre un cliché pris dans une station essence en Suisse, il y a de cela quelques années. La qualité n'est pas géniale mais elle me permet d'établir un lien direct entre le Collectionneur et Drew qui, d'après la copie de son acte de naissance, se révèle être le frère de Swan Hecker.

Sur le cul, je fonce à l'annexe et balance le dossier à Brooke. Peut-être que je me fais des idées. Que j'extrapole ! Bordel.

— Qu'est-ce que… Merde ! lâche-t-elle en prenant connaissance du dossier.

— Nous sommes d'accord. Code gris.

Brooke s'empresse de scanner les documents qu'elle envoie dans la foulée à nos supérieurs pour une évaluation rapide de la menace. Nous ne pouvons pas déplacer Alexandra sans leur accord.

— En attendant les ordres, tu gardes Hecker à l'œil. Et demande à Carl et à ses amis de vadrouiller dans les environs. On ne sait jamais…

— Tiens. Replace les documents dans la chambre de Swan, et tu répares le foutu tiroir que tu as cassé, ordonne Brooke, tout aussi interdite que moi. Il doit continuer d'ignorer nos soupçons à son sujet. Poursuis en mode passif-agressif. Si tu le brosses soudainement dans le sens du poil, il va se douter de quelque chose. Et ne quitte pas Alex d'une semelle… Mais ça, tu sais faire.

PARTIE II

27

Alexandra
27 mars

Le paysage nocturne défile derrière les vitres d'un SUV flambant neuf quand le panneau « Brighton » apparaît. Gagnée par l'excitation, je me redresse sur mon siège. Depuis la route, j'aperçois les lumières multicolores d'une jetée animée. L'ambiance festive me donne envie de me mêler à la foule.

— Nous allons dîner ici ?

— Dîner, dormir, nous promener. Tout ce que tu voudras, *gattina*.

— Est-ce que nous avons le droit de *sortir* du cadre protocolaire ? J'imagine Hecker, le consciencieux, en train de s'arracher les cheveux.

— *Je gère.*

Telle une petite puce, je ne tiens plus en place. Une fois le véhicule garé dans le parking souterrain de l'hôtel qui va nous accueillir durant deux nuits, je bondis et m'empresse d'ouvrir le coffre dans lequel se trouvent deux valises.

— Nous voulions te faire une surprise. Suzy s'est occupée de ton bagage.

— Une surprise ? Pour moi ? Vraiment !

Je saute au cou d'Enzo. Me souvenant que nous n'avons plus

échangé le moindre baiser depuis notre balade le long du fleuve Rother, je retrouve mon calme. Les démonstrations d'affection seront pour plus tard, ou pas !

— Tu es sûr que tout va bien ?

— *Perfetto.*

Je me satisfais de cette réponse mais peut-être ne le devrais-je pas…

Nous empruntons un ascenseur et arrivons au rez-de-chaussée. Nous nous fondons dans la masse. Enzo échange avec le réceptionniste, qui indique que notre chambre double est prête. Attendant l'ascenseur, je découvre un hôtel quatre étoiles au hall élégant. Dans la chambre d'une classe infinie, donnant sur le port de plaisance envahi par les badauds, un sourire ne quitte plus mes lèvres. En journée, la vue doit être encore plus belle.

Pour quelle raison Enzo nous a-t-il emmenés dans un endroit pareil ? Soit il est très amoureux (peu probable !), soit il y a anguille sous roche. Je redescends illico de mon petit nuage : il y a anguille sous roche ! Je dois insister pour obtenir la vérité. C'est trop beau pour être vrai.

— C'est grave ? Enzo ?

Silencieusement, il termine son inspection de la vaste chambre. Puis il tire les rideaux pour nous laisser dans une ambiance feutrée et se décide enfin à éclairer ma lanterne.

— Nous avons déterminé un degré de menace avancé. Tu ne dois pas être une cible fixe tant que nous n'aurons pas la certitude que tu es hors de danger à Rye.

Prenant ma tête entre mes mains, je fais les cent pas. Il n'aura fallu qu'une seconde pour que la joie s'éclipse et laisse place à de la colère. Ça ne s'arrêtera donc jamais !

— Ça veut dire que nous n'y retournerons plus ?

— C'est une possibilité à ne pas écarter. Les prochaines soixante-douze heures seront cruciales.

— Où sont Brooke et les autres ? Restés à Rye ? Et Suzy ? Elle est en danger par ma faute ?

— Respire.

— Enzo, réponds-moi !

Il me saisit par les épaules. Se rendant compte de la rudesse de ses gestes, il essaie de s'adoucir et cherche à me réconforter de façon maladroite. Une maladresse qui le rend plus humain.

Ses caresses sur mes épaules et le long de mes bras ne changent rien à la situation. Je suis terrifiée pour ceux et celles qui me portent secours depuis la fin du mois de février.

— Tu es en sécurité ici.

Je ricane nerveusement. Les faits lui donnent tort. Je ne suis en sécurité nulle part. Cette pensée défaitiste n'est pas nouvelle. Elle refait surface à chaque fois que la situation semble s'améliorer.

— Pourquoi tant de mystères ? Je suis censée être accompagnée par quatre agents. Or, il n'y en a qu'un à mes côtés.

— Je suis le seul *visible*.

— Où sont les autres ?

Je crains sa réponse. Et voilà que je me fais un sang d'encre pour celles et ceux qui assurent ma sécurité. Ils comptent à mes yeux, bien plus que ce que je voulais croire.

— Détends-toi. Je sais que c'est plus facile à dire qu'à faire. Que ce que je te demande est compliqué. Aie confiance en moi, Alexandra. Est-ce que tu peux y arriver ? Est-ce que tu peux te fier à mon jugement ?

Question piège. Si je réponds non, je le vexe. Si je réponds oui, je mens. Préférant me taire, je souffle longuement en me juchant au bord du lit. J'ai peur pour Suzy. Je comprends aussi que la visio avec ma tante n'est pas pour demain.

Déterminée à retrouver des idées claires, je me recroqueville sur moi-même pendant de longues minutes. Quand, enfin, je me lève pour me dégourdir les jambes, je partage le fruit de ma réflexion avec Enzo. Ça ne va pas lui plaire. J'appréhende sa réaction.

— *Affrontons-le* si nous sommes certains qu'il est sur ma piste.

— Nous avons déjà abordé le sujet. C'est non pour le moment.

Prenant une grande inspiration, je m'assois face à lui.

— D'où ça sort ? Enzo, ce n'est pas toi. Tu n'es pas du genre à rester planqué, si ? Il est inévitable qu'un jour nous l'affrontions. Tu le sais, je le sais… La police le sait !

— La situation est plus complexe que tu ne le penses. Les enjeux sont…

— Parle-moi ! tonné-je en me levant. Dis-moi ce qu'il en est. J'en ai ras le bol des messes basses et des non-dits. Tu ne crois pas que je devrais être la première concernée par tous les détails de l'opération ! Je devrais pouvoir être maître de mon destin et choisir. Décider si je dois me cacher ou si je dois me montrer.

— Alex… Nous devons rester passifs pour le moment.

— Pour une fois, traite-moi d'égal à égal et joue la carte de l'honnêteté. J'y ai droit !

Mes cris n'ébranlent pas mon partenaire.

— Calme-toi.

Face à mon incompréhension, Enzo m'invite à me rasseoir. Je refuse.

Je bouillonne sur place. Pour une fois, j'aimerais être partie prenante dans les décisions prises concernant mon enfer. J'ai bien conscience qu'Enzo est un grand professionnel. Il maîtrise son sujet et ne m'exclut pas par plaisir. Mais je ne supporte plus d'être une simple spectatrice alors qu'il est question de *ma* vie.

— OK. OK. Tu veux la vérité ? Je vais te la donner. Tu as raison, tu es concernée. Je voulais te protéger en gardant le silence pour ne pas t'effrayer.

Enfin !

— Le loup était déjà dans la bergerie. Nous l'avons tenté sans le savoir.

Je m'impatiente. Ce n'est pas le moment pour les énigmes.

— Je dois te déchiffrer ?

— À l'heure qu'il est, une équipe des forces spéciales anglaises intervient au cottage dans le cadre d'une arrestation.

Abasourdie par cette nouvelle, j'ai les jambes en coton. Je tiens bon et reste debout devant Enzo. Une ombre passe sur son visage, il se rembrunit.

— Une descente policière à Rye ? C'est quoi ce délire ? Tu ne vas pas me dire que le type se planquait dans le bunker ?! ironisé-je en croisant les bras.

Enzo marque un temps d'arrêt qui ne présage rien de bon. Je frémis face à son lourd silence.

— Que se passe-t-il ? le sommé-je de me répondre en le secouant par les épaules.

Ma garde rapprochée lève la tête sans plus cacher sa contrariété. Une vilaine veine palpite sur son front.

— Pendant les prochains jours, ce sera toi et moi. Saint-Paul, à qui j'ai confié Zeus, nous rejoindra plus tard. J'ai toute confiance en lui.

L'étau se resserre ?

— Et Brooke et l'agent Hecker ? le questionné-je en reculant pour cerner l'ensemble de ses expressions et de sa gestuelle.

Cela m'aide à me faire un avis sur son degré de transparence et d'honnêteté. Les conseils distillés par Enzo depuis notre première rencontre ne sont pas tombés dans l'oreille d'une sourde. Je suis devenue plus observatrice.

— Brooke va arriver en appui sur l'enquête. Le profilage est l'une des cordes à son arc.

Je hausse le ton en gesticulant jusqu'au moment où certaines pièces du puzzle se mettent en place dans ma tête. Le bodyguard a mentionné Saint-Paul et Brooke. Pas le troisième membre de la garde rapprochée.

— Non… Non. Non !

C'est un cri du cœur que je pousse.

— Je ne peux pas t'en dire plus pour l'instant. Je ne suis pas en possession de l'ensemble des éléments.

— Ne fais pas ça ! l'imploré-je, en proie au désarroi. Je veux tout savoir. Ce n'est pas négociable ! Est-ce que ça a un rapport avec le cambrioleur ? Il a appelé Hecker par son nom avant de tirer !

Tant bien que mal, j'essaie de me calmer. Je puise au plus profond de moi pour ne pas vriller. La haine qui s'éveille me ronge de l'intérieur. J'ai envie de hurler, d'attraper tous les objets à ma portée et de les balancer contre les murs.

Est-il possible que j'aie passé du temps auprès du Collectionneur sans le savoir ? S'est-il une nouvelle fois joué de moi et de la police ? A-t-il réussi à tromper ses collègues et amis ? Non ! Non ! Je l'aurais reconnu ! J'aurais senti son odeur amère et si particulière ! J'aurais reconnu sa gestuelle exagérée, quasi théâtrale.

— Tu insinues que l'agent Hecker est la menace ? demandé-je en fermant les yeux, immobile au centre de la pièce.

— Alexandra…

— S'il te plaît, Enzo. Pour une fois, j'aimerais que tu arrêtes de me prendre pour une gosse.

Lentement, je rouvre les yeux et m'assois sur la banquette que je débarrasse de ses encombrants coussins.

— L'enquête suit son cours. Faire des hypothèses ne nous mènera à rien. Quant à Aaron, le cambrioleur, il va de nouveau être auditionné par la police. Je ne sais rien de plus.

— Ne sois pas frileux. Tu dis que la menace est avérée.

— J'ai mentionné que nous avons déterminé un degré de menace avancé.

— Ce qui implique ma fuite. L'agent Hecker est-il le Collectionneur ?

— Ce n'est pas à moi de…

— Tu es la personne dont je suis le plus proche en ce moment. Nous passons nos journées ensemble. La nuit, tu n'es jamais très loin. Je ne m'attarderai pas sur l'alchimie entre nous. Tu me demandes de me fier à toi. La confiance ne peut être totale si tu t'entêtes à taire des informations qui me concernent. S'il te plaît, parle. Ne me laisse pas dans l'ignorance. C'est une sensation horrible de se sentir dépossédée de sa vie. J'ai besoin de savoir.

Enzo s'avance et m'ouvre ses bras pour que je m'y blottisse. Rassurée contre lui, la terre pourrait trembler ou exploser que je ne le remarquerais pas.

— Il se trouve qu'un individu correspondant à la description que tu as faite du Collectionneur apparaît dans les affaires d'Hecker. Dans sa chambre, j'ai découvert des documents qui n'auraient jamais dû être en sa possession ainsi qu'un acte de naissance. Ils m'ont permis d'établir un lien entre Hecker et le tueur. Si mon hypothèse est bonne, celui que l'on surnomme le Collectionneur n'est autre que Drew Hecker… le frère de Swan Hecker.

C'est un coup de tonnerre ! Pas un seul instant je n'aurais pu deviner que cette affaire prendrait une telle tournure. L'agent Hecker a toujours été gentil et protecteur avec moi.

Dehors, la tempête se déchaîne. À croire que la nature a compris ce qui se joue.

— Il pleut à torrents, constate Enzo pour rompre le silence qui a envahi la chambre.

Les larmes aux yeux, le menton tremblant, je retiens des sanglots. Pour l'instant, j'ai juste besoin des bras réconfortants du grand brun. Pour ce qui est du reste, nous verrons plus tard.

Me sentant à fleur de peau, Enzo me porte jusqu'au lit, où je m'allonge en serrant un oreiller contre moi. Je m'y accroche désespérément comme je m'accroche à la vie. J'ai peur de devenir folle en le lâchant. De m'effondrer et de définitivement perdre pied.

Enzo fait le tour du lit. Je me contente de tendre le bras pour qu'il lie ses doigts aux miens. Se couchant à son tour, il fixe le plafond.

Après de longues minutes à pleurer, j'essaie de me ressaisir. Je n'y arrive pas. J'ai l'impression d'être déconnectée de la réalité. Que mon âme erre dans la chambre tel un fantôme qui ne trouve pas la lumière.

J'attrape la télécommande pour zapper de chaîne en chaîne. Ce soir, ma préférence va à un télécrochet que je regarde sans conviction. L'horloge au mur égrène les minutes tandis qu'en fond le vent, la pluie et la mer se déchaînent. Quand le tonnerre gronde, je lâche l'oreiller pour me rapprocher d'Enzo, qui me tire contre lui et embrasse le bout de mes doigts. Son geste tendre et naturel me vole un doux soupir avant que ses lèvres n'effleurent les miennes.

Je suis fragilisée du haut de ma tour d'ivoire dans laquelle Enzo n'hésite pas à monter. C'est un peu lui et moi contre le reste du monde.

— Dis-moi. Qu'est-ce qui te ferait plaisir, ma belle ?

Là, tout de suite, maintenant, j'ai besoin d'un confident, d'un ami et d'un amant.

Me redressant, je glisse la main sous le pull d'Enzo, qui m'observe sans bouger. Mes doigts partent à la rencontre de son torse musclé. Ils en découvrent chaque parcelle avant de sillonner son ventre, d'en contourner le nombril et de se perdre sur le pantalon d'Enzo, qui me chavire et se hisse sur moi. Se saisissant de mon menton, il plonge son regard dans le mien avant de me délivrer le plus délicat et sensuel des baisers.

28

Alexandra

— Caresse-moi, murmuré-je.

Quand Enzo pose ses doigts sur mon ventre, des frissons me parcourent l'échine. Il se rapproche. Sa main s'aventure sur ma poitrine. Délicatement, elle effleure mes seins, s'amuse avec mes tétons qui durcissent sous l'effet de la passion dévorante qui grandit en moi. Le souffle d'Enzo se fait plus intense et chaud. Il caresse à présent ma gorge palpitante, qu'il mordille tout en tirant sur mon pull qui l'incommode. Quand le sculptural Italien se hisse sur moi, je ressens son érection contre ma peau. Comment ne pas succomber ?

Je sais que nous faisons une belle connerie. Qu'il y a des limites que nous ne devrions pas dépasser. Comment lutter contre une passion puissante, dévorante ? Contre un feu ravageur qui emporte tout sur son passage, se foutant éperdument de la raison pour ne se fier qu'au cœur. Quand Enzo se trouve dans les parages, je n'aspire qu'à le sentir auprès de moi, contre moi, en moi.

Je ne parviens plus à refréner mes ardeurs. J'ai envie de lui. J'ai besoin de lui.

Toujours aussi entreprenant, il mordille le creux de ma nuque. Mon cœur manque un battement.

— Je continue ?

Durant les premiers instants, je ne réponds rien et me contente de dévisager celui qui a pris une place importante dans ma vie. Je crois qu'il ne sait pas à quel point je tiens à lui. Et je crois que je n'avais moi-même pas conscience de la puissance de mes sentiments à son égard avant aujourd'hui.

Le doux regard qu'il pose sur moi me vole un sourire. Je crois que personne ne m'avait jamais contemplé de la sorte.

— Oui, continue, lui susurré-je à l'oreille.

Approfondissant la découverte de nos corps, Enzo sourit quand il retire de sa poche un préservatif.

— Nous pouvons encore nous arrêter, murmure-t-il à mon oreille qu'il mordille.

Je l'embrasse de plus belle. Le message est clair : JE TE VEUX. Roulant sur le lit à tour de rôle, nous balançons nos vêtements dans la pièce. Enzo reprend le dessus, me permettant alors de découvrir le détail des tatouages dessinés sur une partie de son torse. Une tête de mort ornée d'immenses ailes recouvre sa poitrine. Impressionnée, je fais glisser le bout de mes doigts sur les contours de cette allégorie.

— Je n'étais pas loin de la vérité la fois où je t'ai défini comme ange et démon.

Honteuse des marques sur mon corps, j'éteins la lumière. Les rayons des éclairages extérieurs qui traversent les rideaux me permettent de le voir mouiller ses doigts qu'il glisse entre mes cuisses. Je gémis de plaisir en sachant que ce n'est que le prélude d'un corps à corps rêvé tant de fois.

Les mouvements d'Enzo me provoquent d'agréables frissons. Il y a bien longtemps que je n'avais pas ressenti ces sensations.

Avant notre rencontre, je ne m'autorisais plus à fantasmer. Quand mon esprit s'évadait, la culpabilité me rattrapait.

Comment pouvais-je penser à de telles futilités alors que ma vie partait à vau-l'eau ?

— Ah…

Ma plainte fait sourire mon partenaire dont le sexe protégé glisse sur ma peau, caressant au passage mon clitoris.

J'étouffe un nouveau cri, mais finis par laisser s'exprimer le bien-être dont m'assaille mon amant dévoué.

— Tu es magnifique, souffle-t-il en posant son front contre le mien.

Délicatement, sans me quitter du regard, il écarte mes cuisses et me pénètre.

— Alexandra…, murmure Enzo à mon oreille. Tu peux encore me repousser. Me demander d'arrêter. M'obliger à m'éloigner de toi, à ne plus te toucher.

— Je ne veux que toi…, susurré-je, ballottée par un tourbillon d'émotions qui ne cessera qu'une fois endormie dans les bras du Ténébreux après que l'extase m'ait soufflé mes dernières forces.

Le lendemain matin, je me réveille paisiblement dans le lit. Enzo n'est plus à mes côtés, il lit le journal assis dans un fauteuil en bout de pièce.

— Coucou toi, dis-je en me redressant.

Je recouvre ma poitrine dénudée d'un coussin. Ce matin, je retrouve mes esprits. Je suis moins désinhibée que la veille. La lumière naturelle ne me montre pas sous mon meilleur aspect. À croire qu'Enzo lit dans mes pensées. Il pose le journal et me rejoint.

Il n'y a pas la moindre hésitation entre nous lorsque nous nous embrassons.

— Tu es sublime et tu n'as pas à dissimuler tes blessures.

Rougissante, je baisse la tête pour observer les cicatrices sur mes épaules et mon ventre.

— J'ai du mal à accepter qu'elles fassent partie de moi, révélé-je en effleurant les marques plates qui s'éclaircissent au fil des semaines.

Les stigmates laissés par les balles ne sont pas plus gros qu'une pièce de deux euros. Alors que les blessures réalisées au couteau ont engendré de longues et fines cicatrices sinueuses qui parcourent mes épaules.

— S'il y a bien une leçon que je tire de mes missions passées de protection rapprochée, c'est que le déni n'aide pas.

— J'ai l'impression d'entendre le psy de la police qui me suit depuis le début de cette affaire. Il me rabâche que je dois, je cite, « mentalement inverser le rapport de force ». Que je ne suis pas seulement une victime mais avant tout une battante. C'est facile de tenir ce discours quand on est spectateur de la situation. Que l'on passe sa journée assis au chaud dans un petit fauteuil en velours. Que la routine instaurée n'est pas bousculée. C'est insupportable d'entendre les gens me dicter quoi penser en plus de me dire quoi faire à longueur de temps.

— Oh ! Tu essaies de me faire passer un message.

— Non ! Ce n'est pas contre toi… Parce que ta présence m'aide beaucoup. J'ai l'impression d'avoir plus évolué à ton contact qu'avec toutes les autres personnes qui m'ont accompagnée ces derniers mois.

— OK.

« OK », ou la réponse qui tue. Celle qui irrite au plus haut point. Que l'on balance quand on est contrarié ou qu'on se fiche de ce que l'autre raconte.

— J'essaie juste de t'expliquer mon état d'esprit.

— Je l'entends et je le comprends. Moi aussi, j'apprends des choses à tes côtés.

— Lesquelles ?

Enzo dépose un baiser sur mon front avant de se lever pour marcher dans la chambre, les mains dans les poches.

— L'écoute et la prise en compte des émotions de l'individu protégé sont des éléments capitaux. Il m'est arrivé de négliger ces aspects qui tiennent à cœur à Brooke ou à Saint-Paul. Tu commences à le connaître, il met l'humain au centre de tout.

— Vos caractères sont différents, mais au fond tu es un dur au cœur tendre.

Enzo grimace sans toutefois me contredire.

— Ça n'empêche pas qu'il faudrait que je prenne plus souvent des pincettes pour atténuer les souffrances que j'ajoute aux moments douloureux que vit la victime.

— Personne n'est parfait, moi la première. Je ne doute pas que tu t'amélioreras si tu en as envie.

— De sages paroles.

— Comme quoi. La godiche peut proférer des choses intéressantes !

— Idem pour le malotru, réplique Enzo.

Repensant à cette dispute, nous rions de bon cœur.

— Si on m'avait dit le mois dernier que je partagerais mon lit avec mon garde du corps, je ne l'aurais jamais cru.

— Et pourtant…

Souriante, je me lève avec pour seul vêtement ma petite culotte et plonge mes lèvres dans la tasse de café d'Enzo, que je repose immédiatement. La boisson est trop corsée.

Ma grimace le fait sourire.

— Tu as bien dormi, cette nuit, déclare-t-il en m'étreignant.

— Tu y es pour quelque chose.

— Alex…

Je me redresse dans ses bras.

— Ne t'inquiète pas. Tout ce qui se passe entre nous restera notre secret. Ça la fout mal de se taper sa petite protégée, souligné-je en prenant la direction de la salle de bains.

Devant le miroir, je m'observe. Le reflet d'Enzo apparaît.

Posté derrière moi, il me dévisage.

— Tu te trompes, déclare-t-il.

— À quel sujet ?

— Tu es *un peu plus* que ma petite protégée et tu le sais.

— Et je suis quoi ? m'informé-je en craignant une réponse qui pourrait me déplaire.

Par exemple, un pauvre plan cul.

— Un peu plus, répète-t-il.

Je n'insiste pas. Sa posture fermée qu'il affiche dès qu'il s'agit d'exprimer un chouïa ses sentiments me permet de déduire que je ne retirerai rien de plus de cette conversation.

Le silence tombe sur la pièce.

Le Ténébreux recule avant de disparaître dans la chambre.

« Un peu plus. »

Typiquement le genre d'expression qui veut tout dire et rien dire à la fois.

29

Alexandra
28 mars

Sous la douche, les craintes et les doutes resurgissent. Les révélations de la veille m'ont ébranlée. « Alexandra, si tu venais à m'échapper, je serais toujours sur tes pas. Jamais, au grand jamais, je n'abandonnerai le plus beau joyau de ma collection. » Ces paroles prononcées par le monstre me tourmentent. Elles font écho aux révélations d'Enzo et me ramènent environ un an en arrière.

Assise sur un matelas détérioré à l'odeur nauséabonde dans une pièce immense et quasi vide, je suis une petite chose brisée en attente de son sort. Mes chaînes sont insérées dans des crochets recouverts de clochettes fixés à des murs tapissés de moisissures. En les entendant, le Collectionneur rapplique pour vérifier que sa proie est toujours là où il l'a placée. Entre deux sanglots, je prie avant de me taire en observant l'expression pleine de mépris du kidnappeur qui m'épie depuis le chambranle de la porte. Masqué, tout de noir vêtu, il s'avance lentement et s'accroupit à mon niveau. Je recule mais il se rapproche. Ses doigts gantés sillonnent mon visage pendant que son souffle chaud sans odeur cogne contre ma peau moite. « Les vierges, les saints et ton dieu ne t'aideront pas. Je suis partout et nulle part à la fois. Une silhouette, une ombre, un fantôme. »

Il a raison. Il n'est pas présent physiquement, mais son aura diabolique me poursuit. Il est là quand j'ai les yeux grands ouverts. Il est aussi là quand je les ferme. Il est encore présent dans mes cauchemars et sa menace rythme mon quotidien. Il est l'épée de Damoclès qui pend au-dessus de ma tête et qui finira probablement par s'y enfoncer.

Prise d'un haut-le-cœur, je me raccroche aux parois avant de m'écrouler.

Le bruit du choc interpelle Enzo, toujours aux aguets. Il coupe l'eau et m'enroule dans une serviette avant de me porter jusqu'à une banquette.

Un objet, un son ou une parole peuvent déclencher en moi une faille dans laquelle mes craintes et mes doutes s'engouffrent. Durant ces moments, je perds pied et je suis happée par les événements du passé. Parvenir à reprendre le dessus me demande à chaque fois un effort colossal. Je pensais avoir fait des progrès à Rye concernant la gestion de mes émotions et du stress… Je prends conscience que seule sa mort me libérera. Et je culpabilise de penser ainsi.

— Ce n'est rien, le rassuré-je en me saisissant de la pâtisserie qu'il me tend.

Enzo ne le dit pas, mais à ses regards fuyants je sais qu'il s'en veut de ne pas avoir compris plus tôt que son ami et collègue avait potentiellement un lien avec l'affaire.

Comment aurait-il pu savoir ?

Le voir troublé détourne mon attention et me ramène définitivement dans le présent.

Je dois me remotiver. Ce revirement de situation n'en est qu'un parmi tant d'autres, tenté-je de me raisonner. Ai-je déjà abandonné ? Non ! Pour preuve, je suis en vie. Et ce n'est pas aujourd'hui, entourée d'une équipe de choc, que cela arrivera. Il y a cette flammèche en moi qui persiste à s'éclairer. Pas question de la laisser s'éteindre.

— Je t'ai fait monter le petit déjeuner. Tu dois reprendre des forces.

J'opine du chef en me blottissant dans les bras d'Enzo. Je me persuade que manger me fera le plus grand bien. C'est un début pour aller mieux. La veille, j'ai sauté le dîner. Faire l'amour avec Enzo a étouffé les gargouillis d'un ventre vide.

Alors que je termine mon repas teinté d'une amertume que je m'évertue à étouffer, le portable de mon partenaire sonne. Il prend l'appel face à moi et se contente d'approuver les dires de son interlocuteur.

— Qui était-ce ? demandé-je lorsqu'il raccroche.

— Mon supérieur.

Enzo s'active à faire nos valises.

— Nous devons partir pour 13 heures ! annonce-t-il après avoir envoyé quelques messages.

— Nous n'étions pas censés rester ici pendant trois jours ?

— Les consignes ont changé. J'ai l'ordre de te déplacer, conclut-il sous mon air interrogateur.

Un quart d'heure plus tard, après avoir payé la chambre, nous roulons en direction d'une destination secrète. Contrairement à mon habitude, je ne pose aucune question. Je n'ai pas envie de parler. Je préfère me recentrer sur moi-même en réalisant des exercices de relaxation, les yeux fermés.

En chemin, je m'endors et ne me réveille qu'à notre arrivée au beau milieu d'une nature enchanteresse. Ébahie, je sors du véhicule stationné au bord d'une route déserte. Je suis saisie par la beauté et l'immensité de cet endroit. Je respire enfin.

— Une bonne bouffée d'air pur, se satisfait Enzo en se frottant les mains.

Il contourne le véhicule pour se glisser derrière moi et m'entourer de ses bras solides. Je m'accroche à lui tout en saisissant l'une de ses mains que j'embrasse en guise de remerciement.

— Merci de ne pas m'abandonner, murmuré-je, des trémolos dans la voix.

L'émotion est intense. Je touche du doigt tout ce à quoi j'ai toujours aspiré dans la vie. La simplicité, l'authenticité et… l'amour ?

— Où sommes-nous ?

— Au Seven Sisters Country Park. Un parc naturel situé dans le Sussex, au bord de la Manche, répond le grand brun en me serrant contre lui tandis que la brise nous enveloppe.

Non loin de nous, un enclos de moutons. Je m'enfonce dans l'herbe puis dans la gadoue pour mieux appréhender le panorama. Je m'arrête lorsque mon regard perdu dans l'infini d'un bleu tendre se pose sur les falaises blanches qui plongent à pic dans la mer.

J'entends le bruit d'un moteur. Un bus se profile à l'horizon. Une fois qu'il est reparti, je suis frappée par le silence qui nous entoure. Pas un habitant en vue. Aucun touriste dans les parages. Pas le moindre village dans le coin. Juste la nature.

Lorsque le ciel s'assombrit et qu'il se met à pleuvoir, nous remontons dans le véhicule et empruntons la route qui serpente sur plusieurs kilomètres à travers la campagne vallonnée.

Au fil de notre progression dans le parc, un arc-en-ciel se forme. Le contraste entre la voûte céleste et les prairies d'un vert pimpant est saisissant.

L'orage se profile, nous ne traînons pas. Une demi-heure plus tard, nous voilà arrivés devant une petite maison érigée au beau milieu d'un cadre rural à Eastbourne. La propriété sur deux niveaux bénéficie d'un ancien corps de ferme en pleine rénovation. Des bâches recouvrent une partie de la toiture et un échafaudage est positionné sur l'un des flancs du bâtiment.

— Bonjour ! Bonjour ! s'exclame l'agent Saint-Paul en se postant sur le perron. Nous nous retrouvons plus vite que prévu !

Des retrouvailles inattendues ! Je voudrais sauter au cou de celui-ci, mais je n'en fais rien. Je me contente de sobrement le saluer pour éviter une énième transgression du règlement.

Suis-je encore à un manquement près ?

— Ravi de vous revoir, Alex !

— Je vous retourne le compliment, souris-je en me tournant vers ce cachottier d'Enzo.

— Je t'avais dit que Saint-Paul nous retrouverait vite.

L'accolade entre les deux hommes est brève, mais affectueuse. Leur complicité n'est plus à prouver depuis le début de cette mission.

— Alex. Venez vous mettre au chaud et visiter votre nouvelle demeure.

— Nous ne serons que tous les trois ? demandé-je en entrant dans la chaleureuse maison.

— Nous serons quatre ! s'exclame Suzy qui apparaît au bout d'un long couloir vêtu de son tablier de cuisine. Je nous prépare un festin !

Cette fois, je ne retiens pas l'émotion qui m'anime. Je m'élance dans le corridor pour la prendre dans mes bras.

— Je ne vous abandonnerai pas, ma chérie, me murmure la petite dame en prenant mon visage entre ses mains.

— Je n'ai pas eu droit à un tel accueil, révèle l'agent Saint-Paul à Enzo qui se marre en posant les bagages dans le hall d'entrée.

Suzy m'embarque pour un rapide tour du propriétaire durant lequel elle n'a de cesse de me montrer son affection en me tapotant la main ou en me caressant le dos comme le ferait une maman.

— Vous verrez. Nous serons bien ici, sourit-elle.

L'endroit est cosy, la décoration contemporaine. Quatre chambres, une salle à manger, une cuisine, un cagibi, deux salles de bains, un salon, un petit salon où est entreposé un piano, un grenier, une cave et un garage indépendant. Rien de plus, rien de moins. Une fois de retour dans le couloir du rez-de-chaussée, je fais remarquer qu'il manque une pièce maîtresse dans cette maison, le bunker. Ce à quoi Enzo acquiesce avant de me dévoiler une trappe au sous-sol qui mène au corps de ferme dans lequel est stocké du matériel de surveillance.

— On ne change pas les bonnes habitudes, m'apprend-il. La demeure est cernée de discrètes caméras de surveillance. Le plan de cette maison est complètement différent de la précédente. Nous ne savons pas si Hecker a communiqué avec son frère. Peut-être ont-ils échangé à propos des plans de la propriété de Rye. Peut-être pas. Dans le doute…

— Vous pensez tous que l'agent Hecker vous a trahis ?

Un silence pesant balaie la pièce.

— La méfiance est de mise, souligne l'agent Saint-Paul en tapotant les épaules d'une Suzy désolée. Nous ne pouvons pas laisser place à l'approximation.

Ce discours est récurrent.

— Je ne veux pas mettre vos vies en danger.

— Alexandra. Nous en avons déjà discuté. Tu…

— Enzo. Suzy n'a pas à être mêlée à cette affaire. S'il lui arrivait malheur… S'il vous arrivait malheur à tous, je ne me le pardonnerais jamais ! On sait de quoi l'autre tordu est capable ! Il s'en est déjà pris aux policiers qui assuraient ma protection par le passé.

— Il ne m'arrivera rien, car je me trouve avec deux des meilleurs agents de leur génération. J'ai fait le choix d'être là. Tout comme mon mari et moi avons fait le choix de mettre le cottage de Rye à votre disposition en toute connaissance de cause.

C'est qu'elle sait comment y faire pour les brosser dans le sens du poil. J'en connais une qui aura bientôt de la main-d'œuvre gratuite pour construire la piscine de ses rêves dans son jardin !

— Et Brooke ? les questionné-je, même si je connais déjà la réponse.

— Elle veille sur tes arrières à distance. Nous avions besoin d'un élément au cœur de l'enquête du capitaine Léani.

— Le capitaine est en Angleterre ?

— Exact, me répond Enzo. Brooke va nous permettre de prendre connaissance des menaces en temps réel et non à J+1, m'apprend Enzo.

— Ou J+3, soupire l'agent Saint-Paul.

— Ne nous attardons pas sur le sujet. Nous avons d'autres chats à fouetter.

— Lesquels ? interviens-je.

Enzo m'emmène à l'extérieur dans le jardin adjacent à un étang autour duquel Zeus gambade, avant de nous sauter dessus pour nous saluer comme il se doit.

— L'idée que je vais te soumettre ne te plaira sûrement pas.

Un groupe de corbeaux se perchent sur le toit de la maison. Des oiseaux de mauvais augure, répète souvent ma tante. Et si elle n'avait pas tort ?

— J'ai besoin que tu replonges dans tes souvenirs passés. J'ai la sensation que l'on passe à côté de détails capitaux. Accepterais-tu une séance d'hypnose avec un psychologue ? Chaque détail compte. Peut-être que certains d'entre eux referont surface.

Afin de digérer cette demande qui tient plus de l'injonction, je m'installe sur un banc en pierre. Enzo comprend la nécessité de prendre des pincettes.

— Personne ne t'oblige à rien. C'est juste une idée que je te soumets. Nous sommes tous un peu au pied du mur. Nous savons que le Collectionneur va de nouveau frapper mais aucun moyen d'anticiper quoi que ce soit. Nous ne pourrons probablement pas empêcher sa prochaine attaque, mais peut-être qu'un détail qui te reviendrait sous hypnose nous permettrait d'avoir le dessus.

— Est-ce que je peux réfléchir avant de te donner une réponse ?

— Bien sûr, mais pas trop longtemps, conclut-il en serrant ma nuque entre ses doigts avant d'entreprendre de la masser.

30

Alexandra

Assise sur le canapé devant un programme animalier, je décide de surfer sur le Net. Je suis censée demander l'autorisation, mais je n'en fais rien. La curiosité pointe le bout de son nez et me voilà sur Youtube à regarder des vidéos sur le Collectionneur. Toutes font mention de moi, Alexandra, première survivante du tueur fou. Aucun autre détail n'est donné, les informations n'ont pas filtré. Après mon nom, celui de Manon Chauvinse est prononcé. Les médias savent juste qu'elle aussi a été placée sous bonne garde.

Je visionne à présent le reportage réalisé par un fan de *true crime*. Le titre, « Sur les traces du Collectionneur », m'intrigue. Durant une demi-heure, le jeune homme retrace le parcours du tueur, qui semble se limiter à l'Europe. Une analyse de sa personnalité est exposée. Elle arrache à Enzo, que je n'avais pas entendu arriver, un soupir de lassitude.

— Tu n'es pas censée accéder à Internet, seule. Encore moins pour regarder les vidéos d'enquêteurs du dimanche plus fiables que la police…

— J'en déduis qu'il t'arrive de jeter un œil à ces vidéos.

— Alex. Tu ne dois pas les regarder. C'est pour te protéger que je suis intransigeant à ce sujet. L'impact psychologique…

Il ferme le PC qu'il pose sur la table plus loin dans la pièce.

— Je ne suis pas non plus censée coucher avec mon garde du corps. Et pourtant.

Ma réplique vole un délicieux sourire en coin à Enzo, qui contourne le sofa pour se planter derrière les larges fenêtres qui offrent une vue parfaite sur une partie du jardin.

— Ce sont deux choses différentes, et tu le sais.

L'agent Saint-Paul nous rejoint. Suzy aussi. Elle s'occupe d'éteindre la télévision avant de prendre place dans un fauteuil proche du flamboyant foyer qu'abrite la cheminée.

— Je comprends vos positionnements dans cette affaire.

— Nous te ménageons, intervient Suzy, le regard doux, en me tutoyant pour la première fois. Ne nous voilons pas la face. Tu n'es plus seulement un simple témoin. Je me suis attachée à toi. Je suis certaine que ces deux grands gaillards aussi. N'est-ce pas, Pulcino ?

Enzo pivote. Pour la forme, il secoue la tête en signe de protestation. Puis il me lance un discret clin d'œil. Les rayons du soleil qui traversent les vitres auréolent le Ténébreux. Sa silhouette s'allonge sur le sol et me captive. Cet homme a tellement de prestance que même son ombre est charismatique !

— Je suis désolée. Je n'aurais pas dû…

Je capte le regard qu'échangent les deux agents. Secouant sensiblement la tête en fourrant ses mains sans les poches de son pantalon à pinces, Enzo se tourne totalement dans ma direction.

— Nous pouvons faire un effort et te tenir informée de l'avancement de l'affaire dans une certaine mesure, intervient-il.

— Cependant, nous avons besoin de votre aide, Alex, soutient l'agent Saint-Paul sans lâcher la tablette qui lui donne accès à l'ensemble des caméras de surveillance.

Je comprends immédiatement où les deux hommes veulent en venir. L'hypnose reste au centre de leurs préoccupations.

— Vous n'êtes pas de la police.

— Nous n'enquêtons pas. Cependant, nous devons avoir toutes les cartes en main pour pouvoir t'aider au mieux, me notifie le grand brun.

— Je peux vous raconter, encore une fois, en détail ma rencontre au Louvre avec le Collectionneur et ce qui est arrivé dans le hangar. Je m'en souviens comme si c'était hier. J'aurais voulu avoir tout occulté, mais ce n'est pas le cas.

— Et concernant sa récente intrusion dans la maison en Corrèze ?

— Je n'en ai que très peu de souvenirs, interromps-je l'agent Saint-Paul. Des bribes. Pour être honnête avec vous, je n'ai pas envie qu'un inconnu entre dans ma tête. Mon esprit est tout ce qu'il me reste de… personnel.

— De personnel ?

— Mes pensées sont un peu mon jardin secret. Je n'ai plus que ça pour moi. Le psy va fouiner, déterrer des choses de mon passé que vous n'avez pas à connaître. Je crois que je me mets déjà assez à nu, non ?!

Suzy acquiesce.

— Trouvons un compromis, propose-t-elle. Alexandra pourrait une nouvelle fois nous raconter ses souvenirs sans hypnose. Et vous, messieurs, vous répondrez dans la mesure du possible à ses questions sur le Collectionneur.

J'approuve.

— Je suis enfermée dans une bulle depuis plusieurs mois. On ne me dit rien. J'aimerais savoir qui il est. Quel est le profil du type ? Maintenant que nous avons une piste solide sur son identité, je souhaiterais obtenir des informations. Bien sûr, vous n'aurez pas à trop entrer dans les détails… mais au moins me le décrire en général. Me parler de son enfance, me dire ce qu'il fait dans la vie. Swan Hecker est… ou était, votre ami. Vous avez bien dû parler de vos familles, non ? Peut-être vous a-t-il touché deux mots sur son frère, Drew ?

— Mon équipe et moi devons en discuter auparavant. Je reviendrai vers toi une fois ma décision prise, assène Enzo tandis que je me lève pour filer dans ma nouvelle chambre.

Fermant la porte derrière moi, je m'empare d'une pochette que je range toujours précautionneusement dans ma sommaire trousse de toilette. À l'intérieur s'y cache un petit carnet de notes qui ne me quitte plus depuis la première attaque du Collectionneur. J'y écris et j'y dessine mes souvenirs. Des réminiscences souvent inutiles qui viennent et qui filent au gré de leur volonté. Elles me reviennent parfois pendant des cauchemars ou lorsque je me perds dans mes pensées. Ce carnet est ce que je possède de plus précieux aujourd'hui. On y trouve aussi certains de mes états d'âme. Les plus tristes ou les plus morbides. Ceux que je pose sur le papier pour ne pas devenir folle, ouvrir une fenêtre et sauter.

Enzo entre dans la pièce.

— Tu es partie brusquement. Ma réponse t'a contrariée ? Je fais au mieux, Alex.

Je rabats le calepin avant de m'asseoir sur le lit en le serrant entre mes mains.

— Pourrions-nous retourner au Seven Sisters Country Park, demain ?

Enzo ne s'attendait visiblement pas à cette réponse. Toutefois, il approuve en prenant place à mes côtés.

— Je savais que cet endroit te plairait.

Les bras d'Enzo se referment sur moi. Toutes mes faiblesses, mes peurs et mes doutes resurgissent à tel point que j'en tremble. J'en frissonne si fort que le Ténébreux me berce en me susurrant des paroles italiennes pour m'apaiser. Sa voix est posée (presque douce) et chantante.

Je me redresse et caresse le visage du grand brun dont il me semble avoir en partie brisé la coquille. Il le sait et se lève brusquement.

— Allez ! *Ho da fare*[1] *!* Toi aussi !

Mon air stupéfait ne ralentit pas Enzo.

— Il doit y avoir une tenue de sport dans l'armoire. Prépare-toi, nous allons courir un peu et poursuivre ton entraînement de boxe. Te défouler te fera le plus grand bien.

Je me lève à mon tour.

— Toi, tu vas courir avec moi ? Moi, la novice ? Celle qui n'avait plus fait de jogging depuis les cours d'EPS au collège ? Tu n'as pas la patience de Brooke ou de l'agent Saint-Paul.

— Je sais m'adapter ! s'exclame Enzo depuis le couloir.

Je me poste contre le chambranle de la porte de ma chambre.

— La course… ce n'est pas trop mon truc !

Descendant l'escalier, Enzo lève la tête, un sourire jusqu'aux oreilles.

OK ! J'avoue que je me vois déjà cavaler après son joli derrière !

— Ne te cherche pas d'excuses. Prépare-toi. On se retrouve dans dix minutes dans le hall d'entrée.

— Je dois réfléchir et…

— Alex ! *Presto, per favore !*

Sa réponse est claire, concise et précise : Alexandra, tu n'y échapperas pas.

Rangeant le carnet et la trousse de toilette, j'ouvre l'armoire, en

1. J'ai à faire !

extrais une brassière, un T-shirt, un legging et des baskets que je m'empresse d'enfiler. Rejoignant Enzo au rez-de-chaussée, je me prépare à une session de sport musclée.

— Je ne peux pas poursuivre les entraînements avec Saint-Paul ?

— L'idée de faire du sport avec moi te déplaît tant que ça ?

— Tout dépend du sport !

J'ai droit à un coup de coude de la part de mon partenaire.

— Un peu de changement te fera le plus grand bien !

Pendant plus d'une heure et demie, nous nous livrons à un entraînement coriace. J'endure, je crie, je m'accroche. Je cours. Je saute par-dessus d'énormes pneus que je traîne sur plusieurs mètres. J'escalade des murets. Je me roule dans la boue pour me dépêtrer des griffes de l'agent Saint-Paul qui endosse le rôle de faux assaillant. Pendant cette session de souffrance, Zeus m'accompagne. Il cavale à mes côtés, grogne en craignant que l'agent ne me fasse mal.

En rentrant toute boueuse à la maison, je suis sur le point de m'écrouler sur le lit quand Suzy m'oblige à aller prendre une douche. En constatant mon état dans le miroir, je m'exécute.

Exténuée, je retire difficilement mes vêtements. Les courbatures sont au rendez-vous. Sous l'eau tiède, je ressens comme du soulagement mêlé à de la fierté. C'en est fini de la souffrance physique, mais c'est dingue comme je me sens bien. Délestée d'un poids, je prends appui contre la paroi en souriant. Au même instant, je suis happée par un bras robuste.

— Enzo…

— Je peux ? me demande-t-il d'une voix rauque tellement sexy.

— Tu peux prendre soin de moi, je t'en prie.

Mon corps se retrouve plaqué contre celui d'Enzo, qui m'enserre contre lui.

Il augmente la puissance du jet d'eau pour atténuer mes plaintes et glisse sa main entre mes cuisses. Le plaisir fulgurant aussi inattendu qu'intense m'oblige à m'accrocher au porte-savon. Les baisers sur ma nuque se font plus sauvages. Après l'effort fourni cet après-midi, la fatigue se mélange à l'excitation et à la jouissance. Je m'abandonne aux bras d'Enzo dont le sexe s'érige contre le bas de mon dos. Il recule pour se saisir d'un préservatif qu'il avait dû poser en arrivant sur le rebord du lavabo. Puis il me plaque à nouveau contre lui. Me hissant sur la pointe des pieds, je m'abandonne complètement à Enzo qui ne rate rien de mes réactions lorsque nos corps fusionnent. Bien que bestial, je le sens concerné par mon plaisir. Mes doigts glissent contre la cabine de douche alors que ses coups de hanches endiablés me ballottent.

— Ne t'arrête pas, gémis-je en jouissant si fort que le grand brun n'a pas d'autre choix que de plaquer sa main sur ma bouche.

C'est aux contractions de son corps que je comprends qu'Enzo est envahi par un orgasme dévorant.

— Tu étais si belle pendant l'entraînement, halète-t-il à mon oreille après avoir diminué de moitié la pression du jet d'eau.

— Me voir me débattre dans la gadoue t'a excité ?

— Ta persévérance, ton envie de relever les défis et ton petit cul m'ont excité…

Me laissant tomber dans ses bras, je souris.

Je souris, car cette journée n'aurait pas pu mieux se terminer.

31

Alexandra
2 avril

— Dernières pompes et nous sommes bons ! On va jusqu'au bout, Alex ! s'exclame Enzo.

Si seulement ça avait été le cas de tous mes ex…

— Trois, deux, un. Tu peux t'arrêter !

Je m'écroule dans l'herbe fraîche. Pendant ce temps, Enzo poursuit ses efforts. Cinquante pompes plus tard, il bondit et se balance d'un pied sur l'autre. Littéralement au bout de ma vie, je n'ai plus la force de me relever.

— Une heure de sport ! Impeccable.

— Une heure en enfer.

Le sportif s'esclaffe en même temps que Suzy qui nous apporte des bouteilles d'eau.

— *In piedi*[1], *gattina !*

— Une demi-heure de jogging, un parcours de santé qui rime avec parcours de la mort, des abdos, la planche, les pompes, quarante fentes, cinquante squats et je ne sais quoi encore… quelle horreur !

1. Debout.

— Parfait pour le mental. Un esprit sain dans un corps sain, notifie Enzo en m'aidant à me relever. Je t'ai laissée faire le parcours d'obstacles niveau débutant.

— Nous n'avons pas la même définition de débutant, répliqué-je en prenant appui contre un banc.

— C'est certain, glousse Suzy en poursuivant sa route en direction du potager.

— Qui a installé les parcours d'obstacles ?

— Carl, Brooke et moi. Il y a trois niveaux de difficulté : débutant, médium et expert.

Je soupire en buvant un peu d'eau.

— Je signe et je persiste : nous n'avons pas la même définition du terme « débutant ». Je préférerais reprendre les entraînements avec Saint-Paul.

Épuisée, les jambes en coton, je me laisse tomber dans les bras d'Enzo. Ce dernier a couru un marathon, il a boxé avec l'agent Saint-Paul puis il est venu me chercher pour ma session quotidienne de sport. Une véritable pile électrique.

— Tu es infatigable, dis-je en essuyant la sueur sur mon front avec le bout d'une de mes manches.

— Si tu savais…

Il se rapproche et m'embrasse. Empestant la transpiration, je le repousse.

— Je pue.

— Je m'en fiche !

— Tu t'en fiches parce que après trois heures d'efforts tu sens presque la rose… tu sens le sexe, précisé-je.

— Ça t'excite, avoue !

Je n'ai pas le temps de répondre qu'Enzo me saisit par les hanches et plaque mon corps contre le sien.

— Tu as besoin de te détendre à présent. Que dirais-tu d'un bon bain chaud suivi d'un massage complet du corps ?

— Complet ? demandé-je en me dandinant sous son nez pour avoir plus de précisions.

— Un massage qui débuterait ici, dit-il en me massant le crâne avant que ses mains ne sillonnent mon cou, ma poitrine et mon ventre. Il se poursuivrait par-là, susurre-t-il en m'entraînant contre un tronc d'arbre à l'abri des regards pour glisser sa main entre mes cuisses sans être surpris.

Son geste inattendu me vole une plainte suraiguë. Je ne résiste pas à l'envie de découvrir de façon plus précise quels soins pourraient m'apporter Enzo après mon bain.

— Tu mérites le meilleur, reprend-il en caressant mon entrejambe par-dessus mon legging. Après l'effort, le réconfort, murmure-t-il à mon oreille en poursuivant ses mouvements « caliente ».

Et puis mince ! Je succombe. Après tout, mon odeur ne peut pas être pire que celle de ses coéquipiers militaires avec qui il peut passer une semaine sans se doucher dans le désert.

— Je suis vraiment très, très, très tendue. Je crois que je mérite un réel avant-goût de ce futur moment de détente, assuré-je en me hissant sur la pointe des pieds pour caresser sa bouche.

— Qu'est-ce qui te ferait plaisir ? s'intéresse-t-il, la voix lourde de désir.

Ses grandes prunelles sombres tombent sur mes lèvres dans l'attente que je lui donne une réponse.

Un sourire s'esquisse sur mon visage. Sans quitter Enzo du regard, je saisis sa main que je glisse sous mon vêtement. Ces gestes suffisent à m'inonder d'une douce chaleur. Je ne ressens pas le froid de cette journée d'hiver, plutôt la brûlure d'un corps dévoré par la concupiscence. J'ouvre les yeux quand Enzo m'attire brusquement contre lui pour m'embrasser.

Nos baisers passionnés sont interrompus par Suzy qui nous interpelle.

L'inachèvement nous laisse un goût amer.

Je quitte les solides bras d'Enzo juste au moment où Suzy apparaît. Cette dernière nous dévisage, une lueur amusée dans le regard, avant d'indiquer le motif qui la pousse à venir nous chercher.

— Saint-Paul a appelé, nous apprend-elle en agitant son portable. Un automobiliste est en panne à environ deux cents mètres de la maison. Peux-tu aller aider, Enzo ?

Les mains dans les poches, je prends la direction de la propriété. En chemin, je tape dans une branche lorsqu'une réminiscence me frappe. Je me revois l'année dernière au mois d'avril tombant en panne sur une petite route normande. Je rentrais d'un séjour chez une amie de la famille quand ma citadine m'a lâchée au beau milieu de la nuit dans un endroit complètement désert entre les pâturages. Sortie de la voiture, j'ai constaté une fuite d'huile et des taches sur la chaussée. Je suis remontée dans le véhicule pour appeler un garagiste quand un utilitaire sombre s'est arrêté. Un mauvais pressentiment a fait se soulever mon cœur.

À toute vitesse, j'ai composé un message pour Cécile, « À l'aide ! ». Ensuite, je me suis empressée de filmer la scène via une application. Je n'ai pas eu le temps de comprendre ce qui m'arrivait. Le type a tapé sur le coffre, il a déverrouillé les portières avec sa propre clé et m'a extirpée violemment du véhicule pour me traîner jusqu'au sien. Il m'a arraché mon portable, mais trop tard pour lui. La vidéo était envoyée à tous mes contacts de l'application. Une lutte s'est engagée. Mon agresseur a sorti un tissu de sa poche qu'il a plaqué sur ma bouche et mon nez. Après ça, le trou noir jusqu'au réveil au beau milieu d'un hangar.

— Alex, ça va ? s'inquiète Enzo en me voyant prostrée sur place les yeux écarquillés.

— Et si c'était un piège ?

— Je vais gérer, me rassure-t-il en m'embrassant tendrement sur la joue qu'il caresse avant de nous fausser compagnie.

Le froid m'enveloppe et s'insinue dans chacun de mes membres. Mon corps se crispe. Chaque geste me paraît un peu plus douloureux que le précédent. Le sang afflue vers ma nuque et mon visage. Je suis si fébrile que j'en ai le vertige.

— Nous allons nous mettre au chaud. Tout va bien se passer, certifie Suzy en m'épaulant jusqu'au salon, où elle m'installe sur le canapé, avant de revenir avec une tasse de thé. Dis-moi ce qui te ferait plaisir.

Un orgasme ? L'absence d'un automobiliste soi-disant en panne ? Les deux m'iraient à merveille !

— Je sais, se réjouit-elle. Tu raffoles de la tarte aux pommes ! J'en ai justement préparé une ! Ne bouge pas, je t'en apporte une part.

Je n'ai pas vraiment mon mot à dire. Suzy disparaît quelques minutes puis rapplique avec deux assiettes sur lesquelles sont posées des parts de tarte accompagnées d'un nuage de chantilly. Je crois bien qu'elle a vidé la bouteille sur mon dessert. Cette attention ravive un peu de chaleur en moi.

— Je n'aime pas te voir avec cet air triste, Alexandra, confie-t-elle en apportant la théière et sa tasse avant de prendre place dans un fauteuil.

— C'est juste que…

Je pose mon assiette sur la table basse et touille mon thé tel un robot en plein bogue.

— Une myriade d'images que je voudrais oublier me reviennent en tête. J'essaie de les repousser. Mes efforts sont vains.

— Peut-être qu'en les exprimant tu te sentirais mieux. Tu as déjà commencé à te confier à travers tes toiles sur cette expérience traumatisante que tu as vécue. Je ne suis pas psy, mais je ne sais pas si tout garder en toi est la meilleure solution.

— Je pensais que j'arriverais à oublier… On n'oublie jamais. La réalité me rattrape jour après jour. Au moins, ici, j'ai trouvé des oreilles attentives. Je n'ai pas l'impression de passer un interrogatoire à chaque fois que j'ouvre la bouche.

— Te sentir bien et en sécurité est le principal. Tu parleras ou peindras de nouveau quand tu en ressentiras le besoin. Et pour cette histoire d'hypnose, ne t'inquiète pas. Enzo, Brooke et tous les autres iront à ton rythme.

— C'est compliqué.

— Tu es en droit de refuser. Personne ne t'en tiendra rigueur.

— Tu crois ?

— Bien sûr, ma chérie. Dis-moi, tu me parles de souvenirs qui te reviennent. Qu'en fais-tu ?

— Je les peins. Je les note dans un carnet.

— Tu en parles à la police ?

— Ce sont des détails insignifiants comme la couleur de la chaise à laquelle j'étais ligotée dans le hangar, la forme de la lune le soir de mon enlèvement. Le dossier de la police comporte déjà plus de dix mille pages. Je ne vais pas les enquiquiner avec des futilités.

— Je comprends.

— J'ai passé des journées entières à être interrogée. J'ai relaté les faits, expliqué en long, en large et en travers ce que j'avais vécu, et ce n'est jamais assez. Parfois, j'ai l'impression que l'on essaie de faire reposer cette enquête sur mes épaules.

— Ne te culpabilise pas. Chaque jour, je vois tout le travail que tu accomplis pour rester debout. C'est incroyable. Personne ne ferait mieux à ta place. Cette affaire a stagné pendant presque une décennie. C'est grâce à toi que la machine a été relancée. Tes témoignages font la différence. Ils permettent à l'enquête d'avancer. Enzo veut aider. C'est pour cette raison qu'il t'a proposé l'hypnose.

— Ses supérieurs sont au courant ?

— Non. Il a conscience que nous ne sommes pas en mesure d'empêcher une prochaine attaque. Toutefois, nous pourrions prendre le dessus. Avec Saint-Paul et Brooke, ils cherchent le point faible de notre homme. Une faiblesse qui nous servirait.

Attrapant l'assiette, je m'enfonce dans le sofa. Je m'empare d'une petite fourchette posée sur la table à côté des serviettes et goûte au délicieux dessert. La tarte aux pommes est ma madeleine de Proust. Elle me rappelle les dimanches d'hiver durant lesquels nous préparions ce même dessert avec ma tante. Ensuite, nous le dégustions assises au coin du feu, et j'écoutais Cécile me conter des récits fantastiques.

Je souris à cette tendre pensée. Suzy, pleine de bienveillance, se juche au bord du fauteuil pour poser son assiette sur une tablette et tapoter ma cuisse.

— Je ne fais plus confiance aux gens, confessé-je, attristée. Encore moins à ceux qui se perdent sur les routes, errent sur les routes ou tombent en panne sur les routes.

Suzy acquiesce tandis que j'avale difficilement des bouchées de son dessert.

— Je le sais. Je le sens au plus profond de mes tripes, il n'est pas loin.

— Ma chérie…

— Je suis consciente d'avoir de la chance d'être toujours en vie. Les autres victimes connues du Collectionneur, excepté Manon Chauvinse, n'ont pas eu cette chance. Après notre rencontre au Louvre, *il* m'a épiée, traquée. Même si je n'ai aucune preuve, je le soupçonne d'être l'auteur des appels anonymes et silencieux à mon travail. Je posais un objet sur mon bureau, j'en sortais, et lorsque j'y revenais cet objet avait disparu. Je pensais devenir dingue. Il y a eu deux ou trois fois où j'ai retrouvé l'une des fenêtres de mon appartement ouverte ou j'ai remarqué qu'une bouteille de lait vide avait été replacée dans mon frigo… Un jour en rentrant de vacances, j'ai constaté que quelqu'un avait déplacé les oreillers sur mon lit. À ce moment, j'ai compris que je n'étais pas folle. J'ai déposé plainte et raconté mon histoire à un agent qui ne m'a pas prise au sérieux. Et puis, il y a eu cette nuit durant laquelle ma voiture, trafiquée, a calé au beau milieu de la campagne.

— Tu as fait preuve de sang-froid en ayant le réflexe de filmer la scène et de l'envoyer à tes proches.

— Je savais qu'il allait m'arriver quelque chose de grave. Je ne pouvais pas me permettre de les appeler et que l'appel soit coupé sans que je n'aie eu le temps de donner toutes les informations. Parfois, les images sont plus parlantes que les mots. Je me suis dit que cette vidéo aiderait peut-être à me retrouver ou qu'un de mes contacts préviendrait la police.

— C'est ce qu'il s'est produit, non ? s'enquiert Suzy, tout acquise à ma cause en buvant une lampée de thé.

— Oui. La police a rapidement été dépêchée sur les lieux. Des parties de la vidéo ont été postées sur le Net. Le capitaine

Léani, qui enquêtait déjà sur le Collectionneur à cette époque, a compris que nous n'avions pas affaire à n'importe quelle pourriture mal intentionnée. Il a fait le lien avec l'enlèvement de Marie Kasere en Belgique et de Meghan Kerry en Angleterre. Mode opératoire identique : véhicule trafiqué. Attaque pendant la nuit sur une route isolée, clé de voiture permettant de déverrouiller les portières du véhicule des victimes… Poupée confectionnée artisanalement laissée sur le lieu de l'enlèvement avec ce foutu sourire de l'ange de traviole.

— Il y a eu d'autres vidéos des rapts ?

— L'enlèvement de Samia a été filmé par deux jeunes qui traînaient en forêt durant la nuit. Cette preuve est précieusement gardée par la police en charge du dossier. La vidéo n'a jamais fuité et n'a jamais été divulguée aux médias.

— C'est compréhensible, approuve Suzy.

— Les vidéos ne permettent pas d'identifier le Collectionneur, seulement de donner des informations sur son mode opératoire. La suite, tu la connais. Il emmène ses victimes dans des lieux clos et isolés. Il les torture psychologiquement puis physiquement tout en alternant avec des phases plus calmes où le pervers est doux comme un agneau. On se dit qu'il comprend que ce qu'il fait est mal, qu'il est pris de remords et va nous libérer. Mais non. Il n'a aucune considération pour ses victimes. Il aime voir l'espoir renaître dans leurs yeux et l'éteindre d'un coup d'un seul.

— Ma pauvre chérie, compatit Suzy en prenant place à mes côtés pour me réconforter.

— J'ai cru des dizaines de fois que mon heure était arrivée dans ce hangar poussiéreux, rempli de toiles d'araignées et plein de vieilleries. J'avais l'impression d'être dans un cabinet de curiosités. Ligotée à une chaise, j'ai murmuré, j'ai hurlé, j'ai prié et j'ai pleuré.

Mes plaintes ont réussi à apeurer les rats… J'ai été rouée de coups, balancée contre les murs, traînée, enchaînée sur un sol froid et bétonné. J'ai résisté… Je ne sais pas comment. Après soixante-douze heures, affamée et déshydratée, j'ai failli y rester. Là, mon geôlier est revenu avec un repas complet en me félicitant d'avoir passé le test avec brio. Il a dit que j'étais la *seule* à l'avoir réussi.

— Quelle horreur.

— J'ai pu prendre une douche, avoir des vêtements chauds. Il m'a emmenée dans une pièce qui ressemblait à un petit salon, constitué avec des meubles qui traînaient dans le hangar qui avait été abandonné par une enseigne de déco en faillite.

Suzy se lève et revient avec un mouchoir qu'elle tamponne sur mon visage tandis que, la voix chevrotante, secouée de sanglots, je poursuis mon horrible et libérateur récit.

— Quand il a commencé à baisser sa garde, mon cerveau s'est mis en mode survie. J'entrevoyais une chance de m'échapper. Je crois qu'il est fou. Je l'entendais parler tout seul. Les jours qui ont suivi, la violence fut moindre. Je n'étais plus attachée à un siège. Une chaîne d'environ une trentaine de mètres fixée au mur et à la menotte autour de mon poignet me permettait de me déplacer du salon aux toilettes. J'entends encore distinctement son bruit métallique à chacun de mes mouvements. Un matin, mon geôlier est entré dans la pièce et j'ai vu la lueur glauque dans son regard. Un éclat vif et froid, comme des rayons de lune se reflétant sur une surface glacée. Il a souri, une sorte de rictus qui ressemblait plus à une grimace, et a passé sa langue sur ses lèvres. Après quoi, il s'est jeté sur moi et a sorti une seringue avec laquelle il m'a piquée. Il m'a injecté un paralysant, mais il ne savait pas que j'étais ce que les médecins appellent un métabolisme ultra-rapide. Je possède une variante génétique qui augmente les enzymes du foie, lesquelles métabolisent certains médicaments ou drogues plus rapidement. Le produit avait fait effet pendant une demi-heure avant que mon organisme ne reprenne le dessus. La première erreur du Collectionneur était d'avoir mis son nez partout sauf dans mon dossier médical.

— Une chance !

— Qui n'en est pas toujours une lorsque l'on doit être soignée à l'hôpital.

Suzy soupire en opinant.

— Sa deuxième erreur a été de me croire inoffensive. Dès lors, il a troqué sa cagoule contre un masque qui ne cachait que la partie supérieure de son visage. Il avait de grands yeux gris, quand il ne portait pas de lentilles glauques, et il ressemblait à un démon avec son nez pointu. Sa peau était grêlée et laiteuse. Son oreille gauche déchirée en son lobe me dégoûtait, précisé-je, écœurée. Je crois qu'il a troqué sa cagoule contre un masque pour me montrer un peu du vrai lui. Me pensant paralysée, il m'a détachée de mes entraves. Il a posé un couteau sur la table et a quitté la pièce quand son vieux portable s'est mis à vibrer. Il a passé un très long appel et il m'a semblé entendre un « Je t'attends ». C'est à ce moment que j'ai retiré la perfusion qui me filait le tournis. Contre un homme, je pouvais survivre, mais contre deux…

— Tu penses qu'il avait un ou plusieurs complices ?

— Je ne sais pas. Je ne sais plus. J'étais droquée, épuisée. Je ne me rappelle plus vraiment ce que j'ai entendu.

— Qu'en pense la police ?

— Que je suis dingue.

— Comment ?!

— Ils ne me l'ont pas dit de but en blanc, mais je m'en doute. Ils cherchent un homme et pas deux.

— La donne pourrait changer avec le lien entre Swan et le Collectionneur que la police essaie de tisser.

Je hausse les épaules. Je ne sais plus quoi penser de cette affaire dont les rebondissements se multiplient.

— Excuse-moi de t'avoir coupée. Tu disais que tu as retiré ta perfusion pendant que ton assaillant était au téléphone.

— Je ne sais pas combien de temps j'ai attendu sur mon fauteuil avant d'avoir les idées claires et l'opportunité de fuir. À peine le Collectionneur avait-il raccroché que son portable a une nouvelle fois sonné. Traversant le salon à pas de loup, j'ai entraperçu un groupe de jeunes amateurs d'urbex rôder autour du hangar, j'ai su que c'était le moment de sauver ma peau. L'attention de mon geôlier étant concentrée sur les visiteurs, j'ai saisi l'opportunité de fuir. J'ai attendu que les individus entrent dans le bâtiment. J'ai saisi le couteau qui n'avait pas quitté la table et je l'ai planté dans sa jambe avant de le frapper avec une théière en porcelaine. Ça m'a permis de gagner du temps. Dehors, j'ai été secourue par le groupe de jeunes, qui m'ont fait monter dans leur voiture avant de rouler à vive allure jusqu'au commissariat le plus proche. Les policiers m'ont immédiatement reconnue et prise en charge. Une partie de leurs effectifs s'est rendue au hangar, aiguillée par le groupe d'explorateurs. Quand ils sont arrivés, le bâtiment brûlait. Notre homme s'était volatilisé dans la vallée de l'Orne.

Suzy ne parvient pas à refréner les frissons qui l'envahissent. Retrouvant une certaine contenance, elle me prend dans ses bras en remerciant le ciel de m'avoir épargnée.

32

Enzo
10 avril

Les jours passent et ils ne se ressemblent pas.

La cuisine est un point d'observation parfait pour voir Saint-Paul être malmené par Alexandra en plein entraînement de boxe. Quant à Zeus, il essaie d'attraper les pattes d'ours dans lesquelles Alexandra frappe de toutes ses forces. Ce n'est pas demain la veille que je la mettrai sur un ring. Toutefois, pour une débutante, elle n'est pas mauvaise.

Des pas résonnent dans mon dos et Suzy débarque avec son panier de courses.

— Pulcino ! Tu la regardes avec les yeux de l'amour !

Je poursuis la préparation du bœuf bourguignon en levant les yeux au ciel. Suzy a le don de dire tout haut ce qu'il faut taire. J'évite d'entrer dans son jeu. Je la connais, elle gagne toujours. Elle pose une question qui en amène une deuxième puis une troisième et ça ne s'arrête jamais. De toute façon, je ne sais pas où j'en suis et je n'ai pas envie de m'étaler sur le sujet. Ça ne regarde qu'Alex et moi.

S'imaginant que je ne l'ai pas entendue, Suzy répète :

— Tu la regardes avec les yeux de l'amour !

— Je ne suis pas sourd, dis-je en l'embrassant sur le front.

— Je vais devoir te partager.

— Il n'y a rien à partager, Suzy.

Cette dernière sort des framboises de son sac. Je me lèche les babines en songeant au délicieux financier qu'elle va préparer.

— Elle progresse vite.

— Alexandra est persévérante. Et contrairement à ce qu'elle clame, elle n'est pas une sportive en carton. Elle a la capacité de courir quarante-cinq minutes sans s'arrêter. Ce qui en cas d'attaque est non négligeable. À présent, elle doit apprendre à concilier la fuite et l'analyse. Tout comme il lui faut maîtriser les bases de l'autodéfense et du combat rapproché.

— Ce n'est pas contradictoire de maîtriser l'autodéfense et l'attaque ?

— Dans son cas, c'est une question de survie. Elle doit savoir évaluer la situation. Nous lui avons appris à se cacher. Mais elle doit avoir le réflexe de fuir si l'opportunité se présente ou d'attaquer si elle décèle une faiblesse chez son ennemi. Ce seront autant de cordes à son arc que…

Je marque un temps d'arrêt en observant Alexandra se déchaîner sur Saint-Paul qui la pousse à donner le meilleur d'elle-même. Elle ne lâche rien, à tel point qu'elle finit les quatre fers en l'air en lançant son poing dans le vide. Je me contente de sourire sous le regard amusé de Suzy, quand Saint-Paul, hilare, est plié en deux.

— Elle est adorable, reprend Suzy.

— Elle est divertissante.

— Tu en pinces pour elle.

Elle n'est pas croyable. Silencieux, je lui fais les gros yeux avant de rire en songeant à quel point j'aime ce petit bout de femme qui a tant œuvré pour que je devienne celui que je suis aujourd'hui.

— Ta question…

— Oh ! Ce n'était pas une question, réplique Suzy, pleine de malice, en me faussant compagnie.

Je jette un coup d'œil aux prospectus que je balance quand mon portable sonne. C'est Brooke qui m'ordonne d'allumer la télévision et de mettre Sky News.

J'obéis. Malgré la fureur qui me gagne, je reste impassible devant la nouvelle qui fait l'effet d'une bombe. Un bandeau rouge défile au bas de l'écran : « Dernière minute : Swan Hecker s'est évadé. »

— Des équipes de police vont être dépêchées autour de votre logement. Des agents devraient déjà être arrivés.

— Hors de question ! Nous ne pouvons pas faire courir ce risque inutile à Alexandra. Si les flics se pointent, c'en est fini de sa tranquillité et de son anonymat.

— Je suis désolée, Enzo. Je n'ai rien pu faire. Ils sont en chemin et moi aussi !

— *Cazzo !*

Je raccroche. La sécurité est définitivement compromise. Ce n'est pas pour rien que l'équipe du capitaine Léani est restreinte et que la localisation d'Alexandra n'a été communiquée qu'à un seul interlocuteur de confiance de chaque pays concerné par l'enquête.

Me débarrassant du tablier, je suis sur le point de prévenir Saint-Paul quand une détonation à l'avant de la bâtisse survient, suivie de hurlements.

— Suzy !

Je me précipite hors de la maison, où un individu massif et cagoulé traîne sur le sol un policier assommé.

— Code noir ! tonné-je à travers l'oreillette.

— Plan noir déclenché, répond Saint-Paul. Poulet enfourné. Je répète : poulet enfourné.

« Poulet enfourné », pour Alexandra sous terre. Qu'elle ne sorte pas de sa planque jusqu'à mon arrivée ! Je lui ai répété les instructions des centaines de fois pendant les entraînements et j'espère qu'elle les suivra.

— Où est Suzy ?

La réponse de mon collègue est à peine audible. Il me semble déceler quelque chose comme « hors champs de vision ». Il est aux prises avec un assaillant. Me lançant derrière le muret pour éviter les balles, je déplace des pierres derrière lesquelles est cachée une arme chargée. Lorsque je réapparais, l'agresseur s'élance dans ma direction. L'homme louvoie. Je vise et tire deux fois. Jambes droite et gauche atteintes. Lâchant son flingue, le gars s'écroule. Il est certain que ce mec n'est pas un mercenaire. Je dirais même qu'il me semble être un débutant. Je le fouille et lui retire sa cagoule, dévoilant la trombine d'un jeune trou du cul. Pourtant blessé, il parvient à se relever. Les coups de poing que je lui décoche avec une hargne sans pareille l'affaiblissent. L'étranglement arrière le laisse K.-O. Je me saisis des menottes accrochées à son ceinturon et l'attache au portail.

Bordel ! Il y a bien longtemps que je n'avais pas ressenti une telle montée d'adrénaline qui me rappelle les combats au corps à corps dans le désert.

Revenant sur mes pas, je scrute l'horizon.

Fonçant jusqu'au jardin, j'essuie des rafales de tirs, bientôt stoppées net par Saint-Paul, qui en véritable machine de guerre met à terre deux intrus.

— Extérieur pour moi ! Gère la cuisson !

Je file dans la maison à la recherche de Suzy, que je retrouve calfeutrée dans un cagibi. L'attrapant, je la mène à la trappe dissimulée au sous-sol qui conduit à l'ancien corps de ferme.

Je traverse un long tunnel éclairé de loupiottes. Bondissant d'un recoin, Alexandra apparaît un revolver entre les mains, suivie de Zeus qui ne la quitte pas d'une semelle.

— Ce n'est que nous !

Alex saute dans les bras de Suzy.

— Saint-Paul t'a armée ?

Elle acquiesce fébrilement.

— Tu te souviens de la marche à suivre ?

— Armer le revolver, viser et tirer, bafouille-t-elle.

J'opine du chef.

— Vous ne bougez pas d'ici, ordonné-je en ouvrant la porte codée d'une armoire en acier.

Je tends des gilets pare-balles aux deux femmes et confie à Alexandra deux grenades ainsi qu'un portable.

— Tu te souviens des entraînements ? Tu dois te servir de ta tête, pas seulement de tes jambes. Évaluation de la situation puis action.

Frissonnante, elle me répond que oui.

— Ce qui signifie dans le cas présent ?

— Que je dois rester à couvert le plus longtemps possible. Je dois me cacher, me fondre dans mon environnement jusqu'à ton retour.

— Et si je ne reviens pas ? Ou que Saint-Paul ne réapparaît pas ?

Les larmes obstruent les prunelles d'Alex qui s'oblige à remettre de l'ordre dans ses pensées.

— Je… Je…

Nous ne sommes pas loin de la crise de panique.

J'ai intérêt à revenir.

— Suzy, prends soin d'elle.

Je me prépare à retourner combattre. J'enfile à mon tour un

gilet pare-balles, ceinture un revolver à ma taille et me saisis d'un fusil d'assaut. Les munitions dans les poches, je livre mes dernières recommandations. Suzy me rabroue en me rappelant qu'elle est femme de militaire et qu'elle a élevé deux soldats. Les armes n'ont aucun secret pour elle.

— Ce téléphone va vous mettre en contact avec Brooke et ses oreillettes vont nous permettre de rester…

Une explosion fait trembler le terrain. L'accès au souterrain depuis la maison est en feu et un nuage de fumée emplit les lieux.

— Merde ! Une bouteille de gaz a explosé. Vite ! Corps de ferme ! s'exclame Saint-Paul via l'oreillette.

— Changement de plan ! Vous venez avec moi, mesdames !

À vive allure, nous quittons le tunnel et traversons le bâtiment.

À travers la porte entrouverte, j'aperçois Brooke en plein combat à mains nues. La précision de ses gestes, sa rapidité et sa souplesse lui permettent de prendre le dessus. Elle brise un bras à son assaillant puis le second avant de lui frapper la tête contre un poteau pour l'assommer.

— C'est un plaisir de te revoir, souffle Saint-Paul qui, au vu de son état, n'a pas démérité non plus.

Ses vêtements sont troués, arrachés par endroits. Des plaies à vif sur son visage et ses bras nus arrachent une plainte à Alexandra. Le grand métis, toujours aux petits soins pour les autres, rassure notre protégée.

— Dépêchez-vous ! gronde Brooke dont les cheveux blonds sont recouverts de cendres et la peau tapissée de boue.

Du sang s'écoule au coin de ses lèvres.

En levant la tête, je constate amèrement qu'une partie de la propriété est détruite. Les flammes la dévorent impitoyablement.

— Quatre agents de police sont blessés, enrage Brooke en nous conduisant sur de petits chemins de terre. Je les avais prévenus ! J'avais dit qu'envoyer des agents locaux dans le cadre d'une affaire d'une telle envergure était stupide. C'est en les mettant dans la confidence que l'anonymat de votre hébergement a filtré.

— Pourquoi sont-ils venus ? demande Alexandra.

— Parce que Swan s'est évadé, répliqué-je. Vite !

Saint-Paul me balance une clé de voiture, en file une deuxième à Brooke et conserve la troisième.

— Un groupe de dealers, souligne Saint-Paul. Ils recherchaient de la drogue dans la maison. Une guerre de gangs…

— De la drogue ? l'interromps-je en m'immobilisant.

— C'est ce que j'ai cru comprendre. Pendant l'attaque un type m'a clairement dit : « Rends la drogue et on se casse », répond-il en s'enfonçant dans la forêt.

Liant mes doigts à ceux d'Alex, je reprends ma route.

— Toi aussi, tu penses que quelque chose cloche ? m'interroge Brooke en faisant disparaître les traces de notre passage.

— C'est un piège et nous sommes en train d'y plonger tête la première, annoncé-je en réalisant la connexion entre l'évasion d'Hecker, le déploiement inattendu des forces de l'ordre et l'attaque d'un gang soi-disant venu chercher de la drogue. Stop. Arrêtez-vous. Tous.

Le silence nous entoure. Excepté les bruits de la nature, rien ne vient perturber mon cerveau en pleine ébullition. Quatre options. Soit Swan couvre Drew. Soit il est le Collectionneur et a tenté de nous mettre sur une fausse piste en faisant porter le chapeau à son frère. Ou les deux hommes sont complices. Dernière option, Swan est innocent. Dans tous les cas de figure, nous devons garder à l'esprit le passé professionnel de Swan : un agent réfléchi dont les maîtres mots sont anticipation et stratégie.

— Drew nous a sortis de notre planque, grogne Saint-Paul. L'évasion de Swan et l'attaque ne peuvent pas être des coïncidences. Il a dû réussir à obtenir des informations dans la prison de campagne dans laquelle il se trouvait… C'est sûr !

— Il ne devait pas atterrir dans une prison de haute sécurité ? demande Alexandra, stupéfaite.

— Il n'avait pas encore été transféré. Une histoire de paperasse qui entache la collaboration des pôles de surveillance européens. Bruxelles voulait l'extrader, Londres s'y est opposé.

J'avais tu cette information pour préserver Alexandra qui se sentait rassurée à l'idée de savoir que Swan n'était plus dans les parages. Elle tombe des nues et je me sens morveux de ne pas lui avoir confié la vérité.

— Donc ma vie est entre les mains de deux services européens qui jouent à qui pisse le plus loin ? Que font les autres pays ?

— Ils temporisent, annonce Brooke. Aucun d'entre eux ne pensait que cette affaire prendrait une tournure pareille. Les années ont passé et ils n'ont jamais réussi à attraper le Collectionneur. Et soudain, pour toi, il perd patience et sort de sa tanière pour te traquer. Il y a encore un an, rien ne prédisait un tel changement de comportement. Au contraire, le profil prudent établi s'appuyait sur une préparation minutieuse et réfléchie de ses attaques. Le Collectionneur n'a jamais pris autant de risques qu'avec toi. Son obsession grandit.

— Brooke, déclaré-je, tu embarques Zeus et tu pars avec Suzy. Ton objectif est de l'éloigner de tout ce bordel. Saint-Paul, tu vas faire diversion pour me permettre de quitter les lieux avec Alexandra. Drew et Swan sont peut-être tapis dans l'ombre à attendre.

— Nous n'allons pas te laisser seul avec Alex, c'est du suicide !

proteste-t-il. Si ta théorie est la bonne et que c'est un piège tendu par le Collectionneur, vous serez attaqués sur le trajet.

— Obéissez.

J'entraîne le groupe sur un sentier caché de la propriété. Les véhicules qui vont permettre notre fuite sont dissimulés derrière de robustes arbres sous des bâches de camouflage que nous retirons.

Brooke ouvre la voie. Saint-Paul l'imite.

Faisant vrombir le moteur du 4x4, je tourne la tête en direction d'une Alexandra défaite.

— Est-ce que tu as confiance en moi ?

Retenant ses larmes, elle acquiesce alors que je serre sa main dans la mienne. Si je pouvais m'emparer de sa souffrance, je le ferais. J'aimerais lui épargner toute cette peine. Claquer des doigts et effacer le passé. Utiliser ma baguette magique et embellir le présent. Concocter une potion pour lui offrir un futur à la hauteur de ses espérances, loin des incertitudes. Malheureusement, je ne suis qu'un homme.

Mes yeux tombent sur ses lèvres tremblantes. Alex esquisse un sourire angoissé. Une lueur d'espoir renaît dans son regard. C'en est assez pour ranimer la flamme féroce en moi. Je n'ai jamais échoué durant une mission. Ce n'est pas aujourd'hui que ça va commencer. Et puis, Alexandra est devenue plus que l'objet de l'opé. J'ai besoin d'entendre sa voix, son rire tonitruant quand elle gagne une partie de cartes, de sentir ses pieds froids lorsqu'elle se couche contre moi dans le lit. De caresser sa peau douce, de dévorer ses lèvres pulpeuses. De l'enlacer et de ressentir un manque infini en la lâchant. Elle compte pour moi et je ne me vois plus sans elle.

— Toi et moi contre le reste du monde ? renifle la jeune femme tandis que j'essuie les larmes sur son visage.

— Toi et moi contre le reste du monde, assuré-je.

Après quoi je fais démarrer le véhicule en trombe et exécute un demi-tour qui surprend ma passagère.

Les virages serrés s'enchaînent, obligeant Alexandra à se cramponner. Plus question de s'arrêter. Nous devons rouler le plus vite possible jusqu'au cottage de Rye, un terrain qui m'est familier et qui n'a plus aucun secret pour moi. Cette volte-face interpelle Brooke et Saint-Paul, qui m'appellent. Usant du kit mains libres, je décroche.

— Enzo ! Tu es complètement dingue ! s'exclame Brooke alors qu'apparaissent des véhicules de police toutes sirènes hurlantes sur une route en contrebas.

— Ne me dis pas que tu retournes où je pense que tu retournes ! gronde Saint-Paul.

— Si ! Jamais nous ne passerons les douanes au port ou à l'aéroport. Quand les agents de l'État découvriront l'identité d'Alexandra, ils nous demanderont de patienter. Nous serons en position de faiblesse. Le Collectionneur est dans les parages, je peux sentir l'odeur putride de sa putain d'âme de damné. Le risque n'est pas…

Intrigué par l'auto qui nous suit, je décroche une grenade fixée au gilet de protection d'Alexandra.

— Quand je t'en donnerai l'ordre, tu la dégoupilleras et tu la lanceras par la fenêtre, commandé-je en baissant partiellement la vitre avant côté passager.

Le conducteur de la voiture noire pose une sirène sur le toit du véhicule quand, soudain, un éclat la frappe avant qu'une explosion ne projette l'auto dans les airs. Elle multiplie les tonneaux quand un fourgon blindé aux vitres teintées traverse le rideau de fumée.

— Besoin de soutien !

Je m'empare de la grenade que je dégoupille et lance sur le fourgon qui l'esquive de peu. L'attaque le ralentit.

— J'arrive ! notifie Saint-Paul.

— Je suis ! intervient Brooke, qui d'après ce que j'entends a confié Suzy à une équipe de police croisée en chemin. Je ne t'apprends rien, Enzo ! Tu dois atteindre une forêt ! C'est le meilleur moyen de se fondre dans la nature !

Sans lâcher la route et les rétros du regard, je pose ma main sur la cuisse d'Alexandra. Sa détresse me brise le cœur. Ce qui fait monter mon taux d'adrénaline en puissance la pétrit d'effroi.

— Tout va bien se passer, Alex ! lance Brooke.

— Tu vas mettre en pratique tout ce que l'on a appris, dis-je en zigzaguant sur la chaussée pour éviter les tirs en rafale de notre assaillant. Endurance, camouflage, défense et attaque s'il le faut. Nous sommes d'accord ?

— Tu ne vas pas me laisser ? sanglote-t-elle en retenant les nausées qui la plient en deux.

— Alex ! J'ai besoin que tu me dises que c'est bon pour toi.

— Je…

— Alex !

Je n'en obtiens rien de plus qu'une crise de larmes qui me déchire le cœur.

C'est à cet instant que je saisis que je suis vraiment amoureux d'Alex. L'amour se pointe quand on ne s'y attend pas. Il vous frappe tel un éclair, rapide et furtif, et vous paralyse sur place. Vous êtes là, coi, à ne pas comprendre ce qui vous arrive. Vous oubliez votre bon sens. Vous essayez de repousser l'inévitable, d'user de stratagèmes pour ne pas voir ce qui est aussi visible qu'un nez en plein milieu d'un visage. Ouais, l'amour arrive sans prévenir. C'est peut-être le plus beau cadeau que peut nous faire cette drôle de vie qui chaque jour nous met à l'épreuve.

— Enzo !

Ma vigilance mise à mal pendant une fraction de seconde permet à l'assaillant cagoulé de tirer dans un pneu arrière. Baissant sa vitre, il se hisse à notre hauteur, incline la tête pour nous saluer et donne un grand coup de volant qui renverse notre véhicule le long d'une colline.

33

Alexandra

La voiture termine sa chute au bas d'une des collines du parc naturel. Le flanc droit a percuté des rochers. Les airbags se sont déclenchés. Enzo est à peine conscient. Quant à moi, je suis sonnée. Ma vue est floue et ma tête me lance. Difficilement, je m'extrais du Range Rover. Je n'ai pas le temps d'avoir peur, parce que la peur est un frein. Fouillant le sol, je parviens à fourrer un poing américain dans ma poche et à caler un petit couteau suisse dans ma basket. J'essaie d'analyser cet environnement chaotique, sans succès. Mes douleurs à la hanche et au bras me parasitent l'esprit. Serrant ma nuque courbaturée entre mes doigts, je contourne le véhicule en claudiquant. Les odeurs de fumée et d'essence me prennent à la gorge. Il y a urgence et je ne peux pas me résoudre à abandonner Enzo ! Ravalant mes larmes, je tente d'ouvrir la portière côté conducteur. La tâche est vaine. La portière cabossée est bloquée par un rocher. La vitre a explosé à son contact et blessé Enzo.

— Cours, bafouille-t-il quand j'essaie de lui porter secours. Tu ne dois pas être une cible fixe.

Via le kit mains libres, j'entends malgré les grésillements Brooke et Saint-Paul annoncer qu'ils seront bientôt sur les lieux.

— Tu…

— Cours et fonds-toi dans le paysage ! C'est un ordre !

Je me retourne en percevant le vrombissement d'un moteur. Le fourgon noir fonce sur moi.

— Je…

— Je vais m'en sortir. Tu vas courir, bordel ! *Sbrigati*[1] !

C'est le cœur lourd que je m'enfuis en prenant la direction du soleil. Aujourd'hui, ses rayons percent les nuages. J'y vois un signe du destin. L'espoir encore et toujours présent dans l'obscurité.

Les klaxons retentissent. Ce n'est plus qu'une question de secondes avant que je ne sois rattrapée. Le fou du volant finit par sauter de son véhicule qui poursuit sa course sur une centaine de mètres et chute de la falaise. Je cherche à m'éloigner, mais mes forces s'amenuisent. Le vent qui se lève me pousse. Je cavale sans me retourner. J'ai conscience que tout va se jouer dans les prochaines minutes. Ralentir reviendrait à mourir. Et mourir n'est pas concevable.

La course-poursuite s'arrête lorsqu'une balle atteint ma jambe droite. Je m'effondre sur le sol en serrant les dents. Pas question de hurler ma souffrance en présence d'un monstre qui prendra plaisir à l'écouter. Je rampe dans l'herbe humide. La blessure que j'imagine superficielle ne m'empêche pas de progresser. Ou peut-être est-ce la montée d'adrénaline qui atténue la douleur. Violemment agrippée par les cheveux, je suis relevée et traînée au bord de la falaise. Pas question de lui faciliter la tâche ou de le laisser ressentir ma peur dont il n'a cessé de se nourrir jusqu'à présent. *Cette fois, je vais l'affronter !* songé-je, animée par la haine qui balaie tout autre sentiment en moi.

Mon refus de me soumettre attise sa colère. Rien à foutre !

1. Dépêche-toi.

Je me débats avec hargne jusqu'au moment où mon pied ripe dans le vide.

— Pourquoi compliquer les choses, Alexandra ? me murmure à l'oreille la pourriture qui me renifle.

L'homme respire bruyamment mon parfum avant de me lécher la joue. Son odeur âcre me file la nausée. Des souvenirs de mes rencontres passées avec le Collectionneur me reviennent en mémoire. Il me semble que sa voix est un chouïa plus rauque aujourd'hui et que sa gestuelle est moins rigide.

— Regarde-moi, gueule-t-il en balançant sa cagoule.

— Va au diable !

— Regarde-moi.

Je me débats de nouveau quand l'individu se met à hurler.

Je suis troublée. C'est la première fois qu'il laisse échapper une telle hystérie.

J'ouvre les yeux et l'observe en biais avec dégoût. À croire que Satan lui-même a façonné la gueule tatouée, percée, brûlée, aux yeux injectés d'encre foncée de ce malade.

— Crève ! tonné-je en le frappant.

Ma réaction le prend de court. Surpris par cet accès de violence, il me lâche. Mon instinct de survie s'éveille quand il me ressaisit par les cheveux. Je lui assène un coup de boule. Dans la foulée, je l'assaille de coups de poing. J'applique le conseil numéro un d'Enzo : « Ne laisser aucune ouverture à son ennemi. »

Le poing américain marque son visage d'une pâleur effroyable. Autour de son œil, les serpents tatoués semblent me narguer. C'est eux que je cherche à anéantir.

Prise d'un accès de rage, je m'étonne moi-même de la violence dont je fais preuve. Le conseil numéro deux d'Enzo, « Être mobile », me revient en tête. Je m'exécute. Mon assaillant est déstabilisé. Il ne s'attendait pas à défier la *nouvelle* Alexandra. Celle qui se bat, qui se défend avec hargne et conviction. Celle qui transforme sa peur en force.

Je poursuis mon attaque et rends coup pour coup. Drew se défend. Il me secoue, me tabasse et me balance sur le sol sur lequel nous roulons. Lui faisant goûter à ma semelle, je rampe loin du bord de la falaise. Le paysage paraît apocalyptique. Le ciel est à présent gris. La mer s'agite et frappe les parois d'un blanc éclatant que bientôt la brume recouvrira.

— Je vais tous les tuer ! Toi la première ! gueule le fou furieux en m'agrippant par les jambes.

La vue du sang l'excite. Sadique, il presse le mollet que l'une de ses balles a touché. Rien de grave sauf si l'on essaie d'y enfoncer son doigt. Ma riposte ne se fait pas attendre, je le mords. Je suis comme un loup affamé qui ne lâche plus sa proie. Il souffrira autant que moi, si ce n'est plus !

Mon attaque le perturbe. Je vois dans sa confusion l'opportunité de reprendre le dessus.

— Je vais te saigner !

Je n'imagine pas le vrai Collectionneur s'emporter ainsi.

Je l'imagine encore moins esquiver mes coups avec difficulté. Pourtant, une petite voix dans ma tête me crie que c'est bien lui. Et c'est possible ! Me convaincre que je fais face à n'importe qui sauf au Collectionneur est un tour de passe-passe de mon esprit pour me distancier de la réalité. C'est sûr !

— Salope !

La haine qui gangrène le type déforme son visage. Mon regard pénètre le sien. La noirceur de son œil révèle la noirceur de son âme. Tout est pourri en lui. Il n'y a pas d'espoir d'un jour l'entendre demander pardon. Cet être est le diable incarné. Un mal qu'il est temps d'endiguer.

Une voix masculine s'élève et perce le son des rafales et de l'eau déchaînée qui animent le parc.

— Drew !

Ses mains se resserrent autour de mon cou. Je suffoque. Mes doigts ripent sur la peau brûlée de son visage. Quand je parviens enfin à les approcher de ses orbites, mon agresseur est tiré en arrière, ce qui me permet de reprendre mon souffle.

— Ne fais pas ça ! l'implore Swan, son frère, qui a déboulé de nulle part grimé en pêcheur avec une tenue qu'il a dû voler dans le coin pour passer inaperçu.

Le temps semble se figer quand les deux frères s'observent sans rien dire. S'il y a bien une chose que je retiens de mes précédentes rencontres avec le Collectionneur, c'est qu'il n'est pas du genre à faire de cadeaux à qui que ce soit. Encore moins aux flics, aux soldats ou aux agents d'élite.

— Drew, c'est bien toi ?

Swan semble stupéfait par l'apparence physique de son frère, bien plus rebutante qu'en photo.

Me redressant doucement, je sors discrètement le couteau suisse de ma botte. Au même instant, Drew tire sur son cadet qui s'écroule sur lui. Sans une once de peine ou de remords, il balance le corps dans le vide.

— Oh mon Dieu !

— À nous deux, Alexandra.

Drew lève son arme qu'il pointe dans ma direction.

Il tire.

Les secondes s'écoulent et rien ne se passe. La gorge nouée, une boule dans le ventre, les mains enfoncées dans la terre, je comprends que mon assaillant n'a plus de munitions.

Il se jette de nouveau sur moi et entreprend de me cogner la tête contre le sol.

Je résiste.

Je grogne.

Je hurle.

Je me bats.

Je m'agite dans tous les sens pour lui compliquer la tâche. Ce moment, il l'attendait. Ce moment, il a dû le rêver durant toute l'année écoulée. Comme moi.

Une année d'isolement, de perte de repères, de cachetons, de larmes, d'angoisses, de crises de nerfs, de souffrances.

Une année à marcher sur un fil tendu au beau milieu du vide en songeant parfois à sauter de mon plein gré pour atténuer les douleurs de l'existence.

Une putain d'année durant laquelle l'obscurité a tenté de piéger la lumière. Une lumière qui a résisté ! Qui en ce moment même perce de nouveau les nuages et le brouillard comme pour m'ouvrir la voie.

Une saloperie d'année à rêver de le buter !

— Il y a un endroit spécial en enfer pour les gens comme toi ! braillé-je en réussissant à déployer la lame du couteau suisse que je lui enfonce dans le ventre.

Un coup, deux coups.

Je griffe, je mords, je perce, je déchire sa chair putride. Empreinte d'une folie que je ne peux arrêter seule, je prends le dessus.

— Je vais te crever ! braille-t-il en crachant du sang.

C'est ce que nous verrons !

— Alexandra !

Je ne me contrôle plus. C'est Enzo qui parvient à me relever et à m'éloigner de Drew qui cherche à fuir. Zeus l'attaque et le maîtrise. L'homme, retombé sur le sol, se replie sur lui-même en gémissant. Les sirènes des voitures de police retentissent. Brooke et Saint-Paul nous retrouvent. Bientôt, le capitaine Léani apparaît, entouré d'une nuée d'agents.

Levant la tête en direction de l'horizon, je regarde le brouillard s'estomper et le soleil nous éclairer de ses plus doux rayons. Tournant sur moi-même comme une marionnette démantibulée, je retiens mon souffle.

Mon attention se reporte sur Drew et je lâche mon arme dans l'herbe en détestant celle que j'ai été pendant un combat acharné. Je ne me reconnais pas… Si j'avais pu le tuer, je l'aurais fait sans le moindre remords. Je crois même qu'avoir enfoncé le couteau dans ses chairs a été cathartique sur le moment.

Je prends ma tête ensanglantée entre mes mains. Pendant cet instant où mes pensées redeviennent limpides, je ressens une perte d'énergie soudaine. Les courbatures et la plaie sur mon mollet due à la balle se réveillent. La poussée d'adrénaline n'est plus.

— Besoin des secours par ici. Deux blessés ! entends-je.

L'endroit, désert il y a encore cinq minutes, se remplit. Policiers locaux, agents en costard, secouristes… le Seven Sisters Country Park se retrouve envahi tandis que je me cherche. Je suis là sans l'être. Mon cœur ne cesse de s'emballer. Mes mains tremblent férocement et mes dents claquent. Bientôt, j'ai la sensation que mon corps s'engourdit. Que le sang qui bouillonne dans mes veines est sur le point de les faire exploser.

Soudain, je m'immobilise, le regard hagard.

— Alexandra ? Besoin d'un médecin en urgence ! Elle doit être en état de choc !

Je suis prostrée dans les bras d'Enzo, qui me serre si fort contre lui que nos corps ont l'air de ne faire qu'un. Je crois qu'il me parle. Ses lèvres bougent. Le raz-de-marée intérieur qui me submerge me fait perdre pied. Happée dans une sorte de dimension parallèle, tout m'échappe.

34

Alexandra
12 avril

J'ouvre difficilement les yeux.

Mes paupières sont lourdes. Je les frotte du dos de ma main quand une machine se met à biper.

— Elle se réveille, entends-je en déglutissant, un goût de fer dans la bouche.

Une odeur de Javel qui me pique les narines flotte dans la pièce d'un blanc immaculé où s'animent des appareils.

— On se repose, dit Suzy en se saisissant du drap que je soulevais pour étudier l'état de mes jambes.

Pleine de gratitude, je serre sa main chaude dans la mienne.

— Coucou, toi.

Mon cœur s'emballe à l'écoute de cette douce voix que je reconnaîtrais parmi cent. Les larmes me montent aux yeux. Je n'ose pas tourner la tête de peur d'être en train de rêver.

— Ma chérie, c'est moi. Je suis là.

Elle s'approche et son parfum fruité recouvre l'odeur de la Javel. Voyant Suzy sourire, je tourne la tête. Quand ma tante dépose un baiser sur mon front, je ne retiens plus mes sanglots. Aidée par une aide-soignante, je m'assois dans le lit pour prendre Cécile dans mes bras.

Je m'accroche à ma tante comme un paresseux à sa branche. Hors de question de la lâcher pour que l'on m'interdise ensuite de la voir.

— Je n'irai nulle part sans toi, me rassure-t-elle en reculant pour permettre au médecin de l'hôpital de m'ausculter.

Les premiers contrôles sont satisfaisants. Les pupilles répondent correctement à la lumière, la mémoire est au rendez-vous et chaque membre réagit aux stimuli du praticien.

— On se recouche, madame Clairemont. J'autorise la présence de deux proches à vos côtés, si et seulement si vous vous reposez. Votre traumatisme crânien et votre faible tension demandent du repos. Nous allons vous garder soixante-douze heures en observation. Si votre état continue de s'améliorer, vous pourrez sortir.

Madame Clairemont. Il y a longtemps que je n'avais pas entendu mon nom de famille. Enfin, je peux redevenir moi. Sans lunettes, sans lentilles.

— *Il* a été arrêté ?

Grand silence. Cécile rapproche un siège près du lit, sur lequel elle s'assoit, tandis que Suzy quitte la pièce pour nous offrir un peu d'intimité.

— Il a été transporté durant la nuit dans un hôpital londonien. Malheureusement pour nous, son état est stable.

Tant mieux. Je n'aurais pas supporté d'avoir un meurtre sur la conscience.

— Ta nouvelle couleur de cheveux te va à ravir, note Cécile pour détendre l'ambiance.

Touchant ma tête, je perçois le bandage qui l'entoure.

— Ce n'est rien. Tu as quelques points de suture. Quand tu

sortiras, nous rattraperons le temps perdu, sourit ma tante en tapotant un mouchoir sur son visage humide.

Sous le choc de sa présence, je peine à trouver les mots pour m'exprimer.

— Ne pleure pas. Je vais bien, affirmé-je en la touchant pour m'assurer qu'elle se trouve bien là face à moi.

— Tu m'as tellement manqué, ma chérie. Il n'y a pas une heure durant laquelle je ne pensais pas à toi. Je t'ai écrit des centaines de lettres, confesse-t-elle en montrant le paquet de courriers posé sur une tablette au fond de la pièce entre plusieurs bouquets de fleurs.

— Je ne les ai jamais reçues.

— La police préférait que j'évite de te les envoyer pour ne pas ajouter à ton chagrin et à ton stress. Mais j'avais besoin de les écrire, c'était mon exutoire. Quand tu les liras, tu sauras tout de ma vie peu palpitante ces derniers mois. Tu risques de t'ennuyer… rien n'était plus pareil loin de toi.

Caressant son visage du bout des doigts, je me rends à l'évidence. Je ne rêve pas. Cécile est là face à moi.

— Je t'aime tellement.

— Moi aussi, ma puce, murmure ma tante en me prenant dans ses bras.

Quand nous nous détachons, je me penche un peu et aperçois derrière la vitre Enzo en pleine discussion avec le capitaine Léani et un autre agent de police.

— Tu es sous bonne escorte, s'amuse Cécile en attachant ses magnifiques et longs cheveux sombres.

— Tu es belle, dis-je tandis qu'elle embrasse le dos de ma main. Je suis désolée pour tout ce que tu as subi par ma faute.

— Alex, ne t'excuse pas. C'est moi qui suis navrée de ne pas avoir réussi à convaincre la police de me permettre de rester à tes côtés pendant toute cette épreuve. Si tu savais comme je m'en veux de ne pas avoir été à la hauteur !

Je m'assieds dans le lit. Ma tante finit par caler les oreillers derrière mon dos pour que je sois confortablement installée.

— Ils ont eu raison de te garder loin de moi. C'était pour te protéger.

— Nous ne serons jamais d'accord à ce sujet, répond-elle en m'embrassant sur la joue.

Son regard tendre et humide me réchauffe le cœur. Enfin, je retrouve ma famille.

— Je ne te quitterai plus. Quand tu auras l'autorisation de sortir, nous nous rendrons au cottage de Rye. J'ai cru comprendre que tu affectionnais cet endroit, et pas que…

Cécile joue des sourcils en se tournant en direction d'Enzo qui n'attend qu'une chose dans le couloir, pouvoir me parler.

— Tu vas avoir des confidences à me faire !

— Toi, tu as discuté avec Suzy !

— Un tout petit peu…

Je glousse en songeant à mon secret qui n'en est plus un. Quand nous rentrerons, nous nous installerons sur le canapé près de la cheminée flamboyante et je lui raconterai tout de ma vie ces derniers mois.

— Je vais demander qu'on t'apporte de quoi manger. Tu dois reprendre des forces.

— J'ai tellement de choses à te raconter !

— Et j'ai hâte de les entendre, assure-t-elle en me prenant précautionneusement dans ses bras. Je reviens, ma puce.

J'acquiesce. Je ne suis pas dupe. Elle a trouvé un prétexte pour qu'Enzo me rejoigne.

Le large sourire sur son visage illumine la pièce. Ses grands yeux sombres pétillent. Sa bonne humeur est contagieuse. Je passe des larmes aux éclats de rire grâce à sa simple présence.

— *Come stai, gattina ?*

— *Sto da dio*, souris-je en sortant les jambes du lit. J'ai des fourmis dans les pattes.

— En pleine forme ! Vraiment ? me taquine-t-il en se plantant face à moi.

Qu'il est beau dans son pull bleu, son pantalon à pinces noir et ses chaussures italiennes vernies.

— Une véritable gravure de mode !

— Je voulais que tu me voies sous mon meilleur jour, m'apprend-il alors que j'effleure les égratignures sur son visage.

— Comme si mon avis t'importait.

Enzo prend appui sur le lit et se penche. Du bout du nez, il caresse le mien.

— Tu ne seras plus obligé de me supporter. Ta mission étant terminée, nos chemins vont se séparer, murmuré-je, gagnée par la mélancolie.

Songer à la future absence d'Enzo est un véritable crève-cœur. Les journées sans lui seront d'une fadeur extrême.

— Premièrement, ma mission se poursuit jusqu'au transfert de Drew dans une prison de haute sécurité. Deuxièmement, je ne compte pas m'éloigner de la jeune demoiselle qui me mate sans grande discrétion chaque matin à travers le trou de la serrure quand je prends ma douche.

— C'est une espionne en carton !

— *Vero*[1].

— Et quel sera le programme pour cette jeune demoiselle ?

— Je vais la choyer à son retour au cottage des Mitford. Quand

1. Vrai.

elle ira mieux, je l'emmènerai découvrir l'Italie comme je le lui ai promis… et nous baiserons comme des lapins, se gausse Enzo sous mon expression divertie.

— Tu peux encore prendre tes jambes à ton cou.

Il rit de plus belle en m'observant à la dérobée et ajoute :

— *Gattina*. Si tu veux de moi…

Enzo n'a pas le temps de terminer sa phrase que mes lèvres dévorent les siennes. C'est la réponse parfaite pour lui signifier que je souhaite faire un bout de chemin avec lui, si ce n'est plus. Le tendre câlin que j'aurais apprécié de voir s'éterniser prend fin quand l'infirmière rappelle Enzo à l'ordre.

— Elle doit se reposer, jeune homme.

— Oui, mon capitaine, réplique-t-il avec malice.

Amusée par la situation, Cécile réapparaît. Elle aimerait nous taquiner. Au lieu de ça, elle se contente d'imiter Enzo en prenant place dans un fauteuil tandis que je m'endors avant que mon dîner ne me soit apporté.

35

Alexandra
21 avril

— Je ne suis pas certaine d'avoir très faim, dis-je quand Enzo m'entraîne dans le bar des Mitford.

— Tu ne résisteras pas à un dessert au chocolat, me taquine ma tante avant de disparaître au moment où il me signale que mon lacet est défait.

— Je n'ai pas de lacets, relevé-je, quand les portes battantes menant à la salle principale s'ouvrent.

Les éclairages sont activés et je me retrouve devant une petite assemblée composée de proches et d'enquêteurs qui bossent sur mon affaire.

— Surprise !

Je sursaute dans les bras d'Enzo avant d'éclater de rire. Brooke, toute de rouge vêtue, fait signe au DJ de lancer la musique. Des banderoles sur lesquelles sont inscrits mon prénom ainsi que d'autres mots gentils pendent au plafond et sont accrochées aux murs. Des guirlandes clignotent dans toute la salle et les spots multicolores s'activent.

— Je ne suis pas douée pour les discours. Merci beaucoup

d'être présents ! Et merci pour tout le travail que vous avez fourni, confié-je, des trémolos dans la voix.

Carl, élégant comme toujours, fait signe au DJ d'augmenter le son de la musique. Débarrassée de mes affaires par Enzo, je salue chacun des invités. En tout, une petite dizaine de personnes sont présentes. Leur soutien est important pour moi. Encore aujourd'hui, il me permet de ne pas ployer face à la lourde enquête qui se poursuit et au procès à venir.

Au bout d'une vingtaine de minutes à sourire, je m'isole à l'arrière du bâtiment. C'est Enzo qui me sort de ma torpeur.

— Eh, *gattina*. Tout va bien ? se soucie-t-il en s'accroupissant devant moi.

— Un peu de fatigue, dis-je en me juchant au bord du fauteuil.

Caressant son beau visage, je poursuis :

— Qui dois-je remercier pour tout ça ?

— Il tenait à cœur pour Brooke et Suzy d'organiser une fête en vue de t'accueillir comme il se doit après ta sortie de l'hôpital. Nous écrivons le nouveau chapitre de ton histoire. Si ça n'avait tenu qu'à moi, nous nous serions rassemblés dans un bar autour de bières et avec des stripteaseuses, plaisante-t-il.

Des exclamations enthousiastes parviennent jusqu'à nous. Je souris quand les invités chantent en chœur *Felicità*, célèbre chanson italienne qu'Enzo entonne en se relevant. Il exécute des pas de danse divertissants avant de me tendre une main que je saisis. Le grand brun me fait virevolter. Son déhanché me laisse rêveuse. Nos regards ne se lâchent plus. Il s'éveille entre nous l'expression fugace d'un même désir.

— Aurai-je la chance de profiter de ce superbe corps ?

— Oh que oui, *amore mio* !

Je m'emmêle les pinceaux et perds le rythme. Enzo remarque

mon trouble et tente de corriger des mots qui ont dépassé sa pensée.

— C'est… ça veut tout dire et rien dire à la fois… C'est un surnom commun en Italie, que l'on donne à nos proches. Enfin, tu vois !

— Eh, susurré-je en le saisissant par le menton pour le calmer. C'est réciproque, Enzo.

Il recule avant de sensiblement hocher la tête. Je brise la faible distance qui nous sépare pour me hisser sur la pointe des pieds et l'embrasser. La sensation de bien-être qui m'anime se démultiplie quand je me retrouve dans ses bras. J'adore m'y blottir parce qu'ils me donnent l'impression d'être intouchable. Et plus que jamais, je recherche la sécurité. J'ai beau savoir que Drew est sous étroite surveillance, menotté à son lit d'hôpital, je jette toujours un coup d'œil derrière mon épaule. Le moindre bruit inattendu m'arrache des cabrioles. Mes nuits sont mouvementées. Des souvenirs tournent en boucle dans ma tête. Ils sont violents et éreintants. Je ne tomberai plus dans le piège de la médication. J'ai juré à Cécile, Enzo et Suzy que je n'aurais recours aux calmants qu'en dernier lieu. C'est dur parce que je sais qu'ils m'aideraient à oublier. Bien sûr, l'effet serait éphémère… mais satisfaisant sur le moment.

— Tu aimerais rentrer dormir un peu ?

Croisant mon reflet dans une vitrine, je me fige. Mes cernes sont creusés et sombres. Les traits de mon visage sont tirés. Je suis épuisée. Impossible de l'ignorer en me regardant.

— Encore une heure. Je ne voudrais pas décevoir nos invités.

Liant mes doigts à ceux d'Enzo, je retourne à la petite fiesta. Un verre de champagne par-ci, des mignardises par-là, Saint-Paul qui m'entraîne sur la piste de danse… Et me voilà à ne pas voir le temps passer.

Aux alentours de 21 heures, soit trois heures après mon arrivée, je tire ma révérence sous les applaudissements.

Dans la voiture qui me ramène au cottage, je m'endors. Je me réveille allongée sur mon lit. Couché à mes côtés, Enzo dort à poings fermés et, bien sûr, Zeus squatte au pied du matelas. Le trinôme complice et efficace que nous formons me ravit. Me remémorant la fête, je plonge dans les bras de Morphée. Qu'il est bon de se sentir aimée !

Au petit matin, j'émerge pelotonnée contre Enzo. C'est si rare qu'il ne se lève pas aux aurores que je décide d'en profiter. Je le contemple durant un long moment. Quand enfin il se réveille, il est aux alentours de 9 heures.

— Je n'ai pas entendu le réveil sonner, dit-il en me serrant contre lui.

Enzo n'a pas l'air déterminé à sortir du lit. Il passe sa jambe par-dessus les miennes et ferme les yeux. Une idée coquine m'effleure l'esprit. Je caresse son magnifique visage puis mes doigts glissent sur sa nuque et son bras avant de sillonner son dos pour disparaître entre ses cuisses musclées. Un sourire éclot sur les lèvres du bel Italien. À l'affût de ses moindres réactions, je cesse tout mouvement. Enzo ondule du bassin pour me signifier de reprendre mes sensuelles caresses.

C'est avec entrain que je m'attelle à lui procurer le meilleur réveil qui soit. Alors qu'il se mord les lèvres en serrant son oreiller, je faufile ma main sous son boxer au contact de sa peau ardente. Je l'embrasse, je me serre contre lui. Enzo brûle d'impatience. Je l'enjambe, et entame des mouvements volontairement lents et sensuels pour retirer mon T-shirt et dévoiler ma poitrine qu'il aime tant. Je repousse ses mains baladeuses et recule sur le lit en prenant un malin plaisir à effleurer ses cuisses du bout des doigts. L'excitation est telle qu'il frissonne.

Quand je frôle du bout des lèvres son érection, Enzo, les pommettes rougies, enfonce sa tête dans l'oreiller en déployant ses bras sur le lit. Il serre les draps en gémissant. J'écarte ses cuisses entre lesquelles je me glisse. Me redressant, je retire l'élastique à mon poignet pour m'attacher les cheveux. Cette courte pause est un délicieux supplice pour Enzo qui ne peut s'empêcher de rire en me laissant prendre le contrôle de son désir et de la situation. Mes lèvres repartent à la rencontre de sa peau. Je remonte le long de ses jambes et dévore son ventre avant de déguster son cou. Puis je disparais entre ses jambes pour son plus grand plaisir.

Quand je réapparais quelques minutes plus tard, le second round de notre corps à corps débute.

Au même instant, ma tante frappe à la porte de la chambre.

— Vous êtes réveillés ?

Nous pouffons de rire.

— Je montais juste pour vous prévenir que le petit déjeuner est prêt. Il n'attend plus que vous.

— Nous arrivons, répond Enzo en me tirant contre lui quand je m'apprête à sortir du lit.

Son besoin de tendresse grandissant au fil des jours qui passent m'émeut. L'ours mal léché est un rôle qu'il joue aux yeux de tous pour ne pas dévoiler ses sentiments. Devant Saint-Paul ou ses proches, il reste sarcastique, parfois distant. Quand nous ne sommes que tous les deux, Enzo retire son masque. Pas besoin de se parler pour savoir ce que l'autre ressent. Mon bonheur lui tient à cœur. Ma détresse lui serre le ventre. Et sa peur de me perdre me noue la gorge.

— Nous avons rendez-vous à 11 heures avec le capitaine Léani.

— Je sais, souffle Enzo en se levant en même temps que moi.

Virevoltant, je reste bouche bée face à l'apollon dont la nudité est un véritable appel au sexe qui, malheureusement, attendra la fin de la journée. Nous avons un planning chargé. Les interrogatoires vont s'enchaîner. Mon témoignage est très attendu par les enquêteurs. Encore une fois, je vais raconter la dernière attaque du Collectionneur au Seven Sisters Country Park.

Debout, je me rhabille. Depuis plusieurs jours, quelque chose me dérange.

Dans la salle de bains, je me saisis de ma trousse de toilette que j'apporte dans la chambre. Installée derrière la coiffeuse pendant qu'Enzo se douche, j'ouvre mon carnet qui fait office de journal intime ou plutôt de « journal des horreurs ». Je le feuillette avant d'attraper un stylo dans mes affaires et de dessiner un énorme point d'interrogation sur la page vide qui fait face au portrait de Drew esquissé durant mon dernier séjour à l'hôpital.

Je le compare avec le portrait du Collectionneur dessiné quelques mois plus tôt… Et mes doutes subsistent.

Les deux portraits sont des copies quasi conformes à un ou deux détails près.

Des détails qui pourraient faire toute la différence si je me fie à mon instinct qui me hurle que nous n'avons pas arrêté le bon type.

36

Enzo

Le petit déjeuner est avalé en quatrième vitesse par Alexandra qui a ressenti le besoin de s'isoler. Avant notre départ, je la retrouve plantée derrière une fenêtre du rez-de-chaussée à contempler la nature.

— Il est temps d'y aller, fais-je savoir tandis qu'elle lâche un sourire forcé. Tout va bien se passer.

Je l'enlace pour lui donner de la force. Bientôt, Suzy qui passait par là se joint à notre étreinte. Je suis un homme chanceux d'avoir des femmes d'un tel calibre dans ma vie. Le câlin perdure et, malgré moi, je dois y mettre fin pour ne pas être en retard.

Alexandra prend une grande inspiration et va chercher ses affaires entreposées dans le placard de l'entrée.

Ensemble, nous grimpons dans le véhicule et empruntons la direction du commissariat local, où le capitaine Léani a pris ses quartiers avec des membres de son équipe, composée de six agents européens. Chacun des pays où le Collectionneur a frappé est représenté.

— 10 h 57, observé-je. Impeccable. Nous sommes à l'heure.

Alexandra s'enfonce dans le mutisme. Ce comportement est fréquent depuis son réveil à l'hôpital. Le léger traumatisme crânien et la fatigue n'aident pas, mais je commence à la connaître. Quelque chose la tracasse. Quelque chose qu'elle n'a confié à personne, pas même à Cécile. La tante d'Alex, avec qui je discute beaucoup, est douce, posée. Les deux femmes se ressemblent. Des cheveux sombres, de petites taches de rousseur sur le visage, un teint hâlé qui appelle au farniente et au soleil. Elles ont beaucoup de points communs. Elles sont empathiques, drôles et se passionnent toutes les deux pour l'art. La préférence d'Alexandra va à la peinture quand celle de Cécile va à la musique. Cécile fait son possible pour renouer la communication avec sa nièce. Mais il faut avouer que, depuis sa dernière agression, elle ne parle plus beaucoup. Elle feint de sourire, nous fait croire que tout va bien. Ce n'est qu'un leurre. La peine l'assaille et je suis désarmé de n'avoir aucune baguette magique pour régler le problème. J'ai songé à ouvrir le carnet dissimulé dans une trousse de toilette. Je suppose qu'Alexandra y note ses pensées et ses états d'âme. Le lire sans son autorisation reviendrait à la trahir et il en est hors de question. Si elle le cache, c'est pour une bonne raison. Non ?

— Tu es prête ?

Sans un mot, Alexandra quitte le véhicule. Elle traverse le parking et disparaît dans le petit immeuble de deux niveaux. Sortant à mon tour de la voiture, je me dirige vers le commissariat. Sur le point d'y pénétrer, je m'arrête et je reviens sur mes pas en apercevant un individu. Son visage m'est familier. Nos regards se croisent et le type tourne les talons. Je fouille dans ma mémoire en entrant dans le bâtiment. Impossible de le resituer. Contrarié, je retourne sur le parking. L'homme, un grand gars échevelé, s'est volatilisé.

Au même instant, Alexandra se manifeste. Elle accourt dans ma direction.

— Que se passe-t-il ?

— Tu vas me prendre pour une folle, annonce-t-elle en extirpant son carnet de son sac à main.

Fronçant les sourcils, je l'invite à monter dans la voiture.

— Dis-moi ce qu'il y a. Je vois bien que tu n'es plus la même depuis ta sortie de l'hôpital.

Alex s'enfonce dans son siège. Frottant son front, elle finit par se confier.

— Tu vas penser que je suis dingue.

Je pose ma main sur la sienne pour qu'elle comprenne que je ne la jugerai pas.

— Tu ne nous as pas dit toute la vérité. N'est-ce pas ?

Les lèvres tremblantes, elle essaie de se justifier.

— Si tu ne me parles pas, je ne peux pas t'aider.

Alexandra ouvre la portière pour sortir du véhicule. S'ensuit une courte hésitation avant qu'elle ne la referme.

— Le type qu'on a arrêté, ce n'est pas le bon ! Drew n'est pas notre homme ! Je le sens. Je le sais. Ce n'est pas *lui*. Si ça se trouve, c'est un complice !

— Tu entends ce que tu racontes ?

Alexandra ouvre son carnet dont elle tourne plusieurs pages. J'aperçois des esquisses, des gribouillis rouges et surtout noirs. Elle s'immobilise et fixe un de ses croquis, un portrait. C'est celui que j'ai transmis au capitaine après qu'Alexandra ait eu un flash au pub.

— Certes, le gars qu'on a arrêté lui ressemble, mais je te dis que ce n'est pas le bon. Le tatouage est presque similaire, mais pas exactement. Regarde !

Elle me dévoile un second portrait, quasi identique au premier.

— En plus, Drew est gaucher, continue-t-elle. Il a tiré de la main gauche… et m'a frappée avec cette même main. Le Collectionneur, lui, est ambidextre ! Tout se tient, Enzo ! Je n'invente rien !

— Alex…

— Je me remémore le visage du Collectionneur dans sa globalité et il me semble que les serpents qui y sont tatoués sont subtilement différents. Ce doit être l'arrondi qui n'est pas le même… Un truc cloche.

— C'est ce qui te travaille depuis ton réveil à l'hôpital ?

Refermant son calepin, Alexandra opine du chef.

Dehors, j'aperçois le capitaine Léani qui attend devant l'entrée du commissariat. Alexandra le voit aussi.

— Qu'est-ce que je vais dire ? Qu'est-ce que je fais ? Il va penser que je suis bonne à enfermer en HP. Et toi ? demande-t-elle, fébrile. Est-ce que tu me crois ?

Le silence tombe dans la voiture. Alex est pendue à mes lèvres.

Je m'attendais à tout sauf à ce retournement de situation. Soudain, je repense au type qui traînait dans les parages, il y a cinq minutes.

— Là, comme ça, je ne sais pas quoi te répondre.

Ce n'est pas la réponse que ma partenaire espérait. Le cul entre deux chaises, Alexandra perd son calme. Elle monologue sans s'arrêter et oublie même de reprendre son souffle.

— *Basta*[1] *! Basta !*

La sévérité incontrôlée de mon ton la surprend autant que moi. Je commence à être dépassé par la situation.

— Excuse-moi. Pourquoi tu ne m'en as pas parlé avant ?

La jeune femme balbutie une phrase qui n'est pas audible. Ma question est bête. J'ai déjà la réponse. Si elle n'a rien dit, c'est pour ne pas voir sa santé mentale remise en question.

— J'avais déjà évoqué l'idée d'un complice par le passé, mais la police avait réussi à me faire croire que je délirais.

1. Ça suffit !

— Alex, j'ai besoin de temps pour réfléchir. Je ne me prononce pas pour le moment, dis-je en extirpant mon portable de ma poche.

— Qu'est-ce que c'est ? s'intéresse la jeune femme.

— Ce sont les photos que j'ai prises en fouillant dans les affaires de Swan. Pas un mot au capitaine, il ne sait rien.

J'étudie minutieusement les clichés où apparaît Drew, adolescent et jeune adulte, et les compare à l'esquisse d'Alex.

— La forme du visage n'est pas la même que celle du Collectionneur. Regarde !

En effet, il paraît moins anguleux.

— Observe la peau. Celle de Drew est surtout brûlée, alors que celle du tueur est majoritairement grêlée.

— Le cliché le plus récent date de 2013. Le temps a fait son œuvre sur sa gueule.

— Quand Swan est apparu sur la falaise avant de recevoir une balle, il n'a pas dit : « Drew, c'est toi ! » Il a demandé : « Drew, c'est bien toi ? » Lui aussi a hésité ! Et puis, quand j'étais captive dans le hangar, j'entendais parfois le Collectionneur parler au téléphone. Quelqu'un d'autre savait ce qu'il faisait… Aujourd'hui, j'en ai la certitude !

— Il t'avait droguée et…

— Et ?

— Ce ne sont que des hypothèses, Alex ! Tu n'as rien de concret pour les étayer.

— Voilà pourquoi je ne dis plus rien à la police. Pour éviter ce genre de réaction.

— Fait chier !

— Oui, fait chier !

Elle soupire d'agacement en s'enfonçant dans son siège. Quant à moi, je repense à une récente conversation avec Brooke. Et je me rends à l'évidence.

— Écoute… Brooke, qui a accès au dossier, m'a confié que durant l'un de ses interrogatoires Manon Chauvinse a dit avoir été confrontée à deux hommes pendant sa captivité.

— Quoi ?! s'offusque Alex en bondissant sur son siège.

— Tu le gardes pour toi.

— Depuis quand as-tu cette info ? Pourquoi tu ne m'as…

— Elle aussi a été droguée…

— Nous sommes deux à avoir la même version et vous essayez tous de nous faire douter pour clore l'enquête au plus vite !

Le capitaine Léani frappe contre la portière côté passager.

Cazzo !

Retrouvant un air impassible, je descends la vitre.

— Bonjour ! Changement de programme. Drew a décrété qu'il voulait vous rencontrer, Alexandra.

La mâchoire lui en tombe. Elle s'attendait à recroiser sa route au tribunal, pas aussi rapidement. Je reste impassible pour ne pas influencer son choix. Drew ordonne et la police accourt, réfléchis-je en me forçant à dissimuler ma contrariété.

— Il est prêt à parler. Pour ce faire, il demande une entrevue non officielle. C'est du chantage, je sais.

— Pourquoi lui soumettre l'idée dans ce cas ?

— L'ordre vient d'en haut, m'apprend le capitaine. Vous êtes en droit de refuser, Alexandra.

— C'est d'accord, bredouille-t-elle après réflexion. Quand aura lieu cette rencontre ?

Le trouble l'empêche de lire entre les lignes. Le changement de programme est pour maintenant.

Le capitaine Léani, marqué par la fatigue, plisse les yeux. Cette modification d'emploi du temps ne l'enchante pas.

— Nous allons immédiatement nous rendre à Londres, précise-t-il. L'entrevue est prévue pour cet après-midi. Je vous brieferai pendant le trajet.

Tandis que Léani s'éloigne pour prendre un appel, je remonte la vitre. Alexandra s'enfonce dans son siège en secouant la tête avec un air déterminé qui me déplaît.

— Ma théorie est-elle la bonne ?... Nous allons en avoir le cœur net très vite, conclut-elle en ouvrant son carnet pour effleurer du bout des doigts le croquis du Collectionneur.

37

Enzo

Sortant de l'ascenseur de l'hôpital au cinquième étage, je retiens Alexandra.

— Peu importe ce qui arrivera, tu peux compter sur mon soutien.

Je ne suis pas l'être le plus expansif qui soit, mais je suis d'une loyauté à toute épreuve avec les gens que j'aime. C'est peut-être pour ça que j'avais accordé le bénéfice du doute à Swan.

Depuis la révélation d'Alexandra, je comprends mieux ce besoin qu'elle a eu de rester dans sa bulle. Elle cogitait. Cherchait à savoir si oui ou non elle était à côté de la plaque. Partager cette information avec moi a été courageux de sa part. J'en suis honoré, bien que j'aie peur pour elle. Si la décision avait été de mon ressort, je n'aurais pas permis la rencontre avec celui que l'on suppose être le Collectionneur. C'est prématuré.

— Tu peux toujours refuser, insisté-je auprès d'Alexandra sous le regard du capitaine Léani. Rien ne t'oblige à céder aux caprices de Drew.

Je peux lire la détermination dans ses prunelles. Elle ira jusqu'au bout.

— Capitaine, pouvez-vous une nouvelle fois expliciter les conditions de cette entrevue ?

Le capitaine Léani, son bloc-notes sous le bras, s'arrête au milieu du couloir. Plus loin, Alexandra prend de grandes inspirations pour se préparer à l'imminente rencontre. Seuls quelques mètres la séparent de la chambre de Drew, surveillée par deux policiers, sans compter les agents qui effectuent des rondes tous les quarts d'heure autour du bâtiment.

— N'ayez crainte, Enzo. Elle est en sécurité.

— Est-ce que vous pensez à sa santé mentale ? Lui demander de le rencontrer deux heures avant, c'est la mettre au pied du mur. Que vouliez-vous qu'elle vous réponde, si ce n'est OK ?

— J'entends votre mécontentement.

— Capitaine. Malgré tout le respect que j'ai pour vous, je rêve de vous coller au plafond. Fort heureusement, je sais que vous ne faites qu'obéir aux ordres de vos supérieurs qui récolteront tous les lauriers de votre boulot.

— Nous approchons du but.

— Et si vous vous trompiez ? Nous sommes certains que ce type est Drew ?

— Nous nous sommes servis de son dossier dentaire pour nous assurer de sa véritable identité. Ses empreintes ont aussi été relevées et correspondent à celles enregistrées par la police pour diverses infractions comme conduite en état d'ivresse, il y a huit ans.

— Si vous le dites…

Mon interlocuteur recule en me toisant du regard. C'est qu'il ne voudrait pas repartir à zéro avec cette affaire !

— Qu'insinuez-vous ?

— Vous ne trouvez pas que la résolution de cette enquête est trop simple ? Dix ans que le type sévit en Europe. Qu'il échappe à la vigilance de la police. Nous l'avons attrapé trop facilement.

Vous croyez que le Collectionneur aurait commis les erreurs que Drew a faites ? Il ne maîtrise pas les armes à feu. Il a manqué ses cibles à plusieurs reprises. Alexandra est parvenue à le dominer, ce qui n'était jamais arrivé auparavant. Dans le meilleur des cas, elle fuit. Mais jamais sa force ne surpasse la sienne.

— Vous l'avez entraînée. Ne minimisez pas vos qualités d'instructeur.

— Ne me prenez pas pour un con.

— Jamais. Je ne me risquerais pas à vous contrarier, ironise-t-il. Notre homme pouvait être dans un mauvais jour. Vous ne croyez pas ? Les analyses ont révélé la présence de drogue dans son sang.

— Vous pensez vraiment que le Collectionneur aurait pu sévir tant d'années sans être arrêté en se droguant ?... Il y a aussi ce comportement ambivalent. Le Collectionneur est d'un calme impérial. Il est redoutable. Vous avez trouvé que Drew l'était, vous ?

— Je vous rappelle qu'il a failli vous tuer. Il a aussi tiré sur son frère et il était à deux doigts d'étrangler Alexandra. J'ai du mal à vous suivre, Enzo. Vous insinuez que Drew n'est pas notre homme ? Toutes les preuves concordent !

— Quelles preuves ?

— Nous avons une obligation de résultat, sinon des têtes vont tomber !

— Vous n'avez rien de fiable pour le moment, autrement Alexandra ne serait pas obligée de se plier à ses quatre volontés. Je vous rappelle que Manon Chauvinse assure avoir vu, je cite, « double ».

— Comment savez-vous...

— J'ai mes sources. Je vais finir par croire qu'elle a raison !

— C'est Brooke, votre source ?

— On se contrefout de savoir qui est la source ! La version de Manon…

— Elle délire ! Enzo ! Manon est toujours en état de choc. Ses crises se multiplient. Elle a des hallucinations. C'est pour cette raison qu'elle est entrée en psychiatrie hier. Elle n'a vu le visage de notre type que partiellement. N'oubliez pas qu'elle a été droguée de son enlèvement à son arrivée sur les côtes écossaises.

— Il me semble avoir lu dans le dossier que vous m'avez dévoilé en juin qu'Alexandra avait également émis l'hypothèse d'un complice.

— Elle aussi a été droguée !

— Dis donc ! Cette version vous arrange ?! Où est le corps de Swan ? L'avez-vous retrouvé ?

En interrogeant le capitaine, je cerne que trop de zones d'ombre persistent. Les pièces du puzzle ne s'assemblent pas comme prévu. L'hypothèse d'Alexandra et plusieurs autres me viennent en tête. Peut-être que les substances illicites ingérées avant l'attaque lui ont fait perdre une partie de ses moyens. Ou le bonhomme n'est pas le bon. Si c'est le cas, le Collectionneur qui nous prend pour des pigeons doit se marrer là où il est.

En croisant le regard larmoyant d'Alexandra, je pense à Swan. Capacités d'anticipation importantes. Personne réfléchie, calme et solitaire. Non, ça ne peut pas être lui. Ça ne colle pas ! Comment aurait-il pu être en France et en Angleterre en même temps ? Il ne le peut pas, mais il est possible qu'il ait un complice qui ait attaqué Manon Chauvinse et l'ait ramenée en Écosse. La stratégie parfaite pour éloigner les soupçons. Si soupçons il y avait. Problème. Quand Manon a vu « double » lors de son enlèvement, Swan était à Rye avec moi.

— Enzo. Vous êtes bizarre. Je ne suis pas habilité à vous dévoiler tous les éléments de l'enquête. Cependant, je vous demande de me faire confiance. Cette affaire a chamboulé ma vie, et la sécurité d'Alexandra m'importe plus que tout. Je ne lui ferais jamais courir de risques inutiles.

Le capitaine me tapote l'épaule. C'est un homme honnête, songé-je en repensant à nos collaborations antérieures. Il se démène pour résoudre cette affaire. Il ne compte pas ses heures.

Je le regarde s'éloigner et entrer dans la chambre sous haute surveillance de Drew. M'approchant de la porte fermée, je m'accote au mur. Chiffonné par la situation, j'envoie un message à Brooke, qui me répond immédiatement.

Je t'appelle dans 10 mn.

Prendre l'air me fera du bien. J'ai l'impression d'être un lion en cage. Ne pas être avec Alexandra, et apercevoir le capitaine Léani et son collègue sortir de la chambre, intensifie ma contrariété. Les deux hommes se postent derrière les vitres aux stores entrouverts. Je me place à leur côté et vois la jeune femme debout au pied du lit. Drew, sanglé aux barreaux de son pieu, lui fait signe d'approcher avec son index.

— La conversation est enregistrée ?

— Non. C'était une des conditions de Drew. Après cette entrevue, il parlera à la police.

— Vous le croyez ?

— Ai-je le choix ?

Je baragouine dans ma langue natale sous l'air crispé des enquêteurs.

— Il n'y a même pas un petit micro ?

— Enzo…, s'agace le capitaine en haussant la tête pour me

faire comprendre qu'il n'est pas aussi con que je le crois. Il y a des choses que je devrais savoir ?

J'ignore sa question.

Parvenant à lire sur les lèvres d'Alex, je note qu'elle et Drew, à qui elle a abaissé son masque à oxygène, échangent déjà. Lui fait en sorte de ne pas articuler pour éviter que ses paroles ne soient comprises. Que ce soit d'un côté ou de l'autre des vitres, l'atmosphère est tendue. Les enquêteurs doivent aussi se demander si leur initiative de proposer la rencontre à Alexandra était la bonne. Me lançant une œillade, elle s'assied dans un fauteuil. La savoir mal à l'aise m'insupporte. Elle ne verse pas une larme. Elle ne tremble pas non plus. Alexandra est stressée et essaie tant bien que mal de le cacher derrière une expression sévère. Elle gratte son pouce, déglutit à de nombreuses reprises. J'aimerais pousser cette porte, la serrer dans mes bras et l'emmener loin d'ici. J'aspire à lui rendre au centuple tout ce que sa présence m'apporte de positif. Je me lève enfin du bon pied. J'apprécie de me réveiller à ses côtés les matins. Et j'aime encore plus qu'elle soit la dernière image que j'ai en tête en m'endormant.

— Vous avez développé des sentiments pour elle, n'est-ce pas ?

Mon silence est éloquent.

— Je ne suis pas dupe, Enzo, me souffle le capitaine en faisant signe à ses collègues de reculer. Il est flagrant qu'il y a plus qu'un lien professionnel entre vous deux.

— Vous comptez rédiger un rapport pour vos trous du cul de supérieurs ?

— Nous sommes dans le même camp. Je sais ce que vous ressentez. La frustration, le dégoût, la haine. Cette affaire a chamboulé ma vie. Il y a des périodes où je ne dors plus, trop préoccupé par ce salopard de Collectionneur. Ses victimes me hantent. Quand j'éteins la lumière et que je me couche, je les vois. Elles me regardent sans rien dire, paralysées, mutilées. Ce n'est pas facile pour moi non plus. Alors, si vous avez des doutes, des indices ou des suppositions qui pourraient me servir, n'hésitez pas à les partager.

— Je ne fais que ça.

— Enzo…

— Vous m'avez demandé de protéger non d'enquêter.

— Je vous ai aussi demandé de connecter vos neurones. Je vous connais, Lombardi. Votre polyvalence est un atout. Ne me dites pas que vous n'avez pas élaboré de théorie.

— *Grazie mille, capitano*[1]. Vous êtes têtu. J'ai partagé mes doutes avec vous, mais vous ne voulez pas les entendre, réponds-je en coupant court à la conversation.

Au bout d'un quart d'heure, mon portable sonne. Brooke tente de me joindre. Après avoir intimé l'ordre aux policiers de ne pas lâcher Alexandra du regard, je sors prendre l'appel.

— Merci d'avoir patienté, Brooke.

— Je t'en prie. Tout va bien ? Tu as la voix des mauvais jours, Pulcino.

— Alexandra est avec Drew.

Brooke marque un temps d'arrêt. Je perçois son rire nerveux à travers le téléphone.

— Tu étais au courant ? poursuis-je.

— J'ai préféré que tu l'apprennes par le capitaine Léani. Si je t'en avais parlé, tu m'aurais convaincue d'intervenir pour que la demande de Drew soit refusée.

Elle n'a pas tort.

— Enzo ? Tu m'en veux ?

1. Merci beaucoup, capitaine.

— Après réflexion, je me dis que cette confrontation pourrait être utile.

— Pour qu'Alex exorcise ses démons ?

— Pour que la vérité éclate.

Je reste vague et n'entre pas dans les détails. Il est probable que nos conversations soient écoutées. N'oublions pas que Drew et Alexandra sont au cœur de l'enquête de la décennie. Traversant le parking, je me juche sur le capot de ma voiture et fais part de mes doutes à Brooke.

— Est-on sûrs que Drew est le chef d'orchestre de cette macabre partition ?

Concentré sur un individu qui donne l'impression de rôder, je n'entends pas la réponse de mon interlocutrice. Je me redresse et comprends qu'il n'est autre que le type aperçu en arrivant au commissariat. Il me fixe un court instant avant de se volatiliser au coin de la rue. Gardant Brooke en ligne, je m'empresse de le suivre. Je me faufile entre les badauds jusqu'à atterrir dans une impasse.

— Je te rappelle, signifié-je en raccrochant.

Je m'enfonce dans le cul-de-sac, où sont entreposées des bennes à ordures pleines à ras bord, quand le mystérieux homme se manifeste. Il retire sa casquette et repousse son écharpe.

Je sais où je l'ai vu. Il apparaît sur l'un des clichés (datant d'au moins trois ans) que l'on m'a apportés en m'enjoignant de sortir de mon congé pour protéger Alexandra. Ce type qui se plante devant moi, peu sûr de lui, n'est autre que le capitaine Baptiste Carlesse. Il est celui qui a fait le lien entre différents meurtres et donné à notre tueur le surnom qu'on lui connaît aujourd'hui, le Collectionneur.

38

Enzo

— Baptiste Carlesse, dis-je en m'avançant dans la ruelle à l'odeur nauséabonde. J'imagine que vous n'êtes pas ici par hasard.

— Bonne déduction, Sherlock.

Et voilà, un problème de plus. Comme si j'avais besoin de ça. Baptiste Carlesse s'est vu retirer l'affaire dont il faisait une obsession. Le type élancé et amaigri paraît sur la défensive. Je dirais qu'il a perdu une vingtaine de kilos par rapport au cliché qui m'a été présenté. Son visage maculé de petites taches brunes que les rides ont envahi se détend.

— Que nous vaut l'honneur de votre visite ?

L'homme se racle la gorge.

— Enzo Lombardi. C'est donc à vous que l'on a confié la protection d'Alexandra Clairemont.

— Entre autres.

— Si j'ai un conseil à vous donner, restez vigilant. Votre travail n'est pas terminé. Des heures sombres et déterminantes se profilent.

— Que voulez-vous dire ?

L'individu recule un instant pour me toiser d'un regard que je n'apprécie pas. Fourrant mon portable dans ma poche, je me redresse et lui dévoile une carrure massive. Il tressaille avant de tenter de retrouver sa contenance.

— Je ne vous veux aucun mal, assure-t-il, impressionné.

Le visage fermé, je le fixe. Retirant sa casquette, l'homme éclate de rire. Il passe sa main dans ses courts cheveux poivre et sel puis entreprend de se gratter le crâne en réfléchissant.

— Je ne sais pas si je peux vous faire confiance.

— C'est vous qui êtes venu vers moi.

— Inexact. C'est Alexandra qui m'intéresse. Je dois m'entretenir avec elle, révèle-t-il en caressant inconsciemment pour la deuxième fois le pan gauche de sa veste au niveau de la poitrine.

Que dissimule-t-il dans sa poche intérieure ? Une arme ?

Baptiste a à peine le temps de faire un pas vers moi que je le saisis et le retourne pour le plaquer contre un mur dégueulasse.

— Tout doux ! Je suis un ami, baragouine le bonhomme que je tiens fermement par le bras. Vous me faites mal !

Je desserre la prise, le fouille et m'empare d'une enveloppe dans la poche intérieure de sa veste.

Il essaie de la récupérer sans succès.

Je le pousse à nouveau contre le mur.

— Je ne rigole pas et je n'ai pas de temps à perdre, notifié-je en ouvrant l'enveloppe.

J'y découvre une photo sur laquelle je reconnais Swan, Drew et un troisième type qui ressemble à s'y méprendre à Drew.

Au dos du cliché est inscrit « Edgar, Drew, Swan – été 1995 ».

— Des jumeaux ?

Fébrile, Baptiste acquiesce. Il essaie de reprendre la photo et je l'en empêche.

— Je voudrais voir Alexandra.

— Impossible. Si vous avez des choses à dire, et je suis sûr que vous en avez, c'est à moi qu'il va falloir parler. Vous ne partirez pas sans m'avoir donné plus de détails.

Mon air mauvais finit par le convaincre.

Baptiste, méfiant, jette des coups d'œil par-dessus son épaule. Il veille à ce qu'on ne soit pas surveillés.

— Vous aviez l'interdiction depuis votre mise à pied de vous mêler de cette enquête ou de n'importe quelle autre.

— J'avais juré que je découvrirais l'identité du Collectionneur et c'est chose faite ! Cette affaire est un bout de moi. Vous ne savez pas combien de journées et de nuits blanches j'ai passées à plancher sur ce dossier. On m'a pris pour un fou. Mes supérieurs ont raconté que je faisais du bruit pour rien. Si aujourd'hui la police est parvenue à relier plus d'une dizaine de meurtres entre eux, c'est en partie grâce à mon boulot ! Mes collègues ne voulaient pas croire que le type avait frappé aux quatre coins de l'Europe. Ils disaient que les preuves étaient minimes, voire inexistantes. Pour moi, il y avait trop de coïncidences. Un mode opératoire similaire, des victimes au profil semblable, une signature particulière.

— Comment avez-vous obtenu ce cliché ?

— J'ai fait mon travail. Être indépendant a empêché mes anciens supérieurs de me mettre des bâtons dans les roues. Ils ont essayé de m'effrayer mais je n'ai rien lâché.

— Cette photo… Où ? Quand ? Comment l'avez-vous obtenue ?

— Vous me connaissez. J'en déduis que vous n'êtes pas sans savoir que mon ancien coéquipier a grimpé les échelons et que l'année dernière il a intégré l'actuel gouvernement en tant que ministre. Il me devait un service.

Ben voyons. Face à mon froncement de sourcils, Baptiste avoue.

— Je l'ai fait chanter, ce con ! Soit il me filait une copie du dossier d'enquête, soit je transmettais à la presse des anecdotes…

sensibles, dirons-nous. Son club d'amis riches et influents n'aurait pas apprécié une mauvaise presse.

— Des anecdotes susceptibles de lui coûter son poste, j'imagine.

— L'argent, la plus grande faiblesse des hommes, soupire Baptiste.

Détournement de pognon, encore un. Je ne creuse pas. Je me contrefous de leur bisbille. Les informations concernant les frères Hecker sont tout ce qui m'intéresse.

— Et cette photo ?

— Grâce à cet ancien collègue et ses contacts, j'ai eu accès à de nombreuses archives fermées au public en Angleterre. Plus précisément à Liverpool. Après je ne sais combien d'heures et de jours à fureter, j'ai trouvé cette photo et les actes de naissance des gamins Hecker. En 1995, les jumeaux avaient onze ans. Et Swan, sept ans.

— Que pouvez-vous me dire sur Edgar ? demandé-je alors qu'une fine pluie se met à tomber.

— Qu'il est censé être mort depuis dix ans en gravissant l'Everest.

— Un alpiniste chevronné ?

Baptiste opine dynamiquement du chef.

— Oui, un homme du grand air.

— Comment se fait-il qu'on n'en ait jamais entendu parler ?

— Les Hecker sont une famille très renfermée, dirons-nous. Les parents ont essayé d'effacer les jumeaux de leur mémoire, ils étaient des gosses à problèmes. Un commerçant dont l'échoppe était mitoyenne de leur maison m'a raconté que les corrections infligées par les parents pouvaient être très violentes. Coups de bâton, de martinet… Il a déjà vu le père traîner les mômes au fond du jardin. S'ensuivaient des coups et des cris. Tout le voisinage fermait les yeux. Les deux gosses étaient considérés comme des terreurs qu'il fallait mater. J'imagine que, pour Swan, la famille était un sujet sensible. On lui a appris à se taire, enfant. Pas étonnant qu'il ait reproduit le même schéma adulte.

Swan ne s'est jamais épanché sur sa vie privée. Avant de fouiller dans ses affaires au cottage, je n'avais pas connaissance de l'existence de Drew. Je n'ai jamais eu de raison de creuser à propos de mon équipier. Une vérification minutieuse de nos dossiers est réalisée avant chacune de nos missions par nos supérieurs ainsi que par un service spécifique.

Mon « ami » était plus doué que je ne le pensais dans l'art de la dissimulation.

— Que pouvez-vous me dire d'autre sur Edgar ?

— Il y a dix ans, en France et à Bruxelles, deux mois après la présumée mort du gaillard, trois femmes ont été assassinées. Un sourire de l'ange gravé sur le visage. Leurs corps ont été retrouvés dans des forêts ou en montagne à quatre mois d'intervalle. Le mode opératoire était brouillon. Je suis certain qu'Edgar se faisait la main pour devenir un prodige du crime.

— Comment…

— Selon une ancienne voisine des Hecker, Edgar était le vilain petit canard de la famille. Il influençait Drew, avec qui il malmenait les gosses du quartier. Cette voisine m'a confié qu'un jour elles les avaient surpris en train de torturer son chat. Quand ils ont eu douze ans, ces « jumeaux maléfiques » ont disparu des radars. La mère déclarait les avoir confiés aux grands-parents, ce qui était faux. Les gamins ont atterri dans un orphelinat géré par une secte fanatique qui remettait soi-disant les enfants dans le droit chemin. Je ne m'attarderai pas sur les traitements abominables et les exorcismes qu'ils ont subis… C'est ignoble.

Je tombe des nues.

— Qui est cette petite fille ? demandé-je en observant un autre cliché.

— Andy Macowell. Elle vivait à Liverpool et s'est volatilisée alors qu'elle n'avait que six ans. Ses parents ont toujours pensé que les jumeaux Hecker étaient responsables de sa disparition. D'ailleurs, c'est quelques semaines après l'événement qu'ils ont atterri à l'orphelinat. Andy est la demi-sœur d'Aaron Parker, votre cambrioleur. Je soupçonne qu'il ait reconnu Swan au moment de son arrestation au cottage. Et qu'il soit revenu lui tirer dessus au pub pour se venger sans savoir qu'il n'avait plus aucun lien avec ses frères. Il imagine certainement que Swan et ses parents ont couvert Drew et Edgar…

— Quelle merde. Qu'en pensez-vous ?

— Que, du haut de ses huit ans, Swan ne devait pas comprendre grand-chose à la situation. Ses parents ont dû le tenir à l'écart.

J'approuve sa théorie.

— Tout s'explique, Enzo.

— Avez-vous une autre preuve de ce que vous avancez ? Comment être certain qu'Edgar est toujours vivant ?

Baptiste secoue la tête.

Il contourne une benne derrière laquelle il avait dissimulé une pochette avant mon arrivée.

— Je peux vous faire confiance, Lombardi ? Vous ne dévoilerez pas votre source ? Sauf si un jour je vous en donne l'autorisation ?

— Je serai muet comme une tombe. Vous avez ma parole.

L'ancien flic me confie la pochette. À l'intérieur, un dossier recensant la piste privilégiée par Baptiste et, surtout, une photographie prise dans un bar à l'occasion du dernier nouvel an. Un gros panneau fluorescent arborant l'année ainsi qu'un compte à rebours me saute aux yeux.

Sur le cliché, plusieurs personnes aux looks singuliers poussés à l'extrême. Certains sont tatoués de la tête aux pieds. Leurs yeux sont imbibés d'encre. D'autres affichent des piercings énormes ainsi que des langues de serpent. Mêlés à cette petite foule, deux visages quasiment similaires dont l'œil droit est cerclé d'un tatouage. Je reconnais immédiatement Drew et le fameux Edgar. Ce dernier affiche un cou recouvert de tatouages sanguinaires. Je me remémore l'esquisse gribouillée par Alexandra dans son carnet. Le visage d'Edgar est légèrement plus anguleux que celui de Drew. Sa peau est grêlée, son menton plus court et ses brûlures moins marquées. Il lui manque un bout d'oreille plus important qu'à Drew. La jeune femme en un laps de temps restreint avait saisi toutes les subtilités de cette face de rat.

Alexandra ne s'est pas trompée.

Le Collectionneur est toujours en fuite.

39

Alexandra

Menotté et sanglé aux barreaux du lit, Drew a *presque* l'air inoffensif. Je le regarde et mes certitudes s'ancrent dans mon esprit : il n'est pas le meurtrier recherché. Il lui ressemble. Pour avoir croisé sa route plusieurs fois, je peux affirmer sans ciller que son aura diabolique n'est pas comparable à celle du détraqué face à moi. Celui-ci m'a l'air plus simplet. Ce n'est pas un meneur, c'est un suiveur.

Je fais signe au capitaine Léani d'entrer dans la chambre, qu'il quitte après avoir accepté d'enlever l'une de ses sangles au prisonnier.

Me levant du siège sur lequel j'étais assise, je me poste au pied du lit. Je rêverais de débrancher les machines et de retirer les perfusions pour qu'il souffre et meure à petit feu.

— Vous avez compris ? demande-t-il d'une voix hachée en enlevant le masque à oxygène qui cachait la partie inférieure de son visage.

Ma seule satisfaction en l'observant est de savoir que, à chaque fois qu'il regardera ses cicatrices, il se rappellera que je les lui ai infligées.

— Vous n'êtes pas *lui*, déclaré-je en tournant brièvement la tête en direction des vitres qui donnent sur le couloir de l'hôpital.

À travers les stores, je n'aperçois pas Enzo. Où est-il ? J'ai peur. Peur qu'on l'oblige à céder sa place. Peur que du jour au lendemain il disparaisse de ma vie.

— Il se languit de te retrouver, Alexandra.

Pourriture.

— Il y a un air de famille ou je me trompe ? l'interrogé-je en étudiant le tatouage autour de son œil.

Celui-ci comporte moins de détails. Les lianes qui s'entremêlent autour des reptiles sont peu nombreuses.

L'homme, qui a reposé le masque à oxygène quelques secondes sur son visage, le retire en souriant avant d'exploser d'un rire sardonique. D'un signe de la tête, je fais comprendre au capitaine qu'il n'a pas à intervenir.

— Je suis son messager. Ce n'est plus qu'une question de temps avant qu'il ne vienne vous chercher. Il ne perd jamais.

Ses paroles me font froid dans le dos.

— Qui est-il pour vous ?

— Un dieu.

— Il vous ressemble.

— Il est un bout de moi.

— Et un bout de Swan ?

Les narines de Drew se dilatent.

— Swan est une entité à part.

— Pourquoi ?

— Parce qu'il n'est pas nous, crache-t-il avec véhémence.

Contournant le lit pour m'approcher de Drew, je retiens mon souffle quand une illumination me vient.

— Le Collectionneur est un bout de vous ?

— Il est mon reflet.

Un jumeau.

Serrant les barreaux du lit entre mes doigts, je me penche pour analyser de plus près les brûlures sur son menton. Les marques sont plus étendues que celles du véritable Collectionneur.

— D'où viennent-elles ?

— Mon frère et moi sommes identiques. Mes blessures sont les siennes et les siennes sont les miennes.

— Vous vous blessez délibérément pour vous ressembler totalement ? demandé-je en observant son lobe d'oreille arraché.

— Personne ne peut comprendre le lien entre des jumeaux.

— Des jumeaux détraqués…

L'homme se renfonce dans son lit. Sous mes yeux, une ombre passe sur son visage. Il lâche son masque et s'agite. Une alarme s'enclenche. Les palpitations de son cœur s'accélèrent dangereusement. De sa main valide, il tente de m'attraper.

— Il s'est servi de vous ! Il vous a piégé parce que personne ne compte plus que lui-même à ses yeux !

— Non ! gueule le prisonnier.

Drew délire dans son lit. Il m'injurie ! Hurle à la mort et fourre les doigts de sa main valide dans l'une de ses plaies dont il fait sauter les points de suture.

La scène est impressionnante. Drew paraît possédé. C'est donc ça, la vraie folie. Un état où plus rien n'a de sens. Où le délire est tel que la conscience s'efface sous un voile sombre et épais empêchant tout retour à la réalité.

Je comprends que les faiblesses de Drew n'ont jamais échappé à son frère qui le manipulait.

— Salope !

La police ainsi que le médecin se précipitent dans la chambre.

C'est Enzo qui me tire de la pièce et m'emmène sans perdre de temps à l'extérieur.

— Des jumeaux ! m'exclamé-je.

Enzo grimace.

— Quoi d'autre ? me questionne-t-il, peu surpris.

— C'est déjà beaucoup ! réponds-je tandis qu'Enzo inspecte la voiture puis la déverrouille avant que nous ne nous installions pour prendre la route.

Le capitaine Léani surgit à la sortie du parking. Enzo récupère la pochette qu'il avait balancée sur la banquette et me la confie. À contrecœur, il ouvre au capitaine. Essoufflé, celui-ci s'assoit à l'arrière.

— Que se passe-t-il ? Vous me cachez des choses, tous les deux !

Le regard que nous échangeons avec Enzo est éloquent.

— Où étiez-vous passé pendant vingt minutes, Enzo ?

— Suis-je devenu un suspect ?

— Enzo !

Face à l'attitude suspicieuse du capitaine à l'encontre de mon garde du corps, je suis dans l'incompréhension.

— Je me dégourdissais les jambes, lui répond le principal concerné.

— En compagnie de Baptiste Carlesse, l'enquêteur déchu ? insiste le capitaine.

Pendant un bref instant, je perds le fil de la conversation, trop occupée à me rappeler quand et où a été mentionné ce nom qui ne m'est pas inconnu. Ça ne me revient pas.

— Je suis suivi ? le questionne Enzo. Craignez-vous que l'incompétence de votre équipe ne soit raillée à cause des talents d'enquêteur de votre prédécesseur ? Quand on m'a confié cette mission, tout me paraissait limpide. Des flics qui s'arrachent les cheveux sur un dossier épineux. Qui creusent toutes les pistes et n'en laissent aucune de côté. Je constate que je me trompais.

Mon intervention pour calmer le conflit est un échec. Je m'enfonce sur mon siège, et me contente d'observer et d'écouter pour comprendre les origines de cette brouille… inattendue.

— Je n'ai jamais remis en cause le travail de Baptiste. Ses collègues et ses supérieurs sont unanimes, il faisait trop de zèle. Cette affaire a détruit sa famille et l'a détruit, lui. Vous l'avez vu, il n'est plus que l'ombre de lui-même. La bouteille est devenue sa meilleure alliée ! souligne le capitaine en s'emportant.

— Il m'a paru de bonne foi. Ses propos étaient clairs. Ses analyses pertinentes. En aucun cas cet homme n'était ivre. C'est sans doute ce qu'on a voulu vous faire croire pour dissimuler l'incapacité de la police à résoudre l'enquête.

— Vous vous fiez à lui ?

— Pourquoi pas ? Ce ne sont pas les informations que vous me donnez au compte-gouttes qui nous aident. Alexandra et Manon Chauvinse sont toujours en danger parce que les connexions n'ont pas été faites au bon moment.

Je me tourne sur mon siège. Qui Enzo a-t-il vu ? Quand ? Pourquoi ?

— J'ai du mal à vous suivre, messieurs. Quelqu'un pourrait m'expliquer le problème ? Parce que, voyez-vous, jusqu'à preuve du contraire, je ne suis pas transparente, ironisé-je.

Mon regard passe de l'un à l'autre.

— J'attends, souligné-je en affichant un sourire exagéré pour montrer mon insatisfaction face à leur silence.

— Pendant que Drew se confessait auprès de vous, Enzo a rejoint l'ancien capitaine Baptiste Carlesse dans une ruelle proche de l'hôpital.

Après cette révélation, c'est sans grande surprise que je dévisage Enzo.

— C'était prémédité ? l'interrogé-je.

Enzo me répond que non en m'expliquant que Baptiste est venu à sa rencontre et qu'il est préférable que cette info ne filtre pas.

Ce que le capitaine qui bouillonne sur la banquette arrière approuve en retirant une discrète oreillette. Mon entrevue avec Drew n'était pas si privée.

— Mon équipier, qui a surpris la rencontre dans la ruelle, sera muet comme une carpe.

Une fois sa parole donnée, le capitaine reprend son interrogatoire. Enzo n'en démord pas et ne lâche aucune information pertinente durant le trajet. Je le cuisinerai au cottage.

Lorsque nous rentrons, nous sommes accueillis par Suzy, Brooke et l'agent Saint-Paul. Ils assistent tout comme moi à la confrontation entre les deux hommes, qui a repris de plus belle une fois sortis de la voiture. L'un reproche à l'autre de nous mettre en danger en gardant une confidentialité qui n'a pas lieu d'être sur le dossier ; quand le second réprimande le premier en lui stipulant qu'il n'est pas enquêteur, mais garde du corps, et que sa mission ne se résume qu'à de la protection physique et rien d'autre.

— Vous ne teniez pas ce discours à l'hôpital, capitaine. Un flic qui retourne sa veste, comme c'est étonnant, ironise le Ténébreux.

— Messieurs, tente d'intervenir Brooke en haussant le ton pour obtenir le calme pendant que je confie la pochette à Saint-Paul qui l'ouvre, l'air grave.

— Ce n'est pas le bon gars qui a été arrêté ! tonne Enzo en frappant du poing sur la table.

Des regards stupéfaits convergent dans ma direction. Retirant ma veste que je pose sur la table de la salle à manger, je me confesse.

— J'ai toujours su qu'il y avait quelque chose d'étrange. Lorsque Drew nous a poursuivis sur la route, j'ai trouvé que son attitude ne collait pas avec celle du Collectionneur. Mon instinct s'est confirmé au Seven Sisters Country Park quand je suis parvenue à prendre le dessus. J'ai voulu croire que nous l'avions arrêté. Mais non ! Leur tatouage à l'œil droit, la forme de leur visage et la brûlure qu'ils ont au menton ne sont pas tout à fait similaires.

Enzo reprend la parole.

— Drew a un frère jumeau. Il se nomme Edgar. Par le passé, il a frayé avec un groupe militaire privé des pays de l'Est. Il est un alpiniste chevronné qui a voulu faire croire qu'il avait péri durant une traversée de l'Everest.

— Militaires privés pour « mercenaires », précise Saint-Paul.

— Brillant. Si elle est réelle, cette stratégie a permis à cet Edgar de commettre ses crimes en toute impunité. Qui aurait accusé un mort ? soupire Brooke.

— Tout est dans le dossier, dit Enzo. Et il semblerait que ses méfaits aient commencé dès son plus jeune âge. Vous vous souvenez d'Aaron Parker, le cambrioleur ? Il est le demi-frère d'Andy Macowell. Elle a disparu à l'âge de six ans à Liverpool. Et devinez quoi ? Les Hecker étaient les voisins des Macowell.

— Quoi ? manqué-je de m'étouffer.

— Baptiste pense qu'Aaron cambriolait des baraques à Rye et que, lorsque nous l'avons arrêté, il a reconnu Swan… frère de Drew et Edgar, qu'il a toujours suspecté d'avoir fait du mal à sa sœur. Il s'est vengé en tirant sur Swan au pub. Et très franchement, je crois que Swan ne l'avait pas reconnu ni n'avait fait le rapprochement. Aaron a toujours vécu chez son père à Londres. Il voyait

Andy chez leurs grands-parents pendant des fêtes de famille. Il allait peu à Liverpool.

Le capitaine Léani tente de faire bonne figure et répond :

— Il va être interrogé dans les plus brefs délais !

— C'est fou, soupire Suzy.

— Oui… Drew a un jumeau. Les deux sont des complices.

— La source est-elle fiable ? questionne Brooke.

L'agent Saint-Paul retourne une photo. Sur le cliché pris dans un bar au nouvel an dernier, je reconnais immédiatement le Collectionneur. À sa vue, mon pouls s'emballe. Le voir sur papier glacé est un supplice. S'il avait été face à moi dans le Seven Sisters Country Park, jamais je n'aurais réussi à l'attaquer, tétanisée par la peur.

— Mon Dieu, lâche le capitaine Léani.

Un silence de mort tombe sur la pièce, que le policier brise :

— Vous le reconnaissez formellement, Alexandra ?

Me repliant sur moi-même, les larmes aux yeux, j'acquiesce. Les jambes coupées, je m'écroule sur une chaise. Avoir la preuve qu'Edgar se balade toujours en liberté me ramène à mon état de proie. C'est si violent que je m'empare d'un panier en osier décoratif pour vomir.

Me relevant, au bord du malaise, je retombe dans les bras d'Enzo, qui me porte jusqu'à mon lit en me promettant qu'Edgar paiera le prix fort pour ses crimes.

Enzo, épaulé de Suzy, me retire mes chaussures et m'aide à me déshabiller avant de remonter la couverture sur mes épaules.

— Où est Cécile ?

— Elle est à Londres pour le travail. Tu veux que je l'appelle ? s'enquiert Suzy d'une voix douce.

— Non. Laissons-la…

Tremblante, je prends une grande inspiration.

— Il n'est pas loin ! balbutié-je tandis qu'Enzo s'arrête dans l'encadrement de la porte.

— S'il le faut, j'irai en enfer pour toi, assure-t-il sous l'expression horrifiée de Suzy qui comprend que le dénouement de l'affaire pourrait être terrible.

40

Enzo

Dans le salon, nous essayons de démêler un sac de nœuds avec Saint-Paul, Brooke et le capitaine Léani. Au premier, Suzy garde un œil sur Alexandra qui s'est endormie.

Cécile est à Londres aujourd'hui. Ça m'enlève une épine du pied. Je ne sais pas comment lui annoncer que le Collectionneur est toujours en liberté.

— Nous avons besoin d'un plan en urgence, lance Brooke, assise derrière la table, en pleine lecture du dossier réalisé par l'ancien policier. A-t-on un moyen de joindre ce Baptiste Carlesse ? Il a l'air d'avoir cerné Edgar Hecker comme personne. Regardez, il a réussi à retracer ses déplacements aux quatre coins de l'Europe durant ces dernières années et à les corréler avec les crimes commis par le Collectionneur. Tout concorde. Il y a des photos, des témoignages.

Brooke recherche un document qu'elle finit par brandir.

— Il a fait établir un profil complet d'Edgar avec des docteurs en psychologie en se basant sur le mode opératoire, sur les déclarations de personnes l'ayant côtoyé durant sa jeunesse et sur les interrogatoires d'Alexandra. Ne me dis pas qu'il a fait ça seul ? Non, en fait, ne dis rien.

Je vais éviter de lui révéler que Baptiste a fait chanter un ministre pour compléter son dossier.

— Le profil ressemble à celui que tu nous avais pondu, réponds-je à Brooke. Égocentrisme, besoin de domination, intolérance à la frustration, nécessité de ressentir la peur de ses victimes, obsession. Ce type n'a rien d'un pervers sexuel comme certains l'ont supposé. C'est très certainement un sociopathe, et c'est l'un des pires cas de figure. Edgar ne se met pas à la place d'autrui. Pourquoi le ferait-il ? Il doit penser que personne ne s'est mis à la sienne. Baptiste a mentionné pendant notre rencontre que, enfant, les corrections que lui ont infligées ses parents pouvaient être violentes. Son passage à l'orphelinat n'a rien arrangé. Il était différent. L'esprit occupé par une noirceur qui n'a pas été soignée. Ce n'est pas d'exorcisme qu'il avait besoin. Le père et la mère sont décrits comme stricts et sévères d'après un voisin de Liverpool. Ces comportements ont pu commencer à alimenter l'intolérance à la frustration d'Edgar, qui a pris son jumeau, plus faible, sous son aile. Il a subi la violence et a survécu à cet enfer au sein de la secte de l'orphelinat. Son taux d'anxiété est faible, voire inexistant. Il se pense invincible et le fait qu'on ne l'ait jamais arrêté le conforte dans son idée de toute-puissance. D'autant plus qu'il se sait intelligent avec un QI estimé à près de 150. Monsieur est un génie du crime qui tient son frère plus bête, naïf et discipliné sous son joug. Edgar ne ressent ni le remords ni l'empathie. Sa devise se base sur la domination et le contrôle. C'est pour cette raison qu'il torture ses victimes. Leur soumission et leur peur alimentent son ego.

— Il y a aussi un lien avec la religion qui n'est pas à négliger, notifie le capitaine Léani. C'est une information que la police tenait à garder secrète. Le sourire de l'ange dessiné sur les victimes. Les serpents décrits par Alexandra autour de l'œil de notre gars. Les poupées jambes fermées et bras ouverts… Tout nous mène aux traumatismes d'enfants d'Edgar et de son frère. Parents fervents croyants et stricts, pensionnat de bonnes sœurs…

— En explorant l'appartement de Swan et son disque dur, reprend Brooke, nous avons découvert les recherches qu'il avait réalisées sur ses frères. Il les suspectait d'avoir un lien avec les crimes du Collectionneur. Lui aussi était parvenu à établir après plusieurs années de recherches la présence de ses frères aux endroits où le tueur frappait. Je crois qu'il a cherché à anticiper les crimes pour tenter de les stopper… sans succès. Aucune trace de communication entre les jumeaux et lui sur les quinze dernières années n'a été recensée. Des enquêteurs continuent de fouiller dans son passé à l'heure où nous parlons.

— Son profil ne colle pas avec celui d'un manipulateur ou d'un criminel. Je pense qu'il a vraiment cherché à aider Alexandra. Swan Hecker sortait du lot. Il était froid mais pas dénué d'empathie, souligne le capitaine Léani en se frottant le front. Une scolarité modèle, un parcours professionnel impeccable. Plusieurs récompenses à son actif. Il n'a jamais fait de vagues. Au contraire, il était discret et calme. Presque transparent.

— Était ou est ? relève Saint-Paul en se lamentant pour son collègue et ami. Je vous rappelle que son corps n'a pas été retrouvé. Si Drew est aussi précis en tir qu'en conduite, il se pourrait que Swan ait survécu.

— Et la chute dans la mer ? dis-je.

Saint-Paul lâche les clichés des jumeaux Hecker et se lève.

— Ne jamais perdre espoir, chuchote-t-il, gêné du manque que lui procure l'absence de notre ami.

— Restons objectifs. Ce n'est pas parce que nous n'avons

encore rien trouvé que Swan n'est pas ou n'était pas lié aux crimes que ses frères ont commis, note Brooke.

— Le doute est permis, lance Saint-Paul, contrarié. Il a mené son enquête en parallèle, car il supposait qu'au moins un de ses frères était impliqué. Ça explique la photo retrouvée dans ses affaires par Enzo. Je suis certain que, s'il a demandé à servir de garde rapprochée pour Alexandra, c'était pour la protéger. Qui de meilleur que lui pour contrer ses frères ? Il les connaît mieux que quiconque.

— Pas sûr. Ils n'ont pas grandi ensemble. Excepté les liens du sang, ils n'ont rien en commun, argumente Brooke. Ce qui explique que Drew lui a tiré dessus.

— Ce n'est pas à nous de débattre de ça, les interromps-je. Capitaine. Vous avez laissé entendre que l'enquête n'est pas de notre ressort. Je vais faire ce pour quoi je suis payé, garder l'œil ouvert. Mais si Edgar venait à entrer sur la propriété, je ne peux pas vous assurer qu'il sera apte à comparaître devant un tribunal.

— Je ne cherchais pas à vous offenser, tout à l'heure.

— Moi non plus.

Le capitaine se lève de son siège et enfile sa veste.

— Je dois informer l'équipe de cette avancée certainement majeure de l'enquête. Me permettez-vous de prendre la copie du dossier ?

J'approuve.

Saint-Paul retire les feuilles de l'imprimante qu'il place dans une chemise avant de la tendre au capitaine.

— Baptiste Carlesse mérite un meilleur traitement, signale Brooke alors que nous raccompagnons le capitaine devant la maison, là où une voiture de police l'attend.

— Si sa théorie est la bonne, je verrai ce que je peux faire. Des agents de police vont se poster autour de la propriété. Je rentre à Londres, je reviendrai dès que j'aurais du nouveau.

— OK, dis-je en caressant Zeus, mon fidèle ami venu se planter à mes pieds.

À peine le véhicule disparaît-il entre les arbres que j'expose ma décision.

— Nous n'attendrons pas qu'Edgar se manifeste. Nous allons l'obliger à sortir son cul de sa tanière. Le forcer à perdre son avantage.

— Et comment ? demande Brooke en me suivant dans la maison, où nous retrouvons Saint-Paul, la tablette de surveillance entre les mains.

— Carl a des contacts au *Guardian* et à la BBC.

L'information retient l'attention de mes deux alliés.

— Ce dossier, dis-je en saisissant l'une des feuilles volantes posées sur la table, doit faire la une des médias dans les plus brefs délais.

— Ce n'est pas une stratégie risquée ? Le capitaine devinera que l'entourloupe vient de toi, déclare Saint-Paul.

— Je m'en contrefous, assuré-je sous le regard amusé de Brooke. Nous avons tous reçu avant-hier un mail identique. Nos supérieurs nous donnent l'ordre de garder Alexandra en vie par tous les moyens.

— Et l'hypnose ? demande Saint-Paul.

— On n'a pas le temps. Nous aurons déjà un avantage certain en déstabilisant Edgar qui ne s'attend pas à se retrouver sur toutes les chaînes d'info britanniques et dans tous les journaux.

— Ton idée me plaît, sourit Brooke. Une fois la diffusion des infos réalisée, comment allons-nous gérer Edgar ? Il attaquera.

— L'affrontement doit se faire dans des conditions qui nous conviennent pour avoir le dessus et une véritable chance de l'attraper. Gardons à l'esprit qu'il peut venir accompagné d'« amis » … Il n'en est pas dépourvu si l'on se fie aux clichés du dossier de Baptiste.

— OK. Peu importent tes décisions, on te suit, mon gars, lance Saint-Paul en me tapant dans le dos. Cette histoire a assez duré.

— Vu son profil, il viendra seul maintenant que sa moitié maléfique est entre les mains de la police, annonce Brooke.

— J'ai lu un jour que le risque est une prudence supérieure à la peur, déclaré-je.

Ma camarade opine.

— Je vais de ce pas en toucher deux mots à Carl ! s'exclame-t-elle depuis le hall d'entrée.

Une nouvelle dynamique s'engage. Edgar ne s'attend pas à ce que son visage et son histoire de famille soient révélés au grand public. Le déstabiliser reviendra à le rendre plus dangereux, mais cela pourrait aussi lui faire commettre son premier faux pas. Au pied du mur, il est probable qu'il fasse des erreurs.

Il est temps d'inverser le rapport de force. L'inaction, c'est terminé.

41

Enzo

— Est-ce que tout est clair ? m'enquiers-je auprès de Carl pendant que nous terminons une partie de billard dans le petit salon de son manoir.

Cette pièce à la décoration sobre composée des médailles de Carl, d'un flipper, d'un billard, de maquettes d'avions et de navires d'époque est, comme il l'appelle, son « havre de paix ». Suzy, qui la trouve trop peu moderne et déprimante, n'y met que rarement les pieds. Adolescent, j'adorais m'y perdre en compagnie de Carl que je regardais constituer les maquettes si chères à son cœur. C'est ici que je venais me calmer lorsque la vie me malmenait. C'est aussi ici que j'ai perdu mon pucelage avec Lory, une camarade de classe qui a été mon premier amour. Un premier amour que j'ai ghosté par peur de l'engagement et du poids d'un héritage familial dégueulasse.

— Affirmatif, mon grand.

Je suis soulagé que Carl adhère à mon plan. Il n'est pas parfait et le risque zéro n'existe pas, mais qui ne tente rien n'a rien. Edgar rôde dans les parages. J'en suis certain. Il faut le pousser à sortir de son trou. En effectuant une ronde, hier, j'ai constaté que des galeries souterraines menant à des accès anti-bombes verrouillés après la Seconde Guerre mondiale avaient été utilisées. Adolescent, j'en faisais le tour avec Carl et ses amis une fois par mois pour nous assurer que personne n'y avait pris ses quartiers. Un jour, nous avions retrouvé un évadé. Quelques mois plus tard, c'était un fugueur de la région qui y avait trouvé refuge.

— Edgar est malin. C'est un randonneur expérimenté, un alpiniste aguerri. Il a une fascination pour les armes et a réalisé un entraînement militaire auprès de mercenaires. Ce type est en mission commando.

— Un psychopathe, soupire Carl en tapotant sur son bureau en bois d'ébène.

— Ou un sociopathe.

— Oui… J'ai confiance en toi. Je me fie à ton instinct.

Il déambule dans la pièce en tirant sur les extrémités de sa moustache.

— Tu te rappelles comment tomber sans te blesser ?

— La base, souris-je.

— Très bien. Quand Suzy et Brooke apprendront la vérité, je ne donne pas cher de nos fesses, mon grand. Alexandra pourrait aussi t'en vouloir.

— C'est pour elle que je mets en place ce plan. Moins nous serons dans la confidence et mieux ce sera. Si Suzy et Brooke apprenaient les détails de cette stratégie, elles feraient leur possible pour me dissuader de l'exécuter. Quant à Alex, elle doit paraître le plus naturel possible. Soyons pragmatiques. Elle ne saurait pas donner le change, alors que nous sommes peut-être espionnés…

— C'est normal. Elle n'a pas eu nos entraînements.

— Et puis, elle est déjà assez sous pression.

Carl acquiesce.

— Nous devons tendre un piège à Edgar. Il est là, quelque part, tapi dans l'ombre. Il attend le moment opportun pour attaquer. Donnons-lui l'illusion que ce moment est demain soir. Nous avons toutes les cartes en main. Saisissons notre chance.

— Tête brûlée.

— Saint-Paul est dans la confidence. Une fois que nous aurons simulé l'accident, tu feras semblant de m'emmener en voiture à l'hôpital. Demain, une grosse soirée est prévue au pub. Suzy aura besoin d'aide au bar, donc Brooke et Cécile se proposeront en sachant que Saint-Paul restera avec Alex et que des policiers patrouillent autour du cottage. Elles n'apprendront la vérité qu'au pub. Une équipe de police se chargera de les tenir à distance.

— Le capitaine Léani a validé ton plan ?

— Officieusement.

— Toi et moi nous rendrons tous les deux sur le sentier des Égarés, sur la propriété de Peter, ton ami. Je parcourrai via son sous-sol les trois kilomètres souterrains me séparant du cottage. Ces galeries-là n'ont pas été visitées récemment, je m'en suis assuré.

Carl sort d'un des tiroirs de sa bibliothèque deux clés anciennes en métal permettant de déverrouiller les cadenas et de retirer les chaînes bloquant les grilles des galeries.

— Peter a été clair, elles s'appellent « revient ».

— C'est noté, Colonel.

— Tu es sûr que tu veux être seul ? Je pourrais t'accompagner. Veiller sur tes arrières.

— Trop dangereux. Qui veillera sur les tiens ?

Carl ne s'oppose pas à ma décision. Il sait qu'il n'est plus de première jeunesse pour affronter un Edgar surentraîné. Quant à moi, je ne prendrai jamais le risque de perdre mon « père ». C'est pour ça qu'après m'avoir déposé il aura pour mission de poursuivre sa route en direction de l'hôpital avec un mannequin sur le siège passager. Nous devons donner le change pour qu'Edgar ne se doute pas du piège qui va lui être tendu. Loin d'être stupide, il va se questionner. En comprenant que Saint-Paul reste aux côtés d'Alex, que les patrouilles de police seront renforcées en notre absence et qu'un nouvel agent d'élite sera déployé dans les parages, il songera que je suis vraiment blessé. Il sautera sur l'occasion.

— Les stéréos sont en place ?

— Tous les voisins les ont discrètement installées. Quand tu en donneras l'ordre, un son suraigu sera diffusé dans la forêt.

Satisfait, j'acquiesce.

— Tu es sûr qu'Edgar est misophone ?

— Ça m'en a tout l'air d'après ce qu'Alex a raconté à Suzy. Il y a certains bruits qu'il ne supporte pas.

— Il faudra réussir à lui retirer son casque ou ses bouchons d'oreilles… ça ne sera pas une mince affaire.

— Je ne suis pas mauvais à la lutte au corps à corps. Je lui arracherai les oreilles s'il le faut.

— Ne le sous-estime pas, Enzo.

— Jamais.

— Pendant ses dernières conversations avec Suzy, Alexandra a sans le savoir dévoilé deux points faibles d'Edgar. Il n'aime pas certains sons et il est un homme de grand air. Progresser à travers les souterrains n'est pas son point fort. Il n'a pas réussi à effacer toutes les preuves de son passage dans les galeries sous les baraques des voisins.

— Oui, les propriétaires du coin sont catégoriques. Les empreintes retrouvées ne leur appartiennent pas. Personne n'est descendu dans ces galeries ces deux dernières semaines.

— On va se le faire, cet enfoiré.

Carl, les mains dans les poches de son élégant pantalon, se

poste devant une vitrine qui regorge de photos de famille. Son regard tendre se pose sur le portrait de Suzy.

— Alexandra n'est pas comme les autres femmes que tu as connues. Tu es amoureux de cette demoiselle, n'est-ce pas ?

Je ricane nerveusement en essayant d'éluder la question. Carl ne lâche pas le morceau.

— Tu en as connu, des femmes de forte trempe. D'ailleurs, l'une d'elles t'a élevé. Et une autre te remet en place aussi souvent qu'il le faut, souligne-t-il en faisant référence à Brooke.

— Que veux-tu ? J'aime souffrir.

Le Colonel se retourne pour m'attraper par les épaules.

— Mon grand. Je crois qu'Alexandra est la bonne. J'ai eu des doutes au début. J'avais peur que tu sois déconnecté de la réalité parce que tu passes tout ton temps avec elle. Sans oublier la proximité forcée.

— Mais ?

— Je vois la façon dont vous vous regardez et la complicité qui s'est installée entre vous malgré vos mésententes dues à vos mauvais caractères respectifs. Je sais qu'il te tenait à cœur de retourner en Sicile pour rendre visite à ton cousin et que cette mission t'en a empêché.

— Il est sous bonne escorte. Je veille à distance, assuré-je alors que Carl me tapote l'épaule.

J'attrape ma bière et en avale quelques gorgées avant de reprendre la partie de billard inachevée.

— Tu n'as aucun regret ?

— Aucun. J'ai rencontré Alex.

Carl contourne le billard. Il se penche et secoue la tête en me regardant.

— Qu'y a-t-il ?

Il rit en liant ses mains derrière son dos.

— Je suis fier de l'homme que tu es devenu, Enzo.

Ce genre de déclaration étonne venant d'un ancien gradé de l'armée. On s'attend toujours à tomber sur le cliché de l'homme froid, peu expansif, autoritaire. Ce n'est pas le cas avec le Colonel qui est un individu plein d'humanité et qui n'a jamais eu honte de dire aux gens qui l'entourent qu'il les aime. J'essaie de m'inspirer de lui au quotidien, même s'il est loin d'être facile de lui arriver à la cheville. Carl va à l'encontre de tous les préceptes machistes du padre Lombardi. Il m'a appris qu'un homme ne se définit pas uniquement par sa virilité. Idée que, fut un temps, il m'a été compliqué d'intégrer. Il m'a aussi aidé à comprendre que la violence ne me caractérisait pas. Que peu importe le sang qui coule dans mes veines, je peux être un homme bon et honnête.

Mon tir est net et précis. La boule 8 est la dernière empochée. La partie est gagnée.

— Va te reposer, mon grand. La journée de demain, avec la diffusion nationale du portrait d'Edgar, risque d'être mouvementée.

Et pas qu'un peu, songé-je en quittant Carl pour rejoindre le cottage.

42

Alexandra
22 avril

Courant à un rythme modéré, je suis Enzo et Zeus dans la forêt qui jouxte la propriété.

— *Gattina !* Ne lâche rien !

J'ai envie de cracher mes poumons, de jeter l'éponge. Pourtant, je m'accroche. Je veux tenir ce jogging sur une heure entière. Plus que dix minutes et ce qui est un calvaire aura en fait été un effort revitalisant.

Les encouragements d'Enzo qui ralentit ou fait du surplace pour m'attendre me font chaud au cœur. Tout comme l'initiative qu'il a prise hier de venir me consulter avant de faire un choix lourd de conséquences.

— Trois. Deux. Un. On marche ! s'exclame mon coach alors que je m'écroule sur le sol avant de rouler dans les fougères avec le chien.

Enzo se penche au-dessus de ma tête.

— Je suis fier de toi. Tu as tout donné.

Il est un surhomme. Quelques petites gouttes de transpiration parsèment son front. Son visage est à peine rougi par l'effort. Se redressant, il observe le nombre de calories dépensées, le niveau cardiaque et tous les autres points qu'une montre connectée enregistre… Montre connectée qu'il ne lie jamais à son portable. Sécurité oblige !

Ce qu'il est sexy ! Je le dévisage, béate, en me disant que je suis encore une de ces nanas envoûtées par le mirage étincelant d'une pièce d'or tombée au fond d'un trou.

Prenant une grande inspiration, Enzo m'aide à me relever et nous marchons dans la nature pour faire redescendre nos rythmes cardiaques.

— Merci, soufflé-je en prenant appui contre un muret, vestige d'une ancienne petite maison.

Enzo sourit en me voyant en nage. Les poings sur les hanches, je me force à avancer.

— Merci pour quoi ? me demande-t-il en lançant un bâton au chien.

— Pour tout. Pour hier. Tu aurais pu agir sans tenir compte de mon opinion.

— Cette décision te revenait. Je ne voulais pas que le dossier soit transmis aux médias sans que tu n'aies eu ton mot à dire. Idem pour Baptiste, que j'ai consulté.

— Il n'a pas été trop énervé ?

— Au contraire. Son nom n'apparaît nulle part. Celui de ses sources non plus. Carl est un homme de parole. Il est respecté à Londres. Ses contacts lui font confiance. Bien sûr, nous leur avons fourni deux clichés pour étayer nos dires. Et puis, le public est friand de ce genre d'infos morbides. Des témoignages afflueront. Des souvenirs qui peuvent paraître futiles mais qui seraient susceptibles de nous être utiles reviendront à certains. Dans une heure, le portrait d'Edgar sera partout. Journaux, télévision, Internet.

— Il risque de se sentir acculé. Ce n'est pas dans ces moments-là que les gens sont les plus dangereux ? demandé-je en observant les policiers en pleine patrouille autour de la propriété.

Ils nous saluent avant de reprendre leur route.

— C'est le but.

— Je commence à te connaître. Tu as un plan.

— La stratégie est le meilleur moyen de gagner une guerre.

Rattrapant Enzo, j'approuve d'un léger signe de tête.

— Tu es un guerrier. Moi non, déclaré-je avec un sourire nostalgique en pensant au bon vieux temps.

— Tu es si forte, Alexandra. Tellement forte que je me sens faible parfois à côté de toi. Edgar et Drew ont voulu te briser sans y parvenir. Alors que, moi, mon père a réussi.

Je m'attendais à tout sauf à cette révélation. Enzo ralentit le pas jusqu'à s'asseoir sur un banc en pierre installé par Carl devant une petite mare à proximité de son manoir.

— La vie nous joue parfois de drôles de tours, ironise Enzo. Qui aurait cru que le fils d'un pourri intégrerait le corps de l'armée italienne avant de devenir un agent d'unité d'élite ?

— Tu as des nouvelles de ton père ?

— Je me tiens au courant. Lui et moi ne nous sommes pas croisés depuis plusieurs années. C'est mieux ainsi. Je sais qu'il me déteste, il sait que je le déteste, et c'est tout ce qui compte.

Que répondre à cela ?

— Parfois, j'envie les gens qui évoluent dans un environnement familial aimant.

— Ce n'est qu'un leurre, Alex. Toutes les familles ont leurs soucis et leurs secrets. La famille parfaite n'existe pas.

Enzo marque un long silence avant de faire une révélation :

— Je suis le digne héritier d'un des empires mafieux les plus importants d'Italie.

Ma première réaction ? Rire à gorge déployée. Voyant que ce rire n'est pas contagieux, je m'arrête.

— Tu… Tu plaisantes ?

Le grand brun secoue la tête en liant ses mains sur ses genoux.

— Je suis le vilain petit canard de la famille. C'est d'ailleurs pour cette raison que mes parents m'ont envoyé dès mon plus jeune âge dans un pensionnat anglais. La suite de l'histoire, tu la connais. J'étais imbuvable. Je faisais connerie sur connerie quand Suzy et Carl m'ont pris sous leur aile. J'étais retors, mais ils ont réussi à dompter la bête en moi. Suzy et Carl comptent plus à mes yeux que mes propres parents. Ce sont eux qui m'ont donné le goût de l'ordre, et du travail honnête et bien fait. Je voulais marcher sur les pas de mon père de substitution, alors je suis entré dans l'armée. Ensuite, j'ai poursuivi mon chemin pour intégrer une unité d'élite de mon pays d'origine. Je me suis juré qu'un jour je passerais les menottes au padre Lombardi.

La détermination se lit sur le visage d'Enzo, que je prends dans mes bras.

— Tu n'es pas obligé de me confier ces détails.

Enzo ne retient pas un rire nerveux.

— Je ne suis pas du genre expansif. Ce n'est pas à toi que je vais l'apprendre. Mais je crois que tu devais le savoir.

Me redressant, je jette un peu plus loin le bâton que Zeus m'apporte.

— Vraiment ?

— Pour que tu puisses faire tes choix en ton âme et conscience.

Pour seule réponse, je lui lance un haussement de sourcils incrédule.

— *Gattina*, tu es arrivée dans ma vie d'un coup d'un seul. Franchement, je ne m'y attendais pas. Je voulais juste prendre mon congé sabbatique, mais… *la vita è come un albero di Natale, c'è sempre qualcuno che rompe le palle.*

Comme toujours dès qu'il se met à parler italien, je suis sous le charme. Hypnotisée par la beauté de cette langue mélodieuse et dynamique.

— Traduction, la vie c'est comme un sapin de Noël, il y a toujours quelqu'un pour te casser les boules.

— C'est romantique ! J'imagine que je suis la casseuse de boules, plaisanté-je tandis qu'Enzo m'embrasse sur le front.

— En janvier, je sortais d'une grosse opé et j'avais des choses personnelles à gérer. Je me contrefous de la plupart des membres de ma famille. Je pars du principe que ma famille est celle que je me suis construite ici. Pourtant, je sais qu'il y a de l'espoir chez les Lombardi et j'essaie de garder un œil sur la jeune génération. La plupart des gosses sont perdus, mais deux, trois éléments peuvent être sauvés.

— Si cette mission t'a empêché de te consacrer à tes projets, j'en suis vraiment désolée.

— Cette mission est tombée à point nommé. Je veille sur toi et je veille à distances sur mes jeunes cousins, surtout sur un. Il s'appelle Lorenzo, il a dix-sept ans et je lui ai fait intégrer l'armée pour l'éloigner de son cercle familial nocif. Je m'en suis sorti, je veux qu'il ait droit à une seconde chance. Si je te parle de tout ça, c'est pour que tu comprennes que je ne m'attendais pas à cette connexion qu'il y a entre nous…

Enzo soupire en regardant droit devant lui. Il se redresse et tape dans ses mains pour se donner du courage.

— … J'envisage de faire un bout de chemin avec toi, Alex. Pour ça, je dois être transparent afin que tu saches ce qui t'attendra si tu décides de rester à mes côtés une fois que tu auras retrouvé ta liberté.

Emplie de joie, je saute au cou d'Enzo. Il ne sait pas à quel point ses mots m'émeuvent. J'ai envie de lui hurler que je crois que je l'aime, mais je me retiens. C'est trop tôt. Je ne veux pas le voir fuir loin de moi. Doucement, mais sûrement, il se dévoile. Je préfère ne pas le bousculer et lui permettre de s'ouvrir à moi à son rythme et avec la pudeur qui est la sienne.

— Est-ce une réponse positive ? me taquine-t-il en m'attirant sur ses genoux pour mieux me câliner.

— Oui, c'en est une, lui murmuré-je, consciente qu'il n'y a pas que Lorenzo qui a droit à une seconde chance.

Ce n'est pas un hasard si la vie l'a placé sur mon chemin. Sa présence est une bénédiction. Elle représente ma seconde chance à moi aussi.

43

Alexandra

Après une bonne douche et un goûter *so british* préparé avec soin et dégusté aux côtés de Cécile, je peins dans mon bureau. Retrouver mes pinceaux et une toile blanche est un bonheur absolu. L'esquisse d'une mer bordée par une plage de sable blanc se dessine peu à peu sous le regard de l'agent Saint-Paul qui semble hypnotisé par mes coups de pinceau. Assis les bras croisés sur un tabouret, il fixe la toile en tripotant de temps à autre l'oreillette qui le relie à Brooke à l'abri dans l'annexe et à Enzo qui rafistole le toit du manoir des Mitford.

— Agent Saint-Paul, souhaitez-vous peindre ? le sollicité-je en lui tendant un pinceau.

— J'aime vous regarder faire, c'est reposant.

— Vous devriez vous lancer maintenant que je vous ai un peu appris les bases, dis-je en lui installant un chevalet sur lequel je place une toile blanche.

— Je ne serai jamais aussi doué que vous.

— Ce n'est pas l'important. Laissez s'exprimer ce que vous avez dans la tête. Si vous voulez peindre, peignez sans vous poser de questions. L'art est personnel, personne ne vous jugera.

Saint-Paul ne se fait pas prier et avance son tabouret devant le chevalet.

— Que peignez-vous ? Un endroit que vous avez déjà visité ou une plage sortie de votre imagination ?

— C'est une plage des Seychelles. Je n'y suis jamais allée. Je me contente de m'inspirer d'une carte postale que ma tante m'avait envoyée depuis ce lieu paradisiaque.

— Ton rêve d'enfant, ne peut s'empêcher d'intervenir Cécile, appuyée contre le chambranle de la porte du bureau, dans lequel elle pénètre pour m'embrasser avec tendresse. Je vivais aux Seychelles avant l'accident de voiture qui a coûté la vie à mon frère et à ma belle-sœur, explique-t-elle à Saint-Paul.

— Il y a vingt ans, Cécile est revenue vivre en France pour s'occuper de moi. J'ai un peu bousculé ses plans…

— Je ne regrette pas une seconde d'être revenue à Paris pour toi, ma chérie. Tu es ce que j'ai de plus cher sur cette terre.

Elle caresse ma joue puis s'amuse avec ma queue-de-cheval.

— Sans toi, je ne sais pas ce que je serais devenue.

— N'y pensons pas, murmure-t-elle, émue, en me prenant dans ses bras pour une longue et douce étreinte. Allez. Je vous laisse peindre. Je vais aider Suzy à préparer le dîner.

Cécile se fait discrète depuis son arrivée au cottage. Je crois qu'elle a encore besoin de se remettre de ses émotions. Elle a aussi beaucoup de travail en tant que cheffe de rubrique d'un des magazines féminins français les plus lus du pays. Elle jongle entre ma situation, son boulot et ses envies d'ailleurs. Rien n'est simple.

Ma tante quitte la pièce. L'expression nostalgique sur mon visage interpelle l'agent Saint-Paul.

— Cécile est vraiment une belle personne.

— Elle n'arrive plus à me cerner.

— Non. Elle vous laisse le temps et l'espace pour vous reconstruire. Vous savez, votre relation est si forte avec votre tante que je suis toujours estomaqué de voir que vous n'avez pas besoin de vous parler pour vous comprendre. De simples coups d'œil ou câlins suffisent. Je vous vois souvent blotties dans les bras l'une de l'autre quand je fais mes rondes. Il y a d'autres fois où vous lisez pendant qu'elle travaille dans la même pièce. Vous êtes ensemble et c'est tout ce qui compte.

Je souris, le cœur lourd.

— Vous ne retrouverez pas votre vie d'avant, Alex. Celle que vous allez bâtir dans un futur proche sera meilleure. J'en suis certain.

— C'est juste que je n'aime pas voir ma tante dans cet état. Elle s'inquiète. Ça me mine le moral de savoir qu'elle culpabilise de ne pas avoir été assez présente pour moi.

— Laissez-lui un peu de temps, répond le garde du corps, appliqué en trempant son pinceau dans la peinture, avant de réaliser de délicats mouvements sur la toile immaculée. Elle pensait que nous avions arrêté le bon meurtrier et, ce midi, elle a appris que le Collectionneur est toujours en fuite. Ça fait beaucoup à digérer.

— À bien y réfléchir, j'aurais préféré qu'elle ne soit pas emmenée en Angleterre. J'ai plus peur pour elle que pour moi. Imaginez qu'Edgar s'en prenne à Cécile juste pour m'atteindre. Je ne sais pas ce que je ferais… Je crois que je le tuerais, révélé-je, pleine de rancœur. Je rêve de ce moment où je pourrai lui planter un couteau dans le cœur. Quand Drew s'est attaqué à moi et que j'ai réussi à prendre le dessus, ça m'a fait un bien fou. Cette rage intérieure que je conservais en moi a eu besoin de s'exprimer. Si j'avais pu le frapper avec la lame encore et encore jusqu'à ce que ses chairs ne soient plus que des lambeaux, je l'aurais fait… Je regrette de ne pas avoir été jusqu'au bout…

L'agent m'écoute avec la plus grande attention.

— Quand j'étais allongée dans mon lit d'hôpital, je me disais qu'avoir sa mort sur la conscience m'aurait détruite. Après réflexion, je sais que non et je n'ai même pas honte de cet aveu… Pensez-vous que je sois un monstre ?

— Vous êtes humaine. C'est normal d'éprouver de la haine. Ne la laissez pas vous ronger de l'intérieur.

— J'ai l'impression d'entendre l'un des nombreux professionnels qui me suivent pour soulager et soigner ma santé mentale, souligné-je.

— Vous commencez à vous confier, vous faites du sport…

— Qui l'eût cru !

— Vous exprimez à votre façon ce que vous ressentez et c'est le principal. Ne vous blâmez pas pour ce qui est arrivé au Seven Sisters Country Park. Vous vous êtes défendue. Aujourd'hui, cette pulsion de mort qui jaillit en vous à l'égard de celui qui vous traque est, comme le dit Brooke, dans la continuité logique des événements. Vous avez trop accumulé de peur, de chagrin, de désespoir et de rage. Ce n'est pas parce que ces pensées vous viennent en tête que vous passerez à l'acte.

Saint-Paul se rapproche de moi en tapotant son oreillette qu'il déconnecte un bref instant.

— De vous à moi, si jamais ce fantasme sombre devait arriver, personne ne vous blâmerait. La question que vous devez vous poser est : est-ce que passer à l'acte vous fera vous sentir mieux ? Et ça, ce n'est pas certain, me confie-t-il en reconnectant son oreillette.

Au bout d'une heure à peindre, je sors déambuler dans le jardin. Ayant eu l'autorisation de surfer sur Internet, j'emprunte avec son accord la tablette d'Enzo et prends connaissance des dernières informations relatives à l'affaire du Collectionneur. Le portrait d'Edgar fait la une des médias. Des témoignages de personnes (commerçants, voisins, anciens employeurs) l'ayant côtoyé par le passé affluent. Les mêmes mots reviennent à chaque fois, « tordu », « dingue », « effrayant », « retors », « mauvais ».

Le choc me gagne en voyant différentes photos du tueur. Avant sa prétendue mort, il ne ressemblait en rien à ce qu'il est aujourd'hui. Il avait des cheveux courts et châtains. De grands yeux clairs déjà teintés d'une lueur étrange. Pas de tatouage ou de brûlure. Sa peau laiteuse paraissait lisse et sans défaut. Le gars avait la tête d'un petit ange. Je suis sûre qu'en faisant abstraction de son regard éteint on lui aurait donné le bon Dieu sans confession.

M'asseyant sur un banc en pierre, c'est avec horreur que je songe à la future réaction meurtrière d'Edgar en voyant sa trombine affichée aux quatre coins du Royaume-Uni et bientôt de l'Europe. Je me dis qu'il pourrait de nouveau frapper pour se venger de la perte de son anonymat en tuant au hasard ou en s'en prenant à de potentielles cibles qu'il aurait repérées au préalable. Son ressentiment décuplé, il est possible qu'il m'attaque à tout moment. Il pourrait jaillir de derrière un arbre, se manifester durant la nuit, se faire passer pour un livreur et pénétrer sur la propriété. J'ai beau savoir qu'il est à présent l'homme le plus recherché d'Angleterre, je n'en suis pas moins terrifiée. Les patrouilles de la police et la présence d'agents d'élite auront-elles raison de sa détermination ? Certainement pas. Au contraire, le goût du challenge le poussera à se dépasser. Je commence à connaître la bête…

Je souffle en me redressant sous le regard du chien qui me suit comme mon ombre.

La nuit commence à tomber.

J'aperçois Brooke en pleine ronde quand Cécile m'interpelle depuis une fenêtre du rez-de-chaussée. Il est temps de dîner.

Je m'apprête à retourner dans le cottage lorsque Suzy surgit, son manteau sous le bras.

— Que se passe-t-il ?

— Enzo est tombé du toit ! s'exclame-t-elle en filant en direction de son manoir.

Je m'empresse de la suivre malgré les injonctions de Brooke à rentrer.

— C'est grave ? m'inquiété-je en m'enfonçant dans la forêt pour arriver sur la propriété principale des Mitford.

Devant le porche, Carl et un de ses voisins venu aider à bricoler tentent d'empêcher Enzo de se lever. Il persiste à se redresser en maintenant son épaule gauche.

— Oh mon Dieu ! m'écrié-je, saisie par l'inquiétude.

— *Sto bene, sto bene*[1], répète-t-il à notre intention en boitillant.

Je m'empresse de lui proposer mon aide. Calant son bras gauche contre sa poitrine pour immobiliser son épaule, il prend appui sur moi de sa main valide.

— Vite, hôpital ! ordonne Carl qui se précipite à l'intérieur du manoir pour récupérer ses clés de voiture.

Sous les éclairages de la façade, l'agent Saint-Paul examine brièvement Enzo.

— Il doit y avoir une fracture.

— Je vais remettre ça en place, grogne Enzo sur le point de tenter une manœuvre sous mon regard interdit.

— Non ! Tu dois voir un médecin ! le sermonné-je tandis

1. Ça va bien.

que Suzy le retient de faire une bêtise qui pourrait lui coûter la mobilité de son bras.

— Tu vas à l'hôpital, point ! commande-t-elle tandis que Carl avance le véhicule dans l'allée principale.

— Je ne peux pas ! Pas maintenant ! Une chute de sept mètres à peine, rien de grave. J'ai atterri sur la toile de store avant de heurter le sol.

— Tu y vas, immédiatement ! s'époumone Suzy en sortant un mouchoir de sa poche qu'elle tamponne sur le visage égratigné du Ténébreux. Carl va t'accompagner.

— *Basta !* Et qui va t'aider, toi ? s'agace Enzo en s'écartant de moi pour appuyer, en grimaçant, sa main contre le bas de son dos douloureux. Il y a une énorme soirée à la taverne. Je ne peux pas te priver de la présence de Carl.

Ce qu'il se montre têtu à discuter alors que ce n'est pas le moment !

— Je peux donner un coup de main, propose Cécile qui nous rejoint, fébrile, en frottant ses bras que seul un pull en laine recouvre.

Elle me prend contre elle pour me tranquilliser en assurant qu'elle remplacera Carl derrière le bar pour aider Suzy et son équipe.

— Il n'est pas judicieux de nous séparer, affirme Enzo.

— Je suis là. Un nouvel agent veille sur les lieux en remplacement d'Hecker. Et la police cerne la propriété et ses alentours, notifie Saint-Paul.

— Je ne sais pas…, chipote Enzo.

— Je t'en prie. Écoute-nous, l'imploré-je en me séparant de ma tante. Tu as besoin de soins. Tu es tombé d'un toit !

Je m'approche de lui et me retiens de le toucher de peur d'empirer ses blessures.

— Pourquoi ce genre de merdes n'arrivent qu'à nous, grogné-je, accablée en serrant les poings.

— Je te promets que ça va aller, tente-t-il de me rassurer.

C'est peine perdue tant qu'il refuse de se rendre à l'hôpital.

— Oui, Brooke ? demande l'agent Saint-Paul en enfonçant un peu plus son oreillette dans son oreille. Brooke dit qu'elle arrivera aussi en renfort au bar avec un policier pour assurer la sécurité de Suzy et Cécile. Je resterai avec Alexandra à la maison.

— Hors de question ! grommelle Enzo, échevelé, qui est forcé par un Carl impatient à monter dans la voiture.

— Allez, mon grand. Saint-Paul vient de te dire que le cottage est cerné par la police. Et puis, les voisins sont d'anciens militaires et des amis, assure Carl en baissant la vitre de son véhicule. Ils seront aux aguets comme toujours. Je vais les prévenir de la situation en chemin.

— Tout ira bien. Nous garderons contact, annonce l'agent Saint-Paul en tendant à Enzo le portable que Suzy vient de ramasser sur le sol.

Impuissante, je me rapproche du véhicule avant que la portière ne soit fermée.

— Alex, tu gardes ma tablette près de toi. Je dois pouvoir te joindre.

Je voudrais m'asseoir à côté d'Enzo, mais ce n'est pas possible. Alors, je ne le demande même pas. On m'a répété des dizaines de fois ces derniers jours que j'avais l'interdiction de sortir d'un périmètre bien précis. Et surtout, je dois éviter à des civils de se retrouver en danger par ma faute.

— Où le conduisez-vous ? demandé-je.

— N'ayez crainte, Alexandra. Ce gaillard va être soigné au Rye, Winchelsea & District Memorial Hospital.

— Ce n'est pas loin, précise Suzy en fermant la portière.

Le cœur serré, je m'écarte en faisant un signe de la main à Enzo.

Carl ne s'éternise pas et fait démarrer la voiture sous mon air inquiet.

44

Alexandra
23 avril

Minuit sonne.

Dans le salon, allongée sur le divan sous un plaid, je regarde un film à la télévision. La tablette posée tout contre moi, j'attends des nouvelles d'Enzo qui ne répond plus depuis une heure. Après des radios, les médecins devaient lui replacer l'épaule puis la soutenir par une écharpe. L'attente me rend dingue. La fatigue finit par l'emporter et je m'endors à moitié sur le canapé.

Avant de définitivement plonger dans un profond sommeil, je sens l'agent Saint-Paul remonter le plaid sur mes épaules puis déposer la tablette sur la table basse.

— Bonne nuit, susurre-t-il en quittant la pièce.

Un « bonne nuit » particulier empli d'une appréhension que je ne lui connaissais pas.

Alexandra…

Je me réveille en sursaut et constate que, contrairement à mon cauchemar, je ne suis pas prisonnière dans un hangar.

Me nichant au bord de la banquette, je me saisis de la tablette, qui affiche 2 heures du matin. Toujours pas de nouvelles d'Enzo. Peut-être est-il rentré. Dans le doute, je me lève et monte dans sa chambre, vide, où je hume son odeur sur son oreiller. Je redescends au rez-de-chaussée et me rends à la cuisine pour boire un peu d'eau fraîche. Postée derrière les baies vitrées, j'aperçois une ombre entre les arbres avant que la lueur d'une lampe en partie étouffée par la nature ne se révèle. Puis un second faisceau lumineux apparaît. Des silhouettes m'effraient avant que ne me vienne à l'esprit que ce ne sont que des policiers en pleine ronde sur le terrain.

M'entendant faire les cent pas, l'agent Saint-Paul se manifeste.

— Tout va bien ? demande-t-il en jetant un coup d'œil à sa montre dont le cadran s'éclaire.

Son comportement est étrange. Je trouve sa posture plus raide qu'à l'accoutumée.

— Vous avez des nouvelles d'Enzo ? Il ne donne plus signe de vie depuis plusieurs heures.

— Ne vous inquiétez pas. Dès qu'il le pourra, il vous appellera. Je n'en doute pas.

J'acquiesce en retournant du côté du salon.

— Saint-Paul.

Il traverse le couloir pour me rejoindre.

— Suzy, Cécile et Brooke ne sont toujours pas rentrées ?

— Elles sont retenues à la taverne. L'anniversaire d'un des meilleurs partis de la ville est un événement important. Qui dit clients aisés cette nuit dit excellent chiffre d'affaires. Je ne serais pas étonné de ne les voir rentrer qu'au petit matin.

— Nous aurions pu nous rendre utiles.

— Votre sécurité avant tout.

Je connais ce discours par cœur.

— OK…

— Reposez-vous. À votre réveil, tout le monde sera rentré.

Il a raison.

Passer ma nuit à faire des allers-retours n'accélérera pas l'écoulement du temps. Les minutes me paraissent être des heures. Des heures que je ne verrai pas défiler lentement en dormant. Je m'allonge de nouveau sur le canapé. Prenant soin d'éteindre le téléviseur, je consulte une dernière fois la tablette avant de fermer les yeux. C'est en me forçant à m'endormir que, bien sûr, je ne m'endors pas.

J'entends Saint-Paul se déplacer dans la cuisine. Il me semble qu'il prépare du café pour lui, les policiers et pour James, l'agent qui remplace Swan Hecker et qui s'est brièvement présenté hier à son arrivée avant de prendre position dans l'annexe. Quelques minutes plus tard, j'entends cette fois Saint-Paul sortir de la maison. Mue par un mauvais pressentiment, je me lève encore une fois et l'épie derrière les fenêtres en fouillant dans les placards pour en retirer une bombe lacrymo que je glisse dans la poche de mon sweat. Saint-Paul apporte des thermos aux policiers. Les trois hommes discutent pendant plusieurs minutes avant qu'ils ne se séparent pour poursuivre les rondes.

Me munissant de la tablette, j'envoie un message à Enzo via une application. Sa dernière connexion remonte à 22 h 58. Quand le réseau fait des siennes (ce qui n'était jamais arrivé), différents scénarios me viennent en tête, du plus loufoque au plus dramatique.

Calme-toi, me répété-je en retrouvant ma place sur le canapé, jusqu'au moment où le silence total est perturbé par un bruit sourd en provenance de l'extérieur. Je tends l'oreille et secoue la tête en songeant que je suis parano. Sur le point d'appeler Zeus qui dort dans ma chambre, je suis surprise par l'apparition d'un policier derrière la fenêtre. Sa soudaine manifestation a fait s'emballer mon cœur. Je recule en affichant un sourire crispé qu'il n'entrevoit pas dans la semi-pénombre. À l'extérieur, les éclairages se mettent à clignoter avant de s'éteindre un à un. La porte d'entrée claque. L'agent Saint-Paul la verrouille et se dirige en toute hâte dans le salon pour m'empoigner et me tirer dans le couloir. Son visage est fermé. Ses gestes rapides, précis et presque brutaux m'arrachent une plainte.

— Il est là.

Ces trois petits mots prononcés par ma garde rapprochée d'un calme impérial me font l'effet d'une bombe. Quand il frappe dans la rambarde de l'escalier, le doberman rapplique.

— Pas un bruit, murmuré-je au chien, près duquel je m'accroupis.

— Prenez cette lampe de poche. Toutes les portes et fenêtres sont fermées, je m'en suis assuré. J'ai vérifié le sous-sol, R.A.S. Exécutez la procédure d'urgence, Alex, dit l'agent Saint-Paul en me faisant signe de descendre me claquemurer dans le bunker.

J'obéis sans poser de questions. Connaissant le chemin sur le bout des doigts suite aux multiples entraînements auxquels j'ai eu droit, je file me mettre à l'abri. Quant à Saint-Paul, il embarque Zeus pour flairer l'odeur de l'intrus, qui a perdu ou abandonné un gant sur le terrain. Descendant l'escalier en toute hâte, je m'immobilise, mue par un mauvais pressentiment.

Je frémis et perds la lampe de poche qui s'éteint en heurtant le sol.

Tâtonnant pour aller la récupérer, je termine de descendre les marches. Lorsque je pose un pied à terre, le silence et l'obscurité totale dans laquelle je me trouve m'arrachent des frissons. Une odeur inhabituelle terreuse et âcre me saute au nez. Quand un craquement survient, je me fige de nouveau. Je tire sur le fil de la loupiotte au pied de l'escalier, quand je suis poussée contre le mur. Presque assommée, je ne parviens pas à me relever. En rampant, mon pied heurte un objet couché sur le sol. C'est la porte de la cave.

Il me semble apercevoir la flamme d'un chalumeau et entendre le bruit d'outils balancés sur le sol.

— Saint-Paul ! hurlé-je alors qu'une main est plaquée sur ma bouche.

Une violente bagarre s'engage. N'y voyant rien, je m'agite dans tous les sens pour empêcher mon assaillant de poser un tissu sur ma bouche. J'imagine qu'il est imbibé de chloroforme. Un produit qu'affectionne Edgar pour endormir ses proies. Rapidement, il prend le dessus en me cognant de nouveau contre les murs. Quand il revient à l'assaut, j'enfonce dans sa jambe la lame du couteau suisse qui ne me quitte plus depuis l'attaque de Drew. Sa courte plainte ne laisse plus de place au doute : je suis bien en présence du Collectionneur. Ce n'est pas un complice ou un imitateur. L'horreur ne me paralyse pas et les coupures sur les doigts dues à la lame ne m'arrêtent pas. Malheureusement, Edgar parvient à anticiper chacun de mes mouvements. Je suis comme une souris en cage qu'il prend plaisir à malmener.

— Comme on se retrouve, Alexandra, jubile-t-il en me saisissant par le cou pour me plaquer contre un mur.

Il arrache le couteau de sa jambe qu'il balance derrière lui.

À la seule force de son bras, il me soulève. Les pieds dans le vide, j'étouffe. Je parviens à lui arracher ses lunettes de vision nocturne ainsi que le casque sur sa tête. Il resserre sa prise autour de mon cou, quand une détonation retentit. Surpris, il me lâche.

Je parviens à sortir ma bombe lacrymo et à le gazer.

— Tu ne m'échapperas plus ! grogne-t-il.

— Toi non plus, répond une voix dans l'obscurité avant que l'éclairage ne s'active.

Enzo, qui arrive lui aussi par la cave qui donne accès à des galeries souterraines, bondit sur l'agresseur à qui il arrache sa cagoule. L'horrible visage d'Edgar apparaît. Je ne peux pas le regarder plus longtemps et me précipite vers la porte du bunker. Les mains moites et tremblantes, je tape le code sur le clavier du boîtier, que je réussis à déverrouiller au bout de deux tentatives.

— Enzo…, sangloté-je tandis qu'il se livre à un combat titanesque.

Mais comment est-ce possible ?! N'était-il pas blessé et en route pour recevoir des soins ?… Immédiatement, je comprends qu'il m'a menti. Que sa chute du toit n'était qu'un leurre.

Dois-je être soulagée qu'il ait simulé un accident ? Je crois que je préférerais le savoir à l'hôpital pour un bras cassé qu'ici à se battre pour sa vie et pour la mienne.

Enzo me pousse dans le bunker et referme la porte avant qu'Edgar ne s'y introduise. Dans la panique, je visionne les écrans reliés aux caméras de surveillance de la propriété, qui est à présent cernée par des voitures de police.

Le temps que les policiers daignent agir, Enzo pourrait avoir perdu la vie. Une chance sur deux qu'il gagne son combat féroce face à Edgar d'une agilité et d'une souplesse (malheureusement) épatantes.

Le cœur tambourinant contre ma poitrine, je manque de m'évanouir. Je glisse contre une paroi et m'écroule sur le sol sous le choc.

— Bordel, réagis ! proféré-je.

Sur les écrans, les policiers ne bougent toujours pas. À présent, ils empêchent même Saint-Paul et le capitaine Léani de pénétrer dans la maison. Une unité d'élite se prépare à passer à l'action, mais c'est trop long !

Trouvant la force de ramper sur le sol, je me fais violence pour tenir sur mes deux jambes. Le corps courbaturé, je tire un combiné qui me connecte immédiatement à un service de sécurité redirigeant l'appel vers Brooke.

— Alexandra ! J'arrive ! Ne sortez pas du bunker !

— Il va tuer, Enzo ! m'époumoné-je en fouillant la pièce pour enfin tomber sur une mallette contenant une arme chargée dont je m'empare. Je... Je dois l'aider !

— Ne bougez pas ! C'est un ordre !

Sur un écran, je reconnais Brooke. Elle enfile un gilet pare-balles et franchit le périmètre de sécurité imposé par la police. L'agent Saint-Paul la suit, forçant le groupe d'intervention à se mobiliser.

Les images dévoilant qu'Edgar est sur le point d'abattre Enzo me brisent le cœur. Sans attendre, j'ouvre la porte du bunker. J'oublie la douleur physique en imaginant la souffrance que m'infligera la perte de celui qui fait vibrer mon cœur.

Mon apparition est la diversion parfaite qui permet à Enzo de reprendre le dessus. Il enchaîne les coups puissants mais Edgar se relève à chaque fois.

Je tire à deux reprises en l'air, stoppant ainsi l'attaque en cours.

— Tu n'oseras pas ! crache le détraqué.

C'est ce que nous allons voir.

— Pour moi..., gémis-je alors que les palpitations féroces de mon cœur déchirent ma poitrine.

Je ne réfléchis pas. Je pointe mon arme sur Edgar et j'appuie sur la détente.

Le coup part.

La balle le touche au niveau du cou.

L'homme s'écroule à genoux.

— ... Et pour toutes les autres victimes.

Cette fois, je vise l'épaule. La cible est atteinte.

Enzo s'approche lentement de moi.

— Il n'en vaut pas la peine…

Je n'aurais pas de plus grande joie que de le savoir six pieds sous terre.

Je m'apprête à lui tirer une balle en pleine tête, quand le Ténébreux se jette sur moi pour s'emparer du revolver. Un nouveau coup part. La balle se coince dans le plafond. Au même moment, Brooke, le capitaine Léani et Saint-Paul surgissent, accompagnés d'une unité d'intervention.

Virevoltant, je constate l'absence d'Edgar, qui s'est engouffré dans les souterrains.

45

Enzo

— Non ! s'écrie Alex en comprenant que notre homme prend la fuite.

À la vitesse d'un courant d'air, je l'embrasse et disparais dans les galeries souterraines, suivi de près par une brigade d'élite. Edgar a beau être blessé, il n'en est pas moins dangereux. C'est armé que je le traque. Il m'entraîne dans une partie des galeries qu'il avait au préalable piégée. Des détonations retentissent derrière moi puis s'ensuit une explosion si puissante qu'elle me propulse contre une paroi bétonnée. Je parviens à me relever. Désorienté, m'enfonçant un peu plus dans la fumée qui remplit les lieux, j'essaie de retrouver mes esprits.

À peine ai-je le temps de ramasser la lampe de poche perdue par le Collectionneur dans sa fuite qu'un coup violent m'est asséné. Je chute, quand un tissu m'est passé autour du cou. Mon assaillant, accroupi sur moi, le serre de toutes ses forces jusqu'à ce que je parvienne à le repousser et à reprendre le dessus. La lutte se poursuit et je lui arrache ses bouchons d'oreilles avant de me mettre à couvert pour éviter des tirs.

Je recrache la terre ingurgitée et m'enfonce en direction de l'est dans les profondeurs âcres de Rye.

Une plainte puis les grincements d'un portail dans la galerie nord m'indiquent que je suis sur la mauvaise piste. Je reviens sur mes pas et emprunte un second chemin sur lequel je retrouve Brooke qui me tend une paire de lunettes de vision nocturne.

— Je couvre tes arrières, prévient-elle en pointant son arme droit devant elle.

De nouvelles détonations surviennent. Nous sommes sur la bonne voie. Rejoints par des agents d'élite, nous progressons. Je le sens, je le sais, notre homme n'est plus très loin. Je mets la main sur un tissu ensanglanté qui me rappelle qu'Edgar n'est pas un surhomme. J'ai bien failli en douter à un moment.

— Il est cerné ! Il y a des flics partout.

— Il saigne beaucoup, annonce Brooke qui éclaire de sa lampe torche des traces de sang sur les parois.

— Alexandra ne l'a pas raté.

— Elle a vite appris et du meilleur d'entre nous.

Je lui balance un coup de coude avant de me mettre à courir après Edgar, qui parvient à s'échapper des tunnels qu'il semble connaître sur le bout des doigts.

— Les plans souterrains de Rye ! s'exclame Brooke en ramassant une feuille froissée perdue en chemin par notre homme.

— Il a tout prévu ! dis-je en atterrissant au beau milieu de la forêt malmenée par un vent glacial.

— Je prends par la Griffe du Diable et toi par le sentier des Géants, ordonne Brooke qui disparaît dans la pénombre.

Quant aux autres agents, ils se séparent en trois groupes pour quadriller le secteur.

M'enfonçant sur le sentier des Géants, je suis mû par un mauvais pressentiment. Le chant mélancolique d'une nature agitée augmente ma méfiance. Je me concentre sur les sons. Outre le froissement des feuilles et la danse macabre des arbres, je crois repérer un cliquetis qui soudain cesse. Puis un claquement survient. Ce sont des maisons à oiseaux suspendues aux branches qui frappent les unes contre les autres.

— Edgar, dis-je. Je sais que tu es là. Rends-toi, ce petit jeu a assez duré.

Un bruit sourd m'interpelle. Je me mets à couvert sous les racines d'arbres affleurant le sol. J'ai évité une rafale de tirs.

Soudainement, une tache mobile apparaît sur mes lunettes. Elle se situe à une dizaine de mètres et se cache derrière un immense chêne.

Sortant un talkie-walkie de ma poche, je décide qu'il est temps d'utiliser le plan B. Je me doutais qu'attraper Edgar ne serait pas simple. Cet homme anticipe, réfléchit. Il a échappé à la police pendant une décennie. Il était inimaginable qu'il tente une nouvelle fois de s'en prendre à Alexandra sans avoir établi de plan au préalable.

— Musique, les gars, murmuré-je en enfonçant mes bouchons antibruit dans mes oreilles.

— Bien reçu, répond Peter, l'un des voisins et amis de Carl.

L'ancien militaire un peu bourru mais d'une grande loyauté s'exécute. Sa maison est au beau milieu de la forêt. Il active ses haut-parleurs. Un grésillement vient recouvrir le vent puis plus rien.

Quelques secondes passent. Puis soudain, un son suraigu s'élève dans les airs. Il est puissant et continu. Il est si fort qu'il donne l'impression de quadriller la forêt.

La surprise est totale pour Edgar. À travers les lunettes, je vois la tache qu'il représente se tortiller sur place. Le son le perturbe, je peux même l'entendre crier. Profitant de cette occasion, je réduis la distance qui nous sépare et lui fonce dessus. Il heurte un tronc puis un second avant de bouffer le sol sur lequel je le traîne. Je le frappe, je le secoue. Mes attaques sont rapides et précises, il ne doit pas avoir le temps de souffler ni de saisir l'une des armes planquées dans ses godasses.

Bientôt, je me rends compte qu'Edgar est vêtu d'un uniforme de policier anglais. Je comprends son plan. Il espérait repartir du côté de la maison ni vu ni connu pour être au plus près d'Alexandra et une nouvelle fois s'en prendre à elle.

— Agent Lombardi ! s'écrie Edgar. Vous m'avez pris au dépourvu !

Il se relève et je lui tombe à nouveau dessus. Je me saisis d'une corde qui traîne à côté d'un sac qui doit appartenir au tueur et la passe autour de son cou ensanglanté.

— Revanchard, crache Edgar qui respire difficilement tandis que je resserre ma prise, que je desserre ensuite, avant d'une nouvelle fois l'empêcher de respirer.

— Alors, mon gars ? Quel effet ça fait ? lui demandé-je en lâchant la corde pour l'empoigner par le cou et le soulever contre un tronc d'arbre.

Ses pieds se balancent dans le vide tandis que j'attends la réponse à ma question.

— Je vous avais sous-estimé, crache-t-il difficilement.

Les mains accrochées à mon bras, Edgar se débat. Il m'a l'air troublé, agité. Le bruit l'excède, l'empêche de réfléchir.

Au bout de plusieurs secondes à le regarder avec mépris, je le lâche. Il tombe sur le sol et, lorsqu'il se met à ramper pour m'échapper, je le rattrape et lui arrache des godasses qui cachaient un impressionnant arsenal de guerre : un couteau, des lames ainsi qu'une petite arme de poing. Je le stoppe en lui écrasant la main. Je peux sentir ses phalanges craquer sous mon poids.

Edgar grimace, puis grommelle en essayant de m'échapper.

Je balance les bouchons dans mes oreilles en penchant la tête pour observer celui qui n'effrayera plus personne derrière les barreaux. Il est fin. Aussi fin qu'une tige. Et là, bloqué sous ma godasse, il ne m'impressionne pas le moins du monde.

— Encore un qui est habitué à la torture, relevé-je en le soulevant par le col.

Le son qui hantait la forêt cesse et je peux entendre Edgar se forcer à rire en s'avouant vaincu.

— J'ai joué et j'ai perdu, confesse-t-il en crachant du sang. Ce n'est que partie remise.

Rapidement, nous sommes rejoints par la police et la section d'élite.

Je m'accroupis pour le regarder droit dans les yeux quand son gilet pare-balles lui est retiré et que les menottes lui sont passées aux poignets.

— Ce n'était pas un jeu.

— Bien sûr que si, réplique-t-il en passant sa langue sur ses lèvres. C'était un jeu dont j'ai gagné toutes les parties ces dernières années.

Je me relève alors qu'on referme ses menottes. Je ne saurais pas dire quel est le sentiment prédominant en moi. La colère ? Le soulagement ?

Je dévisage celui qui s'est attelé à traquer Alexandra et tant d'autres femmes. Celui qui a brisé des familles. Celui qui a fait planer la peur en Europe. Lui aussi m'observe comme une bête curieuse. Et je peux déceler une certaine admiration dans son regard. J'aimerais l'attraper et le fracasser contre le sol. Pouvoir sauter sur son corps et en casser chaque os. C'est dingue ce que le mal peut être contagieux quand il est en face de vous.

Il y a comme une minute de silence dans cette forêt. Les bruits dans la nature s'estompent, les sirènes des voitures de police me semblent bien lointaines. À croire que le cosmos lui-même célèbre l'arrestation d'un des tueurs en série les plus prolifiques de la décennie. Chaque personne présente étudie l'animal voûté, porté par deux jambes flageolantes. Avec ses grands yeux noirs, et ses tatouages sataniques sur le cou, il ressemble à une créature irréelle.

Je comprends mieux Alexandra. Elle a raison. Ce gars qui physiquement a l'air tout fragile porte le mal sur son visage si pâle et anguleux que l'on pourrait penser qu'il a été taillé dans la roche des géhennes. C'est impressionnant. C'est inconfortable. C'est abominable.

Ravalant mes envies de meurtre, comme beaucoup dans les parages, je tourne les talons pour retrouver ma belle.

— Nous avons un point commun, agent Lombardi, entends-je.

Je m'immobilise et pivote sous le regard compatissant de Brooke qui prend ma main dans la sienne en guise de soutien.

— Nous aimons la même femme, poursuit Edgar. L'effet qu'elle a sur nous est indiscutable. Elle est le plus beau joyau de ma couronne et vous imaginez bien que je ne laisserai jamais un tel bijou me filer entre les doigts. Et s'il ne peut pas m'appartenir, alors…

Immédiatement, Carl, sorti de nulle part, fait barrage devant moi.

— Allez, mon grand. Il n'en vaut pas la peine.

Je ravale ma salive en reculant, la mâchoire serrée. Edgar ne rit pas. Il est tout ce qu'il y a de plus sérieux.

— Je m'en charge, assure Brooke. Je vais l'amener avec les gars jusqu'à une ambulance.

— Tu ne le quittes pas d'une semelle.

Brooke sort de sa poche une paire de menottes. Elle s'attache à Edgar.

— Je serai comme son *ombre*, promet-elle en dévisageant celui qui n'aimait pas vraiment les femmes… mais qui préférait les massacrer.

46

Alexandra

Les sirènes lumineuses et hurlantes animent les alentours. Une couverture de survie m'est apportée par les secouristes, mais je la repousse. Je repousse tous ceux et celles qui m'éloignent du brancard d'Edgar. Sur le point de m'approcher de l'ambulance dans laquelle il est emmené, je suis stoppée par des policiers. Je cherche à les contourner puis je m'immobilise.

— Venez vous asseoir, entends-je.

Le regard dans le vague, je ne bouge pas, perdue dans la fourmilière humaine qui s'anime sur la propriété.

— Viens dans l'ambulance, *gattina*, me chuchote Enzo en replaçant l'une de mes mèches de cheveux derrière mon oreille.

Le Ténébreux m'entraîne jusqu'à une seconde ambulance bien trop éloignée à mon goût de celui qui canalise toute ma rage. Son visage m'apparaît et, immédiatement, je m'agite.

— Tu es en sécurité, Alexandra. Je suis là.

Enzo me retient, empêchant au passage le médecin de m'injecter un tranquillisant.

— Je gère, lui dit-il. Laissez-nous un instant.

Le capitaine Léani accède à sa demande et ferme les portes de l'ambulance derrière le médecin.

— J'aurais pu l'avoir. J'étais à deux doigts de lui rendre la monnaie de sa pièce… Tu m'en as empêchée, révélé-je, la voix empreinte de folie alors que le sang afflue dans mes joues. Sans ton intervention, il serait mort. Il n'aurait eu que ce qu'il mérite !

Enzo me lâche avant de me saisir par les poignets.

— Tu te vengeras autrement.

— Il me nargue. Il me narguera toujours.

Ma garde rapprochée place sa main sur mon front.

— Tu as chaud. Tu es sous le choc. Alexandra, assieds-toi, tu as besoin de retrouver tes esprits.

— J'ai besoin qu'il meure, sangloté-je, frissonnante.

La haine me monte à la tête.

— Nous l'avons attrapé. Jamais, je dis bien jamais, il ne recouvrera la liberté. Il va croupir pour le reste de ses jours dans une prison de haute sécurité dans une cellule minuscule.

— Ça ne compensera pas tout le mal qu'il a fait.

Mes larmes brisent le cœur d'Enzo, qui prend ma tête entre ses mains. Il embrasse mon front puis mes cheveux avant de me promettre que tout ira mieux maintenant.

— Tu as besoin de soins.

— Toi aussi, répliqué-je en me redressant pour étudier les bleus sur son visage.

Du bout du pouce, j'essuie le sang qui coule au coin de ses lèvres. Doucement, mais sûrement, je retrouve mes esprits. La folie s'évapore et laisse place à un vide immense. Un vide que j'aimerais combler par de l'amour.

Un sentiment de peur s'insinue au plus profond de mes entrailles et raidit tout mon corps.

— Tu ne partiras pas sans moi ? Ma question peut te paraître stupide, mais…

— Je ne partirai pas sans toi. Quant à toi, tu n'iras nulle part sans moi.

Ces mots prononcés avec douceur me réchauffent le cœur. Étant parvenue à dompter la bête en moi, Enzo m'assoit sur le brancard.

— Il va falloir soigner tes plaies de guerrière, me sourit-il.

Son regard étincelle d'une lueur que je ne lui connaissais pas. Je peux y déceler de l'amour.

— Je vais bien. C'est toi qui dois être soigné en priorité, assuré-je en constatant que son épaule droite lui est douloureuse.

— Nous allons tous les deux permettre au médecin de nous examiner. Comme ça, nous resterons ensemble. Tu es d'accord ? me questionne-t-il en s'asseyant à mes côtés tout en liant ses doigts aux miens.

— OK, réponds-je en me reposant contre lui.

Quelques minutes plus tard, les portes de l'ambulance sont ouvertes par le médecin, accompagné du capitaine Léani à qui j'ose demander du bout des lèvres une petite faveur. Mon obstination arrache un rire neveux à Enzo.

— Permettez-moi de le voir, s'il vous plaît.

— Ce n'est pas le bon moment, annonce le capitaine tandis que je me laisse examiner.

Je me contrefiche de la désapprobation des gens qui m'entourent. Après quelques secondes de réflexion, je me lève, saute hors du véhicule et fends la foule d'agents pour me planter derrière l'ambulance dans laquelle Edgar reçoit les premiers soins.

— Vous aurez tout le temps de le voir au procès, intervient Brooke qui tente de me dissuader de l'approcher.

Au même moment, un ambulancier ouvre les portes du véhicule, dans lequel je grimpe. Le capitaine Léani pourrait m'en faire descendre par la force, mais il finit par céder à ma requête.

— Cinq minutes, indique un médecin qui va attendre devant l'ambulance aux portes entrouvertes.

Mes prunelles se posent sur Edgar qui n'a plus ni masque ni cagoule. Son visage est nu, il n'a même pas besoin d'un peu d'oxygène. J'en déduis qu'il se porte à merveille. Que sa blessure au cou est superficielle. J'aurais pu faire plus de dégâts. *J'aurais dû en faire plus.*

Menotté à son brancard, il me dévisage sans ciller. Son regard sombre et si singulier est dur, pourtant je l'affronte sans trembler. Ses traits sont tirés. Il doit me maudire pour son état de faiblesse. À présent, il ne domine plus personne.

— Vous aurez lamentablement échoué avec moi, dis-je en m'asseyant sur un tabouret pendant que le capitaine se tient debout, tendu et craintif des réactions que je pourrais avoir. Il y a eu le hangar, le sud de la France, la tentative d'intrusion d'un soi-disant gang à la recherche de drogue dans la maison d'Eastbourne, et maintenant ça. Échec sur échec.

Edgar, au visage peinturluré d'un maquillage de guerrier, se redresse sur le brancard et s'exprime après une longue minute de silence.

— J'ai quand même réussi à te faire sortir de ton trou. Et te voilà, face à moi. Réfléchis à ce que tu dis. Vingt-neuf victimes avant toi. Je n'appelle pas ça un échec.

Des aveux.

Sa révélation me glace le sang. Je recule sur mon siège en jetant un regard ahuri au capitaine, qui n'affiche aucune expression.

— Cette fois, j'ai joué et j'ai perdu. La partie aura été exceptionnelle.

— Ce n'est pas un jeu.

— Oh que si, riposte-t-il de sa voix grave. Et il ne fait que commencer pour toi, confie Edgar en se recouchant et en fixant sa perfusion.

Il étire ses jambes comme si la balle dans son mollet n'avait rien de douloureux.

— Tu seras toujours ici, déclare-t-il en tapotant son front, et là, ajoute-t-il en posant sa main sur son cœur. Tu seras mon trentième trophée que tu le veuilles ou non.

— Sortons, Alexandra.

Je repousse le capitaine.

— Et Swan, ton frère ? le questionné-je.

La réaction d'Edgar est minime.

— Les plus faibles périssent toujours.

— Enflure !

La capitaine me sort de l'ambulance avant que je n'aie eu le temps d'enfoncer mon doigt dans l'une des plaies du blessé.

Edgar me lance un dernier regard diabolique tandis que le médecin et le secouriste reprennent leur place dans l'ambulance. Elle s'éloigne sous mes yeux, escortée par quatre blindés sombres.

Une voiture s'arrête devant le portail. Suzy et Cécile en sortent sous bonne escorte et traversent le périmètre sécurisé pour me prendre dans leurs bras sous les regards de Saint-Paul, Brooke, Enzo et du capitaine Léani.

— Je vais bien, répété-je à plusieurs reprises alors que les deux femmes m'examinent sous toutes les coutures.

Ensuite, Suzy s'approche d'Enzo qu'elle gronde pour lui avoir menti, avant qu'il n'ait droit à un tendre câlin. C'est qu'elle l'aime, son Pulcino. Quant à moi, je ne lui en veux pas le moins du monde de ne pas m'avoir mise dans la confidence de son plan. Soyons réalistes, j'aurais tout fait capoter. Je n'aurais jamais su donner le change en restant naturelle.

— Merci pour votre courage et votre force, Alexandra. Merci pour votre aide, Enzo, Saint-Paul et Brooke. Merci pour tout, Suzy et Cécile, conclut le capitaine en rejoignant ses collègues à l'intérieur du cottage.

— Le moment tant attendu, sanglote ma tante en me prenant dans ses bras. Ça y est, Alex… Tu es libre.

Libre.

Le mot résonne dans ma tête durant un long instant.

— Nous sommes libres, lui réponds-je en voyant réapparaître dans ses prunelles une magnifique lueur d'espoir.

Cette lueur, je ne l'avais vue qu'une fois dans les yeux de Cécile. C'était après l'enterrement de mes parents, quand nous avions emménagé toutes les deux à Paris. Ma tante s'était accroupie face à moi et m'avait juré, le regard triste mais un sourire dans la voix, que la vie serait de nouveau belle.

Différente, mais belle.

— Alex.

Ma tante entoure mon visage de ses mains et je la prends de court avant qu'elle n'ait le temps de prononcer cette phrase qui nous a permis de nous relever ensemble d'un drame passé. Elle et moi ne formons qu'un. C'est comme ça et ça le sera toujours. Je tombe, elle me relève. Elle tombe, je la relève.

— La vie sera de nouveau belle. Je te le promets, assuré-je, les yeux embués de larmes.

Mes mots font écho en elle. Laissant échapper les larmes qu'elle retenait, elle opine en riant et en reniflant.

C'est cette image de Cécile qui s'incruste dans ma rétine et que je conserverai pour me souvenir de cette journée. Je ne vais pas me souvenir d'Edgar, mais bien de l'incroyable lueur dans le regard de ma tante. Cette même lueur qui dans un coin de ma tête m'a accompagnée quasiment toute ma vie. Elle m'a permis de tenir debout jusqu'ici et me permettra de ne pas fléchir dans le futur. Parce que oui, bordel !… La vie sera belle !

47

Alexandra
30 avril

— Vous êtes sûre et certaine de votre décision, Alexandra ? me demande un policier anglais.

Je tourne la tête en direction d'Enzo, qui m'observe de ses tendres prunelles. Je me perds un instant dans la beauté de son regard. Il n'est plus aussi sombre qu'au début.

— Je ne me sens pas prête pour une confrontation avec Edgar.

— C'est votre droit, intervient le capitaine Léani alors que nous sommes installés dans une salle de réunion avec des policiers haut gradés anglais, le procureur de Londres, des agents d'Interpol, un psychologue, mon avocate, celui d'Edgar, et Enzo.

Beaucoup d'entre eux souhaitent que je rencontre le criminel. Il voudrait se confesser (mon œil !) mais pas auprès de n'importe qui. C'est avec moi qu'il aspire à avoir cette discussion.

— Vous êtes certaine de ne pas vouloir y réfléchir encore un peu ? insiste le procureur, un grand type blond d'une quarantaine d'années aux traits tirés.

La psychologue prend mon parti.

— Le choix revient à Alexandra. Si elle ne se sent pas capable de rencontrer Edgar, nous n'avons pas à l'y contraindre. Aucune loi de ce pays ne l'oblige à accepter sa requête.

Bien que contrariés, les policiers approuvent. Il faut dire qu'ils n'arrivent pas à obtenir grand-chose du prisonnier « modèle ». Son jumeau qui n'en dit pas plus a fini en cellule d'isolement pour le soustraire aux autres détenus qui s'en servaient comme punching-ball. Un sort qui m'est complètement égal.

Je me lève de mon siège pour quitter la pièce, quand un raclement de gorge bruyant me pousse à m'immobiliser. L'avocat principal d'Edgar fait tourner les extrémités de sa moustache entre ses doigts en lançant un regard mystérieux au capitaine Léani. Ce dernier pose le stylo qu'il tripotait sur son carnet et lève la tête dans ma direction. Je peux sentir la gêne envelopper la pièce.

Le capitaine ne passe pas quatre chemins.

— Edgar se doutait que vous refuseriez sa demande. Il en a donc formulé une seconde.

Je tombe des nues.

— Et on accepte ? m'offusqué-je. Où va-t-on ?!

— Ce n'est pas de gaieté de cœur que je me fais l'avocat du diable.

— C'est non ! J'ai dit stop ! Je serai face à lui au procès, pas avant ! m'exclamé-je tandis qu'Enzo, toujours assis, prend ma main dans la sienne.

— Edgar se doutait que vous refuseriez de le voir. Il a donc proposé en alternative de rencontrer Enzo.

C'est la stupeur. La mâchoire m'en tombe. Quant à Enzo, il reste impassible plusieurs secondes avant d'accepter.

Hors de la pièce, j'échange avec lui quelques instants en espérant le faire changer d'avis. Problème, il est déterminé à traverser la prison pour s'entretenir avec le prisonnier.

— Tu n'as pas à céder à ses caprices.

— C'est pour toi, pour les autres victimes et pour leurs familles que je le fais.

Sa réponse démontre encore une fois toute la bonté d'Enzo.

— Vous avez tous et toutes besoin de réponses. J'ai suivi cette affaire en me chargeant de ta protection. Je sais quelles questions lui poser. Et il y a aussi Swan… Je veux que son nom soit totalement blanchi. Même si nous n'avons pas de corps, Brooke et Saint-Paul se chargent d'organiser son enterrement et nous voulons qu'il ait droit aux honneurs militaires.

Les larmes aux yeux, je culpabilise.

— Tu dois me trouver égoïste… Si j'avais la force, je te jure que j'irais l'affronter mais…

Enzo me prend dans ses bras et me serre avec douceur contre lui en me murmurant que j'ai déjà trop enduré et que s'il peut me décharger un peu de ma douleur, alors il le fera.

Déstabilisée par la situation, je suis le groupe dans la prison qui est un véritable labyrinthe. Nous passons des portiques de sécurité, traversons de longs couloirs et grimpons trois étages pour nous retrouver dans le quartier le plus sécurisé du bâtiment. Deux policiers attendent devant une porte entrouverte donnant sur un petit sas dans lequel je prends place pendant qu'Enzo poursuit sa route. Après quelques minutes, l'une des portes du sas s'ouvre et me permet d'accéder à une petite pièce enténébrée. Le directeur de la prison appuie sur le bouton d'un boîtier accroché au mur. Une vitre sans tain s'éclaire, donnant sur une pièce aux murs gris qui ne comporte qu'une table et quatre sièges fixés au sol. Sur l'une des chaises est assis Edgar, et sur celle d'en face, Enzo. Incommodée par des bouffées de chaleur, je tiens bon sous les regards du capitaine Léani, du procureur et du directeur de la prison.

— Vous pouvez sortir si…

J'interromps le capitaine d'un signe de tête pour lui faire comprendre que je ne compte pas bouger. Edgar lève les yeux. Il me semble qu'il perçoit ma présence. En regardant la vitre derrière laquelle je me trouve, il sourit.

— N'ayez crainte, il ne vous voit pas, croit bon de préciser le directeur.

— Vous vouliez me parler, dit Enzo. Je suis là. Ne perdons pas de temps.

Edgar tourne lentement son visage en direction de son interlocuteur. Menotté à la table, il soupire en secouant la tête.

Une pléthore d'horribles souvenirs me revient. Je m'accroche à la barre fixée au mur pour ne pas perdre pied. Difficilement, je parviens à me concentrer.

— Je sais que vous êtes là pour Alexandra et Swan. Retirons le pansement d'un coup sec, lâche Edgar dont l'expression se fait plus sévère, la voix plus grave. Je n'ai jamais aimé Swan. C'était un pur produit de la société. Un gosse roux aux grands yeux bleus. Quand nous étions petits, tout le monde louait sa bonne bouille, son éducation proprette, son intelligence, sa gentillesse et tout ce qui le différenciait de moi. Il était un ange quand on me gratifiait du statut de démon. Il était beau quand on me trouvait laid. Il était l'espoir des parents et moi leur plaie. J'aurais aimé le tuer de mes propres mains. J'en aurais savouré chaque instant. Et vous savez quoi ? Je crois que c'est en partie grâce à lui si je me suis adonné à mon passe-temps favori.

— Développez.

— Je détestais ce gosse parfait qui faisait la fierté de la famille.

J'ai tué pour me soulager du désamour de mes parents et de la société à mon égard. J'ai tué pour rétablir l'équilibre. J'ai souffert étant enfant. Je devais inverser la tendance. Alors, je sais ce que vous vous dites, Enzo. Et je sais ce que se disent tous ceux qui écoutent attentivement notre discussion. Encore un pauvre gars, dégénéré. Oui, je le suis peut-être selon votre définition. Les bonnes sœurs, chez qui j'ai atterri gamin, voyaient le diable en moi. J'ai été « corrigé » des centaines de fois, enfermé dans des placards minuscules pendant des jours sans manger. J'ai été exorcisé, et pourtant, regardez le résultat. Personne n'a réussi à supprimer cette facette sombre et glacée de mon âme. La première fois que j'ai tué fut durant une journée ensoleillée. Il y avait cette gamine. Comment s'appelait-elle déjà ? Andy ! De grands yeux mordorés, un visage rond et innocent. Je m'étais entraîné sur les lapins des voisins avant de lui briser la nuque.

Enzo reste impassible.

— Très honnêtement, ça n'a pas été simple. Elle gesticulait dans tous les sens et a hurlé jusqu'à ce que je lui fourre des cailloux dans la bouche… Ne me demandez pas où est son corps. Après toutes ces années, il ne doit rester qu'un squelette que les animaux auront rongé et éparpillé dans une forêt de Liverpool. Maintenant, vous pourrez dire à ce pauvre Aaron qui croupit aussi en prison pour avoir agressé Swan que sa théorie à mon sujet a toujours été la bonne. Je suis responsable de la mort de sa sœur.

— Andy vous obsédait ?

— J'y pensais jour et nuit. Et un jour, je l'ai vue jouer seule dans son jardin. Je lui ai proposé des bonbons. Elle a accepté et m'a suivi. Je n'ai pas réussi à contenir la pulsion de mort qui germait en moi.

Horrifiée, je serre un peu plus fort la barre fixée au mur.

— Petit, très tôt, j'ai su que je n'étais pas comme tous les autres. J'ai aussi compris que j'avais la capacité de manipuler autrui.

— Dont votre jumeau.

Edgar rit. J'ai l'impression de déceler une pointe de nostalgie en lui.

— Je vous accorde que Drew n'est pas le couteau le plus affûté du tiroir. Mais il faisait le boulot. Il m'est loyal et le sera même après la mort.

— Parce que vous pensez qu'il y a quelque chose après la mort ?

— Je vis le moment présent. Je me fiche du reste. Néanmoins, j'espère que oui. Que nous nous retrouverons tous après la mort. J'aurai le plaisir de revoir Swan et toutes celles qui ont compté dans ma vie, ironise Edgar en observant pendant une poignée de secondes la vitre sans tain.

— Vous avez pris plaisir à tuer.

— Je suis un prédateur, dit-il à mi-voix en retrouvant son sérieux.

Ses doigts sillonnent le tatouage autour de son œil avant de venir s'attarder sur le visage du diable dessiné sur son cou.

— Ce n'était pas la mort qui m'intéressait. Plutôt la traque. L'adrénaline que l'on ressent pendant une partie de chasse. Tenez, prenons le cas de Sabrina Abdis en Belgique. Je l'ai surveillée pendant quatre mois. Lorsqu'elle a compris que quelqu'un s'introduisait chez elle ou la suivait quand elle faisait son jogging… quel plaisir. La peur était partout dans son quotidien. J'étais tout le temps avec elle. Je ne quittais jamais son esprit parce qu'elle savait qu'à un moment ou un autre sa peur se matérialiserait et qu'alors tout serait fini pour elle. J'aime avoir ce pouvoir de vie ou de mort…

— Que vous n'avez pas eu avec Alexandra.

Edgar déglutit. Je vois sa pomme d'Adam s'agiter. La mâchoire serrée, les mains crispées sur la table, il se raidit sur son siège face à Enzo qui ne le lâche pas du regard.

— Alexandra, c'est un peu le goût de l'inachevé. Celui qui me hantera toute ma vie. Et soyons clairs. Si je venais à sortir de cette prison un jour, et nous savons tous les deux que je parviendrai à m'évader, je la retrouverais. J'ai perdu une bataille, je n'ai pas perdu la guerre. Je n'abandonnerai pas le plus beau joyau de la couronne, souligne-t-il en référence à notre rencontre au Louvre dans la galerie d'Apollon.

— Vous savez aussi que je serai là.

Edgar se fige. Ses narines se dilatent. Puis, il s'enfonce dans son siège.

— Si seulement vous aviez pu être là pour les vingt-neuf autres victimes.

— Pourquoi ne pas vous en être pris aux sœurs ou aux gens qui cristallisaient toute votre haine ?

— Les vipères qui ont tenté de me dresser sont mortes de vieillesse ou malades. Je ne me voyais pas tuer mes parents. Mon seul regret est qu'ils n'aient plus toute leur tête pour assister à ce spectacle. La honte les aurait consumés de l'intérieur.

— Vous avez tué durant la grande majorité de votre vie ?

— J'ai fait une pause au pensionnat. Mes parents avaient compris que j'étais le responsable de la disparition d'Andy. Ils m'y ont donc envoyé avec Drew. Ils espéraient que les nonnes chassent les démons en nous.

— Les démons, si je reprends vos termes, n'ont jamais été chassés.

— J'ai quarante ans aujourd'hui. Disons que ma période la plus prolifique a débuté à mes vingt ans. Tirez-en la déduction qu'il vous plaira…

— Cette période prolifique s'est poursuivie combien de temps ?

— Elle ne s'est arrêtée qu'avec votre intervention. Vous et votre équipe avez été les seuls et uniques obstacles sur mon chemin. Si la police avait fait appel à vos services plus tôt, ils auraient pu limiter la casse. Concernant votre appel à témoins, c'était grandiose. Mon visage n'échappe plus à personne. Je suis à présent dans tous les foyers. Dans tous les esprits.

— Les témoignages s'accumulent contre vous. Le dossier d'enquête s'étoffe, soyez-en certain.

— Je l'espère bien.

— Ne prenez pas cet air condescendant, Edgar. Vous avez la rage. Vous rêvez de sauter par-dessus cette table pour me tuer.

— Oui. Alexandra comprendrait ainsi ce que je ressens aujourd'hui. Toute la déception qu'elle m'a causée… Toutes ses trahisons. Elle m'a abandonné alors que je lui ai fait le cadeau de la garder en vie dans le hangar. Même en Corrèze, je n'avais pas l'intention de la tuer. Je la voulais et ce n'était pas réciproque. Aujourd'hui, j'aspire à la voir souffrir. Vous verrez, Enzo. Toute sa vie, elle regardera derrière son épaule. Elle frissonnera dans le noir. Elle sursautera au moindre bruit suspect. Je serai toujours dans son esprit et vous devrez vivre avec.

— Votre ego en a pris un coup.

— Sans aucun doute.

— Vous êtes un sociopathe.

— J'en ai tous les traits, oui, répond Edgar sans se démonter. Sociopathe ou psychopathe, les psys nous le diront. C'est toujours mieux que d'être un philanthrope, qu'en pensez-vous ? Vous m'avez étudié, agent Lombardi. Moi aussi, je vous ai étudié. Vous êtes un fin stratège. Vous aviez tout calculé depuis le début. Vous m'avez emmené sur vos terres. Vous aviez bloqué les accès terrestres, m'obligeant à m'enfoncer dans les souterrains alors que je suis un homme du grand air, comme vous dites. Vous n'avez jamais totalement écarté l'hypothèse d'un tueur agissant avec un complice. Et vous avez prêté attention aux détails : mon aversion pour certains bruits ne vous a pas échappé. Vous vous rendez compte, messieurs, déclare Edgar en applaudissant. Ce type a fait votre boulot en trois mois.

— Vous vous méprenez, Edgar.

— Il est humble en plus.

— Si aujourd'hui vous êtes ici, et soyez certain que vous ne goûterez plus jamais à la liberté, ce n'est pas seulement grâce à moi. Je fais partie d'une solide équipe dont les noms ne vous échappent plus grâce à vos avocats. Et vous savez que, s'il arrivait malheur à un autre des membres de cette équipe, vous auriez affaire à moi.

Edgar prend appui sur la table.

— Vous savez, Enzo, que je ne suis pas comme ça. Je loue votre talent et je loue le talent de ceux qui vous ont aidé. Il fallait m'arrêter parce que j'aurais continué à tuer des femmes. Parce qu'elles m'horripilent autant qu'elles me plaisent. Parce que les faire souffrir, c'est faire souffrir Dieu et ses nonnes. C'est faire souffrir mes parents fervents croyants. C'était faire souffrir mon frère aîné, et son goût de l'ordre et de la droiture. *Je suis le serpent.* Je ne tue pas au hasard et mes cibles ont toujours été les mêmes. J'ai laissé tellement d'indices aux polices européennes. J'ai signé mes crimes d'un délicat sourire de l'ange. « De l'ange », il n'y a rien de plus céleste. J'ai toujours eu, du moins sur les dix dernières années, le même mode opératoire, toujours ciblé des femmes du même âge, de la même classe sociale. Toutes ayant un lien plus ou moins prononcé avec les sœurs. Toutes avaient, par exemple, le point commun d'avoir suivi leur scolarité dans des écoles ou des pensionnats régis par les *vipères*. Laura, Meghan, Jade, Anne, Sabrina, Marie numéro une, Marie numéro deux, Claire, Giorgia, Anke, Kate… Alexandra. Les autres étaient croyantes… ça n'a interpellé personne avant l'année dernière et la reprise de l'enquête par le capitaine Léani… ou notre cher Baptiste catalogué comme alcoolique taré. Que fallait-il que je fasse ? Que je mette des croix retournées sur les corps ? Cela vous aurait mis sur la piste ? demande Edgar en regardant la vitre sans tain. Et les poupées fabriquées par Drew : jambes serrées, bras tendus. Ce n'était pas un autre indice ?

— Quel enfoiré, marmonne le procureur.

J'ai beau ne pas porter Edgar dans mon cœur, il n'a pas tort. Dès ses débuts, l'enquête a été bâclée. Les services de police surchargés et le manque de communication entre les États ont permis à Edgar de multiplier les crimes.

— Vous avez évoqué vingt-neuf meurtres…

— Je ne ferai pas le travail des enquêteurs à leur place. Qu'ils cherchent.

— Vous n'avez pas dit grand-chose pendant vos précédents interrogatoires, si ce n'est que vous aviez un deuxième complice.

— Disons qu'il m'a simplement aidé à distance sans jamais savoir de quoi il était vraiment question. Je ne donnerai ni son pseudo ni son nom.

— Ce n'est pas ce que je vous demande. J'aimerais savoir comment vous vous y êtes pris pour le convaincre de vous aider ? Le connaissiez-vous déjà ? Des clichés sur lesquels vous apparaissiez en compagnie de personnes aussi singulières que vous ont permis aux enquêteurs de remonter un réseau criminel sur le Dark Net.

— Considérez-vous la singularité comme une tare, agent

Lombardi ? Êtes-vous de ceux à l'image de Swan qui considèrent la différence comme une offense ?

— Je me fous de l'apparence des gens ou de ce qu'ils font tant qu'ils ne sont pas hors la loi.

— Je m'en doutais. Alexandra ne se serait pas amourachée d'un idiot.

Pour la première fois, Enzo frémit.

— Sujet sensible pour vous aussi ? s'amuse Edgar. Swan a toujours été dur. Un tacticien, comme vous. Drew était plus flexible, dirons-nous. Il m'accompagnait. Je lui donnais les ordres et il les exécutait. Je savais qu'il se ferait arrêter après l'attaque du côté du Seven Sisters Country Park. Il lui manque une case. Sa sécurité sera assurée en prison. Seul à l'extérieur, je ne donne pas cher de sa peau. Il se drogue, boit. Il est le maillon faible. J'assure ses arrières.

— Vous êtes grand prince, lâche Enzo, pince-sans-rire. Mais ça n'a aucun rapport avec mes questions.

Edgar jubile en silence avant de reprendre sur un tout autre sujet pour nous montrer qu'il mène la danse.

— Je devais vous faire sortir de votre trou à Eastbourne. J'ai trouvé le subterfuge de la soi-disant drogue dans la maison pour envoyer les voyous du coin. Je leur avais piqué leur cargaison quelques jours plus tôt. Ils ont reçu un coup de fil anonyme leur annonçant que vous aviez volé cette drogue. Ce qui explique leur attaque. Et j'ai missionné Drew pour vous tester. Je voulais savoir à qui j'avais véritablement affaire. Je ne m'attendais pas à ce que vous fassiez tous les liens rapidement et que vous mettiez ma tête en une des médias. J'ai joué de malchance avec le dossier de Baptiste et celui de mon défunt frère qui avait certainement lui aussi fait des liens vu que je signais mes crimes d'un sourire de l'ange particulier. Enfant, j'avais réalisé le même sur le chat de la voisine. Swan a dû saisir la connexion. Et j'imagine que c'est pour cette raison qu'il a accepté de participer à la protection d'Alexandra.

Voilà. Swan est complètement blanchi, pensé-je en jetant un coup d'œil vers le capitaine Léani avant de reprendre le fil de la conversation entre Enzo et le tueur.

— Revenons à Drew.

— Il y a toujours eu un rapport de force entre mon jumeau et moi qui a souvent tourné à mon avantage. Drew est un être sensible, naïf. Je me suis évertué à le protéger et en retour il a fait son possible pour me filer un coup de main. Nous avons passé toute notre vie ensemble jusqu'à maintenant.

— Où vous cachiez-vous ?

— Souvent dans des cabanes au beau milieu de la nature ou dans des hangars abandonnés et isolés.

— Vous viviez de sang et d'eau fraîche ?

— En effet. Vous avez parfaitement résumé la situation.

— J'imagine que l'idée de simuler votre mort n'est pas de lui.

— Perspicace. Qui va suspecter un mort de commettre des crimes ?

— Que pensait votre frère de vos crimes ?

— Drew ne pense pas ou très peu. Il suit. Par contre, notez bien une chose. Mon jumeau n'a jamais tué personne.

— Il a été votre complice. C'est tout comme. Il vous a soutenu sans jamais vous dénoncer. Drew a du sang sur les mains.

— Heureusement que vous n'êtes pas juge, agent Lombardi. Vous ne comprenez pas ce qui me lie à mon frère.

— Physiquement, vous êtes presque identiques. Tatouages. Brûlures. Cicatrices. Lobe d'oreille déchiré. Vous vous êtes infligé les mêmes blessures pour ne faire qu'un ?

— Il existe un lien entre nous qui n'est pas seulement physique,

que vous ne connaîtrez jamais avec personne. Un lien plus fort que le sang. Un lien qui dépasse l'entendement. Mais je ne me suis jamais fait d'idées. Je n'ignorais pas que l'intelligence de Drew avait ses limites et je ne pouvais pas être sur tous les fronts ces derniers mois. Il faut savoir déléguer. J'ai donc fait appel à un ami, ce fameux deuxième complice, pour qu'il hacke les serveurs d'Interpol afin d'obtenir la localisation d'Alex.

— Alexandra, le reprend Enzo, ce à quoi Edgar acquiesce.

— Il n'a pas réussi à obtenir de données capitales grâce à la sécurisation des réseaux. Alors, je lui ai demandé de hacker les dossiers de Baptiste Carlesse, le flic déchu qui enquêtait en secret. J'ai beaucoup de respect pour cet homme. Il a bien failli m'attraper une ou deux fois, mais la quantité d'alcool qu'il ingérait chaque soir l'empêchait d'être au sommet de sa forme. Je suis ravi de voir qu'il a repris du poil de la bête, lâche Edgar. Et bingo, un nom est apparu dans le dossier de Baptiste : Lombardi. Vous imaginez que je me suis empressé de faire des recherches. Et devinez quoi ? Je n'ai rien trouvé. Alors, j'ai passé des soirées entières à relire les pages du dossier de Baptiste et j'ai suivi la piste de l'Angleterre. Mon ami hacker a trouvé dans des archives anglaises votre nom dans un rapport de police de la ville de Rye datant d'une quinzaine d'années. Vous étiez un sacré petit con, plus jeune. Et voilà comment j'ai débarqué de l'autre côté de la Manche pour récupérer ce qui m'appartenait et qui aujourd'hui est à vous…, souffle-t-il. Mais comme je vous le disais… je ne perds pas espoir d'un jour récupérer mon précieux. Ah ! Au fait. Comment va Manon ? J'ai cru comprendre qu'elle n'avait pas quitté le service de psychiatrie. Elle ne mange plus. Ne parle plus. Alexandra est donc votre seul témoin valable. Ce sera parole contre parole.

Enzo s'avance sur son siège.

— Vous ne sortirez jamais d'ici, Edgar. JAMAIS.

Edgar se lève et, prenant appui sur la table, il se rapproche au plus près d'Enzo qui s'est redressé.

— C'est ce que nous verrons, lui lance-t-il sur le ton du défi.

— Votre frère et vous croupirez en prison.

— Mon frère certainement. Moi, je ne crois pas, réplique le prisonnier en tapant dans ses mains. C'en est fini pour aujourd'hui. Je n'ai plus rien à dire pour le moment. Disposez.

— Au fait. Votre complice, le hacker, il a été arrêté. Ce matin. On dirait que vous perdez sur tous les plans.

— Il ne parlera pas.

— Il parlera pour obtenir la clémence d'un juge. D'ailleurs, peut-être s'est-il déjà confessé, annonce Enzo.

— Disposez, lance Edgar, l'air mauvais.

Les mains dans les poches, Enzo contourne la table.

— Pourquoi avoir demandé cette entrevue ?

— Parce que je suis fatigué de m'entretenir avec des imbéciles. Et aussi pour ressentir la présence d'Alex et répondre aux questions qu'elle se pose. Elle ne vous quitte plus. Elle nous regarde, là, derrière cette vitre. J'en suis certain. Dites-lui que la curiosité est un vilain défaut.

Enzo secoue la tête en souriant avant de balancer un coup de boule à Edgar. Les gardiens entrent avec empressement dans la pièce tandis qu'Enzo en sort.

— Lombardi ! s'exclame le procureur, fou furieux, en rejoignant le couloir. Vous êtes stupide ! Nous aurions pu obtenir tellement plus d'informations si vous n'aviez pas joué au con !

— Je sais tout ce que j'ai besoin de savoir. C'est à votre tour de bosser, notifie l'indomptable agent pendant que le capitaine Léani ne cache pas sa satisfaction.

— Allez, filez, je m'occupe du reste, nous dit-il. Assez d'émotions pour aujourd'hui.

J'opine et entreprends de quitter les lieux sous le regard consterné du procureur.

Au bout d'une dizaine de minutes, Enzo me rejoint sur le parking. Nous nous dévisageons sans rien dire avant de nous enlacer tendrement.

— Et s'il réussissait à s'enfuir…

— Il ne quittera plus jamais ces lieux. Sois-en sûre, me murmure le grand brun dont les mots résonnent comme une promesse.

48

Alexandra
19 juin

Les interrogatoires se sont multipliés ces dernières semaines. J'ai dû raconter mon histoire une dizaine de fois pendant sept ou huit heures d'affilée. Chaque pays où Edgar est passé compte le traduire en justice. Les piles de dossiers s'accumulent et les enquêteurs européens se rendent à Londres, là où est incarcéré le prisonnier en attente de son premier procès qui devrait avoir lieu dans douze mois. Douze mois durant lesquels je vais remettre de l'ordre dans ma vie et m'aérer l'esprit. Plusieurs chefs d'inculpation sont retenus par les pays où Edgar a sévi. Les différentes nations s'organisent pour savoir combien d'audiences auront lieu. C'est une telle chienlit que je suis ravie de ne plus avoir à en entendre parler ces prochaines semaines.

— Dernière ligne droite avant le départ, annonce ma tante en entrant dans la chambre que j'occupe toujours au cottage.

— Des vacances bien méritées, souris-je en terminant de plier mes vêtements. Petite halte en France pour récupérer des affaires et ensuite direction l'Italie.

— Enzo a hâte que tu découvres son pays. Si vous partez, j'en déduis que, ça y est, son congé sabbatique a été accepté.

Cécile replace une mèche de mes cheveux derrière mon oreille. Puis elle me saisit par les épaules en me dévisageant, les larmes aux yeux.

— Tu es superbe. Tu as repris des couleurs. Tu parais plus apaisée… et je crois qu'il en est de même pour moi ! J'avoue que je n'ai pas envie de te quitter, mais je n'ai pas tellement le choix.

J'essuie les larmes sur son visage avant de l'étreindre. Cette nouvelle séparation ne sera pas facile. Mais j'ai besoin de partir, de me sentir libre. De réapprendre à vivre sans regarder derrière moi. Quant à Cécile, elle ne peut pas laisser sa vie en stand-by plus longtemps. Son compagnon l'attend à Paris et elle doit se concentrer sur son travail. Ça ne rigole plus, maintenant qu'elle a été nommée rédactrice en chef du journal féminin dans lequel elle bosse.

— Surtout, on garde le contact ! Et tu me promets qu'à ton retour d'Italie nous passerons du temps toutes les deux dans le sud de la France comme nous le faisions chaque année fin août avant tout ça.

Je la serre encore plus fort contre moi. Ces souvenirs heureux retrouvent une place de choix dans mon esprit.

Brooke vient nous chercher pour le petit apéro qui a lieu au manoir des Mitford.

— Nous sommes attendues. Vous savez à quel point Carl et Enzo sont à cheval sur le respect des horaires.

Oh que oui, nous le savons !

J'embarque un gilet puis je prends la direction du manoir. Depuis le sentier que nous traversons dans la forêt, nous pouvons entendre les chiens des Mitford aboyer. Lorsque nous arrivons à l'orée de la propriété, je lève la tête en direction d'un ciel sans nuages. Aujourd'hui, le soleil est à son zénith après une semaine d'intenses précipitations.

Cécile qui papote avec Brooke franchit le portail. Tournant sur moi-même, je savoure cette liberté retrouvée. Plus de policiers en surveillance dans les parages et plus aucune obligation d'être accompagnée vingt-quatre heures sur vingt-quatre par une garde rapprochée. Parfois, l'omniprésence de l'agent Saint-Paul et d'Enzo me manque. Le départ de Saint-Paul a laissé comme un vide que Brooke, Enzo, Suzy et Carl se sont évertués à combler. Prendre la voiture seule, aller faire des courses ou me promener dans la nature sans personne à mes côtés me paraît étrange. La peur s'est estompée. Je sursaute encore quand une personne se manifeste sans prévenir. Mon cœur s'emballe lorsqu'un craquement émerge dans l'obscurité, mais petit à petit je me libère des chaînes qui m'entravaient. Accompagnée par mes proches et par une psychologue, je gagne en sérénité chaque jour. L'hypnose que j'avais toujours refusée est un exutoire intéressant. Et surtout, j'apprends de nouveau à me mêler à la foule, à me réadapter.

— Cette beauté ! s'exclame Suzy en m'étreignant, après quoi elle passe sa main dans mes cheveux. Cette nouvelle coupe te va à ravir.

Un carré wavy qui ne laisse pas Enzo indifférent. Il s'approche et caresse du bout des doigts les pointes de mes cheveux. La vraie Alexandra est face à lui. Ma chevelure a retrouvé son aspect noir de jais. Et je ne porte plus de lunettes.

— Tu es magnifique, me murmure-t-il à l'oreille en glissant son bras autour de mes épaules. Tu l'as toujours été.

L'un contre l'autre, nous progressons dans l'allée principale du manoir où sont garées plusieurs voitures en enfilade.

— Nous avions dit petit comité.

— C'est le cas. Une dizaine d'invités triés sur le volet.

— Cette fois, c'est la bonne, m'enthousiasmé-je en référence à la précédente fiesta célébrant l'arrestation de Drew qui s'est révélé n'être que le complice (et la marionnette) de son jumeau.

Enzo m'embrasse et, liant ses doigts aux miens, il contourne le manoir pour nous mener sous la tente de réception dressée pour l'occasion dans le jardin des Mitford.

La beauté de la décoration me vole une plainte admirative. L'arche fleurie, les pétales sur le sol, les bouquets disposés ici et là, les tables ornées de nappes habillées de cristaux… Les petits plats ont été mis dans les grands !

Mon regard se pose sur Suzy, Cécile et Brooke qui dévisagent Enzo de leurs prunelles amusées.

— Tout a été pensé par ce colosse, assure Suzy en serrant entre ses mains les extrémités du châle qui repose sur une longue robe d'un bleu vif.

— Pulcino a l'âme d'un romantique ! plaisante Brooke qui dévore déjà des petits-fours.

Cécile l'imite tandis que Suzy m'accompagne saluer l'ensemble des convives. Parmi quelques amis d'Enzo (dont Georgia Perroni et Lupo) et des policiers, je retrouve le capitaine Léani en compagnie de Baptiste Carlesse, qui m'annonce une bonne nouvelle : sa réintégration dans la police française. Son dossier qui a permis la résolution de l'enquête en y apportant des preuves capitales lui vaut son retour à la criminelle avec pour binôme le capitaine Léani. Rien que ça !

— Bravo ! m'enchanté-je en acceptant la coupe de champagne qu'Enzo me tend.

Il propose même de lever nos verres en l'honneur de Baptiste, ce à quoi l'ensemble des invités consent dans la joie et la bonne humeur avant qu'Enzo ne poursuive.

— Je suis ravi que vous soyez tous présents pour célébrer un nouveau départ, déclare-t-il en me regardant avec tendresse. Un livre se ferme, un autre s'ouvre dont nous allons écrire l'histoire. Si vous êtes réunis ici aujourd'hui, c'est pour vous féliciter du travail que vous avez fourni, même à distance. Et pour vous remercier de tout ce que vous avez apporté à votre façon à Alexandra, qui j'en suis certain a envie de dire quelques mots entre deux sanglots.

La voix tremblante, j'essaie d'ouvrir mon cœur.

— Je vais faire court parce que, soyons honnêtes, je ne suis pas la meilleure oratrice qui soit. Vous avez tous dû me supporter à un moment ou à un autre durant l'année qui s'est écoulée. Vous m'avez entendue pleurer. Parfois, vous m'avez vue rire, mais surtout perdre pied. Vous m'avez relevée quand je tombais. Vous m'avez soutenue et écoutée, et jamais je ne pourrai assez vous remercier pour tout ça. Je crois que je peux dire avec certitude et émotion que nous formons une grande famille, sangloté-je en levant ma coupe sous les exclamations.

Exclamations qui s'amplifient à l'arrivée de l'agent Saint-Paul, lunettes de soleil sur le nez.

— Pour toi, Alex !

Il m'offre une boîte de mes chocolats belges préférés, après quoi il me saisit amicalement par le menton.

— Saint-Paul ! Je suis contente de te voir !

— Appelle-moi Gabriel, déclare-t-il en me tapotant le dos. Saint-Paul est une référence à une anecdote…

— Une anecdote libidineuse, tu ne préfères pas savoir, Alexandra ! s'esclaffe Brooke.

— Tu seras Saint-Paul pour toujours à mes yeux, souris-je en le prenant dans mes bras.

Sa présence me fait chaud au cœur. Je suis aussi ravie de voir Enzo heureux, entouré des siens.

Le temps file. Les anecdotes, les rires et les larmes de Suzy ponctuent l'après-midi. Ce n'est qu'en fin de journée que la petite réception cesse.

— Comme quoi, glisse à Enzo Francesco, qui est l'un de ses amis et supérieurs, j'ai bien fait de te proposer cette opé ! Tu m'en dois une !

L'homme, un large sourire aux lèvres, me salue d'un signe de la main sous le regard amusé d'Enzo.

La nostalgie me gagne en débarrassant les couverts malgré les réprimandes de Brooke et Suzy. Cécile finit par me pousser en dehors de la tente, où je regarde les derniers convives quitter la propriété.

— Prête à retrouver Paris ? sourit un Enzo très affectueux.

Me calant dans ses bras, je contemple une dernière fois le ciel dégagé de Rye. Des sentiments ambivalents m'animent à présent. Je repense à tous les beaux moments que j'ai vécus ici. Rye restera à tout jamais gravé dans mon cœur, à tel point que j'envisage de venir m'y installer. L'idée, que je garde secrète pour le moment, fait son chemin dans ma tête.

— Je vous cherchais tous les deux, annonce Suzy qui attrape Carl par la main pour le mener jusqu'à nous.

Brooke, Cécile, Saint-Paul et le capitaine Léani nous rejoignent dans le jardin sous une voûte céleste étoilée.

— Tu vas nous manquer, Alexandra, reprend Suzy. Qui dit loin des yeux ne dit pas loin du cœur. Comme tu l'as souligné tout à l'heure, nous sommes à présent une grande famille. Et comme la famille est ce qu'il y a de plus important, j'espère… nous espérons te revoir très vite.

Carl sort de sa poche un trousseau de trois clés qu'il place dans la paume de ma main.

— Toutes les deux, vous serez toujours les bienvenues ici, continue-t-il à mon intention et celle de Cécile.

— Et qui sait ! Peut-être y célébrerons-nous bientôt un mariage, plaisante Suzy en lançant un coup de coude à Enzo qu'elle appuie d'un clin d'œil.

— En voilà un de casé, ricane Saint-Paul. À quand le tour de Brooke ?

— Ce sera pour une prochaine mission ! Allez savoir ! Peut-être vais-je m'amouracher du témoin que je vais protéger. D'ailleurs, je suis désolée, déclare-t-elle en regardant sa montre, je ne traîne pas. Le devoir m'appelle.

— Quant à moi, je vais aller me coucher, révélé-je. Je me lève tôt demain.

Lever à 5 heures pour un départ en avion à 8 heures.

— Ce ne sont pas des adieux. Ce n'est qu'un au revoir, assuré-je en enlaçant Suzy qui a les larmes aux yeux.

L'étreinte se transforme en câlin collectif.

C'est avec ce beau souvenir en tête que je pars dormir le cœur rempli d'amour. Me glissant sous la couette après une courte douche, je retrouve Enzo qui n'attend que moi pour éteindre les lumières.

Torse nu, il m'ouvre grands ses bras, dans lesquels je me blottis. Il tire le drap sur mes épaules et me délivre de tendres baisers. Je hume son parfum. J'effleure sa peau du bout des doigts et me serre un peu plus contre lui.

Enzo éteint la lampe de chevet. La pénombre et le silence

tombent sur la pièce. Une légère brise se lève et caresse les vitres. La mélodie d'une nature enchanteresse me berce.

— Bonne nuit, ma belle, murmure-t-il.

Esquissant un sourire, je lui réponds.

— *Buonanotte, amore…* Je fais des progrès remarquables !

— Ce n'est que le début. Je t'apprendrai toutes les subtilités de la langue, rit-il en m'embrassant sur le front avant que nous ne nous endormions.

49

Alexandra
6 juillet

Me voilà où tout a commencé.

Debout au milieu du hall Napoléon du Louvre, désert en cette fin de journée, j'observe l'endroit. Je suis venue récupérer mes affaires dans mon vestiaire et boucler la boucle d'une histoire dont le point final vient d'être écrit.

Plus tôt ce matin, j'ai reçu un appel du capitaine Léani. Avec appréhension, il m'a rapporté qu'Edgar Hecker n'était plus de ce monde. Il est décédé d'une crise cardiaque durant la nuit. Les procès n'auront donc pas lieu. Mais la longue lettre d'une trentaine de pages qu'il m'a adressée et que j'ai refusé de lire servira de confession à la police. J'ai cru comprendre qu'il y avouait tous ses meurtres dans les moindres détails. Ça ne réconfortera pas les familles des victimes. Cependant, elles auront les réponses aux questions qu'elles se posaient. Il n'y a rien de pire que de vivre dans l'ignorance quand il s'agit du sort de ses proches.

À la fois émue et soulagée, même si j'ai du mal à me l'avouer, j'essuie la larme qui coule sur mon visage et ramasse le carton à mes pieds.

Plus jamais je n'aurai affaire à *lui*.

Plus jamais je ne croiserai sa route.

Plus jamais. Voilà les deux mots qui résonnent dans mon esprit en quittant définitivement les lieux.

20 juillet

Assise sur le siège passager, les cheveux au vent, les yeux bandés depuis notre dernier arrêt il y a quelques minutes, je profite du trajet en humant la senteur parfumée d'une nature enchanteresse. Des grands classiques de la musique italienne tels que *Senza una donna*[1] passent à la radio tandis que dans la voiture décapotée le soleil caresse ma peau. Une douce brise chatouille ma main posée par-dessus la portière. La dolce vita !

— Une idée de la ville où nous nous rendons ?

Enzo arrête le véhicule. Des voix chantantes me parviennent aux oreilles avant qu'elles ne s'estompent définitivement.

— *Gattina*. Il me semble que cette région est dans ton top 5 des endroits à visiter en Italie.

— Oh ! Tu me sors le grand jeu, souris-je alors qu'Enzo m'embrasse avant de m'aider à m'extirper de la voiture.

Je sursaute en sentant Zeus se frotter contre mes jambes.

— Ce n'est que le chien, n'aie crainte. Allez, viens… *perfetto*. Encore quelques pas. Nous y sommes presque.

Enzo me guide. À sa voix, je sais qu'il est un homme comblé. Je crois qu'il l'est depuis la fin de la mission. Un mois que nous vadrouillons ensemble. Nous apprenons à nous connaître hors d'un cadre strict et rigide. Mes impressions se confirment et mes sentiments à son égard se renforcent. Je suis sur un petit nuage

1. Zucchero et Paul Young, *Senza una donna*, 1987.

en sa compagnie. Je suis choyée, protégée et je me sens aimée. Le genre d'amour irréel et indestructible qui vous porte au quotidien. Qui vous donne la force d'affronter chaque journée.

— *Ecco !* Prête ?

Sautillant sur place, j'acquiesce en me frottant les mains.

— *Tre. Due.*

— Enzo !

— *Uno !*

Il me retire le bandeau, me permettant de découvrir la beauté du lac de Côme.

— Nous sommes à Lenno ! Petite ville de la rive ouest du lac de Côme. Tu aimes ?

Je n'en crois pas mes yeux. Ravie, je m'approche d'une rambarde en pierre pour contempler la beauté du paysage. J'en ai le souffle coupé. Je peine à trouver les mots pour remercier celui qui chaque jour s'attelle à embellir ma vie. Virevoltant, je saute dans les bras d'Enzo.

— Merci !

Liant ses doigts aux miens, Enzo m'extrait de ce qui me semble être une magnifique terrasse. Nous empruntons un escalier en pierre blanche et nous rendons au bord du lac sur un petit ponton où est amarré un bateau. Tournant sur moi-même pour ne rien rater du panorama, je lève la tête et observe longuement la terrasse sur laquelle nous nous trouvions, qui est surplombée par une villa d'époque.

— On nous a permis de traverser la propriété pour accéder au ponton ?

Mon partenaire se redresse. Fourrant ses mains dans les poches de son pantalon, il me dépasse. Contemplant l'horizon, il finit par me répondre.

— Cette propriété nous est prêtée par un ami.

— Vraiment ? J'aimerais avoir plus d'amis comme les tiens !

— Il met sa demeure à notre disposition.

— Pour combien de temps ?

— Il n'y a que toi qui pourras le dire, m'apprend Enzo d'une voix suave en s'approchant de moi.

Me tirant contre lui, il m'invite à danser avec pour musique les doux sons de la nature. Enzo est ma nouvelle addiction. Parfois, il se tient debout à mes côtés et, pourtant, il me manque. Durant ces moments, je me rapproche de lui, je le touche pour être certaine de ne pas rêver. Comment deux êtres que tout oppose en apparence peuvent s'aimer avec autant d'intensité ? Il a mis sa vie en jeu pour moi. Il n'a jamais renoncé ni reculé face à la difficulté de la tâche.

— En fait, toi et moi ne sommes pas si différents.

— Qui se ressemble s'assemble, assure-t-il en s'asseyant au bord du ponton.

Je l'imite en ayant la sensation d'être dans un rêve éveillé.

Enzo, Zeus, l'Italie, la liberté, la joie, l'amour… Que demander de plus ?

— Nous avons énormément de points communs, poursuit-il. Une enfance qui sort du schéma classique. Notre amour de la vie. Notre force de caractère. Cette envie de prouver quelque chose au monde.

— Tu sais, je n'ai jamais cru au grand amour, avoué-je en posant ma tête au creux de son épaule pendant que Zeus que je caresse place la sienne sur mes cuisses.

— Il t'a définitivement adoptée, s'amuse Enzo avant de s'excuser de m'avoir interrompue. Tu disais ?

— Je disais que j'ai toujours cru que je finirais seule. Et voilà que tu es entré dans mon quotidien comme une fusée lancée à pleine vitesse. Impossible de t'éviter ou de te stopper.

— J'ai la même sensation que toi. J'ai souvent été seul. Jamais je n'aurais imaginé rencontrer la femme de ma vie durant une mission. Et pourtant… La première fois que je t'ai vue, apeurée dans la forêt et fuyant Edgar que tu venais d'affronter, mon cœur s'est emballé.

— Nous nous sommes rencontrés à l'hôpital pour la première fois, non ?

Enzo sourit en me dévisageant de ses tendres prunelles.

— Non. Le soir de l'attaque en Corrèze, je n'étais pas loin. Je discutais avec le capitaine Léani dans un poste de police quand son portable a sonné. Je l'ai accompagné avec ses hommes, et c'est moi qui t'ai retrouvée dans la forêt. J'ai dû faire un choix. Te porter secours ou courir après Edgar. J'ai préféré rester à tes côtés. Je t'ai veillée à l'hôpital. La suite, tu la connais, tu as dû me supporter pendant de longs mois.

— Tu ne feras plus semblant de te casser le bras ? m'esclaffé-je en caressant son nez du bout du mien.

— Sauf si la situation m'y oblige.

— Nous deux, c'est un peu à la vie à la mort.

— Profite de ta liberté, se marre Enzo. Le jour où nous nous marierons, ce ne sera plus la même chanson.

Il éclate de rire. Un rire franc et spontané que j'adore entendre.

— Tu comptes me passer la bague au doigt un jour ? minaudé-je.

— *Certo, gattina !*

Enzo se fige.

— Tu n'aimerais pas devenir la *signora* Lombardi ?

Caressant son visage, je lui murmure que si.

— Un jour, nous serons mari et femme. Et tu sais pour quelle raison ?

— Je suppose que tu vas me le dire, susurre-t-il en frottant le bout de son nez contre le mien.

— Parce que…

Je sors mon portable de ma poche et lance une application de musique. Les premières notes de *Ti amo*[1] s'élèvent et je les chante avec conviction. C'est une façon originale de dire à ma moitié les mots magiques pour la première fois, non ?

Enzo éclate de rire avant de marquer un temps d'arrêt en prenant mon visage entre ses mains chaudes.

— Moi aussi, je t'aime, Alexandra.

Enlacés l'un contre l'autre, nous ne prononçons plus un mot et nous contentons de partager ce merveilleux moment d'osmose face au magnifique lac de Côme.

Voilà qu'avec Enzo nous devenons les deux héros romantiques d'une toile initialement blanche et triste qui s'étoffe jour après jour au travers d'une palette colorée que nous composons au quotidien.

J'ignorais ce qui se cachait dans les ténèbres, jusqu'à ma rencontre avec l'étincelle qui m'a permis de retrouver le chemin de la clarté. Enzo, aux multiples facettes, m'a rendu ma liberté. Et surtout, il me fait découvrir l'amour.

L'amour, le vrai, est fait de nuances, de compromis, de concessions.

L'amour, le vrai, est inattendu. Il nous tombe dessus sans prévenir et est sans limites.

L'amour, le vrai, est authentique, sans fioritures et, par-dessus tout, il a le goût de la liberté.

Une liberté enfin retrouvée !

1. Umberto Tozzi, *Ti amo*, 1977.

Vous avez aimé *Hunt me Down* ?

Découvrez *Beast*, la dernière romance à suspense de Jay Crownover

Tournez vite la page pour découvrir un extrait !

1

Ollie

— Mais… t'es une fille.

C'était au moins la cinquième fois que le garçon très mignon qui avait ouvert marmonnait exactement la même phrase. J'avais frappé à la porte et annoncé que j'étais la nouvelle colocataire qui emménageait aujourd'hui. Sa stupeur était adorable, surtout comparée à l'air pour le coup contrarié de l'autre garçon qui se tenait debout sur le seuil du salon, les bras croisés sur son large torse musclé.

Je m'attendais à ce genre de réaction puisque j'avais fait des pieds et des mains pour m'assurer que les résidents de la maison ne connaissent pas mon genre quand j'avais rempli la candidature de location quelques semaines plus tôt. L'annonce indiquait clairement une préférence pour un colocataire de sexe masculin, et tout le campus savait que cette maison appliquait la règle « interdit aux filles ». Apparemment, c'était ce qui avait permis aux garçons cohabitant dans cette maison depuis la fin de la première année de fac de maintenir la paix pendant toutes ces années et de rester amis plutôt que de devenir rivaux. Un des colocataires avait été diplômé avec un an d'avance et avait abandonné les trois autres derrière lui, libérant une chambre dans l'ancienne demeure victorienne toute proche du campus. C'était une location très convoitée, et je ne devais pas être la seule candidate à espérer pouvoir contourner leur prérequis de genre ; cependant, si j'avais autant insisté pour être choisie, ce n'était pas pour la localisation, mais pour me rapprocher de l'un des occupants.

Je soupirai et baissai les yeux sur mon corps en en faisant des caisses.

— Je *suis* une fille. Tu peux le dire autant de fois que tu veux et il peut me regarder de travers tant qu'il veut, dis-je en désignant du pouce le joueur de football américain qui me fusillait du regard, ça ne changera pas. L'autre truc qui ne changera pas, c'est que j'ai déjà signé le bail et payé une caution, ainsi que les loyers du premier et du dernier mois. Je sais que l'annonce de location disait que vous préfériez un mec, mais le propriétaire m'a choisie moi et a déjà accepté mon argent. C'est une affaire conclue.

Dieu merci.

Le propriétaire, un homme âgé, m'avait bel et bien choisie, mais uniquement parce que je l'avais traqué, supplié, et que j'avais négocié pour qu'il me laisse emménager malgré les objections que pourraient avoir les garçons. Heureusement, ce vieux monsieur aimable et honnête n'était pas insensible aux grosses larmes de crocodile. Il était aussi père de plusieurs filles, et grand-père de deux adorables petites-filles. Je ne pense pas que la règle « interdit aux filles » venait de lui. Je lui avais servi une version « *Pour les nuls* » de pourquoi j'avais envie – non, pourquoi j'avais *besoin* – d'emménager dans cette maison, et je lui avais promis que je serais la meilleure locataire qu'il ait jamais eue. Mon meilleur argument : les trois occupants actuels partiraient après avoir obtenu leurs diplômes, c'est-à-dire bientôt, alors que j'avais encore trois années d'études devant moi, si ce n'était plus. Je n'avais en effet pas encore pris de décision quant à mes projets futurs ou quoi que ce soit d'autre dans ma vie. Je n'avais qu'une certitude : là, sur le seuil de cette porte, je me trouvais exactement où je devais être.

Le grand sportif taciturne grogna et me foudroya du regard, derrière son ami plus petit que lui. Difficile de garder un visage calme et serein alors que, sur et en dehors du terrain, l'intimidation était sa spécialité.

— Le vieux doit devenir sénile s'il t'a choisie. Je vais l'appeler pour tirer ça au clair.

Je défiai le colosse du regard et me forçai malgré mon écœurement à lui faire un grand sourire. J'avais l'habitude de jouer les gentilles quand on voulait me faire trembler et céder.

— Fais-toi plaisir. Quand tu auras raccroché, tu pourras m'aider à porter ces gros cartons jusqu'à ma nouvelle chambre. Je t'attends.

Tout ce que j'avais pour moi, c'était du bluff… et un bail signé.

Mais je savais que si je n'affichais pas une façade inébranlable, je finirais par capituler et laisserais ces deux types me faire décamper. Et ce n'était pas envisageable. J'avais tout sacrifié pour être ici. J'en avais assez des manigances. Des mensonges. J'en avais assez de fuir.

Quand ma vie avait changé cet été et que j'avais enfin pu goûter à la liberté, j'avais pris tous les risques possibles et imaginables pour atterrir sur le pas de cette porte. J'avais engagé un détective privé afin de retrouver ces garçons et découvrir tout ce qu'il y avait à savoir sur eux. J'avais changé de fac. Vidé des comptes en banque secrets. J'avais abandonné le seul foyer que j'avais jamais connu et échappé à l'emprise écrasante qui avait failli me tuer. Tout cela après avoir souffert une perte immense, tragique. Mais au lieu de faire mon deuil, j'avais décidé de reprendre le contrôle de ma vie. Pour cela, j'avais besoin d'être ici.

Ce n'étaient même pas ces deux cerbères qui m'inquiétaient.

Oh que non.

Le plus gros obstacle n'était pas encore rentré, et je savais que lorsqu'il arriverait, le vrai combat commencerait. Refuser de me laisser intimider par le géant au regard noir n'était qu'un entraînement. Celui-ci grogna de nouveau et partit en furie, son téléphone portable collé à l'oreille. J'eus envie de pousser un soupir de soulagement, mais des yeux gris-vert me scrutant comme si j'étais un cobaye à disséquer m'en dissuadèrent.

Harlen Danvers couvrait à lui seul la partie muscles du groupe d'amis. Il était baraqué et imposant comme il fallait. Tout le monde savait, sur le campus et dans la sphère du football américain universitaire, qu'il ne se laissait emmerder par personne. On ne faisait pas plus loyal : il briserait avec plaisir les genoux de quiconque contrarierait ses amis. Plaisir double si c'était pour le jeune homme qui se tenait devant moi.

Vernon Banks était le cerveau de la bande et un vrai génie. Bien que plus jeune que moi, il n'allait pas tarder à décrocher son diplôme. Son intelligence, si prodigieuse que c'en était presque effrayant, n'avait d'égale que sa beauté. S'il y avait bien quelqu'un que l'on pouvait qualifier de « joli garçon », c'était lui.

Il faisait quelques centimètres de plus que moi, soit environ un mètre quatre-vingts. Il avait une belle peau dorée et de grands yeux foncés aux coins légèrement relevés, laissant deviner les traces d'une ascendance asiatique. Il avait d'épais sourcils bien taillés, dont un était troué d'un piercing en argent. Ses cheveux naturellement foncés étaient décolorés en un blanc saisissant, lui donnant ce côté manga qui rendait les filles du campus complètement dingues. Elles voulaient toutes qu'il les aide à faire leurs devoirs ou à se déshabiller. Mais Vernon était notoirement timide et réservé en présence du sexe opposé en particulier, et d'étrangers de manière générale. Il s'intéressait bien plus aux jeux vidéo et à ses notes qu'aux relations amoureuses.

Tout l'opposé de son colocataire ; d'après ce que je savais, Harlen Danvers était un vrai tombeur. On ne lui connaissait aucune petite amie sérieuse depuis qu'il avait commencé les cours ici, mais les candidates au titre ne manquaient pas. Il n'était pas du genre bavard – pas besoin de mots quand on a un sourire qui met la moitié du campus à ses pieds. Harlen était grand, beaucoup plus grand que moi, et il assumait parfaitement sa carrure. Ses cheveux châtains, légèrement ondulés et mi-longs, lui allaient bien et lui permettaient d'échapper au stéréotype de l'athlète. Ses yeux bleu pâle provoquaient des ravages chez les centaines de filles qui lui abandonnaient leurs cœurs sans se poser de questions. Des taches de rousseur, visibles uniquement si on se rapprochait au plus près de lui, constellaient son nez. Il était si beau que c'en était ridicule, mais il n'avait pas le charme de Vernon. Ils constituaient un duo dynamique, et quand le troisième mousquetaire était dans les parages… pfff, personne n'était à l'abri de l'impact provoqué par ces trois-là.

Pas étonnant que mon détective privé ait trouvé sur Internet des pages de fans entièrement dédiées au trio. Il était impossible d'effectuer une recherche Google sur cette université privée d'une petite ville du Midwest sans tomber sur eux. J'avais évité de le faire jusque récemment parce que j'avais toujours eu peur des répercussions. Être dans l'ignorance me protégeait : si on pensait que je ne savais pas, on ne pouvait pas se servir de cette information contre moi. Il avait été plus sûr de faire comme si le troisième et dernier colocataire n'existait pas, même s'il occupait toujours et à jamais toutes mes pensées.

— M. Peters t'a appelée Ollie. Tu as menti sur ton nom pour

pouvoir emménager ici ? Es-tu une sorte de *stalker* ? Tu sais qu'il y a des lois contre ça, n'est-ce pas ? demanda Vernon d'une voix douce et prudente.

Je m'éclaircis la gorge et enroulai une boucle blonde autour de mon doigt. C'était un tic nerveux hérité de l'enfance et dont j'avais manifestement du mal à me débarrasser.

— Je m'appelle Olivia, mais on m'appelle Ollie depuis que je suis petite. M. Peters a eu accès à tout mon état civil. Il savait parfaitement qui j'étais quand il a accepté mon dossier. Franchement, je ne sais pas pourquoi vous en faites toute une histoire : fille ou garçon, vous alliez avoir un nouveau colocataire de toute façon. Vous allez être coincés avec moi pendant un an, max. C'est quoi le problème ?

Vernon hésita, se tapotant la lèvre inférieure d'un doigt à l'ongle peint en noir.

— C'est juste que ça paraît étrange. M. Peters n'a jamais protesté quand nous lui avons demandé de nous trouver un nouveau colocataire de sexe *masculin*. Il a même eu l'air de comprendre que nous ne voulions pas changer notre dynamique. Et comment ça se fait que je ne t'aie jamais vue sur le campus ? Il est grand, d'accord, mais nos chemins auraient dû se croiser à un moment donné. Je n'oublie jamais un visage.

Je continuai de jouer avec mes cheveux en essayant de calmer mon cœur battant à tout rompre. On aurait pu croire que je serais plus à l'aise pour mentir maintenant que je le faisais si souvent, mais non. Ma nervosité me trahissait toujours. J'espérais seulement que Vernon, qui ne me connaissait pas, ne s'en rendrait pas compte. Après tout, ce n'était pas parce que je savais tout ou presque de ces garçons qu'eux savaient qui j'étais ou pourquoi j'étais prête à tout pour les approcher.

Je ne voulais pas lui dire que j'avais demandé mon transfert cet été dans l'intention de me rapprocher autant que possible de son deuxième colocataire. Je ne voulais pas qu'il sache que j'avais pris comme un signe le départ de leur colocataire, libérant la voie pour que je m'impose dans leur vie. Cela semblait désespéré et flippant, parce que ça l'était.

— Je suis une fille discrète.

Je n'étais pas idiote mais je n'étais pas un génie non plus. J'avais deux ans de retard sur eux dans les études.

— Mon transfert est tout récent, je n'ai pas eu le temps de sortir ou de me faire des amis. Je ne suis pas très sociable de toute façon, et en plus je travaille à temps partiel, donc je suis bien occupée en dehors des cours. C'est tout à fait normal que nos chemins ne se soient jamais croisés. Et pour ce qui est de se souvenir de mon visage, ajoutai-je en lui adressant de nouveau un sourire forcé, le mien n'a rien d'exceptionnel.

J'étais mignonne, au mieux. Je savais ce que je valais, mais je ne me faisais aucune illusion : je n'étais pas d'une beauté à couper le souffle. J'avais de jolis yeux couleur chocolat et des sourcils marqués et anguleux qui pouvaient me donner l'air méchant si je ne les domptais pas. Je pouvais me prévaloir d'une belle peau et d'une jolie crinière, mais rien qui sorte de l'ordinaire. Si on oubliait la cicatrice rose légèrement dentelée qui descendait en zigzag sur ma joue gauche depuis l'œil jusqu'au menton, mon visage était potable. La cicatrice était plus mémorable que tous mes autres traits combinés, et je savais que c'était à cela que Vernon faisait référence quand il disait qu'il n'aurait pas oublié mon visage s'il l'avait croisé sur le campus.

Mon interlocuteur ne parut pas convaincu. Cependant, quel que soit l'argument qu'il s'apprêtait à m'opposer, il s'évanouit comme Harlen revenait dans le salon. Celui-ci n'avait pas l'air ravi, et je dus rassembler toutes mes forces pour faire face à son regard courroucé.

— M. Peters dit qu'elle reste. Il a confirmé qu'Olivia Adams, alias Ollie, était la meilleure candidate parmi tous ceux qui ont déposé un dossier pour louer l'ancienne chambre de Fisher. Il m'a même dit qu'on ferait mieux d'être sympas avec elle ou qu'on le payerait cher.

Il se frotta les tempes comme s'il avait une atroce migraine.

— Huck va péter les plombs quand il va l'apprendre.

Je pensais être prête à entendre son nom, après tout ce temps passé à faire comme s'il n'existait pas.

Je n'étais pas prête.

Un petit hoquet de surprise m'échappa. Heureusement, Vernon était en train de piquer une crise de panique, et ses récriminations détournèrent l'attention de ma propre anxiété à l'idée d'affronter Huck Snyder.

Huck était la raison pour laquelle j'étais ici, après tout.

Le second fils. L'enfant non désiré. Le garçon que j'avais trahi parce que je n'avais pas eu d'autre choix.

— Merde. Tu ne penses pas qu'il sera assez en colère pour, genre, déménager, si ? demanda Vernon d'une voix aiguë, les yeux écarquillés.

Harlen planta son regard dans le mien et haussa les épaules.

— Peut-être. Ce couillon peut être sacrément imprévisible.

Son ami lâcha un son plaintif et se tordit les doigts.

— On ne peut pas le laisser partir. On a déjà perdu Fisher.

Je savais qu'ils étaient proches, mais je n'avais pas imaginé que c'était à ce point. Le petit génie semblait dévasté à l'idée qu'ils soient séparés.

Extrait

— Si Huck part, on part avec lui, et elle peut garder la maison pour elle toute seule.

Harlen parla d'un ton si neutre que mon cœur se serra. Qu'ils fassent leurs cartons et me laissent seule dans cette vieille maison pleine de coins et de recoins ne faisait pas partie du plan. C'était même le pire des scénarios. Je voulais être ici uniquement parce que c'était là que Huck habitait.

— Pourquoi je partirais ? Et c'est à qui tout ce merdier sous le porche ? Qu'est-ce qui se passe ?

Sa voix. Sa voix était le même grondement rauque que dans mes souvenirs d'enfance.

À l'entendre, on avait l'impression qu'il fumait un paquet par jour alors qu'il ne fumait même pas. Sa voix n'allait pas avec son visage doux et rond et ses mouvements sautillants. Elle semblait appartenir à un homme qui avait traversé toutes les épreuves de la vie, alors que Huck ressemblait à un gamin excité le matin de Noël.

Je me figeai, prise entre l'envie de m'enfuir et celle de me liquéfier sur place. Je savais que passer la porte de cette maison n'était qu'un début et que le plus grand défi restait à venir. Mais je pensais que j'aurais une chance de m'installer, que j'aurais du temps pour essayer de conquérir les autres garçons avant d'avoir à affronter le big boss. Je m'étais dit que si je pouvais défaire mes valises, Huck aurait plus de mal à me mettre à la porte. Mais mes affaires étaient toujours empaquetées.

— Euh, ce sont ses affaires.

Harlen agita le pouce dans ma direction, comme je l'avais fait plus tôt. Je fermai les yeux un instant. Je devais me reprendre. Je savais ce que c'était, d'avoir peur de quelqu'un au plus profond de son âme, mais je n'avais jamais ressenti ça envers Huck. Je ne voulais pas commencer maintenant.

— Elle dit qu'elle reste, et M. Peters est d'accord avec elle. V et moi, on se demandait ce que tu ferais. On sait que tu ne veux pas d'une fille pour coloc.

Harlen était les muscles.

Vernon était le cerveau.

Fisher avait été l'excentrique, l'irrévérencieux.

Mais il ne faisait aucun doute que Huck était le leader de leur petit groupe de mécréants et de parias.

Il était celui qu'ils suivaient. Celui vers qui ils se tournaient pour qu'il les guide. Celui qui établissait les règles et veillait à ce qu'elles soient respectées. Tout ceci était également valable en dehors de cette maison et de leur bande. Dans la hiérarchie du campus, Huck était au sommet de la chaîne alimentaire. Il était tristement célèbre, et la seule raison pour laquelle j'avais fui pour venir ici.

Je ne le *stalkais* pas. Pas vraiment.

C'était juste que je connaissais Huck Snyder presque aussi bien que moi-même. Et depuis qu'il était parti de chez lui à seize ans, je ne demandais qu'à savoir ce qu'il était devenu. Il était toujours le premier à agir et je mourais toujours d'envie de l'imiter. Y compris quand il était question d'échapper à un environnement toxique. L'ennemi de mon ennemi avait toujours été mon meilleur – et mon seul – ami.

Lentement, je me retournai pour faire face à la seule personne au monde capable de comprendre ce que j'avais dû affronter pour me retrouver ici. Si je ne convainquais pas Huck, je n'avais aucun espoir de retrouver ma vie telle qu'elle était avant que quelqu'un d'autre en prenne le contrôle.

— Salut, Huck. Ça fait un bail.

Un silence de mort se fit alors qu'il rivait sur moi des yeux aussi dorés que le miel le plus pur et le plus sucré du monde.

Extrait

— Ollie.

Ce n'était ni une question ni une malédiction. Ni une salutation ni un renvoi. Comme toujours, c'était quelque chose entre les deux.

Il avait prononcé mon nom platement, sans émotion. Je me glaçai, et le plan que j'avais mis au point pendant des semaines sembla soudain être l'idée la plus stupide que j'aie jamais eue.

— Une seconde.

La voix de Vernon perça le moment de tension, tout comme ses mains qui s'agitaient frénétiquement.

— Vous vous connaissez ?

Autrefois, nous étions inséparables.

Aujourd'hui, nous étions plus que des étrangers.

Huck confirma cette distance qui existait à présent entre nous en grognant :

— Plus maintenant.

OK. Appelez-moi Boucles d'Or.

Pas seulement parce que j'avais les mêmes cheveux blonds, mais parce que j'avais enchaîné les mésaventures avant de me rendre compte que ma place, la bonne place, était auprès de ce garçon – et il était en train de me fusiller du regard comme s'il voulait que je tombe raide morte.

Composé et édité par HarperCollins France.

Achevé d'imprimer en octobre 2023.

FIRMIN-DIDOT

à Mesnil-sur-l'Estrée (Eure)

Dépôt légal : novembre 2023.

Pour limiter l'empreinte environnementale de ses livres, HarperCollins France s'engage à n'utiliser que du papier fabriqué à partir de bois provenant de forêts gérées durablement et de manière responsable.

Imprimé en France